新 潮 文 庫

僕を殺した女

北川歩実著

新 潮 社 版

6136

僕を殺した女

1

またた。

目を開ける前から、覚醒《かくせい》した意識が異変を知らせていた。昨夜も、ベッド以外の場所で眠り込んでしまったらしい。目を閉じたまま、枕《まくら》がわりになっていた右手を頭の下から引き出したとき、手の甲にちくちくとした刺激を感じた。居間のカーペットの上に寝ているんだな、とぼんやりとした意識の中で考えた。足を伸ばすと、なにか棒状の物が膝《ひざ》に当たった。テーブルの脚のような感じだ。こんなところにテーブルがあったかな、とこれもぼんやりと半分眠った状態で考えた。どうしてこんな場所でこんなふうに眠っているのか、全然覚えていなかった。昨夜の出来事を忘れているというのは、これで何度目になるだろうか。ここにこうして眠った、その記憶がない。馴《な》れているからそのこと自体に対する戸惑いはないが、記憶の抜け方が、だんだん性質《たち》が悪くなってきている。

背伸びするように動かした手の先に、ガラスの瓶《びん》が触れた。その瞬間、再び睡魔に誘われかかっていた意識が、覚醒の方に向かいだした。頭を動かしてみた。頭皮に、痺《しび》れたような嫌な感触がある。その痺れの位置を確かめるように指先を後頭部に這《は》わせながら、薄く目を開いた。最初に目に入ったのは、緑色のカーペットだった。視線を少し上向きにして、転がっている瓶を見つけ、手元に手繰り寄せる。ウォッカの瓶だ。中身は、ほんの一滴が残っているだけだ。僕が飲んだのだろうか……記憶を辿《たど》ろうとしたが、すぐにあきらめた。これまでの経験から、無駄だと分かっていたのだ。

ウォッカの瓶をカーペットの上に転がした。溜《た》め息が出た。こんな強い酒を一本空けてしまったというのか……僕はいったいどうしてしまったんだろう。酒はもう飲まないと決めたはずだし、実際に飲んでいないつもりでいるのに。

酒を飲んだという記憶もなく、買ってきた記憶もないが、事実ここに酒の空瓶がある。しかも、こんな経験は今日が初めてというわけではなく、ここのところ立て続けなのだから恐ろしい。

「なんでこんなことになるんだ」

そう呟《つぶや》きながら起き上がった。そしてゆっくりと首を回し、部屋を見渡した。背筋をひやりとした汗が伝わった。

「なんでこんなこと」

今度は呻《うめ》いていた。

ここは、自分の家ではない。カーペットの色は、自分の家の居間と同じグリーンだったが、微妙な色合いが違っている。

「いったいここはどこなんだ」

僕は軽い眩暈《めまい》を覚えながら呟いた。

壁には、ぎっしりと本の詰まった棚がいくつも並び、その隙間《すきま》の僅《わず》かな空間に、風景画と抽象画が一枚ずつ縦に並べてある。部屋の角のエアコンの下には、衣装箪笥《だんす》、別の角に、大型のテレビとビデオ、それにワープロだかパソコンだかのキーボードと画面、大きなクッションにも見えるソファ。そのすべてが、初めて見るものだった。

小鳥の鳴き声が聞こえる。窓に掛かったカーテンが透けていて、その向こうに鳥籠《とりかご》があるのが見えた。それもまた、馴染《なじ》みのない光景だった。部屋には、とりあえず僕一人で、他の人間の姿はないが、ここが誰か他人の住む部屋であることは確かだ。僕は慄然《りつぜん》とした思いにさらされていた。

身体《からだ》の横の小さなガラステーブルの上に、ナポレオンのボトルがある。これも中身は空だ。誰が飲んだのか……僕だとは限らない。さっきのウォッカも、飲んだのは僕ではないかもしれない。しかし、だからといってほっとした気分になれたわけでは、もちろんない。昨夜の記憶がないことには変わりはないのだ。酒を飲んだにしろ、飲まなかったにしろ、僕はまた記憶喪失を経験した。そして、誰ともしれない人間の部屋で、一夜を明かした……これは初めての経験だった。

ひどい寒気を背中に感じながら立膝の姿勢になった僕は、テーブルのガラスの下に丸まっているチェックのスカートと、パンティストッキングを見つけて、また驚いた。

ここは女の部屋なのか？　困惑がいっそう募ってくる。

テーブルを支えにして立ち上がった。足はよろけるし、頭の芯《しん》が重い。それに、他人の部屋にいることを知ってからは、息苦しさを覚えている。しかしその一方で、胸に湧《わ》いている感情がどこかしら他人事《ひとごと》のようで、切迫感がない。酒が残っているのか、意識に靄《もや》がかかっている感じが拭《ぬぐ》えず、思考はぼやけ、ふわふわとした夢の中のような感覚が全身を包んでいるせいだ。

顔を洗おうと、洗面所を探して、辺りを見回し、「ん？」と思わず呟いた。

部屋の絨毯《じゅうたん》、家具、キッチンの調理器具、テーブル、いずれにも全く見覚えがないのだが、部屋の形や天井の高さ、間仕切りの構造や流し台の位置や形までもが、奇妙な程、僕の部屋の様子と一致している。一瞬、ここは自分の部屋で、家具が入れ替えられただけではないのか、という錯覚にとらわれた。が、むろんそんなはずはない。造りが似ているだけだ。僕の部屋は取り立てて特徴のない造りだ。そっくりの構造をした部屋があっても少しも奇妙ではない。僕はそんなふうに納得して、廊下に出た。

僕のマンションの部屋は、キッチンの板張りとつながる廊下の奥に扉が二つあり、その向かって左の壁の扉がトイレとバスになっている。扉の数とついている向きはここも同じだった。

廊下の突き当たりの扉が、半開きになっている。僕のマンションの場合は、そこは寝室だ。ここはどうだろうか。そう思って奥に歩き、僕はふと、足を止めた。人の呻き声が聞こえたのだ。僕は緊張感から身体を固くしながら、足音を忍ばせて、突き当たりの半開きの扉の向こうを覗《のぞ》いた。ここもまた僕のマンションと同じで、寝室だった。薄暗い部屋の中に、ベッドがあった。その上に、人が寝ていた。裸の背中と縞《しま》のトランクスが見えている。顔は向こう向きだったが、明らかに男だと脛毛《すねげ》で分かる。片脚の膝から下をベッドからはみ出させ、布団《ふとん》を半分床に落としている。男は、ひどく寝苦しそうで、数十秒の間に何度も手足をばたつかせ、喉《のど》から絞り出すような呻き声を時折洩《も》らしていた。僕は扉の隙間から目を離した。顔は見ていないが、後ろ姿の雰囲気から、全く知らない男だと判断できた。そのせいか、ますます頭が重くなってきて、胸もむかつき始めた。

なんてことだろう……知らない男の部屋で泥酔《でいすい》するなんて、不気味な事このうえない。もし、相手がホモだったりしたら……そんなことまで脳裏をよぎる。だが、感覚が鈍麻しているのか、当惑がひどくなるはずが、妙な落ち着きを取り戻し始めている。思考力は確実に働きはじめているのだが、意識の表面に被膜でも貼《は》りついているように、どこか現実の世界との接点がぼやけている。生々しい夢を見ている時のような感じだった。実際、これは夢なのかもしれないと、本気でそう思った。酒に酔い、記憶をなくす。そこまでは経験済みだ。しかし赤の他人の部屋で目を覚ますなんて……そんなことにだけはならないようにと、恐れていた出来事そのものではないか。恐怖感が悪夢を生んだのだ。悪夢はいつも生々しく、まるで現実のような感覚がある。今がそうなのではないだろうか。

僕は、もう一つの扉を開けた。ここも僕のマンションと同じで、バスとトイレだ。しかも、バスタブやシャワーの形も馴染み深いものだった。ここまで共通しているのは、さすがにおかしい。これはやはり夢ではないか。夢の中に、少しだけ現実を歪《ゆが》めた形で自分の住まいが出現しているのではないか。そんなことを思いながら、洗面台の蛇口を捻《ひね》り、水に両手をさらした。身を切るような冷たさが全身に伝わり、意識の周囲の被膜が少しずつ剝《は》がれていくのを感じる。それと同時に、やはりこれは夢ではないらしいと、次第にそう考えざるを得なくなり、当惑が確かなものになってくる。なぜこんなことになったのだ、とようやく現実との接点を取り戻しつつある意識の中で考えた。

一時的な記憶喪失は、最初の酩酊《めいてい》と共に経験した。限度を知らず泥酔して、記憶を失うというのは、珍しい話ではないだろう。最初は笑い話ですんだ。記憶を失うとはこういうことなのかと、いい経験をしたと思ったくらいで、記憶の喪失という出来事を僕は楽しんでするいた。ひどい二日酔いも全然苦にならなかった。頭に染《し》み付いて取れないように思えた苛立《いらだ》ちや苦悩が、泥酔の記憶とともにすっかり洗い流されてしまっているような、ある種の爽快感《そうかいかん》が、二日酔いのなんともいえぬ重苦しさの中に伴われていたのだ。僕はその気分が味わいたくて、毎夜痛飲し、泥酔して眠った。大抵の場合記憶の喪失は、泥酔した後に現われている。ほろ酔いの頃までの記憶は、はっきりと残っていた。しかし、いつの頃からか、記憶にない時間が長くなり、そのうちに、どこで飲み、どうやって家に辿り着いたのか、そもそもの初めから記憶のかけらすらもないということが、時折起きるようになった。その頃から、僕は不安を覚えるようになった。あるときは、泥まみれで寝込んでいる自分を発見した。記憶にない数時間に、どこでなにをしてきたのか。背筋がすっと寒くなるような目覚めだった。

それ以来僕は、酒はきっぱりとやめた。自分の正気の部分では、確かにそう決めて実行した。繁華街に出ることはやめ、家に酒を置くこともやめた。ところが、相変わらず記憶の喪失が繰り返されている。それもひどいことには、酒を口にしたその瞬間の記憶すらないのだ。ふと気がつくと、寝ている自分を発見する。部屋に転がっているビールやワインの瓶を目にして、僕はただ当惑するしかなかった。無意識のうちに外出し、酒を買い、家に戻り、泥酔するまで飲んでいる。気持ちの悪い話だし認めたくないが、他に考えられない状況なのだ。しかし、目覚める場所はいつも自分のマンションだった。泥酔時も理性が残っている証拠だと、そう思って、せめてもの慰めにしていたのに、僕は遂《つい》にその理性も捨て去ってしまったらしい。

ひどく惨《みじ》めな気分に襲われながら、掌《てのひら》に水を溜めて、顔を洗った。

そのとき、僕はひどい違和感に襲われた。

顔に滴《したた》る水を慌《あわ》てて指先で払いのけて、鏡を見た。

女の顔が映っている。長い髪の、綺麗《きれい》な女だった。僕は、ぎくりとして、慌てて振り向こうとした。その僕と一緒になって、鏡の中の女が、首を回している。僕はひどくうろたえた気分になり、再び鏡に向き直った。そしてもう一度背後に、今度はしっかりと視線を向け、誰もいないことを確かめた。

また鏡へ向かう。

女が、僕の気持ちをそっくり伝えるみたいに、ぽかんと口を開け、僕を見ていた。

僕はもう一度顔を洗った。そして改めて鏡を見直し、右手でほっぺたをつねった。女も、それに合わせてほっぺたをつねっている、左手で。僕は、タイルの上にしゃがみ込み、浴槽に水を溜めた。そこに自分の顔を映してみようと思った。なにか仕掛けがある鏡なのだ、だから変な事がおきる、水なら間違いない、などと理性的に考えたわけではなく、咄嗟《とっさ》に出た行動だった。僕は浴槽に十分水が溜まるのを待ち切れず、首を突っ込むようにして中を覗こうとした。そのときに、肩からはらりと落ちてきた黒髪が僕の頬に絡《から》んだ。

なにごとなのか、どんな冗談なのか、と僕は頭に手をやった。そうだ、と思いつく。長髪のかつらだ。こんなものをかぶっているせいで、鏡の中の自分を女と見間違えたのだ。笑おうとした。けれども、そんな簡単なことではないということは、本当はもう、分かっていたのだ。笑いは口元に凍り付いた。僕は髪の毛を引っ張って、それが自分の頭皮にしっかと根付いていることを確認した。それから、僕は初めて、自分の異様な姿を意識した。セーターの下の胸が膨らんでいる。僕は恐る恐る両手を胸に這わせてみた。

コレハボクノムネデハアリマセン、と掌が脳に伝える。それに逆らう胸からの伝達。

コレハボクジシンノムネデス。

二つの刺激が拮抗《きっこう》する。

僕の心は拒否していたけれど、やっぱりそのふくよかな胸は、僕以外の誰の物でもなかった。

セーターを脱いでみた。ブラウス……とでもいうのだろうか、ともかく男はあんまり着ないような襟元の派手な白いシャツも脱いでみて、僕は驚いた。といっても、とっくにふだんの驚きの次元を超越していたから、驚きの中での戸惑いとでも表現するのが、そのときの感情には相応《ふさわ》しいかもしれない。僕は、念の入ったことにブラジャーまでしていて、下半身の方は、これも明らかに女性ものの下着を着けている。

僕はブラジャーを外した。お椀《わん》型のふくよかな……女性にとってはどうかは分からない、大きすぎることはないかもしれないが……男にとっては大きすぎる胸……というか、乳房が、姿を現わした。

僕はへなへなとタイルの上に倒れ込んだ。そして横たわった姿勢でパンツ……パンティ……の中へ手を滑らせた。恥毛に触れたところまでは良かったけれど、その先には、あるべき突起物がなくなっていた。つるんとした手触り、という表現はもちろん当たっていないけれど、気分的にはそうだった。あらゆる意味で、この身体は女だった。壁に手をついて立ち上がり、よろめきながら、鏡に向かった。女の顔が映る。今はもう、鏡が間違っているとは思わない。間違いがあるとすれば、見ている自分の方だ。鏡の中の女の顔は、口紅がついているのだろうか、唇は濃いめの赤で、目鼻立ちはくっきりしていて、顎《あご》のラインはすっと尖《とが》っている。髪はロングのストレート。さらさらした美しい毛質だ。肌の色はかなり白く……それだけが僕と同じだった……。これが今の僕の顔だった。女の身体になってしまった、というよりは、他人の身体になってしまった、という方が正しいだろう。

僕は恐慌《パニック》に襲われていた。大声で叫んで、暴れ回りたい気分だった。そんな衝動を押しとどめていたのは、状況があまりにも現実離れしていたせいだ。夢の中にいるとしか思えなかった。ほっぺたの痛みも夢なのだ。

僕は洗面台に両手をつき、夢なら覚めろと、意識を凝らした。けれどもそうすればするほど、これは夢ではない、現実なのだという確信が強くなる。こめかみが疼《うず》いた。

動悸《どうき》が激しい。呼吸が苦しくなり、膝がカタカタと震えた。恐慌に襲われている意識が自分だとは分かっている。しかしこの恐慌に反応しているこの身体は、いったい誰なんだ。僕は頭を抱え、目を閉じた。他にどうしたらいいのか分からない。ひたすら夢なら覚めろと念じた。そして目を開け、鏡を見て衝撃を覚える。僕は女になってしまった。目を閉じ、念じ、目を開き、女を発見する。それを何度も繰り返すうちに、これが夢ではないという確信はさらに深まる。そしてその分、我が姿を見て受ける衝撃も増していく。そのために、恐慌状態は少しも薄れることなく持続した。

また目を開け、そして最初に見たときと同じくらい、また驚愕《きょうがく》している。もう一度目を閉じようとして、ふと、奇妙な思い付きをして、バスルームを飛び出した。

僕の身体が女に変身したのではなく、誰かと心が入れ替わったのではないか、そう思ったのだ。

『転校生』という大林宣彦《のぶひこ》監督の映画の事を思いだしていた。

小林聡美《さとみ》の演じる少女と尾美としのり演じる少年の心が入れ替わり、少年は少女の身体に、少女は少年の身体になってしまうという話だった。あれはもちろん、お話の中だけのことで、現実には有り得ないことだとは、子供でも知っている。けれども、今現実に、僕は女性の身体の中にいる。映画にそっくりな状況が起きているのだ。べッドにいた男、あれが自分ではなかったのか。見知らぬ男、とさっきは思ったけれど、自分の寝姿も、自分の後ろ姿も、僕は一度も見たことがない。

ベッドルームまで走った。ベッドの上の男の身体に跨《また》がるみたいにして、その顔を覗き込んだ。ふっくらした感じの輪郭……それは僕の輪郭に近い……鼻梁《びりょう》は高いが、少し広がり気味の鼻、太めで下がり気味の眉《まゆ》、鼾《いびき》のもれている薄い唇、僅かに伸びている髭《ひげ》……そのどれもが、僕の知っている僕の顔とは違っている。

男が、ひきつったような息の吸い込み方をした後、激しく咳《せ》き込んだ。それをきっかけにしたように鼾が止《や》んだ。男は、ベッドについた僕の腕の間で身じろぎし、「うーん」と唸《うな》って薄目を開けた。そして、はっと目を見開いて、「うわっ」と声を上げた。身体をずり上げ、ヘッドボードに頭を思いっきりぶつけた。それなのに、彼は全然痛そうな素振りを見せず、びっくりした顔のまま慌てて起き上がり、ベッドから転げ落ちた。そこで毛布を拾い上げ、半裸の身体に巻き付けた。

「き、君は……誰」

男は、うわずった声で訊《き》いた。

僕には答えようがなかった。心は僕、篠井《しのい》有一だ。でも身体は? それを知りたいのは、僕の方だった。

「昨日のこと、覚えてないかな」

僕はそういった。自分の声が鼓膜に届いた。その声には、聞き覚えがある気がした。僕には、はっきりした変声期がなくて、よく、オカマみたいな声だと言われた。それで、人前ではかなり気を遣って、努めて男っぽい声を作っていた。しかし、ふだんの声は、女性の声にも聞こえかねない。その声と、今、赤の他人の身体の中で喋《しゃべ》っている自分の声の印象は、極めて近かった。

「昨日……」

男は、ぼさぼさの髪の毛をかきむしった。「やけ酒を飲んで……一人でだよ、一人で……それから……覚えてないんだ」

そういった後、彼は、毛布を身体から離し、自分の股《また》の方に視線を向けた。

「もしかして……」

男は、青褪《あおざ》めた顔で僕を見て、すぐに視線をそらし、それから宙を見据えるみたいにして、唇を震わせた。

「覚えてない」

そういってから、激しくかぶりを振って、「責任逃れをしようっていうんじゃないんだ。ほんとに覚えてなくて……でも、もしそうなんだったとしたら……そのう、責任だってとるし、あのう、それで、やっぱり、あれだよね」

男は、すっかり混乱している様子だった。

「僕が誰だか知らないってこと？」

僕の問いに、男は、いくらかためらってから、頭を下げた。

「ごめん、昨日……僕、酔って出掛けたのかなあ……それで君と会って……」

「ほんと？」

「いや、記憶にないけど……ほかに……ごめん、教えてくれ。なんで君は、ここにいるんだ」

男は、激しく首を振った。

「僕、誰だか分かる？」

「知り合い？　そうだっけ？　僕、変になったのかなあ。あんなに飲んだの初めてで、記憶をなくしたのも初めてで、僕、なにしたの君に」

男には、嘘《うそ》をついている様子はうかがえなかった。

「あんた、男だよね」

男は、えっという顔をした。僕は、彼の身にも僕と同じ……逆の……変化が起きてるんじゃないかと思って、いった。

「鏡、見たら」

男は、パンツの前を隠すみたいにして、立ち上がり、箪笥に裏返して載せてあった鏡を手にして、覗いた。

「どう」

僕は訊いた。男の表情には、戸惑いがあった。けれどもその奥にある感情は、僕が鏡を見たときの感情とはまるっきり違っているようだった。彼は、自分の姿形に驚いてはいなかった。

「男らしくない。そういわれるのも当然だよ。うん、ほんとにごめん。そのう……記憶に残ってなくても、そのときには、意識があった。僕がそうしたんなら、それは間違いなく僕の責任で、それに、そのときにはちゃんと、判断力もあったはずで、僕は、そのう、なんていうか、君の事が好きでそうしたというか……」

男はうつむいて、いった。「責任取るよ」

「僕がこうなった責任？」

「う……うん」

どうなったと思っているのだろう。責任が取れるものなら、取ってほしかった。

「本当に、この身体が誰のものだか知らないんだね」

僕は、自然な事として男の口調で話していた。彼にしてみれば、それに対する違和感があったはずだが、混乱しているのと、今の状況から、凄《すご》まれていると勘違いしたようなところが見えた。

彼は、おどおどとしていった。

「少し、落ち着かせてくれないかな」

彼は、頭を抱えて寝室を出て行った。

僕もその後について、リビングに行った。彼は浴室に行って、顔を洗っている。僕は、思いを巡らせていた。彼の様子からして、言葉に嘘はないように思えた。彼はこの女を知らない。どこの誰なのか、なぜ自分の部屋にいるのか、全然知らないようだ。彼の想像する通り、外で飲んでいて、知り合って連れてきた、そういうことだろう。まさか女が見ず知らずの男の部屋を勝手に訪ねてきて、勝手に上がり込むなんてことは到底有り得そうにないからな、などと僕は奇妙なくらい冷静に考えている。ついさっきまでの混乱が嘘のようだった。すでに感覚が麻痺《まひ》していたのかもしれない。

男がリビングに入ってきた。スウェットの上下を着ている。彼は、僕を見て慌てて目をそらした。

「なにか着てくれないか。目のやり場がなくて」

僕は、パンティ一枚という格好だったのだ。

彼は、僕が風呂場《ふろば》に脱ぎ捨てていたブラウスとブラジャー、セーターを重ねて持ってきた。僕はそれを受け取ったが、身に着ける気にはならなかった。

「そういうのがいいな」

僕は、男の着ているものを指差した。

男は、奥の部屋に入り、そこから洗いたてらしいTシャツとヨットパーカー、パイル地のズボンを投げて寄越した。できれば男物のブリーフが欲しかったが、この身体には異様だろう。僕は完全に開き直っていた。

シャツを着て、ズボンを穿《は》く。

「着たよ」

姿を現わした彼は、疲れた表情をしていた。

「逃げるつもりはない。だから、話してくれないか、昨日のこと。言い逃れはしない」

「まずはあんたから。覚えてるとこまで話してよ」

男はうなずいた。

「昨日は、昼間から酒を飲んでた」

「やけ酒っていったよね」

「うん」

「なぜ」

「それは……」

「いってよ」

「片思いだった人が結婚した。一言も思いを伝えられなかったことが、情けなかった……でも、それで誰でも良くて君と、なんて……そんなことはない……と、思う」

「昼間から飲んで、それで？」

「夜、七時頃かな、酒がなくなって、ウイスキーを買いにいった。帰ってきて、また飲み始めた。そこまでは覚えてるんだけど、後はもう」

「それって、よくあること？」

「とんでもない。記憶をなくすほど飲むなんて、初めてだ」

「外に飲みにいったかどうかくらい、分からないのかなあ」

「行ってないと、思うんだけど……でも、そこで君に……会ったんだよね」

僕は、首を横に振った。

「違うの?!」

「覚えてない」

「え」

「実は僕も、覚えてないんだ」

男は、あぜんとした顔で、僕を見ていた。

「君も相当酔っ払っていたんだろうね」

男は、カップに珈琲《コーヒー》を注ぎながらいった。「よくあるの、そういうこと？」

「どうかな」

僕も、この女にそれを訊いてみたい。

「どこの店で会ったのかなあ」男は、カップを両手で持ち上げながらいった。

「どこだろう」

「それも分からない。同じだね、僕と」

男は、僕の前にあるガラステーブルにカップを置いた。

「君、名前は」

なんだろうか。篠井有一と名乗ったら、頭がおかしいと思われるだろう。

「別に、言いたくなければ、いいんだ」

「京子」僕は思い付きでそう答えた。

「きょうこ……どんな字」

「京都の京」

男は、何か考え込むような表情を見せた。「京子……さんか」

「そう」

「僕は、宗像《むなかた》久。珍しい名字だろう」

パソコンの画面に『宗像久』という文字が現われた。

「君、名字は」

「鈴木」

これも思い付き。宗像がキーボードになにやら打ち込むと、『鈴木京子』という文字が画面の端に点滅した。

「これで、アドレス帳に登録される」

画面をたくさんの名前と住所、電話番号などの文字列が埋めた。

「不思議な出会いだけどさ、お互いなんにも知らないままっていうのも、変だよね」

「彼は自己紹介をした。二十五歳、独身、大学院で数学を研究している、といった。

なるほどと思った。なんとか積分だとか、微分幾何だとか聞き慣れない用語が題名になった本が書棚を埋めている。それが、数学の本だってことぐらいは僕にも分かる。

「で、君は？」

もちろん彼の自己紹介は、この質問のためになされたのだろう。

「学生？ ＯＬ？」

「身元調査でもするつもり？」

「そういうつもりじゃあ……」

「関係ないんじゃないかな。なにやってようと」

宗像の頬がぴくりと震えた。彼は頭を掻《か》き、僕から離れて、珈琲を啜《すす》りだす。機嫌を悪くしたみたいだった。僕はちょっと考え直した。今のこの事態に、彼は無関係と言い切れるだろうか。完全に拒絶してしまうのもまずい気がする。

「高校生だよ」僕はいった。

「え？ 冗談だろう」

「いいや」

僕は大学の一年生だ。この身体の持ち主が何歳で、何者なのかは知らない。

高校生といったのは、彼との距離を保ちたかったからだ。女子大生なら遊びですんでも、高校生では……少しは、自制しようとするんじゃないかと僕は思った。この女の顔も、身体も、若さは感じられる。僕の印象では二十から二十五。十七、八でも、そうおかしくはない。案の定、宗像は真にうけた様子で、困ったような顔をしていた。

「ほんとに？」

僕はうなずいた。

宗像は、喉《のど》の奥を鳴らした。こもった音が洩《も》れてくる。

「家に、電話したほうがいいんじゃないかな。心配して、警察に連絡してないとも限らないし」

「いいよ」

「かけたほうがいい」

「別に、あんたを困った立場に追い込む気なんかないよ」

「かけたほうが……」

「僕のためみたいにいわないでくれないかな。要は、あんたに迷惑が及ばなければいいんだろう。あんたに無理やり連れ込まれたなんていわないよ。それでいいんだろう」

宗像は、少しむっとしたみたいだった。それでも言い返しはせずに、コードレスの電話を僕に手渡した。

「どこにかけろっていうのさ」

僕は、一人暮らしだ。実家は山梨県で、高校からは東京にいる。十五、年齢の離れた姉と二人でマンションに暮らしていたのだが、姉は今、病院に入っている。外泊しても、誰も心配はしない。

「君……ひょっとして……家出してきたとか」

「……そうかもね」

宗像は、困惑した様子だった。

「あんたに迷惑かける気はないよ。そういってるだろう」

宗像は、表情を変えずにこちらを見ていた。

僕は尿意を覚えて、立ち上がった。

「トイレ行ってくる」

そういって便所に行き、ズボンをずらした。そうしてから、引っ張り出すべきものがないことを思い出し、便座に座った。尿がちろちろと伝い落ちる様を、僕は感じていた。終わってから、トイレットペーパーを手に巻き取る。拭《ふ》くんだ、ってことはわかってた。どんなふうに？　そう悩むほどいろんな拭き方があるわけでもない……ともかく始末する。奇妙な感覚が、手と股間《こかん》の両方にあった。背筋を悪寒《おかん》が伝わった。

いったいどうなってしまったんだろうと、改めて思った。トイレを出てリビングに戻ると、宗像は、カーテンと窓を開け放ち、ベランダに出ていた。

外は薄曇りで、冷たい風が吹いていた。宗像は、鳥籠《とりかご》を部屋の中に入れた。

彼は、「ごめんな、寒かったよな」と小鳥に話しかけている。小鳥は、黄色と黒の斑《まだら》のセキセイインコだった。インコはうるさく囀《さえず》っている。

僕は鼻孔に流れ込む外の空気の匂《にお》いに誘われるように表を見てぎょっとなり、窓を閉じようとしていた宗像を押し退《の》けてベランダに出た。

再び驚愕に襲われた。

見馴れた風景が目の前に広がっていたからだ。ベランダから見下ろした町並みに、見覚えがあった。中学校の校庭、保険会社のビル、書店の倉庫、向かいのマンション……同じマンション……そうなのか！　驚く事ではないのだ。この女の身体の事はともかく、僕が僕であるとすれば、ここが自分の住まっているマンションの、別の一室内、だということはありそうなことではないか。宗像久は、今僕の直面している問題とは無関係なのだろう。とすると、僕はなにはともあれ自分の意志でこの部屋に入ったのだ。なぜ赤の他人の部屋にいるのか？　部屋を間違えただけのことだったのだ。

僕はリビングとキッチンを走りぬけ、玄関を開けた。玄関に鍵《かぎ》はかかっていない。

思った通りだ。僕は昨夜、間違って鍵のかかっていないこのドアを開けた。鍵は掛け忘れてあった。僕は勝手に中に入り、リビングで寝込んだのだ。

表札を確かめた。五〇三号室。五〇三、五〇三、僕は心の中で繰り返す。

どうなってるんだ。

リビングに駆け戻る。

宗像は、キッチンに所在なげに立ち尽くし、僕を眺めている。

「どういうことなんだ。ここは、僕の部屋だ」

宗像は、少しのけぞって、「どうしたの」といった。

「どうもこうもない、ここは僕の……」

またベランダへ出て、風景を確かめ、彼にここの住所を質《ただ》した。町田市のマンション、僕のマンション、僕の部屋。そこになぜ、彼が住んでいるのか。僕の荷物は、僕の家具は？

「僕の部屋だ」

「なにがいいたいのか分からないよ」

「僕はここに住んでる」

「え？……高校で流行《はや》ってる会話かい。なんかの隠語とか流行語とかを混ぜて話すみたいな」

「なんの冗談なんだ」

僕は呟《つぶや》いて、もう一度風景を見た。

「あれは、あれはなに……」

僕は、やけに馬鹿《ばか》でかい塔状の建物を指差した。

「去年できた料理屋の立体駐車場だろう、それがどうかした？」

眩暈《めまい》がした。去年できたものを、僕は初めて目にしたというのだろうか。頭蓋《ずがい》の中で脳味噌《のうみそ》が痙攣《けいれん》してるんじゃなかろうかと思った。頭の芯《しん》がひくひくと音をたてているような感じだ。よろめきながらリビングに戻り、玄関に新聞があったことを思い出した。

日付を確かめて分かった。僕は壮大な冗談の真っ直中にいる。一九九五年。

一九九五……今は一九八九年のはずではなかったか。

一月九日月曜日……四月一日という訳でもないのに、どういう冗談なんだ。

眩暈がひどくなった。

「どうしたの。真っ青だよ」

すっと血が下がった感覚があり、目の前が真っ暗になった。僕は気を失いかけ、背後に引っ張られるように倒れた。受け止めたのは宗像だ。僕は彼の胸に抱きかかえられた拍子に意識を取り戻し、突き飛ばすようにして彼から離れ、床にしゃがみ込んだ。

「大丈夫？」

宗像は僕の肩を抱こうとした。

「触るな。ほっといてくれ」

本当に、ほうっておいて欲しかった。気を失えば、あるいはそのまま夢から覚められたかもしれないのに。

僕は立てた膝《ひざ》に顔をうずめ、泣いた。

男が人前で泣くのはみっともないと、家庭でも学校でもそんな教育を受けた。だから僕は、人前で泣いたりした経験は、子供の頃でもあんまりない。泣いているのを見られるのは、恥ずかしくて耐えられない。それが今は、まるで女みたいにめそめそと泣いている。僕はどうなってしまったんだ。必死で事態を理解しようとしたが、考えは混乱し、ねじくれ、いつか脳裏に鮮明に浮かぶ想《おも》いは、『嘘だ、これは現実ではない、夢だ』という呟きの繰り返しだけになった。

どのくらいの時間、そういう心の呟きを聞き続けていたのだろうか。

僕は、自分でも意識しないまま、笑い始めていた。喉をくっくっと鳴らしながら、顔を上げた。突然笑いだした僕を、宗像は少し後ずさりながら見ている。たった今までうずくまって泣いていた女が、突然大笑いし始めたのだから気味悪がるのも当然だろう。

「夢なんだよ、これは。夢なんだ」

これが夢ではないとすれば、僕はタイムスリップして九五年先の未来へやってきて、しかも女の身体に乗り移ったということになる。そんなことが現実に起こるはずはない……つまりこれは、夢なのだ。僕はとうにその結論に辿《たど》り着いていたではないか。それ以上、なにを思い悩む必要がある？

確かに、戸惑いはある。こんなにリアルな夢を見たのは初めてだから、とても夢とは信じられないのだ。けれども、女になったのも、タイムスリップしたのも初めてだ。どちらかが実際に起こっているのだとすれば、それはもちろん、途方もなくリアルな体感を伴う夢の方だろう。

そう考えると、混乱して泣き出した自分が馬鹿みたいに思えてきて、笑いが込み上げ、止まらなくなった。夢の中なんだから、非日常的な出来事程楽しみがいがあるではないか。

この夢の成り行きに付き合ってやろう。

僕はリビングに行き、ソファに腰を下ろした。僕と向き合った宗像は、つと視線を泳がせた。僕の表情が、おそらくとてつもなく不気味なものに見えて、目を合わせていられなかったのだろう。僕は唇を奇妙な形に歪《ゆが》めていた。自分ではまだ、笑い続けているつもりだった。しかし多分、実際には笑えるわけもなかった。これは夢だと、僕は本気で信じていたわけではない。夢だ、と必死で自分に言い聞かせていただけだ。僕の胸のうちには、途方もない不安感が渦を成していて、今にも胸が張り裂けそうだった。僕はこの現実を笑い飛ばすほかに、胸に渦巻く不安を抑える方法が思い付かなかった。

「前に住んでた人のこと、知ってる?」僕はそう訊《き》いた。

「もう気分はいいの?」

「最低だよ」

「病院に行く?」

「そういう問題じゃないんだ」

「え?」

「そんなことよりさ、質問に答えてよ。あんたの前に、ここに住んでたのはどんな人？」

宗像は、肩をすぼめて、「ふつう知らないいんじゃない、そんなの」といった後、「つまり君は……前の住人がまだ住んでると思って……君は、前に住んでた人の友達かなにか……そういう……」

僕は曖昧《あいまい》に、首を横に振った。

「三年も前だよ。僕がここに越してきたのは」

前の住人は、僕だったのか、あるいは、間に誰かいただろうか。思いを巡らせながら、テレビをつけてみた。あちこちとチャンネルを捻《ひね》って、様々な番組を眺めた。僕はふだん、めったにテレビを見ない。だから最初は、なんら異様な感じはなく、僕の知っている世界がそこに映し出されているように思い、今が一九九五年だ、というのはやはり冗談ではないかと思い出した。だが、テレビの出演者の話の内容に耳を傾けるうちに、やはり本当に未来に来たのだという事実を受け入れざるを得なくなってくる。

「おなかへらない？」

いわれて、空腹に気がついた。僕がうなずくと、宗像はキッチンに立ち、料理を始めた。食パンを焼き、ベーコンをフライパンで炒《いた》める。それから卵を掻き混ぜ、フライパンに流し込む。フライパンをコンロから浮かして、軽く揺すりながら卵を固める。見事な形のプレーンオムレツが出来上がった。

キッチンにあるテーブルに、オムレツとベーコン、トースト、珈琲が並んだ。

僕は遠慮なく、食べ始めた。咀嚼《そしゃく》に熱中している間だけは、不安を忘れられた。僕が咀嚼を途切れさせることなく食べ続けるのを、彼は、黙って眺めていた。微笑が、口元に覗《のぞ》いていた。それを見て、僕はふと、嫌な予感がした。彼はこの女に好意を抱いているのではないか。考えてみると、ある朝突然、女が自分の部屋に現われる。しかも最初は裸だった。僕の見るかぎり、その女はかなりの美人で、プロポーションも抜群ときている。彼は丁度、失恋して、落ち込んでいたところだ。むらむらと欲望が頭を擡《もた》げたとしても、不思議ではない。今のところ、彼には、そこまでの様子は見えないが、当初の狼狽《ろうばい》から立ち直って、僕の事を（当たり前の話だが）一人の女として眺めているのは確かだ。

「うまいだろう」

宗像がいった。

僕は、とりあえずうなずく。

「あんたは食べないの」

宗像はトーストを齧《かじ》り始める。

「僕って、君のことだよね」

「ええ？」

「いや、僕、一人称の僕でしょう」

「あ？」

「珍しいなと思って、そうでもないのかな、最近の女子高生にとっては」

「なにが」

「自分のことを僕なんて、普通は男が使うと思ってた。古いのかな」

「僕じゃいけない？」

「いけないっていうんじゃないけど」

僕はバターと新しいパンに手を伸ばす。彼がその手を遮って、パンにバターを塗ってから僕に差し出した。いらぬ世話だった。僕は、無愛想に受け取って頬張る。

彼は立ち上がって、珈琲のお替わりを作る。彼は、そのとき、僕の足元に視線をやり、しゃがんで、テーブルの下にもぐりこんだ。僕の膝に、彼の手が触れた。「なにすんだよ」僕は飛び退いた。

「違うよ」と、彼はそういいながら、テーブルの脚と壁の間に挟まっていたものを引っ張り出した。「君のだろう」

彼は、茶色のコートを手にしていた。僕はそれをひったくるように受け取った。ポケットが膨らんでいる。すぐに中を確かめてみたかった。けれども彼に対する警戒心みたいなものが先に立って、開けるのがためらわれた。コートを胸に抱え、彼の関心がそれるのを待つことにした。彼が再び珈琲の方に戻ると、僕はいった。

「オムレツ、もう一つできないかな」

「ずいぶん食べるんだね」

「駄目?」

ちょっと甘えるみたいにいってみた。宗像はそそくさとフライパンをコンロにかけた。

彼がオムレツを焼いている間に、コートのポケットを探った。ハンカチとティッシュペーパー、メンソールの煙草《たばこ》、銀色のライター、マッチ、それに、キーホルダー。鍵が三ついている。二つはよく見掛ける普通の鍵だが、もう一つは、今時珍しい棒状の鍵だった。身元の分かるようなものはない。ガラステーブルの下にあったスカートの事を思い出し、リビングに戻る。スカートを拾いあげると、その下に財布があった。財布を開いてみると、現金が五万円と銀行のキャッシュカードが入っていた。カードには、名前が片仮名で書いてある。

ヒロヤマトモコ。

焼きたてのプレーンオムレツが皿に載った。僕は、それをほとんど一口で平らげた。珈琲の後、彼は僕が煙草を手にするところを見ていたのだろう、灰皿を出してくれた。自分は吸わないと、彼はいった。客用の灰皿は、綺麗《きれい》に洗ってあった。実は僕も、煙草は吸わない。未成年だからというのではない。酒は飲んだ。煙草は、暫《しばら》く吸ってみたけれど、一度もおいしいとは感じなかったのだ。僕は財布をコートのポケットに入れ、かわりに煙草の箱とライターを取り出した。

たとえ肉体が他人に変身していても、僕が僕であるならば、煙草は美味《お い》しくないはずだ。煙草を口にくわえながら、しかし待てよ、と思い直す。煙草を美味しいと感じるのは、身体《からだ》の方かもしれない。嗜好《しこう》の類《たぐ》いは、必ずしも心が決定するものではない。体質的に合うとか合わないとかいうこともあるではないか。そんな思いを巡らせながら、ライターを弾《はじ》いた。ところが、ガスが切れているらしく、火が点《つ》かない。……それでマッチか。僕はポケットからマッチを取り出した。フォルテという店の名前が入っていた。裏には小さく、住所と簡単な地図が書かれている。菊名駅の側《そば》のバーかなにからしい。マッチは数本折りとられていた。彼女は、外出してからライターがガス切れだと気が付き、それで店のマッチをもらって使った。つまり昨夜、彼女はこの店で飲んでいたと、そう考えていいのではないだろうか。この店に行ってみようと僕は思った。

マッチを一本とって、煙草に火を点けた。

煙草は凄《すご》くまずかった。

2

ある朝、少年は目を覚まし、自分の身体に起こった変化に驚く。一夜にして、彼は見ず知らずの女の姿に変身していたのだ。しかも、世界は一晩で五年、時計の針を進めた。SF小説としてなら、別に驚くほどの出来事ではない。要するに僕は、SF小説の世界の住人になった。それだけのことだ。

……そういう理屈を考えたところで、納得はいかなかった。だけど、他にどう考えたらいいのだろう。理屈を考えるということ自体が無意味なのかもしれない。事実がある。時は進み、僕は女になった。起こってしまったことを前提として、この先のことを考えるしかない。

まずは、この女が誰なのか、それが知りたかった。『転校生』というあの映画のことが、まだ頭にあった。あの映画では、少年と少女の心が入れ替わる。あんなふうに、僕の心は、この女の身体に乗り移った。とすれば、どこかに僕の身体を持った女がいるはずだ。その女を見付け出せれば、あの映画のラストのように、再びなにかの衝撃を受けて元に戻る。そうなるはずだ。ところが問題が一つある。僕ら（あえて複数にしておこう。僕とこの身体の持ち主の女）は、タイムスリップというおまけまで経験しているということだ。これをSF的に解釈すれば、僕らは異次元への入り口みたいな場所で時を隔てて擦れ違ったのだ。一九九五年の彼女と一九八九年の僕が異次元の扉、タイムポケットで出会う。そこで空間が捩《ね》じれ縺《もつ》れあい、心だけが異次元の壁を通り過ぎた。

肉体は通れないが、精神だけが通れる壁。

SF小説としては、いけそうな設定だ。元に戻るためには、異次元の入り口を探さなくてはならない。彼女もそのことに気がついて、そこにやってくる、そうなれば、このSFにもオチがつく。

精神が時間移動する場所はどこか。フォルテという店の中にあるのかもしれない。

そう考えた後、僕は昨日の自分の行動を思い出そうとしてみた。が、記憶は驚くほど茫洋《ぼうよう》としている。実をいうと、最近の僕の日常そのものの印象が、茫洋としたものなのだ。

僕は高校の頃から、人付き合いが苦手になった。山梨から上京したばかりという気後れもあって、クラスに溶け込めず、親しい友人はいなかった。特に苛《いじ》められたということはない。学校では、誰とでもふつうに話した。けれども学校を離れてまで付き合う友人ができなかった。僕には本質的に人間嫌いなところがあるのだと思う。人といると、気詰まりで、煩《わずら》わしく思えるのだ。もちろん、我慢して付き合うことはできる。けれどもそれでは、相手も面白くない。自然と寄り付かなくなる。僕にはそれで良かった。私立の、とても穏やかな校風だったから、目立たないおとなしい生徒というのも、それなりに認知されていたのだと思う。友人はいなかったが、学校に行く目的はあった。受験勉強だ。がむしゃら、とはいえないが、ともかくも志望校の文学部に合格するためにガリガリと勉強した。おかげで今年（僕の世界の）……一九八九年……無事合格を果たした。

入学のときには、胸に期するところはあったのだが……。講義はつまらなかった。家にいて、小説や詩を読み、時にはピアノを弾いたり、詩を書いてみたりして一日を過ごすことが多くなった。たまに気が向いたら外に出て、美術館や動物園に行ってみる。酒を口にしだしたのはこの頃だ。姉が入院し、一人暮らしになってからは、誰からも強制を受けない環境も手にいれた。そんな快適な日々の過ごし方を覚えてしまうと、学校に行くのが億劫《おっくう》になる。

典型的な五月病だ。僕は自分でそう診断した。

少しも苦痛のない、心地《ここち》好《よ》い病気だった。のんびりとした、ただ時間だけが流れて行くような日常……そんな毎日が続いていた。だから、昨日のことといっても、確かプルーストの『失われた時を求めて』を読んでいたな、ということ以外は記憶にない。確か読んでいるうちに、眠くなって……あの後、どこか出掛けただろうか……記憶にはないが、きっと出掛けたのだろう。そして、フォルテという店にいったのではないだろうか。そこで、彼女と、時を隔てて精神が交錯したのに違いない。

僕はテーブルから肘《ひじ》を離し、顔を上げた。

宗像が、そわそわした様子で僕を見守っているのに気がついた。さっさと出て行って欲しいと思っているのだろう。

僕が立ち上がると、宗像は、ほっとしたような顔をした。

「ズボン、貸してくれないかな」

「え?!」宗像は当惑した様子で僕を見つめていた。

町田市の駅前の通りを歩いた。僕はもともとこの街の住人ではない。東京に出てきたのは、高校に入ってからで、最初は渋谷区に住んでいた。町田に越してきたのは、今年の……僕にとっての今年、一九八九年になってからだ。厚木にある大学に近いから、通いやすかろうという姉の配慮だった。もともとあまりショッピングに出歩いたりはしない僕は、街の様子を漠然としか記憶していない。その漠然とした印象でいえば、僕にとっての昨日と今日との間に、大きな変化はない。けれども、寿司《すし》屋だったところが学習塾のビルになっていたり、雑貨屋がピザ屋になっていたり、僕の記憶の中の風景と目の前の風景との違いをいくつかあげることは、難しいことではない。特に東急ハンズ付近の風景は、僕の記憶の中の風景と明らかに相違している。見知らぬビルがあり、その中に、市立図書館が移転して入っている。僕はその周辺をうろつき、僕にとっての昨日と今日との断絶を改めて確認した。胸の内に、もやもやとした不安が広がるのを感じる。今朝、料理屋の立体駐車場を見たときの、谷底に突き落とされたような恐怖感は、今はない。代わりに、深い谷底を見下ろしているときのような薄ら寒い感覚を覚えている。

今日は一九九五年一月九日……僕はその事をすでに認めている。なにかの企《たくら》みで、誰かが僕を騙《だま》そうとしているのだ、などと考えられるような状況ではない。

横浜線のホームに降りた。切符には日付が印刷してある。僕は、未来に来たことを、ここでもまた確認した。一九八九年の僕は昨日、やはりこの路線に乗り、フォルテという店のある菊名に行ったのだろうか。

今日の日付は、一九九五年の一月九日。僕が覚えている昨日は、一九八九年の九月二十六日。五年と少し経過していることになる。その理由はわからない、というより、そんな事を思ってみること自体馬鹿《ばか》げているに違いない。時間の軸がどんな捩じれ方をしていたって、捩じれているという事実に比べれば、全然不思議はない。

電車が到着する。

僕らはふだん、自分の乗っている列車の形や色を意識しているだろうか。少なくとも僕は、ほとんど意識していなかったらしい。横浜線は、何度か利用しているが、今走ってきたシルバーに黄緑と緑色の線の入った電車と、一九八九年の電車に違いは感じられなかった。実際変わっていないのかもしれない。歩いている人々のファッションや、キヨスクの様子にも、違和感は覚えない。一番異様なのが、自分だ。上はブルゾンに、下はジーパン……宗像の物を有無をいわせず借りたものだ。ウエストはベル

ト で絞り、裾《すそ》は少し折り曲げた。足元はサンダル。……宗像の靴のサイズは二六、僕は二四・五。この身体の持ち主は二四のハイヒールを履いていた。そんなもの、僕には履けそうになかったので、サンダルにした。長い髪は後ろでゴムで留めている、とはいえ、どこからみても女だ。その女の姿が、ビルのウインドウに映っている。この今の自分の姿ほど違和感を覚えることは、他にはない。女に変身したことに比べれば、未来といってもほんの五年。その時間の経過を事実と認めてしまえば、驚くことはなにもなかったといっていい。唯一《ゆいいつ》スポーツ紙の記事に時代の急な流れを感じた程度だ。

菊名の駅に降りるのは、初めてだと思えた。心が入れ替わった場所がここだと思ったのは、間違いだったのか。もちろん、まだ可能性はあるが、この駅で降りた理由が思い付かないし、フォルテという店に入った理由も思い付かない。単に覚えていないというだけのようには思えない。この駅に降りる必然性がない。しかし、待てよ、と思う。フォルテという店は、一九八九年もそこに存在していたとは限らない。一九八九年には、別のなにかが、僕の興味をひくなにかがあったのかもしれない。ともかく探してみることにした。住所と地図を頼りに、歩く。店はすぐに見付かった。バーらしい。雑居ビルに入った一軒だ。入り口を塞《ふさ》ぐように看板が引っ込めてある。ドアには準備中の札、窓ガラスには厚いカーテンが掛かっていた。無理もない。まだ午後二時を少し回ったところだった。

入り口の扉は、何の変哲もない木製のドアに見えるが、もしかしたらこれが異次元への扉かもしれない。一応用心して触ってみた。何も起こらない。当然といえば、当然だった。ただの扉だ。今度は無造作に押した。錠がかかっていた。後でまた来るしかあるまいと、そこを離れた。

どこへ行く当てもなく、道路に出た。そのときだった。クラクションのけたたましい音が鳴った。慌《あわ》てて道路の端に寄る。赤い車が、目の前で停まった。運転席から、二十五、六と思われる栗色《くりいろ》の髪を束ねた女が身を乗り出した。

「なにしてんのよ」

最初僕は、車の通行を邪魔していたことを咎《とが》められたのだと思った。女のまなざしには、気性の激しさみたいなものが透けている。僕は、軽く頭を下げて、「すいません」と小さな声でいった。

「こんなところでなにしてるの」

謝罪の言葉が届かなかったのか、女の怒りは、おさまるどころか、ひどくなっている。しかし、それほど怒るようなことだろうか。車に轢《ひ》かれそうになったのは、こっちの方なのだ。僕は少し憮然《ぶぜん》として、女の顔と正面から向き合った。女は、わりと整った顔立ちだったが、化粧っ気がなく、どこか疲れたような印象がある。眉間《みけん》に皺《しわ》を寄せて目をつり上げているが、その目の下が、縁取られたように黒ずんでいる。

「どこにいたのよ、今まで」

女の口調が少し和らぎ、表情も少し緩んだ。僕は、胸の鼓動が急激に速くなるのを感じた。

この女は、道を塞いだことを怒っているのではないかもしれない……。

「答えなさいよ、トモコ」

その言葉で、決定的になった。

「トモコ、聞こえないの」

彼女は、大声を出した。

僕は、どうしていいのか分からず、声も出せずに、ただ立ち尽くしていた。

「もういいわ。……とにかく早く乗りなさい。みんな、あなたのこと探してるのよ。ご主人が大変なの。昨日、車を運転していて事故に遭って、病院に運ばれたの」

僕は、ぎょっとした。事故、という言葉に驚いたのではない。ご主人という言葉に驚いていた。冷静に考えれば、取り立てて驚くことではない。彼女、多分、トモコというこの女は、結婚している。それだけのことだ。けれども、あまりに突然で、僕は、なんだかすっかり仰天してしまい、衝動のまま、女の車に背を向け走り出していた。

「待ちなさい」

女の声から遠ざかろうと、僕は路地に折れ、走った。車は通れない細い路地だ。彼女が車から降り、追い掛けてくるのが分かった。捕まりたくない。捕まるのは怖い。そう思うそばから、「恐れることはない」とも感じていた。

逃げる僕、走る僕、だけどその身体はトモコという女の物なのだった。どのくらいの体力があるのか分からない。サンダルを履いているせいもあって、もどかしいほどに身体は前に進まない。追いかけてくる女は、長めの巻きスカートだったが、足にはスニーカーを履いていた。差がつまってくる。遂《つい》に、肩を摑《つか》まれた。

「待ちなさいよ。なぜ逃げるの。なにがあったの」

僕は女に、壁際《かべぎわ》に引きずられ、押さえ付けられそうになった。僕は一度動きを止め、抵抗するのを諦《あきら》めたように見せかけた。女は、肩を大きく上下させて、呼吸を整えた後、なにかいいかけた。その一瞬、僕の肩に食い込んだ女の手の力が緩んだ。僕は、女の手をしゃがみ込む姿勢で振りほどき、それと同時にサンダルを脱ぎ捨て、片手で拾い上げ、よろけながら僕を抱え込もうとする女の腕の間をすりぬけて、走った。アスファルトの地面を一蹴《け》りするごとに、下半身にジンとした衝撃が奔《はし》る。何歩めかには、小石を踏み付け、鋭い痛みが、腿《もも》にまで突き上げた。それでも僕は、怯《ひる》まなかった。T字路を、ためらいもなく右に折れた。しかし、そこは十メートル程先で行止まりになっていた。踵《きびす》を返し、逆の道を行こうとした。そこに、激しく息を喘《あえ》がせながら、女が追いついてきた。彼女の息の荒さからして、スタミナはなさそうだが、体格は、今の僕であるトモコという女よりは遥《はる》かにがっしりしている。力ではかないそうにない。僕は、素早く周囲を見渡した。道の右脇《わき》が空き地になっていた。金網のフェンスを越えてそこに降りれば、一つ向こうの道路に行ける。女は、僕を追い詰めたと思い込んでいるのだろう。既に走るのをやめて、一歩一歩慎重に近付いてきている。僕は、サンダルを空き地に放り投げ、すかさずフェンスの上端に手をかけて飛び付いた。女が、驚いた様子で走りだす。フェンスに腹を乗せたと同時に、女の手が僕の足首をつかんだ。僕は慌てて腕に力を込めて伸び上がった。足首が捩じれ、くるぶしが金網に擦れた。

「痛い」と声を出したのは、下にいる女の方だった。彼女の指先が僕のくるぶしと金網の間に挟まれ、ひっかかって捩じれたのだ。彼女は手を離した。僕は、伸び上がった勢いのまま前方に倒れ込み、金網の向こう側に落ちかかった。頭から墜落しそうになるところを、どうにか手足の指で金網にしがみつき、勢いを殺すと、後はゆっくりと伝い落ちるようにして着地した。土の地面に座り込み、栗色の髪の女と向き合う。

「どういうことなのよ」女がいった。

金網越しという事で、僕はいくらか安堵《あんど》した気持ちになっていた。すると、話をしてみたいという気持ちが、突然湧《わ》き上がってきた。逃げようとするのは、間違いかもしれない。僕は僕になにが起こったのか知りたい。それは同時に、このトモコになにが起こったのかを知ることでもあるはずだ。

僕は、話をどう切り出そうかと、口を開きかけた。しかしそれは、ほんの一瞬のことだった。女がフェンスに飛び付き、自分もフェンスを乗り越えようとし始めたのだ。その女の表情に、どこか狂気めいた焦燥感《しょうそうかん》のようなものがあるのを、僕は感じた。怖くなった。なにが怖いのかは、よく分からなかった。僕は、慌てて立ち上がった。女が、「あっ」と悲鳴のような声を出し、地面に膝《ひざ》から落ちて行くのが見えた。女は、金網のほつれにスカートを引っ掛けてしまい、バランスを崩して転落したのだ。女は、膝を押さえて呻《うめ》き声をあげていた。彼女の表情は苦痛に歪《ゆが》み、まなざしは、助けを求めていた。ふと同情の気持ちが芽生えたが、僕は背を向けた。ともかく一刻も早く彼女の元から立ち去り、落ち着いて状況を考え直してみたかった。

他に行く先がなかった。そこが、僕の部屋なのだから。

3

「おかえり」

出迎えた宗像に驚いた様子はなかった。それは当然で、僕はトモコの衣服を置き去りにして、宗像の衣服を借りて出かけている。戻ってくると予測がついたはずだ。しかしそれにしても、僕を招き入れる宗像の様子は、嬉《うれ》しげに見える。今にも肩を抱きそうな雰囲気だ。こいつは妙な下心を持っているのかもしれない。僕はおぞましい気持ちになってくる。けれども、他にどこかに行こうという気持ちにもなれないし、当てもない。僕は、宗像に隙《すき》を見せないように、固い表情を作って部屋に上がり、話しかけてくる彼を無視するためにテレビをつけ、番組を眺めるふりをしながら、考えに耽《ふけ》った。

この身体《からだ》の持ち主の名前はトモコ、彼女も行方不明になっている。彼女はどこに行ったのか……ここだ。ここにいる。しかし、ここにいる女は、肉体はトモコでも、心は篠井有一だ。僕が探さねばならないのは、トモコの肉体ではなく心だ。それはどこにいったのか。トモコの心はおそらく、一九八九年の篠井有一の肉体の中にある。僕と彼女の精神はどこかで次元の壁を超えて入れ替わったのだ。僕は真剣にそう考えていた。もはやこの異常な事態を受け入れるしかない。とにもかくにも事態を解釈し、なにかしらこの状況を抜け出す努力をしようと決めていた。

異次元の壁のある場所を、まずは探さなくてはならない。どこだろうか？　フォルテか？　それとも他の場所……そこはトモコと僕が二人とも立ち寄る場所だろう。その場所はどこか。場所、そう考えるのは正しいのだろうか。時間の軸が捩《ね》じれているとすれば、空間だって捩じれてるんじゃないのか。僕とトモコは、異次元空間を隔てて繋《つな》がったに違いない。けれども僕らは、心だけが時を超えたのだ。なにか特別な霊界のようなものを経由して繋がったのかもしれない。入れ替わった場所を現実の世界の中に求めることは無駄ではないのか。

あれこれと考えていると、もやもやとしたものが頭の中に広がり、叫び出したいような衝動に駆られた。それを鎮《しず》めるために、シャワーを使いたかった。

「お風呂《ふろ》使うよ」

僕が、事務的な口調でそういうと、宗像は、「あっああ」と間の抜けた返事をした。

「いっとくけどさ、変な事を期待してるんだったら、無駄だよ。僕にその気はないんだ。出て行かないのは、昨夜の事を、あんたが責任とるっていったからさ」

宗像は、表情を固くした。

「今夜もここに泊まる。連れ込んでおいて、自分の都合で出て行けというのはむしが良すぎる」

めちゃくちゃな理屈だったけれど、僕は勢いだけで押し切ろうとした。

「別に……出て行けとは……だけど、どんなふうに責任をとれば……」

「結婚……」

「え」

「……なんてことはいわない。あんたは僕に手を出した訳じゃないからね」

「やっぱり……なにもしてないんだね」

「セックスしなけりゃいいってもんじゃないだろう。あんたは女子高生を部屋に連れ込んで泊めたんだぜ。それも僕の意志を無視してだ」

「ああ……だけど僕も……いや、言い訳はしない。僕は君を、強引に引っ張って来たんだと思う」

「強姦《ごうかん》未遂くらいの罪にはなるんじゃないかな」

宗像の顔色が、みるみる青褪《あおざ》めた。

「そんな……僕が……強姦……強姦なんてそんな……」

宗像は、心底怯《おび》えきった様子だ。大学院生というから、将来は大学教授にでもなるつもりに違いない。そんな人間にとって、強姦で訴えられるかもしれないというのは、相当ショッキングな事態だろう。濡《ぬ》れ衣《ぎぬ》を着せるのは気の毒だったけれども、彼の下心を萎《な》えさせるには、一番効果があると思った。

「まあ、訴えられたくなかったら、これ以上罪を重ねないことだね。あんたの態度次第では出るところに出るからね」

「僕は……強姦なんて……そんな……」

宗像は、虚《うつ》ろなまなざしを天井に向け、うわ言のようにそう繰り返している。

「知らない女を家に連れ込むからにはそれなりの覚悟をしなってことだよ。どんな性悪女か分からないんだぜ」

宗像は、怯えた顔を僕に向けた。

「あんたが変な下心さえ持たなければ……僕らは……友達になら……なれるかもしれないと思うよ」

宗像は、青白い顔でうなずいた。

僕はシャワーを使いに、バスルームに行った。服を脱衣籠《かご》の中に投げ入れ、そしてとうとう、パンティも脱ぐ。下半身が本当のところどうなっているのか、気にならない訳ではなかったが、恥毛を掻《か》き分け、鏡をあてがって、とまでは考えなかった。ともかくペニスも睾丸《こうがん》も陰囊《いんのう》もないことは確かで、自分の身体でないことは、今更疑いようがなかったのだ。

頭からシャワーのお湯を浴びた。髪をほどき、汗を洗い流す。意識が一度透明になった。もやもやとしていた思考の糸がほぐれ、その後、新たに絡《から》み始めた思考の糸は、一つの仮説を編み上げた。……一九八九年に残った僕の身体は、それから五年間、トモコの心を持ったまま過ごして、今現在にいたっているのではないだろうか……。その仮説は凄《すご》くまともな発想のような気がした。トモコは今日の僕のような驚きの後、この事態を受け入れ、新たな人生、篠井有一としての人生を歩む。未来にきた僕より、過去にいった彼女の方が現実を受け入れるのはたやすかったはずだ。彼女は今、篠井有一としてこの世界にいる。僕らの精神が交差した場所を探すより、今この時代に生きている僕、篠井有一を探すべきだ。それならば、出来そうな気がした。僕は、シャワーを止めた。

「タオル貸して」

外に声をかける。

「タオルだよ、タオルを貸して」

しばらくして、バスタオルを握り締めた宗像の手がドアの隙間から差し込まれた。

僕はそれを受け取って全身を拭《ふ》くと、身体に巻き付けた。一応胸まで、すっぽり隠す。強姦で訴えるという脅しは宗像に相当強く効いていると、僕は確信していたから、そんな姿でバスルームを出ることに不安を感じなくなっていた。

居間に行った僕を見た宗像は、慌《あわ》てて視線をそらし、壁を見つめた。

僕は、「下着も貸して」という。

「ええっ」と彼はいった。壁に向かって、「下着って」と訊《き》く。

「パンツだよ」

「そんなもの、あるわけないだろう」

「あんたのでいいんだ」

「僕のって……僕は女物なんて穿《は》く趣味はない……」

「男物でいいからさ」

「買ってくる」

彼は視線を下に向けた姿勢で僕の脇《わき》を通りすぎ、表に飛び出していった。

その後ろ姿が、どこか滑稽《こっけい》で、僕は失笑した。なにもそこまで怯える必要はないと思うのだが、彼は泥酔《でいすい》していて昨夜の記憶がないのだから、僕の主張を否定する事はできないのだ。無理やり連れ込まれ、酒を飲まされ、襲われたと、女がいえば、それが事実になる。彼が怯えるのももっともかもしれない。気の毒だけど、その気持ちにつけこめば、当分はいいように扱えるんじゃないかと僕はほくそ笑んだ。僕はなんの遠慮も感じずに、勝手に冷蔵庫を開け、コーラを出して飲んだ。喉《のど》にはじける心地《ここち》好《よ》い感触に酔い、ほっと溜《た》め息を吐き出しながら、置き去りになった自分の身体のことを思った。

トモコの心を持つ篠井有一は、この部屋を捨てて、どこに行っただろうか。

それを知っているのは誰か。彼女は僕の母親や姉、知人とどんな風に付き合ったろうか。見掛けは篠井有一でも、中身はトモコという別人なのだから、家族や知人と、篠井有一として、それまで通りの付き合いを継続させるのは無理だろう。彼女には篠井有一の生きてきた過去の記憶がないのだ。僕がトモコの知り合いとの出会いに恐れおののいて逃げ出したように、彼女もまた、有一と呼び掛けられて、戸惑い、怯えたはずだ。

僕が今、ヒロヤマトモコとしてこれから生きていけるかと問われれば、答えはノーだ。気持ちの問題はともかくとしても、ヒロヤマトモコの知り合いと、どう付き合って行けるのか。そのすべがない。ヒロヤマトモコも状況は同じだったはずだ。彼女は、どこかに逃げ出し、新しい生活を求めるだろう。その状況を表面的に見れば、篠井有一の失踪《しっそう》ということになるのではないか。篠井有一は、この部屋を出て、家族との連絡を断つ。この部屋の住人は、篠井有一ともう一人、本来は姉がいるが、姉は一九八九年当時、精神を病み、長期の入院が必要だといわれていた。

マンションの部屋は二人の住人を失い、やがて契約は解除され、別の人間が入居したはずだ。

それから五年、姉はまだ、入院しているのだろうか。そうは思いたくない。今はもう退院しているとして……姉は、その後どうしたか……実家に戻っただろうか……この町にとどまる理由は、特にない。もともと、僕の通学の便を考えて選んだマンションだ。その僕が失踪したとしたら、姉がこの場所にとどまる理由はない。そう思うが、万に一つという可能性を考えない訳にはいかない。ヒロヤマトモコの心を持つ篠井有一は、どうにか困難を乗り越えて、姉と暮らしているのかもしれない。その篠井有一は、既に大学を卒業している年齢になっていることになるが、一、二年余分に通う事もあるだろうし、この近くに就職する場合もある。つまり今、篠井有一と姉がこの近辺に住んでいる可能性はゼロではない。そして、もしそうだとすると、このマンションを出て転居した場所が局番の変わらない範囲ならば、今も電話番号が変わっていない可能性がある。

自分の部屋の電話番号は、もちろん暗記している。胸を高鳴らせながら、その電話番号を押した。呼び出し音が鳴っている間、僕は心臓の付近を片手でしっかり押さえていた。カチャリと音がして、若い男の声がした。

「もしもし」

か細い、眠そうな声だ。それは篠井有一の、つまり自分の声かも知れない。僕は息が詰まって、なにもいえないでいる。

「もしもし、長谷川ですけど。もしもし」

その声は、第一声とは違って、野太く、よく響く声だった。まるで聞き覚えのない声、そしてもちろん、名前にも覚えがない。既にずっと以前にマンションの部屋が他人の物になっていたように、電話も、既に他人の物だったのだ。

僕はなにもいわずに電話を切って、深い呼吸をした。喉がカラカラに渇いている。

二本めのコーラの口を開けた。

馬鹿《ばか》な考えだったなと、苦笑した。ヒロヤマトモコには、それまでの篠井有一としての生活を引き継げるはずはないのだから、やはり逃げ出して、新たな生活を始めるほかなかったのだ。ヒロヤマトモコは、たとえ僕の肉体に乗り移っていたとしても、僕のことをなんにも知らない。そんな彼女が姉と一緒に暮らすことなどできるはずがない。姉はすぐに、僕の様子がおかしいと気がつくだろう……たとえ精神の病に冒されていても……。

僕は姉のことを思った。彼女は、僕にとって母親以上の存在だ。五年の月日の経過は、姉にどんな変化をもたらしているだろうか。当然病は完治していると思うのだが……しかし、もしかしたら……という思いもある。

僕は、電話の置いてある棚の下にあった電話帳を引っ張り出し、向央会町田病院の番号を調べた。そこの代表番号にかけて、精神神経科の呼び出しを頼んだ。電話を受けた女性は、直通の番号を教えてくれた。改めてかけ直す事になる。僕は、一度電話を切り、その番号を押そうとして、途方に暮れた。いったいなんといって尋ねればいいのだ。

姉は、表向きはその病院に入院していない。外聞を憚《はばか》って、母がそうしたのだ。外部からの電話での問い合わせには、そんな患者はいないといわれるか、その種の問い合わせには応じられないといわれるかのどちらかだ。もちろん、こちらが患者の家族であることが証明できれば問題はないのだが、その患者は今も入院しているのか、という質問は、家族のする質問ではない。どうしたらいいかとしばらく悩んだが、一つだけ方法があると思った。姉の担当の医師と直接話す事だ。担当医は、安代真澄《あしろますみ》という女医で、僕は姉に面会に行く度に彼女と何度も直接会って話しているし、電話で姉の様子を訊いたことも何度かある。ヒロヤマトモコの心を持つ僕が訪ねたり、電話をかけたりしたとは思えないから、丸五年ぶりの電話ということになるのだろうが、安代先生は僕のことを覚えていると、確信があった。姉は特別な患者だ。症例としてはありふれているが、その母親は山梨県で指折りの資産家で、姉の入院に当たっては、結婚前の娘の病歴が表沙汰《おもてざた》にならないよう特別な配慮をお願いすると、病院に多額の寄付を約束している。それもあって、僕が面会に行く度に、安代先生は忙しい時間を割いて、僕の気のすむまで質問に答えてくれたのだ。五年経過しても忘れるはずはないと思う。けれども、問題が一つある。それは、僕が僕ではなくなっていることだ。会って話す訳にはいかない。僕は篠井有一ではない、篠井加代の弟だとは、認めてもらえないのだ。しかし声だけなら、もしかしたら篠井有一で通せるかもしれない。

無理かもしれないと思いつつも、電話をかけた。

「篠井有一というものですけれど……安代真澄先生をお願いします」

「少々お待ち下さい」の声の後、保留音が流れ出した。僕は喉をもみほぐしながら、安代先生を待った。最初の声が問題だと思った。家族の声色を使って、誰かが患者の病状を探ろうとする。そんなことは、めったにあることではないだろう。自信を持って篠井有一だと言い切り、齟齬《そご》なく話を続けられれば、疑われるはずはない。大丈夫だ。僕は自分を励ましながら、安代先生を待ち続けた。不意に保留音がとぎれ、ハスキーな、特徴のある声が響いた。

「もしもし」と語尾が上がる。安代先生の声だ。

僕は唾《つば》を呑《の》んで、軽く咳払《せきばら》いをして、篠井有一らしい声を作った。

「もしもし。篠井有一です。姉がお世話になって……」

現在形か、過去形かわからないので、語尾を濁した。

「驚いたわ。随分と久し振りじゃない」

僕を別人と疑っている様子は、全くなかった。当然だ、僕は本人なのだ。そう思うが、少しうろたえている。

「姉は……」

「元気よ」

まだ入院していたのだ。僕は複雑な思いにかられた。もうとっくに退院しているはずだと思っていたが、それは僕が五年の時間を飛び越したという事実を踏まえての感情だ。僕自身は、先日面会した姉の様子を覚えているし、そこからの劇的な回復を想像するのは難しい。姉がまだ病院にいるという事実は、僕の混乱した意識の中に、不思議な安堵感《あんどかん》を生み出した。昨日と変わらないものを見つけ出し、ほっとしているのかもしれない。

「ちっとも見舞いに来ないのね。もう何年になる？」

「いろいろと忙しくて」

「入院した当初は、毎週のように来ていたのにね」

「……すいません」

「別に、わたしに謝ることではないでしょう」

「姉に、会えますか」

「それはもちろん、あなたが会いたいのならね」

「行きます。今日か、明日にでも」

「ええ」

「……あのう、そうするつもりなんですが……」

「なに？」

「もし、僕が行けなかったとき、別の人間を代わりに、行かせたいんですが……その人が会えるように手配してもらえますか」

「不思議なことをいうのね。なんのためにそんなことを？」

「姉に、ちょっと聞きたいことがあるんですが、急ぎの用で。それで僕が行けない場合、代わりの人間に……」

「あなたには、伝わってないのかしら。海山さんに話しておいたんだけど」

叔父の名が出たことに、僕は少し驚いた。姉は彼のことをひどく嫌っていたし、彼の方も、姉を煙たがっていた。それに叔父は、僕とは血縁だが、姉とは血縁ではない。海山は、僕にとっては実の父、姉にとっては義理の父の孝雄の弟だ。

姉と海山の関係は、赤の他人以上にそっけない付き合いでしかなかった。しかし、僕が姉を放り出してしまえば、姉の件は『叔父が処理すべき事項』として母に命じられるということは、ないことでもない。

「彼女、この前軽いパニックを起こしてね、今はまるっきりコミュニケーションが取れないのよ。なにが聞きたいのか知らないけど、まずなんの返事ももらえないでしょうね」

僕は失望し、近いうちに面会に行くからと改めていって、ぼろがでないうちにと早々に電話を切った。

その後で、思いを巡らせた。安代先生は、僕に「何年ぶりだろうか」と訊いた。それは、ヒロヤマトモコの心を持った篠井有一が、それまでの生活を捨てて新しい生き方を始めたという考えを裏付けているように、最初は思った。しかし、ヒロヤマトモコの心を持った篠井有一の失踪は、安代先生にとってもある種の事件のはずではないだろうか。安代先生は、僕の代わりに病院を訪れる叔父に訊かなかっただろうか？「有一君はどうしたんですか」と。そして有一の失踪を聞かされるのではないか。もしそうだとすると、今の電話の対応は不自然な気がする。もっと驚くはずだ。安代先生は、篠井有一の失踪を知らず、単に面会に来なくなっただけ、と思い込んでいる。そうとしか思えない。しかし、それで安代先生は納得したのか？「有一君は、なぜ面会に来ないんです」とあの人が訊かないはずはない……と思案し、答えを見つけた。安代先生は訊いたはずだ……しかし、叔父かあるいは母は、それに正直に答えはしなかった。そういうことか、と僕は納得した。考えてみれば当然だ。姉の病気が、篠井の家にとって外聞を憚るような出来事だったように、有一の失踪も、家の恥だったのだ。おそらく留学したとか、適当な言い訳が用意されたのだろう。「たまには帰ってくるのではないか」という問いにも、「いろいろ付き合いがあるらしくて」とか、そうといって、僕が自分の用事に忙しくて見舞いに来ないのだと、安代先生にはそう思い込ませているということは、十分にありそうなことだった。安代先生は、僕のことを冷たい人間だと思っているだろう。姉を見捨てたと思っているだろう。そう思われるのは、悲しい。しかし今は、そんなことにくよくよとしている場合ではなかった。安代先生との会話で得た収穫を喜ぶべきだ。安代先生は、僕の声を篠井有一と認め、少しも疑わなかった。これを利用しない手はない。話の内容さえ間違えなければ、僕は篠井有一に成りすます事ができるわけだ……成りすますとはおかしな言い方だが、他にどういったらいいだろう。

次の電話だ。

僕は記憶を辿《たど》った。一つの電話番号が、簡単に暗唱できた。

甲府市にある、母が社長を務める会社の番号だ。

コードレスホンの子機を握り締めた腕が少し震えていた。

受付の女性が出ると、少し声を高くして、女の声を出した。こちらの名前を告げずに、叔父の海山親衛《しんえい》を呼び出す。僕には、母と話をするつもりは全くなかった。母と僕の間には、決定的な亀裂《きれつ》があり、もはや会話が成立する間柄ではない。

「海山親衛……社長ですね」

「えっ」と僕は絶句した。いったいどうして叔父が社長になったんだ？　会社の実権は父が生きていたときから母にあった。父の死後、父の弟である海山は、出世コースから完全に外された、と僕は聞いていた。叔父が社長とは意外だ。……すると母は、今では会長だろうか。

呼び出し音がぷつりととぎれ、秘書と思《おぼ》しき相手が出た。用件を聞かれるが、知らんふりで「海山さんを呼べばいいの」と女の口調でいう。これで繋《つな》がる。叔父の女癖の悪さ、見境のなさは有名なのだ。あちこちからしょっちゅう電話がかかってくる。クラブへのお誘いや、つけの催促、デートの打ち合わせ、昨夜のお喋《しゃべ》りの続き。叔父は、そうやっていつまでもいろんな女と遊んでいたいのだと、五十になっても独身を通していた。その後の五年でその生活が改まったのでなければ、電話は繋がるはずだった。

僕は咳払いをして、「あー」と低音で発音してみる。それは、篠井有一の声とそっくりだ。有一だと名乗れば、叔父も、そう思ってくれるだろう。……なんでこんな心配がいるんだろう。僕は有一なのに……。

「もしもし」

叔父の声は、どの女からかな、という感じのさぐるような猫撫《ねこな》で声だった。

「もしもし。僕だよ」

「ん？」

「有一だ」

「有一？」

「そう」

僕は緊張した。叔父はどんな反応をするだろうか。僕が考えている通り、現在ヒロヤマトモコの心を持つ篠井有一が失踪中であるならば、叔父は切迫した声で、「どこにいるんだ」と訊くだろう。

「いったい、どこからかけてるんだ」

やっぱりだ、僕の予測は的中した。切迫感こそ今一つ感じられないが、やはり叔父は僕を探していた。

「叔父さん……」

僕の声は震えていた。なにから、どう話せばいいのだ。そう思ってためらっているうちに、怒声に近い声が響いてきた。

「何時だと思っているんだ。約束の時間はとっくにすぎているんだぞ。よくもまあそんな、のんきな声が出せるな。向こうの社長も先程見えられて……どうにか間をもたせているが……おい聞いてるのか」

僕は電気ショックでも受けたような痺《しび》れを全身に感じた。粘っこい汗が、瞬時に額に浮いた。

「いったい何様だと思ってるんだ。お前はまだ見習い社員なんだぞ」

どういうことなんだ、僕の叫びは心の中にこだました。トモコの心を持った僕は、母の会社で働いている。僕の家族と、付き合っている。僕は耐え切れないほどの寒気を覚えた。まだ怒っている叔父の声を耳から遠ざけ、電話を切った。

僕はしばらく、放心して床に寝転がり、天井を見上げていた。僕の肉体が、ここにいるこの僕とは別に存在していると、そう思い付き、すんなりと受け入れたけれども、心のどこかでそんな馬鹿なことがあるはずはないという気持ちもあった。むろん、他人の肉体の中にいる自分の存在というのも同じ意味で馬鹿げているのだけれども、それは、ここにいる自分にとっては疑うことができない、受け入れるほかない事実だ。しかし、他人の心を持つ僕が、この世界のどこかに今存在しているということは、その対象を目にしていないだけに、やはりまだ、心のどこかで否定していた。しかし今の叔父の言葉を考えると、肯定せざるを得ない。いるのだ。本当に、僕の肉体が、ここにいる僕とは別に存在している。全身に、鳥肌が立っていた。湯冷めのせいも多少はあるかもしれないが、僕が感じている寒気は、もっと身体の奥の方から押し寄せてくるものだった。

僕は、僕に会わねばならない。もう一人の僕に。僕の肉体に。そしてそこに帰るのだ。寝たままの姿勢で無意識のうちに喉に流し込んだコーラが気管に入った。僕は炭酸に思い切り噎《む》せながらも、決意を胸に刻んだ。けれども、怖い気もしている。僕は自分の肉体を別の人間の目を通して見ることになるのだ。こんなこと、僕の常識を、いやたぶん、誰の常識も超えている……しかし今更、常識などあったものでもないな……。

僕は身体を起こし、エアコンの温度をあげた。ブーンという振動音が響く。その音に反応したように、セキセイインコが激しく鳴きながら、止まり木を軸に身体をくるくると回し始めた。

僕は鳥籠《とりかご》に指先を近付け、寄って来たセキセイインコがじゃれつくのを眺めながら、ヒロヤマトモコのことを思った。

……トモコという女は、どういう気持ちで、そしてどういうやり方で、他人の身体で、他人の人生を生きてきたのだろうか……。

突然背後に物音がした。僕は驚いて立ち上がったが、その物音は、怯《おび》える必要のないものだった。宗像が戻ってきたのだ。

「これでいいのかな」

宗像は、コンビニエンスストアの袋を差し出す。僕はそれを受け取ると、彼をキッチンに追いやり、身体に巻き付けたバスタオルを取り、袋を破ってパンツを取りだした。男物でいいといったのに、女物だ。不満だったが、しかたがない。この肉体には確かに相応《ふさわ》しいのだ。僕はパンティを穿《は》いた。男物のブリーフと違って、締め付けが弱くて頼りなく感じるが、考えてみると、でっぱりがないのだから、締め付ける必要はない。僕は自分の下着姿をあまり見ていたくなくて、袋に入っていたTシャツとコットンのズボン、それにダンガリーのシャツを身につける。

「すぐそこに洋品店があったから。サイズどう？」

「ぴったりだ」

「スカートだと、どういうの選んだらいいのかわからなくて」

「ありがとう。いくらだった」

「いいよ、あげる」

それで彼の気分も楽になるのだろうからと、僕はなにも悪くないはずの宗像の罪滅ぼしの行為を有り難く受け入れることにした。

ヒロヤマトモコ名義のキャッシュカードをもっているが、残高がいくらなのかまだ確認していない。差し当たっては財布の中の五万円を全財産と考えておく必要がある。一銭でも惜しい。宗像は、学生といっても、こういういい部屋に一人で住んでいるのだ。経済的には恵まれているに違いない。このくらい大した出費ではないはずだ。これで強姦《ごうかん》で訴えられずにすむとすれば、なんとも安い買い物ではないか。

僕が着替えを終えたことを告げると、宗像は、どこかに夕食を食べにいかないかと誘った。

「今は外に出たくない。疲れてるんだ。カップラーメンでも食べるよ」

「よかったら、作るけど。何か食べたいものは」

「別に、なんでも」

「じゃあ、買い出しに行ってくる」

宗像は再び出掛けていった。

僕はテレビのニュースを眺めながら、ヒロヤマトモコという女のことに考えを戻した。

トモコという女は、自分が棲《す》むことになった肉体が、篠井有一という人間だとはどうにか知ることができたとして、そう知ったとき、その家族と親しくしたいと思っただろうか。そうは思うまい。僕があの栗色《くりいろ》の髪の女から逃げ出したみたいに、彼女もまた、僕の家族の前から逃げ出したいと思ったはずだ。それなのにどうして付き合っているのか。見た目こそ僕だが心はトモコ。当然僕の記憶はない。僕の身内や知人と僕として付き合うのは、精神的には相当にタフな作業だ。それをあえて行うのはなぜか。……ひょっとして、僕が受け継ぐ権利のある途方もない財産が目当てということではなかったか。それは、人によっては悪魔に魂を売ってでも求めてやまぬものだろう。嫌な想像だが可能性はある。そうすると、彼女は、再び僕と心が入れ替わることを望まないかもしれない。そしたらどうなる……いやそんな馬鹿《ばか》なことはない。やはり自分に戻りたい。そう思うはずだ。彼女もなんとか、自分の身体の中に戻りたいと考えてるはずだ。

「そうだ」

僕は思わず手を叩《たた》いた。彼女は、僕とは大きく事情が違っていたのだということに思い当たったからだ。

彼女は、未来ではなく過去にいった。一九九五年から一九八九年へ。彼女は置き去りにした自分自身の肉体を簡単に見付けただろう。過去の自分なのだから。彼女は僕の身体を持って、自分に会いにいったに違いない。しかしこれは問題だ。そのとき向き合っているトモコの中にもトモコの意識がある。未来のトモコの意識と過去のトモコの意識がともにそこにある。これはパラドックスとかいうことにならないだろうか。SF小説ではこういうパラドックスが生じた際に起こる出来事について、あれこれと語っている。けれども、小説を書いている人間だって、そんな経験があっていっているわけではないだろう。単なる空想にすぎない。ここはともかく、二人は出会えたのだとしよう。過去のトモコは身も心もトモコとして、そこに存在する。未来のトモコは、心だけ未来のトモコの心をもち、僕の身体で過去のトモコに会う。そして……待つのだ。僕の心がトモコと入れ替わるそのときを、じっと息を潜めて待ち続ける……いや、どうしてじっと息を潜めてなのか。五年という月日のもつ重みは大変なものだ。トモコの五年間には、悲しいことや悔しいこと……あのとき、ああしていたら……そう思うような出来事が、いくつもあったはずだ。僕の心が到着するまでの五年間、どうして自分が過去の過《あやま》ちを再び繰り返すことを、黙って見ていなくてはならないのか。やがて自分の心が元の肉体に戻ると信じたなら、自分をできる限り幸せにしてやりたい。そう思うのではないか。

僕は、叔父との会話を振り返った。叔父は、時間に遅れている有一のことをひどく怒っていた。大事な用にもかかわらず連絡もせずに、ひどい遅刻をしている。なぜ？

……なにかあったのだ。……事故だ。あの栗色の髪の女がいったではないか。僕をトモコだと思って、ご主人が昨夜事故に遭った、と。

結論は出ているではないか。トモコの心は自分の身体のすぐそばに居続けたのだ。どうやってか？ トモコの心を持つ有一には、トモコが何を考え、何を望んでいるのか、すべて手に取るように分かった。女の気を引こうとする男にとって、これ以上の武器があるだろうか。

トモコの心を持つ有一は、トモコに近付き、妻にした。

この推理に欠陥があるとすればただ一つ、銀行のカードにあるヒロヤマという彼女の名字だ。けれどもそれは、説明がつかない事ではない。結婚前に作ったカードを、名義を変えずに使っていたと考えればいい。

彼女は旧姓ヒロヤマ、現在は篠井トモコ。そうに違いない。

4

簡単に腹拵《はらごしら》えすると、僕は再びフォルテに行くための変装を始めた。

フォルテという店が、僕に起きた異常事態を打破するための重大な鍵《かぎ》になる場所だとは、今は考えていなかった。心が入れ替わった場所は、大した問題ではない気がする。ともかく僕の肉体と出会うこと、その方が重要だと思う。そしてそれは、難しいことではない。僕の肉体は、僕の家族との付き合いを継続しているのだ。肉体のある場所を訪ねるのは容易だと思う。しかし、フォルテという場所に、一度行ってみることは、悪いことではない。事態を理解するなんらかの手掛かりにはなるはずだ。

リビングに行き、宗像のカッターシャツを借り、ネクタイを締めてみた。胸の隆起が邪魔で不格好だ。包帯かなにかで、ぐるぐるまきにすることも考えたが、季節は冬だ。ぶかぶかのセーターでごまかすことにした。手頃なものを彼の箪笥《たんす》の中から見付けた。

僕は、男に変装しようと思っていた。トモコを知る人物のいる可能性のある場所を、トモコとして訪れることは、ひどく無防備で怖いことのような気がしたのだ。

最後に男物のズボンを穿いて、自分の姿を鏡に映した。全然駄目だ。僕の思うような変装にはなっていない。仕種《しぐさ》という面では完全な男を演じ切れるが、顔も身体も女なのだからうまくいくはずがない。髪を切ることも考えたが、床屋に行くには時間が遅いし、つるつるに剃《そ》ってしまったら、かえって目立ってしまう。帽子でごまかす方がまだましだ。そこで、スキー帽みたいなデザインの帽子を、束ねた髪を隠すように載せて、サングラスとマスクをつけた。せいぜいが中性の怪しい奴《やつ》にしか見えないが、これで一応の変装にはなる。

「どこか出かけるの」

宗像が訊《き》いた。

「うん」

宗像は、心配そうな顔で僕を見ている。彼に心配してもらってもどうなるものでもないから、僕はそんな彼を無視して一人で出かけるつもりでいた。が、ふと気が変わった。宗像を連れていけば、いろいろと好都合ではないかと思ったのだ。陰に隠れることもできるし、代わりに喋《しゃべ》らせることもできる。

「一緒に来ない?」

「いいけど……」

宗像は、ベンツに乗っていた。僕は、ちょっと驚いたポーズをとってみせる。

「学生がこんな車乗り回せるの」

「親父《おやじ》がくれたんだ」

「金持ちなんだな。住んでるとこ見れば分かるけど」

「贅沢《ぜいたく》の味をおぼえさせようとしてるのさ」

「へ？」

「金にならない研究をやってる人間には、できない生活だろう。親父は、会社の後を継がせたがってるんだよ」

「ふうん」

「で、どこにいくの」

僕はフォルテのマッチを宗像に見せた。

「ここなんだけど、道、分かる？」

宗像はうなずいた。

僕は緊張してフォルテの扉を開いた。頭の上で鳴った鈴の音に、ぎくりと肩を竦《すく》めた。カウンターの席と小さなテーブルが三つあるだけのこぢんまりした店だった。カウンターの奥にいるバーテンは、陰気な顔をした五十がらみの白髪混じりの男だ。彼はぼそぼそとした声で、「いらっしゃい」といった。

僕は、マスクの内側で、荒く呼吸しながら、カウンターの一番奥に座った。

右隣に宗像が座る。

僕は水割りを頼み、少し咳《せ》き込んで見せた。マスクの意味をアピールしたつもりだ。それからうつむいてそっとサングラスを外すと、僅《わず》かに視線を上げた。バーテンと目が合ってしまって、僕は息を呑《の》んだ。バーテンは、なんの反応も示さず水割りのグラスを差し出した。僕はマスクを下げ、グラスに口をつけ、乾いた唇を湿らせた。バーテンが、またこちらを向いて、水割りを差し出す。僕は暫《しばら》く硬直していた。今度のグラスを受け取ったのは宗像だ。バーテンは、すぐに僕らから視線をそらした。

僕は、ほっと息をついた。ひょっとしてヒロヤマトモコはここの常連かもしれない可能性があったわけだから、なにか話しかけられるのではないかとびくびくしていたが、どうやらそれはない。このバーテンは、ヒロヤマトモコを知らないようだ。といって、ヒロヤマトモコがこの店に来たことがない、ということではないはずだ。彼女は、ここのマッチを持っていたのだから、一度は来たと思う。ただ、常連という程ここに通っていたわけではなく、少なくとも、バーテンと親しく話すような馴染《なじ》みの客ではなかった、そういうことだろう。それともあるいは、ヒロヤマトモコは知っているが、変装しているために分からなくなっているのだろうか。店の中は暗いし、それも考えられないではないが、やはりおそらく、このバーテンはヒロヤマトモコを知らないか親しくはない関係だ、と僕はそう判断し、マスクを顎《あご》までずらした。

「この店、よく来るの」

宗像がいった。

「黙っててくれないかな。静かに飲みたいんだ」

宗像は、口元を引き締めて、うなずいた。

僕は店内をゆっくりと見回した。宗像から一つおいた隣にカップルが座っている。男は、まだ若いと思えるが頭のてっぺんが薄くなっている。女は、ロングヘアに大きめのウエーブをつけていて、僕の位置からは波打った髪の毛と鼻の出っ張りだけが見えている。女は、マティーニのお替わりを頼んだ。男はロックのグラスに厚めの唇を近付けている。僕の背後のテーブルの客は、若い男性同士の二人連れで、おそらくサラリーマンなのだろう。上司の悪口などを騒々しくいいあっていた。

僕は水割りをなめ、店内に微《かす》かに流れている有線放送の音楽を聴きながら、ヒロヤマトモコのことを思った。彼女は、昨夜ここに来て、酒を飲んだ。そしてここでなにかが起こり、一九八九年の僕と心が入れ替わった。改めて考えてみると、あまりにも馬鹿馬鹿《ばかばか》しい考えだと思える。そんなことあるはずがないのだ。非常識すぎる。そう思っているときの僕は、自分の姿を忘れているのだった。自分の意識が今、ヒロヤマトモコの肉体の中にある、その事実から少しでも目をそらしている時には、心と心の入れ替わりとか、タイムスリップとか、僕はどうしても信じることができない。しかし、信じない訳にはいかないのだと、壁の金属部に映じた自分の今の顔を眺めながら思う。異次元への入り口はどこにあるのか、僕とヒロヤマトモコの心が交錯した場所は、どこにあるのか。それは、この店の中だろうか。ここでこうして待っていれば、神様がいたずらを反省して、僕らの心を元通りに入れ替えてくれるのではないか。僕の意識は、現実の世界を離れ、すぐそばにあるに違いない異次元の入り口を探して、どことも知れずに浮遊を始めた。

鈴の音が聞こえ、ふと我に返った。新しい客が入ってくる。その姿を見て、僕はぎょっとなり、宗像の腕に凭《もた》れかかって顔を隠した。

「どうしたの」宗像がいった。

「黙ってて」

僕は宗像の肩口から入り口を窺《うかが》う。新しい客は、昼間僕を追いかけてきた女だった。彼女の栗色《くりいろ》の髪の毛は、今は照明の加減か、赤茶けて見える。

「シゲナガさん、いらっしゃいます？」

その女の言葉に応《こた》えたのは、カウンターにいたカップルの男だ。

「オオハシさんですか」

「ええ」

オオハシという女は、カップルの女の隣に腰掛けた。僕との間には、三人の人間がいる。身を乗り出すかどうかしない限りは、お互いの顔を見ることはできない。僕はしがみつくようにしていた宗像の腕から少し身体を離し、オオハシという女の方を盗み見た。彼女は僕の方には全く注意を向けていない。彼女と入れ違いに急いで店を出ようとも思ったが、逆にチャンスかもしれないと思い直した。彼女がヒロヤマトモコのことを、なにか話すかもしれない。聞いておいて損はないはずだった。僕は、耳を澄ました。幸い、後ろのテーブルのサラリーマンは、しゃべり疲れた様子で、一人が居眠りし、もう一人は黙々とつまみを口に放り込んでいる。

「こんなところまでお呼びだてして、申し訳ありません」

オオハシという女がいった。愛想の悪かったバーテンが、「いつものでいいの」と、オオハシという女にいっている。オオハシという女は、この店の常連のようだ。ヒロヤマトモコは、この女に連れられて、ここに来たのだろうか。

オオハシとカップルがお互いを紹介しあっている。

「妻のヒサミです」

その言葉で、カップルが夫婦であることが分かった。

「トモのご主人の容体は？」

シゲナガという男がいった。

トモというのは、ヒロヤマトモコのことらしい。いきなりその話題から始まったことに驚きながら、僕は聴覚に意識を集中した。

「大した怪我《けが》じゃありません」

「それは良かった……お見舞いに行こうとも思ったんですけどね……トモがいないんじゃあ、行っても仕方ないと思って……」

「トモコとは、中学の同級生だとか」

「ええ。二人とも、クラスメイトなんです」シゲナガがいった。

「オオハシさんは、トモとは……」ヒサミがいった。

「ここ二、三年、親しくお付き合いさせてもらってます」

カタンという音とともに微かな振動が伝わってきた。バーテンがグラスをオオハシの前に置いたのだ。僕はカウンターに下ろしていた左肘《ひじ》を慌《あわ》てて引っ込め、身体を引いた。グラスにはバーボンが注がれた。オオハシはすぐにグラスを手元に引き寄せたが、口はつけずに掌に弄《もてあそ》びながら、思いを巡らせる様子で天井を見上げた。僕は再び肘をカウンターに戻し、横目でオオハシの表情を窺おうとした。

そのとき、シゲナガがいった。「トモは、まだ見つかってないんですか」

僕はぎくりとして、宗像の腕に顔を押しつけた。

その動きが一瞬遅かったら、オオハシがシゲナガの方に視線を移す、その途中で、危うく目が合うところだった。

「見つかってません。連絡もありません」

「どこに行ったのかしらね」ヒサミがいった。

「さっそくですけど」オオハシは、グラスをカウンターに置いた。力がこもっていた。ガンと音がして、それに反応するように、グラスを磨いていたバーテンの手が止まった。「昨日のこと、教えていただけません?」

「昨日のことというと……」シゲナガがいった。

「トモコと会う約束をしてたんですか」

「ええ。九時にうちに来る予定でした」

「ヒロヤマさんは?」

「ヒロヤマって……」シゲナガは首を傾《かし》げた。

「トモのご主人じゃない」ヒサミがいった。

その一言は、僕にとって重要な意味を持っていた。トモコの夫の姓は、篠井ではなく、ヒロヤマだったのだ。トモコの心を持った篠井有一がトモコと結婚したという推理は、考え過ぎだったようだ。

「ご主人も、一緒に来る予定でした。それなのに、どちらも現われなかったんです」

ヒサミがいった。

「連絡は？」

「トモからはなかったけれど」ヒサミは夫の方に顔を動かして、いった。「ヒロヤマさんからは……」

「あったんですね」

「真夜中に。苦しそうな声で」シゲナガがいった。「今思うと、あれ病院からだったんですよね。トモコに替わってくださいっていって……そういわれてもねえ」

「ヒロヤマさんは、あなた方の家に行く途中で交通事故を起こしたといってます」

「そうでしたか」シゲナガはうなずいた。

「一緒に行くはずが、どうして彼は一人であなた方の所へ？」

オオハシの問いに、シゲナガはコップの底に残った氷を口の中に流し込みながら答えた。「本人は、なんていってるんですか」

「直前まで仕事があったので、別々に行くことにしたと」

「じゃあそうでしょう」シゲナガはどこか投げやりな口調でそういった。

「あなた方、ヒロヤマさんとはお会いになったことがないんでしょう」

「会ったことはありません。昨夜、紹介してもらうはずだったんです」ヒサミがいった。

シゲナガはオオハシから顔をそむけ、ウイスキーのボトルを手にしてキャップを捻《ひね》っている。

「それなのに、別々に行くというのは、不自然じゃありませんか」

「そうかしら。トモが先に来て、後からご主人が来るんだったら、別に変じゃないでしょう？」

「あんた……」シゲナガは外したキャップを馬鹿丁寧にカウンターにそっと載せると、ボトルの中身を、必要以上にゆっくりと、グラスに一滴ずつたらすように注いだ。そして漸《ようや》く言葉を続けた。「なにを考えてるんですか」

シゲナガはオオハシに顔を向けたまま、キャップを指先で探り当てて拾い上げる。

「別に。ただ、少し納得のいかないことがあるだけで」オオハシは落ち着いた声で答えた。

「どう納得がいかないんですかね」シゲナガの声が、高くなった。

「トモコがなぜ姿を隠したのか、それが一番……」

「それは確かに……」シゲナガはしばらく唸《うな》るような声を出し、「なにがあったんだろう」と声を低くして呟《つぶや》いた。

「オオハシさんは、ヒロヤマさんの事故と、トモがいなくなったことと、なにか関係があると睨《にら》んでるんですね」ヒサミがいった。

「……シゲナガさん、あなた昨日、電話、かけました？　八時頃ここに」

「いやかけてません。どうしてまた」

「昨夜、わたし、トモコとここで飲んでたんです」

僕は胸に圧迫感を覚えた。気分の問題だけではなく、物理的にも圧迫されていた。宗像に強くしがみつき過ぎていたのだ。腕の力を緩め、宗像の腕から、身体を少し離した。

「そこに八時頃……だったわよね」

カウンターに乗りだすように問いかけるオオハシに、バーテンがいくらかためらいを見せながら、うなずいた。

「トモコに電話がかかった。相手は男よね」

また、バーテンが渋々という感じでうなずいた。

「その電話で呼び出されて、トモコはここを出ていったんです」

「俺じゃないですよ、その電話」

「トモは、この人からの電話だっていったんですか」ヒサミがいった。

「いいえ、トモコは、夫からだって」

「じゃあ、そうなんじゃないですか」シゲナガが、訝《いぶか》しげにいった。「待ち合わせて、俺らのとこに来る予定だったんでしょう」

「ヒロヤマさんは、一人であなたの家に向かっている途中、事故に遭ったといってるんです」

「一度待ち合わせして、またなにかの用事ができたんじゃないかしら。それでトモを先にやって」

そういうヒサミの声には、困惑の色が滲《にじ》んでいる。

「トモコは、紹介したい人がいるからすぐに来い、と夫に呼び出されたと、そうわたしにいいました。おかしいでしょう。あなたたちは、トモコの旧友であって、ヒロヤマさんとは面識もないというのに」

「オオハシさん、少し勘繰り過ぎなんじゃないですか。ご主人は、俺らを訪ねる前に、別の誰かを紹介しようとしていたんじゃないですかね」

「いいえ、それは違います」

「どうしてそういいきれるんですか」シゲナガがいった。

「ヒロヤマさんが自分でいってるんです。昨夜ここに電話をかけたのは、自分ではないと」

「どういうことです……」シゲナガは、妻と顔を見合わせた。

「ヒロヤマさんがいう通りなら……嘘《うそ》をついたのは、トモコということになりますけど……わたしは、トモコがそんな嘘をいうはずがないと思ってます」

「すると、嘘をついたのはご主人ということになるわけですか……あんた……ひょっとして、俺たちも疑ってるわけ？」

「トモコは、旧友に会いに行くなんていう話、一言もいってませんでした」

「冗談じゃないわよ。わたしたちが、なんでそんな嘘つくのよ」

「どうもこの人は、トモがいなくなったことと、俺たちを結び付けて考えてるらしいな」

「とんでもない言い掛かりだわ」

ヒサミが、声を荒らげた。

「お客さん、そんな大声は困ります。他のお客さんの迷惑ですからね」

バーテンは、そういってヒサミをたしなめた後、オオハシの顔を見ていった。

「エミちゃん、そのう、今あんたたちが話してる、トモだかトモコだかは、つまりそのう、きのうあんたが一緒に飲んでた娘のことだろう」

「ええ」

「で、その娘が……どうしたって……」

「行方不明なの」

「……」バーテンは、横目で僕をじろりと睨んだ。

僕は、一瞬で額に汗をかいた。バーテンは、最初から知っていたのだ。僕は宗像の腕をきつく握り、身体を縮こめて、彼の陰に隠れようとした。バーテンは、ようやく僕から目をそらす。なんてことだ。僕はさっさと逃げ出さなかったことを後悔していた。変装など、なんの役にもたっていなかったのだ。バーテンは、これが昨夜オオハシだかエミだかと一緒にいた女だと見抜いていたのだ。ただ、余計な口出しはすまいという、おそらく職業的な意識から、知らぬふりを決め込んでいただけだったのだ。

「マスター」オオハシという女が、僕が単なるバーテンと思っていた男にいう。

「何か知ってるの？」

「ううん」

マスターは、ためらっている。カウンターの外のことには無関心を決め込むというのが、この職業の仁義なのだろう。しかしそうはいっても、掟《おきて》というほどのことでもないはずだ。要は、彼の腹一つのことだ。僕は、祈るような思いで、マスターを見つめた。

彼は視線を落とし、グラスを磨き始める。それ以上喋《しゃべ》る気はないらしい。

僕は、ほっと胸を撫《な》でおろした。しかし、その安堵《あんど》は、束《つか》の間《ま》に過ぎなかった。頬に熱い視線を感じた。おそるおそる振り向くと、オオハシエミが、身を乗り出して、僕の方を凝視していた。

「出よう」

僕は唇を震わせながらいった。

宗像が勘定をすませる。その宗像が青褪《あおざ》めていることに、僕は初めて気がついた。おそらく彼も、今の話を聞いていて、僕の態度と合わせて、ある程度の見当をつけたのに違いない。

宗像が先に、止まり木から立ち上がる。僕は彼にしがみつくようにして、オオハシエミの視線を避けた。

「待って」

オオハシエミがいった。無視して外に出ようとしたが、彼女は、僕らの前に立ち塞《ふさ》がった。僕と彼女の視線が絡《から》んだ。僕は慌てて、目を伏せる。

「出ようよ、早く」

僕は宗像を促す。

「ああ」

宗像が、オオハシエミをどかそうとする。

「わたしたちが先に出る」オオハシエミがいった。「出ましょう、シゲナガさん」

「どうしたんですか」ヒサミがいった。

「マスター、つけといてね。それから、裏口を通らせて」

「いいけど……」

「さあ、出ましょう。わたしのいう通りにしてください」

「なんですか、いったい」

シゲナガは、呆気《あっけ》に取られている様子だ。それは、僕も同じで、オオハシエミの思惑《おもわく》が、さっぱり分からない。

「三人で裏口から飛び出すから。あなたたちは、しばらく待って、ゆっくり出るのよ」

オオハシエミが指示している相手は、明らかに、僕と宗像だった。

「どういうことですか。なんで、あなたにそんな指図を受けなきゃいけないんです」

シゲナガがいった。

「いいから。いう通りにして」

「どういうことなの」ヒサミがいった。「どうして、あたしたちが裏から出るんです？」

「わたし、誰かに尾《つ》けられてた気がするんです」

「尾けられてたって……いったい誰に……」シゲナガがいった。

「警察かもしれない」囁《ささや》くような声だった。

「なんで……」ヒサミがいった。

「ヒロヤマの事故の直後、現場を立ち去る女が目撃されてるんです」

オオハシはヒサミの腕をとって立ち上がらせた。

「まさか、事故にトモが……」ヒサミは手で口元を覆《おお》った。

「だから早く」

「しかし、なんで俺らが逃げるんです」そういった後、シゲナガは、目を剥《む》いた。

「ト、トモなのか」

彼は、僕の肩を摑《つか》み、自分の方に振り向かせようとした。僕は、それを拒み、宗像にしがみついた。

「トモなの？」今度はヒサミがいう。

「あなたのこと、信じてるから」

オオハシシエミは、そういって僕の顔を覗《のぞ》き込んだ。僕は宗像の肩に顔を押しつけて、追いかけてくる視線を外した。

「なにがあったか知らない。なにもいわなくてもいい。だけど、必ず戻ってきて」

オオハシという女は、最後にそういうと、シゲナガ夫妻を押しやって裏口から消えた。と同時に、店の裏から大きな物音が響いた。

「行こう」と、宗像が僕の腕を引いた。

表に出たとき、誰かが裏手に向かって走っていくような足音が響いていた。オオハシエミという女は、本当に尾行されていたらしい。尾行していたのは、おそらく刑事で、その目的は、ヒロヤマトモコを捕えることだ……冷や汗で濡《ぬ》れた背中に、悪寒《おかん》が走る。

「君は、電車の方がいいんじゃないか」

裏口から出た三人は、どうやら駐車場の方に向かっている。尾行者と思《おぼ》しき人間も、それを追いかけた。とすると、確かに、駅に向かった方が安全な気がした。

素直にうなずき、駅に向かって歩く僕の背中に向かって、宗像がいった。

「必ず、僕の部屋に行くんだよ」

駅に着くと、切符を買い、釣り銭が吐き出されるのも待たずに、ホームに急ぐ。行き先は、とりあえずどこ行きでもいい。最初に到着した電車に飛び乗るつもりだった。ホームに電車が入って来る音がする。僕はそのホームを目指して走った。電車のドアが閉まる直前に飛び乗ることが出来た。僕の後ろでドアが閉まる。ほっとして後ろを振り向いた。電車が動き出す。乗り遅れた一人の男が、肩を上下させながらホームに立ち尽くしている姿が目に入った。

一瞬向き合ったその男の顔は、僕を混乱させた。男は、僕、篠井有一だったのだ。電車はすぐにホームを離れ、男の顔は見えなくなった。けれどもその顔は、僕の脳裏に焼き付いて離れない。あれは僕だ、あれこそ篠井有一だ。まったく馬鹿《ばか》げた考えだとは分かっている。もちろん、幻を見たにすぎないと分かっている。ヒロヤマトモコの心を持つ篠井有一がどこかにいる。それは認めざるをえないけれども、こんな場所に偶然居合わせるはずはないのだ。単なる幻だ。そう思うが、心が激しく揺れていた。

脳裏に焼き付いた顔の印象は、あやふやなものではなく、鮮明だった。あれは篠井有一、僕自身だったと、激しい感情が心を揺さぶり、抑えようとする理性にあらがう。僕は列車の窓に映った自分の姿の異様さに、改めて驚き、こんなことの起こる世界では、なんだって起こり得ると思った。今見た光景も、単なる幻と片付けるべきではないかもしれない、そう思い直し、可能性を探った。ヒロヤマトモコの心を持つ篠井有一が、あの駅に居合わせるという可能性……単なる偶然とすれば、簡単だが、それでは納得がいかない。やはりなにかの必然でそこにいたはず、と仮定する。ぼんやりとした推理が形をなし始める。……もしかしたら、やはりトモコの夫のヒロヤマこそ、トモコの心を持った篠井有一だったのではないか。そいつは、オオハシエミがトモコに会いに行くと思い、尾行してきたのではないか。そいつはいったんは、おとりのシゲナガたちを追いかけたが、すぐに間違いに気がついて引き返し、駅に向かうトモコ、つまり僕を見つけて追いかけてきたのではないか。トモコの夫は交通事故に遭ったはずだが、怪我は大したことはないと、オオハシエミがいっていた。尾行者が彼ということは、有り得ないことではない。それに、篠井有一がヒロヤマ姓にかわるというのも、絶対ないとはいいきれない。何かの事情で、養子縁組したのかもしれない。

僕はいつしか詰めていた息を吐いた。……考え過ぎだと思った。今の心境では、どんな幻影だって見るだろうと思う。しかしその一方で、こんな世界では、どんな出来事だって起こり得る、とも思う。僕はまた息を詰め、窓の外を凝視していた。

5

部屋に到着したのは、僕の方が先だった。

遅れて帰ってきた宗像を、覗《のぞ》き窓で確かめてから、部屋に入れた。

彼は、にっこりと微笑《ほほえ》んだ。

「無事だね、良かった」

彼は、スウェットに着替えてから、キッチンのテーブルに座った。

「おなかすかない?」

「そういえば」

「さっきは少ししか食べなかったからね。温めなおすよ」

宗像は、食卓に残っていた鶏《とり》のから揚げと肉ジャガを電子レンジにいれた。

「あんたさあ、平気なの」僕はいった。

「ん、なにが」

「なにがって……」

「そうだ。あの女の人、ちょっとごっつい感じの……あの人が入れたんだと思うんだけど」

宗像は、ポケットからマッチを出した。フォルテのマッチだ。

僕は自分のポケットを探った。僕が持っていたマッチは、そこにあった。

「上着のポケットに入ってた」

宗像は、そのマッチを僕に放って、いった。

「裏を見て」

マッチを開くと白地の部分に、大橋恵美、という文字と、電話番号らしい数字が走り書きしてあった。

「どうしてこんなものを僕にくれたんだろう」

「さあね」

「その番号を、君はもちろん知ってるよね」

「……なんで?」

「そうなら、君にじゃなく、僕にくれた理由が分かる」

「君はその番号を知ってる。だけど、なにか連絡をとりたくないわけがあって、電話をかけない。彼女はなんとか、君と連絡をとりたがっている。だから僕を通じて、話をしようと考えた。違うかな」

「あんたが気に入っただけじゃない、あの女。それであんたと付き合いたくて電話番号を渡した」

宗像は、怒ったような顔で僕の方を向き直っていった。「電話……した方がいいのかな」

「……なんていうつもり」

「それは……向こうの話を聞いてみないと」

「……僕の居場所を教えろっていわれたら」

「……君は、なぜ逃げてるんだ」

「あんたに関係ないよ」

彼は椅子《いす》から立ち上がると、電話機を手にして僕の所に来た。

「自分で電話した方がいいんじゃないか。逃げ回ってても仕方がない」

「ほっといてくれよ」

「どういうこと?」

「ほっとけない」

「関係ないだろう、あんたには」

「話してくれないか、なにか力になれるかもしれない」

「無理だよ」

「分からないじゃないか」

「絶対無理だ」

「日本の警察は有能だと思う。何もかも話して、まかせてみたら」

なにをどうまかせるというのだ。

「それがいやなら、僕の知り合いに弁護士がいるから、その人に相談してみれば」

「駄目だよ」

「なんで」

「僕だけの問題だから」

きっぱりといった。

彼は、暫《しば》く僕を見つめていた。

「電話、ほんとにしなくていいの」

「絶対にしないでくれ。しないと約束してくれ」

「じゃあしない。約束する。だけどその代わりに、話してほしい。なんでも力になるから」

「話すことなんてなにもない」

僕は立ち上がって、ヒロヤマトモコの衣類を抱えた。

「どうするんだ」

「出ていく」

「それは困る」

「……なんで」

「困るんだ」

振り向いた僕の視線を避けるように、彼はうつむいた。頬が赤く染まっている。そんな彼を誘惑して、こっちの言いなりにさせることは、簡単にできそうな気がした。が、僕の心の問題もある。これ以上、どんなことがあったって、驚かない。そうは思うが、セックスする、それも女として……嫌だった。やはり、出ていくべきなのだ。

「ここにいてくれよ。約束するから、君の嫌がることはしないって。本当だよ。心配なんだ。行く当てなんかないんだろう？」

「ほんとに、嫌がることはしないね」

「ああ」

セックスも含めてだ、そう心の中で条件を挙げて、彼の好意を、僕は有り難く受け入れることにした。

「随分いろんな本を読むんだね」

少し女らしく喋《しゃべ》る方がいいかもしれないとも思ったが、そうしたところでなにかが変わるわけでもないと思い直して、男の口調でいった。

目の前の女が実は男なのだなどと、そんなこと、彼が思ってみるはずがないのだ。男みたいな喋り方をする女、そんな女がいても全然不思議はない。男の魂に棲《す》みつかれた女に比べたら、ごく平凡な女といっていい。

「うん。興味のある物は、とりあえず買うんだ。ただコレクションに加わるだけのものも多いけどね」

物理、数学、有機化学とか生物云々《うんぬん》という題の物も多い。下の段には、脳や神経系、免疫《めんえき》系の題のついた本。それから、哲学や精神医療の本。性とかセックスという文字が題にある書籍がその下の段にあったが、これも学術書のようだった。僕とは人種が違うな、と思いつつ、隣の本棚を覗くと、そこには、ぎっしりと文庫本が詰まっている。ミステリーとSFだ。その本棚の上には、漫画雑誌が積まれていた。その脇《わき》に束ねられていたのが映画のパンフレット。それで少し、話してみたい気持ちになった。

「『転校生』って映画見たことある？」

「大林監督の？」

「あんなことが、現実に起きると思う？」

「少年と少女の心が入れ替わってしまうってこと？」

「そう」

「どうかな。あったって、別におかしくないと思うけど。今のところそんな症例はないんじゃないかな」

「症例……」

「SFでなく解釈するとしたら、要するに精神病の一種だよね」

「精神病……」

僕は、あぜんとしてしまった。彼は、本気でそんなことをいっているようだ。精神病なんて……。

「特殊な環境、例えば幼い頃から二人きりで孤立して育てられる。二人は何をするのも一緒だ。もともと人格なんていうのは、怪しいものなんだから、二人の人格が一つに統合されたってちっとも不思議じゃない。一人の人格が二つや三つになる、多重人格の症例はアメリカでは数千例っていう話もあるくらいありふれてる。ダニエル・キイスの本の主人公は、二十四に人格が分かれた」

「キイスって、アルジャーノンの？」

「うん」

「SFでしょう、それって」

「二十四人のビリー・ミリガン。これはノンフィクションだよ。凄《すご》い評判なんだけど、知らない？　最近続編も出たよ。そこの棚にあったんじゃないかな」

彼は、本を探そうとする。僕はそれを遮った。

「話を続けてよ」

「え？」

「多重人格は分かったけど、その逆は」

「そういう双子の兄弟が出てくるフィクションならある。それにはモデルがあるって話だったから、現実にもいるんじゃないかな。まあ理屈としては、不思議じゃない」

「科学的に正しいってこと？」

「なにを基準にそういう言葉を使っていいのか分からないけど、個人的に、そういう人格の共有ってことは有り得ると思うよ。現代の科学の立場からいえば、心っていうのは脳の働きそのものだろうと考えられる。それ以外のなにものかを仮定することは難しいからね。だけどじゃあ、心ってどういうものなのか、脳がどんなふうに働いたときに、どんな精神が生み出されているのか。PETとかいろんなもので脳の活動状態を直接モニターできるところまで来てるんだけど、まだまだ心の解明には遠い。当然人格とはなんなのかも答えられない。人格と呼べるような、すべてを一つに統合して、高所から見物しているようななにかがあるっていうことこそ謎《なぞ》なんであって、それが二つに分かれていようが、二つが纏《まと》まっていようが、それは一つに統合するというメカニズムの持つ当然のバリエーションだと思うよ」

僕はSF小説の世界にいるのではないのかもしれないという、微《かす》かな期待が芽生えていた。必死で彼の言葉に耳を凝らしてみる。その表情が、呆《あき》れているみたいに見えたのかもしれない。宗像は急に声を落とし、「ごめん。喋りすぎだ」といった。「こんなこと聞きたいんじゃないよね。いつもこうだ。これで嫌われてしまうんだ。……ええと、そう、映画の話だったね。おもしろかった。小林聡美は、可愛《かわい》かったし」

「続けてよ、さっきの話」

「え」

「聞きたいんだ」

「ほんとに？」

宗像は、疑わしげに僕を見ている。

「あの映画みたいに心が入れ替わるってこと、科学的に有り得るのかどうか、教えてよ」

僕は宗像の目を真剣に見据えてそういった。

宗像は、落ち着かない様子で目をそらして、話し始めた。

「人格や精神は、まだ曖昧模糊《あいまいもこ》としたものだ。よく記憶喪失の話やなんかで、小説みたいに都合良く忘れたり、思い出したり、そんなことは有り得ないっていう人が、専門家にもいるんだけど、これは凄く傲慢《ごうまん》な意見でね。確かにメカニズムのはっきりしている精神障害もある。海馬ってよばれる場所が損傷すると、前向性健忘が起きて、長期記憶が形成されなくなるとかね。だけどそれはすべてじゃない。とりあえず今の段階では器質の障害として損傷箇所を特定できない疾患を、機能性障害、心因性障害という言葉で括《くく》ってる。こういう障害にも、心が脳そのものである以上は、いつかはどの部分の障害かってことが特定されて、心因性なんてものはなくなるって僕は信じてるけど、ともかく今はまだ、メカニズムの分からない障害がある。そうである以上、どんな障害だって、起こり得ないとはいえない。起こったことが真実なんだ。……ごめん、ええと、要するにあの映画みたいなことが現実に起こったとしたら、それを僕なりに論理的に説明できるかどうかってことになるよね」

僕はうなずいた。

「入れ替わるきっかけを除けば、あの映画とまったく同じことが起こる。簡単だよ」

僕は唾《つば》を呑《の》んだ。

「脳を移植して取り替えてしまえばいい」

僕は一瞬、腹を立て、それからひょっとして、この時代一九九五年には、それが可能になっているのかもしれないことに思い当たった。

「できるの。そんなこと」

僕は興奮して訊《き》いた。

「今は無理だろうね」

僕はがっかりした。

「……今現在の話を聞きたいんだ」

「脳を移植しないとすれば、互いに過去を共有していない二人が、相手に成り代わるということは、ちょっと考えられないな」

「やっぱり有り得ないんじゃないか」

僕は怒気のこもった声でそういった。

「そっくりそのままっていうのは無理だね。だけど成り代わったと思い込んでるだけってことは有り得るよ。二人が同時にくるっと人格が入れ替わるっていうのは、無理だけど。例えば少年だけの立場に立てば、少年はふとしたきっかけで少女になりきってしまっただけかもしれない。少年の心の中の少女は、彼のもう一つの人格で、彼がずっとひそかに育ててきたものなんだ。実在の少女の人格とは、一致していない。でも、少年にはそれを確かめるすべはないよね。要するに症例としては、二重人格だよ」

彼の語る話は、僕に起こった出来事を完全に説明してくれるわけではない。けれどもこれは、大きな転回点だった。SF的発想に飛び付くのは、早すぎたのだ。例えば、僕が未来に来てしまったことと、これは記憶喪失として説明がつく。身体の入れ替わりも、それはそう思い込んでいるに過ぎないのかもしれない。電車から見た一瞬の光景など、錯覚と片付ける方がまともだろう。だとすると僕はまだ、篠井有一という、自分だと信じている男の肉体を目にしていない。それは、幻想なのかもしれない。篠井有一という男はどこにもいないのかもしれない。彼はヒロヤマトモコという女の脳の中に息づいている一つの幻想の人格、トモコのもう一つの人格、単なる二重人格、そういうことだって考えられるのではないか。

僕は、宗像の選び出した三つの本を手にした。『失われた私……シビル』『二十四人のビリー・ミリガン』『イヴの三つの顔』

いずれも多重人格の人間を描いたノンフィクションだった。僕は、『シビル』をパラパラとめくった。じっくり読もうという気にはならない。多重人格というものがあるのだということ、それが大事だ。そして突拍子もない記憶の喪失もまた、現実に起こっているという事実がある。

すべてを考え直してみなくてはならない。SF小説の中に迷い込んだ訳ではない。ここはまだ、僕にとって馴染《なじ》み深い、現実の世界なのだ。特殊ではあっても、世界のどこかで、誰かの身に、かつて起こったことから、それ程の飛躍のない日常の延長にある出来事、そういうふうに解釈し直さなければならない。

僕は必死で考えをまとめようとした。しかしそうするには、既に頭も身体も疲れ果てていた。考える力がない。早くゆっくりと横になりたかった。

しかし、「もう寝よう」とは、なかなか口に出せない。

宗像と僕の立場は、フォルテでの出来事で、大きく変化している。それまでは、僕が圧倒的に優位だった。しかし、今は違う。僕が、実は女子高生などではなく、人妻で、しかも夫の事故となんらかの関わりを持ち、警察に追われているらしいことを宗像は知ったのだ。宗像は、そんな僕をかくまうつもりでいる。いわば共犯ではないか。宗像にそこまでさせるのはなにか？　彼がこの女に欲求を抱いたからに違いない。彼に身体を求められるのではないかという恐怖感が、あらためて湧《わ》いてきた。しかし、疲れはピークだった。僕は、座ったまま居眠りを始めていた。

「寝ないか」

宗像が、僕の耳に息を吹き掛けた。僕は、はっと目を覚まし、身体を固くして宗像から逃げた……つもりだった。

「嫌がることはしないって約束だ」

そういってから分かったことだが、宗像は、キッチンから居間に向かって声をかけたのだ。耳元に感じた息は、居眠りしていて見た夢だった。

「え、ああ……分かってる」と宗像は答え、「寝室は、内側から鍵《かぎ》がかけられるから」と続ける。

彼は、毛布と枕《まくら》を居間に抱えてきて、ソファに乗せた。

「シーツも替えておいたから」

「ありがとう」

僕は礼をいうと、寝室に行き、扉を閉じ、鍵をかけた。ベッドの感触は信じられないほど心地《ここち》好《よ》かった。なんてひどい一日だったんだろうと考えながら、ようやく眠りに就く。

様々な問いが、次々と脳裏を去来している。この脳は、誰のものだ。篠井有一、彼は実在しているのか。その存在は確かに思える。安代先生や叔父との電話が証明しているではないか。しかし、僕のこの篠井有一の記憶が現実に存在する篠井有一の記憶であるという保証は実はまったくない。僕は二重人格の患者、そう考えたって、理屈は合う。僕が篠井有一の過去の物語を知っているのはそれに対応する現実があるからではなく、それが篠井有一という人物の過去の物語だと、この意識が信じている、それだけのことではないのか。ヒロヤマトモコが実在で、篠井有一は幻影、そうなのかもしれない。いったい僕は、この僕を僕として意識しているこの人格は、いったい何者なんだ。

僕は誰なんだ？　この脳は、心は、誰の物なんだ？

6

僕は知らぬ間にぐっすりと眠っていた。

朝起きて最初に確かめたことは、身体がどうなってるかということだった。相変わらず、姿は女、ヒロヤマトモコのままだ。新聞の日付を見る。一九九五年、一月十日、火曜日。外の風景は昨日と同じか、これも確かめた。昨日と今日は繋《つな》がっている。それは疑いないように思った。不思議と、何のショックも戸惑いも、失望も感じなかった。今朝、目覚めと共に僕は決めていた。まず、SF小説の中に迷い込んだのではないと考え、今後もっと現実的な推理を進めること。二つめ、考えるより先に、行動すること。一つでも多く、正しい判断を下すための証拠を求めるのだ。そして最後、自分を信じること。この僕という人格の存在を認め、その人格のためによりよき行動をすること。ともかく篠井有一以外の何者でもないと、この人格はそう主張しているのだから、それを信じて動いてみるしかない。

それがこれからの方針だった。

時計を見ると、十時を過ぎていた。

宗像が、キッチンに立っている。

「パンとごはん、どっちがいい」

「学校は?」

「今日は行く予定はない」

「じゃあ、ごはん」

味噌汁《みそしる》が飲みたかった。

味噌汁は少し辛すぎたけれども、うまいとお世辞をいっておいた。宗像は、うれしそうに微笑《ほほえ》んだ。

食事を済ませてから、ベッドルームに電話機を持ち込んだ。電話番号の案内に問い合わせの電話をかける。僕は一つの名前と住所を告げた。しばらく待つと、電話番号が読み上げられた。僕はほっと溜《た》め息をつく。その家の主が引っ越しもしないでそこにいてくれたということに安堵《あんど》し、同時に確かにそういう人物が存在していたという事実に胸を撫《な》でおろした。

一つ深呼吸してからメモした番号を押す。

この電話は、篠井有一として掛けるべきではない。そう思った。女の声、女の言葉で話すべきだ。

　電話の向こうから懐《なつ》かしい声が聞こえてきた。一時は毎日のように遊びに行っていた、幼馴染《おさななじ》みの亮一《りょういち》の母親の声だ。僕は懐かしさを胸にとどめ、中学の同窓会の案内だという話をでっち上げて、亮一の居場所を聞き出した。彼は、東京の八王子で、自動車のセールスをやっているという。僕の記憶にある亮一とセールスマンのイメージは、うまく重ならないのだけれども、それは無理もないだろう。僕が知っているのは、中学時代の彼だ。今はどんなふうに変わっているのか、想像するのは難しい。今の僕ほどに変貌《へんぼう》を遂げているということはあるまいが、記憶の中の彼とは別人だ、とそれくらい思っておかなくてはならないだろう。相談に乗ってもらおうとか、力になってもらおうとか、そんな期待を持つべきではないし、実際持ってもいなかった。

　彼に会ってみようと思ったのは、今は僕の記憶の中にしかない篠井有一という僕自身の存在を確かめたかったからだ。

　僕は高校の同級生と大学の同級生には、親しい人間が一人もいない。大学の同級生は、おそらく篠井有一という名前を聞いても顔を思い出せないだろう。それは無理もないことで、僕は大教室での授業に何度か出席した以外は、全く学校に行っていないのだ。思い出せないというより、そもそもそんな人間を知らないだろう。高校の同級生は、篠井有一と聞けば、なにがしかの記憶は蘇《よみがえ》らせてくれるだろうが、せいぜい、そんなやつもいたっけなあという程度のぼやけた記憶でしかないと思う。僕自身の中でも、いまだに鮮明に覚えている思い出のほとんどは、中学時代に集中している。

その思い出が正しいものなのかどうか、亮一に会って確かめてみようと、僕はそう考えた。亮一はきっと僕の記憶の正しさを裏付けてくれるはずだ。

宗像を誘ってデパートに出掛けた僕は、まずは婦人靴売り場に行った。ヒロヤマトモコが履いていたハイヒールの靴は、僕には履きこなせそうになかったし、かといってずっとサンダルという訳にもいかないと思ったのだ。

ヒールの低い靴をいくつか試してみた。そのうちに、先に服装を決めるべきだな、と思った。亮一とは、自分の正体を明かさず、一人の初対面の女性として会うつもりだ。今身に着けている、ヨットパーカーとコットンのパンツよりは、もう少し気の利《き》いた格好をしていく方が似つかわしい。といって、ヒロヤマトモコの衣服を着て行く気持ちにはならない。スカートを穿《は》くことに抵抗があるのだ。そこで、婦人服売り場に行き、婦人物のズボンを見て回った。試着して、少し動いてみる。その動作が、ど

う も女らしくない、と僕は感じた。

やはりスカートにするべきなのかと、スカートを試着してみる。鏡に映った姿に、僕は軽い感嘆の声を上げた。改めて、女のスタイルの良さに気が付いたのだ。スカートから覗《のぞ》いた脚は、細くなめらかで長い。僕はちょっとポーズを作ってみた。鏡に映った女は、まるでファッション雑誌のモデルのように華やかでかっこいい。また別のポーズを取り、納得してうなずいた後、僕ははっとなった。鏡に映った女もうなずいたからだ。この女は、僕なのだ。それを忘れてはいけない。急に気恥ずかしくなった。

この格好で表を歩けるだろうか。僕は試着室のカーテンを開く勇気もないことに気が付いた。スカートをコットンのパンツに穿き替えて試着室を出た後、どうしようかと考えながら店内を見て回るうちに、スパッツとかいう、ぴっちりしたズボンみたいなものを穿いたマネキンを見つけた。これなら、十分に女らしく、それでいてさほどの抵抗を感じずにすむと思った。

スパッツは穿き心地良好で、歩き方にもさほど気を遣う必要もなさそうだ。気に入ったと店員に告げると、宗像が現われ、値段も聞かずに店員にカードを渡した。店員はにこやかに応対し、さらに上着をコーディネイトするよう勧めた。僕はいわれるままに、淡い黄色のシャツと、ざっくりしたデザインの柿色《かきいろ》のセーターを選び、黒のスパッツと合わせて着てみた。似合っているのか、僕には良く分からなかったが、店員は自信有りげだし、宗像もうなずいている。多分似合っているのだろう。店員は、値段をさらりと口にする。スパッツと合わせて五万近い金額になっている。が、宗像に動揺はない。少々心が痛むが、気にしないことにして、僕は、「ありがとう」とだけはいっておいた。

品物を包装して持ってきた店員は、受け取る僕に、こっそり耳打ちした。

「下着の線なんか見えますと、あまり格好良くありませんでしょう。Tバックの下着の方がよろしいですわよ」

そこで、下着売り場に行った。宗像は恥ずかしがってついてこなかった。僕だって本当は恥ずかしいのだが、今の格好では、恥ずかしがっている方が不自然だろう。

堂々と歩き、堂々と下着を見て回った。そして……こんなもの本当にはいてる人がいるんだろうか。……Tバックの下着……後ろと横は単なるヒモだ。ところが驚いたことに若い女、どうみたって中学生の女の子が平気でそれを買っている。そういう時代になっているのだなあと、感慨に浸った。もっとも、時代のせいと思うのは、単に僕が無知なだけで、五年前にも、女性はこういう下着を着けていたのかもしれない。

勇気を出してTバックの下着を買い、今度は美容院に入った。シャンプーとブローをしてもらい、つややかなストレートヘアに整えた。

鏡を覗きながら、僕は、この変身作業の滑稽《こっけい》さを思っていた。

僕が僕であることを、亮一には知らせないつもりだった。僕は篠井有一ではない、とある女、として彼と会う、そう決めている。そこで、亮一に僕が僕であることを悟られないようにするために、こうして今、一人の本物の女に変身しつつあるのだ。しかしこれは、する必要のない変身だった。ちょっとくらい男っぽい仕種《しぐさ》が見えても、ちょっとくらい男っぽい服装であっても、ちょっとくらい男っぽく喋《しゃべ》っても、これは男かもしれないなんて亮一が思うはずがないのだ。ましてや、これが篠井有一だ、などと亮一が考えるはずがない。宗像に対して見せているのと同じ姿を、亮一にも見せてやればいい。亮一は僕を見知らぬ一人の女としてしか認識しないだろう。それが理屈だ。無理して女を演じる必要は全然ない。あの服も、下着も、身に着ける必要はない。このままの格好、ヨットパーカーにコットンのズボンで十分だ。髪だって、こんなうっとうしいスタイルはやめて、ショートにしてしまえばいい。その方が楽だ。かりあげヘアにしたって、誰もこの姿を見て男だと思うはずがないのだ。

滑稽な思い込みに振り回されたこの何時間かを思い、自然と笑みが零《こぼ》れた。

その瞬間、僕は胸に痛みを感じた。鏡に映った微笑を見たせいだ。

僕は、鏡に顔を近付けた。ほんの一瞬、僕はそこに篠井有一の顔を見たと思ったのだ。今はもう、どこにも篠井有一の顔はない。ヒロヤマトモコの顔があるだけだ。僕は、唇の両側に指を突っ込んで、広げてみた。篠井有一の顔を見たと思ったのはなぜだろうかと考え、ひょっとして、笑ったときに覗いた歯並びが似ていたのではないかと思ったのだ。嚙《か》み合わせが丁度良い按配《あんばい》で、表面はいくらか黄色味がかって見えるが、決して汚れた印象ではない、この辺は篠井有一とヒロヤマトモコに共通している。けれども篠井有一は、少し歯並びが乱れている。ヒロヤマトモコのように整然と並んでいない。鏡に映して眺めると、篠井有一との印象の違いの方が目に付く。歯でないとしたら、なにが篠井有一の顔を思わせたんだろう。僕は指先で目尻《めじり》を少し下げてみたり、口をすぼめたりしてみた。ドライヤーを持ってやってきた美容師が、鏡の中の僕の滑稽な表情を見つけて吹き出した。僕は、照れ笑いしてみせた。そしてまた、篠井有一の顔を見つけた。笑った時の目だったのだ。目の形でも瞳《ひとみ》の色でもない、もっと漠然とした印象、瞳の輝きとでもいうべきものが、ヒロヤマトモコと篠井有一はそっくりだ。いや、こういう言い方は、おそらく間違っている。瞳に現われる輝きは、心が作り出しているのだ。肉体はヒロヤマトモコでも、心は僕、篠井有一だ。だから今、僕のこの瞳に現われた輝きは、まさしく篠井有一のものなのだ。僕が見つけた篠井有一の顔は、ヒロヤマトモコと篠井有一の顔の共通項が生んだ幻影ではなく、ここに確かにある篠井有一の心が見せた真実なのだ。

僕は鏡に顔を近付け、ヒロヤマトモコの瞳の奥にいる篠井有一を探した。僕はそこにいる。確かにそこにいる。篠井有一は、ヒロヤマトモコの脳の中に寄生する別人格なんかでは決してない。かつてこの瞳の輝きが、篠井有一という男の顔にあったことを、僕は知っている。

美容院を出た後、再び宗像と落ち合って、化粧品を買いにいった。

「イメージを変えたいんだけど、どんな化粧がいいかしら」と持ち掛けて、店員の手を借りて入念な化粧を施す。ファンデーション、マスカラ、アイシャドー、ルージュ。磨き上げられたヒロヤマトモコの顔は、一際《ひときわ》美しく、匂《にお》うようなあでやかさだった。

高い化粧品の代金は、宗像がカードで支払った。

今度も僕は「ありがとう」という言葉だけは忘れなかった。

僕は手鏡を買い求め、そこにヒロヤマトモコの顔を映し、笑ってみた。唇を少し引き締め、まなざしをきつめにしたり、やわらかくしたりする。僕はどうしても、ヒロヤマトモコの微笑みに、篠井有一の微笑みを見つけだしてしまう。

それはやはり、明らかに瞳が問題だった。笑ったときの微妙な輝きの中に、篠井有一の表情が滲《にじ》み出ている。もっともそれは、自分だからこそ感じることで、他人には絶対に分からない類《たぐ》いの印象ではないかという気もする。けれどもその一方で、むしろ友人の方が、本人以上に表情に詳しいのではないかという気がする。僕の笑った顔は、僕よりも亮一の方が数多く見ている。

僕は薬局で眼帯を買った。

「どうしたの」

宗像が訊《き》いた。

「ちょっとね。ものもらいができたみたいで」

「どこ」

「ちょっとだけどね。ひどくなったら困るから、用心のためにね」

7

紺色のスーツ姿の亮一が喫茶店に入ってきたとき、僕はすぐには彼だと気がつかなかった。中学の時はひょろひょろと背ばかり高かったのが、今は体格も二回りくらい大きくなった感じで、にきび面《づら》の童顔も、今は骨張った男の顔になっている。けれども、どこか面影は残っている。身のこなしや表情だろうかとも思うが、もっと漠然とした印象のような気もする。

目が合った瞬間、僕はふいに懐《なつ》かしい思いにかられ、自分の姿を忘れて、危うく亮一に駆け寄って肩を抱くところだった。僕は胸に湧《わ》きあがる感情を抑えて、亮一から視線を外そうとした。そのとき、亮一が僕の方に歩み寄ってきた。

僕はうろたえた。亮一には、分かったのかもしれないと思った。僕が亮一という人間の醸《かも》す雰囲気の中に懐かしさを感じたように、彼も、僕の視線の中になにかを発見したのかもしれないと思う。しかし、そんなことは有り得なかったのだ。今の僕は、見掛けは篠井有一とは似ても似つかない完璧《かんぺき》な女で、しかも唯一《ゆいいつ》心が表われると危惧《きぐ》した目にはサングラスをかけている。亮一が、今の僕のどこかに篠井有一の面影を発見できるはずはないのだった。しかしそれなら、亮一はなぜ、僕に向かってまっすぐ歩み寄っているのか。僕はふと、ヒロヤマトモコと亮一は初対面ではないのかもしれないと考えた。馬鹿《ばか》げた空想が頭を擡《もた》げている。トモコの心を持つ篠井有一と、その妻トモコという空想だ。亮一は、その篠井有一からトモコを紹介されたのかもしれない。……馬鹿げてる。馬鹿げてる。SFの世界からは抜け出したはずだ。

亮一は、僕の正面に立った。僕は忙しく考えを巡らせる。そうだ、店内は込み合っているが、僕のほかはみな何人か連れ立った客ばかりではないか。人を待っている様子に見えたのは、僕だけだったのだ。それだけのことだ。そう自分に言い聞かせて、動揺を隠す。

「鈴木京子さんですか」

亮一を呼び出すのに、僕はその名前を使っていた。

僕がうなずくと、亮一は向かい合わせの席に腰を下ろし、ウエイトレスに珈琲《コーヒー》を頼んだ。

「ええと、前にお会いしましたか？」

僕はどう答えていいか分からず、曖昧《あいまい》に首を振る。

「初対面、ですよね」

僕は今度は、うなずいた。亮一の表情に迷いは見えなかった。初対面ということに自信がないわけではなさそうだ。見知らぬ女が自分を訪ねてきたその理由が分からず、困惑しているのだと思う。

「石川亮一さんですね」

「え、ああ。そうです」

「お忙しいところ、申し訳ありません」

「それはいいんですけど。どういう用件ですか」

「ものもらいができてしまって、このままでよろしいでしょうか」

サングラスをちょっとだけ傾けて見せた。

僕は左目に、眼帯を嵌《は》めている。できる限り、目を見せたくない。それにサングラスの言い訳にもなる。

「そんなことは気にしませんけど、僕になにか?」

「ちょっとお尋ねしたいことがありまして」

「はあ」

「篠井有一さんのことなんですけど」

「有一のこと?」

「ええ。実はわたし、興信所のものなんですけれど」

「探偵、ですか」

「調査員です」

亮一の顔が強張《こわば》る。視線が、僕の身体をなめるように動いた。柿色のセーターに黒のスパッツという僕の格好は、どうみても調査員という格好ではない。服装を誤ったな、と自分でも思う。怪しまれて当然だった。けれども亮一は、一応は信じたのだと思う。

「彼がどうかしましたか」

「悪いお話じゃないんです。縁談がありまして、先方さんが、念のためというか」

言葉を曖昧にして、亮一の反応を待つ。

「そうですか」

たいして関心がなさそうだ。しかしその答えで、篠井有一が、まだ独身であるらしいことが分かる。篠井有一はヒロヤマトモコと結婚している訳ではなかったのだ。それとも、亮一が知らないだけだろうか。

「それで、なんで俺のとこに」

「親しいお友達だって伺ったものですから」

「誰がそんなこといったんです？」

「違うんですか」

「中学の時は親しかったけど、高校は別で、付き合いはなくなったんです」

冷たい言い方だった。もちろん、亮一のいうことは、僕の記憶と一致していて、決して間違いではない。中学の親友ではあっても、別の高校に別れてからは、僕らの友情は自然消滅していった。その原因は、多分僕の方にある。東京の高校に通い、実家に戻ることもなく、クラス会などの行事にもいっさい関わらない、そんな僕から友達が離れていくのは当然だった。

「山梨県内の全寮制の男子高に一緒に進学するはずだったんですけど、直前になって彼は東京の高校に通うことになりましてね。大学までエスカレーターで進める、金持ちの子供しか入れないような高校で……裏切られたって気がしたし、それより、羨《うらや》ましかったのかな。有一の方からの連絡もなかったし、有一は全然実家に戻ってくることもなかったしね。お互い別の友達ができて……中学の時の友達のことなんて、ふだんは思い出すことすらなかった……正直いうと、僕の方はそうなんです」

僕の篠井有一としての記憶が裏付けられたことに安堵《あんど》しながらも、僕は少し寂しい気持ちになっていた。確かに、亮一を結果的には避けたのは僕の方かもしれない。正直なところ、中学を卒業した後、亮一に会いたいと強く思ったことなど一度もない気がする。親友といっても僕にとっての亮一は、そんな程度の存在でしかないのだから、亮一にとっての僕もそれ以上の存在であったはずもないと、納得はできる。けれども僕は今、目の前の亮一に、無性に懐かしさを覚えている。会いたかったのだ、自分でも気が付かなかっただけで、ずっと会いたかったのだ、と僕はそう思い始めている。

そしてここに来る前の決意とは裏腹に、亮一にすべてを打ち明けようか、亮一なら、今の僕の状況を信じて、力になってくれるかもしれないと、考え始めていた。それだけに、亮一が、まるでなんの感慨もない様子で篠井有一との関係を語ることが、もどかしく、やるせなかった。

「篠井有一さんは、中学のとき、どんな子供でしたか？」

「どんなって。ふつうですよ。成績はまあまあ。スポーツは、苦手かな。女の子には、結構もてた。けど消極的だったな。そっちは奥手だった。後は……ピアノなんか弾いて、金持ちのぼっちゃんってとこはあったけどね。いいやつでしたよ。みんなに好かれてた」

亮一は淡々と語る。

「中学の時のエピソードなんてあります？」

「え？」

「文化祭で大失敗をしたとか」

「そういえば……演劇の出し物で、舞台でつまずいたな」

舞台でつまずいて、そのまま舞台から転げ落ち、流血騒ぎで芝居を台無しにした。僕の記憶にある恥ずかしい思い出が、虚構ではないことに、安堵を覚える。間違いなく篠井有一は存在し、今考えている僕がその篠井有一であるという確信が、ますます強くなる。僕は篠井有一だ、そう叫びたい、その叫びを亮一に聞いて欲しい。そう思いながらも、僕はかろうじて冷静さを保って、訊《き》いた。「つまずいて、どうなったんです」

「どうって、笑われたんじゃない。覚えてないけど」

「……ほかになにか、当時の思い出、ありませんか」

「思い付かないな」

亮一は、思いを巡らせるような素振りすら見せずに、そういった。僕の胸から溢《あふ》れそうになっていた激情が、すっと引いていった。

「そんな昔の話聞いて、どうするんです」

亮一は煩《わずら》わしそうに眉《まゆ》をしかめた。

僕は、事務的な口調で質問を続けた。

「運動会の思い出とか」

篠井有一としての記憶が虚構ではないと確かめるための質問だ。それ以上の意味は、ない。亮一との会話の中に、親友同士の心の響きあいのようなものを求める気持ちは、すでに消えていた。それは最初から目的ではなかったではないかと、自分に言い聞かせた。

「なんでそんなこと聞くのかなあ」

「参考資料に」

「運動会は、あんまり得意じゃなかったんじゃないかな。運動は苦手だったから」

「もっと具体的に」

「具体的っていわれても……」

亮一は首を捻《ひね》った。が、考えている様子には見えない。間をおいて見せただけだ。

「なんにも浮かんできませんね」

「……じゃあ、ちょっと別の質問を。最近のことです」

本来は、そちらを先に聞くべきだったかもしれない。僕の記憶が本物かどうかの証明は、最終的には僕自身が篠井有一だと証明されることが必要だ。それはつまり、僕とヒロヤマトモコの心の入れ替わりが証明されることでもある。僕の心と離れて存在している僕の肉体は、どんなふうに暮らしているのか……。

「最近、篠井有一さんとお会いになりましたか」

「お盆だったかな。実家のそばで擦れ違ったけど」

僕は、思わず身を乗り出した。ヒロヤマトモコの心を持つ篠井有一が、確かに存在し、篠井有一の実家に暮らしている。

「……どんな話を？」

僕の友人と、他人の心を持つ僕とが出会い、話す。僕の器官は、いったいどんな言葉を吐きだしただろうか。

「なにも」

僕は思わず拍子ぬけしてしまう。

「一言も？」

「ええ。こっちからは話しかけられませんよ」

「なぜです。親友というほどではないとしても、友達だったんでしょう」

亮一は唇を尖《とが》らせた。考え込むときの癖だ。

「これ、いっちゃっていいのかなあ。近所じゃ有名だし、別に隠しごとじゃないと思うけど」

「なんですか」

「うん……」

珈琲が運ばれてきた。亮一は勿体《もったい》をつけるみたいに、珈琲に砂糖をいれてゆっくりと掻《か》き回した。僕は苛立《いらだ》ちを覚えながら珈琲を口にした。

「有一、記憶喪失なんですよ」

「え？」

僕は、手に持った珈琲カップを落としそうになった。

「そういうのって、フィクションだけの世界じゃないんですね。すっかり記憶を失って、自分が篠井有一だってことも、人から教えられて、そうかと納得してるだけだって話だし。昔の友達のことなんて、全然覚えてないんですよ。でも、結構困らないらしいんですよね。出来事を忘れてるだけで、計算とか言葉とかの能力は元のまならしくって。新たな人生を始めたっていうのかな。まあ、それを邪魔しちゃ悪いんで、僕らは彼の方から思い出してくれるまでは、そっとね」

「いつです」

「え？」

「いつから篠井さんはそんなふうに」

「実家に戻ってきたのは三年前なんですけどね。行方が分からなくなったのは、その二年ぐらい前で、そのとき捜してたら、すぐ見つかったんでしょうけど、本人の意志で姿を隠したみたいに思われる事情がなんかあったんですかね。母親が病気になった三年前に、やっと、探偵とか雇っての大がかりな捜索が行われたんです。で、見つかった。記憶喪失になって行き倒れていたのを、どっかの農村の人が保護してくれてたって話です。もっと詳しく知りたかったら、地元の連中に聞いてください。もっとも、噂《うわさ》ばっかり大きくなって、どこまで本当か、怪しいですけどね」

僕は、必死で動揺を抑えていた。ぴったりではないか……僕はまた、SF小説の世界の住人に戻っている。

……ヒロヤマトモコの精神が時空を超え一九八九年の僕にとりついた。彼女はその現実と折り合いをつけて生きるために、過去を断ち切って農村に暮らした。しかし、篠井有一を探す者達に発見された。彼らは、有一が莫大《ばくだい》な金の相続人だということを教えてくれただろう。それでトモコは、欲が出たに違いない。記憶喪失を装えば、僕の過去を何も知らなくても、僕に成り代われる。肉体は本物の篠井有一なのだ。

「あなた、調査員なんて嘘《うそ》でしょう」

「え」

僕はたじろいだ。亮一は薄笑いを浮かべていた。なにに感付いたのだろうかと、僕は血の気がひくのを感じている。

「俺の推理をいいましょうか」

僕は、唾《つば》を呑《の》み込んだ。

「あなた……本人だ」

「本人?」心臓が止まりそうになった。

「有一と結婚しようと思っている当事者」

僕は深く息を吐いた。

「図星でしょう」

亮一は得意げだった。

僕が首を横に振ってもとりあわないで、にやにや笑いながら、煙草《たばこ》に火を点《つ》ける。

「あなたがなにを心配して、なにを嗅《か》ぎ回ってるのか知りませんが、まあ、あなたくらいの美人なら、ライバルを蹴落《けお》とせるでしょう。陰ながら応援しますよ」

とんでもない勘違いだが、別にそう思われて困るわけでもない。

「……あのう、彼のお母さん」

「ん」

「病気だという、お母さん」

「はは。病気だったのは三年前ですよ。心配いりません。とっくにお墓の中ですよ。脳腫瘍《のうしゅよう》だったそうです。うるさい姑《しゅうとめ》もいないし、財産は彼の自由になる。彼との結婚なら、まあ金の苦労をしないですむことは確かだ」

亮一は、歯をむきだしにして笑った。
僕は、そんな亮一の表情を初めて見た。本当に彼は、僕の知ってる亮一なんだろうか？

8

亮一と別れた後、僕は人気のない公園のベンチに腰を下ろし、額に手を当て、意識を集中させた。母の顔を、鮮明な形で脳裏に蘇《よみがえ》らせようとしていたのだ。亮一に母の死を聞かされた直後から、僕は母のことばかりを考えている。けれども脳裏をよぎる追憶は、どれもあやふやで、単なる空想と区別がつかなかった。母の怒った顔、笑った顔、泣いた顔、僕の記憶にないはずはない。それが、モンタージュ写真のような、作り物めいた印象しかない。額から手を離し、どんよりと曇った空を見上げた僕は、胸に鈍い痛みを覚えていた。それは多分、自己のアイデンティティの曖昧《あいまい》さが作り出した痛みだった。けれども僕は、その痛みの原因は、母を失ったことによる喪失感から来たものだと、自分をいくるめようとしていた。母が死んで、悲しくないわけが

ないわけがない、そう思い込もうとしていた。そう感じるのが、義務だとすら思っていた。

優しくない母ではあった。けれども母を恨む理由など、一つもない。僕と母の関係がこじれた責任を母に押しつけるのは酷だと思う。僕は母の死が悲しい、寂しい、出来ることなら会いたい、会って話がしたい……自分にいい聞かせる嘘だった。

母親を失った喪失感なら、僕はとうの昔、中学生の時に味わっている。

一際《ひときわ》暑い夏の盛りの頃だった。

僕は、学習塾の夏期講習の講義の最中に父の入院する病院に呼び出された。

僕は遂《つい》に、来る時が来たのだなと思った。父は既に全身に癌《がん》が転移し、一月もたないといわれていたから覚悟は決めていた。が、あまりに急なことではあった。僕は父親の危篤《きとく》状態を想像し、病院に駆け付ける途中で泣いていた。ところが病室の父は、身体を起こして僕を迎えた。もちろん、ぴんぴんしている、という言い方は当たらないが、今にも死ぬのだ、と思って駆け付けた僕にしてみれば、拍子抜けして、「なんだよ、元気じゃない」とでもいいたくなるような感じだった。

「こっちへ来なさい」父は、入り口の目隠し用のアコーデオンカーテンの脇《わき》でぽかんと立ち尽くした僕を手招きしていった。「大事な話があるんだ」

ベッドのそばの母と姉が神妙な面持ちで僕を見ていた。

僕は二人の表情はうんざりした気持ちを隠しているのではないかと思った。自分自身がそう感じていることを、初めて明確に意識したからだ。

父は、死期を間近にし、ここ数週間、「俺が死んでも、家族が協力しあって一生懸命生きていくんだぞ」という類《たぐ》いの話を説教めかせて何度も何度も繰り返しているのだ。ただうなずいていればすむとはいえ、いいかげんうんざりしてくる。僕はむっとした顔でベッドに近付いた。父に対して不機嫌な態度を見せるのは、父が確実に死ぬのだ、と聞かされた後ではこれが最初だった。

「なんの話？」

「うん」

父は僕から視線をそらし、うなだれたように首を傾けた。

父は死を目前にしてから、息子の前で威厳を保とうと考えたのか、決して弱気な表情は見せなかった。それが今、初めて、泣きそうな表情を見せている。

父の手に、なにかの書類が握られている。

父はそれをぎゅっと握り締めていった。「話さなくてはいけないんだろうか」

顔をあげた父は、母の方をすがるような目で見た。

「わたしから話してもいいわよ」

母の声がひどく冷たいことに、僕は驚いた。母は、もともと父に対して優しい人ではない。父は、会社では母の部下であり、その関係を家庭でも引きずっているところがある。

母は、父とは再婚だった。前の夫との間に出来た子供を一人連れて、四十五の時に、七歳年下の父と結婚した。祖父の代からの事業を、前夫の死後、自分が中心になって、その拡大に全力を注いでいた母は、経営する会社の一つでやり手として評判だった有能な独身の社員をパートナーに選んだのだ。僕が父と母の結婚について知っているのは、父に聞いたそんな程度のいきさつだけだが、父と母は本当に愛し合って結婚したんだろうか、と疑問に思ったことが何度もある。母は仕事のパートナーとしての父を評価しただけで、恋愛感情などかけらもなかったのではないか。子供ながらに、僕はそう感じていた。母の父に対する口のきき方は、表面的にはいくら繕っても、会社の上司、それもとりわけ傲慢《ごうまん》な上司が部下に対しているような雰囲気がどこか漂うのだ。

僕はそれが、ずっと不快で堪《たま》らなかった。しかし、父が病気になってからは、母は父に対して精一杯優しくしようと努めているのが僕の目にも明らかだった。それが今、以前にもまして冷ややかな口調で喋《しゃべ》っている。

「さあ、早く話しなさい」

母の顔を見ると、表情は穏やかだが、その裏に怒りの感情が押し隠されていることを僕は感じた。

父はうつむいてしまった。

僕は母を睨《にら》んだ。母は、その視線を受け止めて、「わたしから話すわ」というと、身体を僕の方に向けた。

「待てよ」

「じゃあ、早く話して」

「ああ……」といって、父はまたうつむいて押し黙る。

「今まで、秘密にしてきたけどね。あなたは、捨て子だったの」

母が唐突にそういった。

「え」僕は絶句した。父は、青白い顔を母に向け、唇を嚙《か》み締めている。

「施設にいたあなたをもらったのよ」

「もう少し言い方があるだろう」

「あなたが黙ってるからよ」

母の声はいっそう冷ややかだった。僕は父を見た。父は、僕から視線をそらした。

「冗談でしょう?」

これが冗談だとしたら、母が僕にいった初めての冗談ということになる。

母は、僕にとっては全く面白味のない人だった。家庭よりも仕事が大事という人で、僕のことは家政婦にまかせきりで、一緒に食事をすることすらほとんどなかった。僕自身が母になつけなかったせいもあるが、僕と母の会話は、いつも事務のやりとりよりも味気なく終わるのだった。

「落ち着いて聞くんだ」父がいった。「今、お母さんがいったことは本当だ。お母さんは、お姉ちゃんを産んだ後で病気になっていてね。子供のできない身体なんだ。だけどわたしたちは、どうしても男の子が欲しかった。それで……」

父も忙しい人だったから、僕とのふだんの会話は少なかった。けれども、よく冗談をいい合った。これもその一つかもしれない。父は急に腹を抱えて、「ひっ掛かったな」と笑い出す。そうだったらどんなにいいだろう。僕は膝《ひざ》の震えを止められなかった。父は今も目の前にいる。けれども僕と父の間に、突然世界を隔てる壁が現われた、そんな気がした。

「正直な話を聞かせてあげて。子供を欲しがったのはあなただけよね。わたしには、加代がいた」

「お母さん」姉が口を挟んだ。「いったいどういうつもりなの。有一が養子だということは、いつかはいわなくてはいけないことだから、打ち明けることに反対しなかったわ。だけどお母さんの言い方は、ひどすぎるんじゃないの」

「あなたは黙っていてちょうだい」

母の強い調子に圧倒されたのか、姉はなにかいいかけた口を噤《つぐ》んだ。

「君も、賛成したはずだ。僕らの子供を持つことに」

父は、苦しげな声でそういった。

「わたしは自信がないといったわ。血の繋《つな》がっていない子供でも育ててるうちに愛情が芽生えるものだと、あなたはいった。その意見は正しいと思ったけど、わたしには子育てする時間なんてなかったのよ。それが分かっていながら、あなたは強引にわたしを説き伏せたわね」

「お母さん、そんな言い方したら有一がかわいそうじゃない。そのときどんな気持ちだったかなんて関係ないでしょう。お母さんがあまり乗り気でなかったことはわたしも覚えてる。だけどお母さんも納得して自分の籍に有一を入れたんでしょう。その時から有一はお父さんとお母さんの子供で、わたしの弟、そうなったのよ。それを今更なにをいいはじめるの」

「真実を伝えておきたいだけよ」母の表情に、微《かす》かに気色ばんだ様子が見えた。「この人が施設を回って、乳飲み子の時に置き去りにされたというこの子を選んで、強引に決めて、わたしに押しつけた」

「どうかしてるわよ、お母さん。そんなの真実じゃないでしょう。お母さんも気に入ったはずよ」

「俺に似てるところがあると思わないか、本当の親子に見えるかも、そういってはしゃいでるこの人に反対できたかしら。わたしは、この人の子供を産んであげられないことを申し訳ないと思っていたのよ」

父が顔を上げて、視線を母に向けた。

「平気だと思ってたでしょう。子供が産めないことを、わたしはなんのひけめにも思ってないって、あなたそう思ってたでしょう。仕事のパートナーとしてあなたを選んだだけだって、そう思ってたでしょう」

母の声が、少し震えていた。

「この子が、誰の子供か、あなたの口から話してちょうだい」

「え」といったのは、姉だった。「有一を捨てた親のことが分かったの？」

「ええ」

「今更なんだっていうの。まさか、有一を返せとでもいってきてるの？」

「そういうことじゃないのよ。有一の血液型を詳しく調べてもらったら、有一の父親のことが分かったの」

僕は一月前の父の手術の時、「緊急の場合輸血が必要になるかもしれないから今のうちに血液型を調べておく」と母に言われて、血液採取を受けたことを思い出した。自分の血が必要になるほどの緊急の事態とはどんなものだろうかと怪訝《けげん》に思ったものの、嫌がる程のことでもなく、血を採らせた。あの時の血液を調べたのだろうが、それで捨て子であったという僕の父親のことが分かったとはどういうことだろうか。

「この人の子供だったのよ」

母は、父の方に顎《あご》をしゃくっていった。

僕は、どういう意味だか分からなかった。

姉も同じだったのだろう。「どういうこと？」と、首を傾《かし》げていった。

母は、父の手から書類を取り上げた。きつくしぼったようにくしゃくしゃになった書類には、父の掌《てのひら》の汗が滲《にじ》んでいた。

「この人と、この子の、親子関係を否定出来ないの」

母は、書類を開いた。血液鑑定の結果なのだろうが、そんなものを見せられても、僕には事情はさっぱり呑《の》み込めない。

「捨て子じゃなかったのよ」

「え……どういうことなの、お父さん」姉がいった。

「わたしの子供なんだ」

父は深い溜《た》め息をついてそういった。

本当の親子ではない、捨て子だった、といわれ、頭の中が真っ白になるような不安感にさいなまれていたところに、今度は本当の親子だという、それも話は冗談だった、というのとは違う。全身を悪寒《おかん》が走った。震えていた膝の力が抜けてしまい、立っていられなくなって、僕は床に座り込んだ。

「どうしても自分の手元で育てたかった」

「それで女に子供を捨てさせて、偶然を装って出会い、養子にしたというわけね」母がいった。

「母親は、誰なの」姉が厳しい口調でいった。

「結婚が決まる前に付き合っていたバーの女だ。きちんと話して別れたつもりだった。妊娠は知らなかったんだ。それが……」

「相手の名前は？　その人は、今、どこでどうしているの」母がいった。

「名前はいえないが、彼女は死んだ。死ぬのが分かっていたから、どうしても子供を産みたいといった、それで……」

「そんな嘘は通用しないわ」

母は、鼻で笑った。

「嘘じゃない」

「見てもらいたい書類は、他にもあるの」

母は、鞄《かばん》から書類の束を取り出した。

それを見た父の蒼白《そうはく》の顔から、残っていた僅《わず》かな血の気がひいた。

「ばれないと思ってたの？」母は皮肉っぽくいった。

「何の書類？」姉がいった。

「この人はね、会社の金を横領してたのよ。毎月少しずつね」

「なんに使ったんですか」姉は父を問い詰めるようにいった。

「遊びだ。自由になる金が欲しかった」

「ひょっとして相手の女に？死んでないのね。ずっと愛人にして……不潔だわ」

姉は、興奮した口調でそういった。

「違う。昔のことで、愛人なんかでは……」

「毎月の横領だけなら、わたしは気が付かなかったわ。だけどあなた、自分の病気を知った後、まとまったお金を作ろうとしたわね。自分が死んだ後なら、ばれてもいいと思っていたんでしょう。二億近い金よ。それをどうしたの」

父は、じっと僕の顔を見ながら押し黙った。

「女に渡したわね」

父はうなだれた首をゆっくりと横に振ったが、否定の態度には見えなかった。見えるのは、諦《あきら》めと不安の入り混じった色だ。

「相手の女は誰？　この子の母親でしょう。その名前をいって」

母は、急に穏やかな声になり、そう訊《き》いた。

父はまた、首を横に振る。

「高原千秋よね」母が自分で答えをいった。

「どうしてそれを」

「あなたは、わたしと知り合った時、付き合っている人はいないといったけど、あなたが部下のＯＬと付き合っていたことは調べて知っていたわ。でも、あなたはわたしを選んで、彼女とはきっぱり別れた。そう信じていた。このお金のことが分かるまでは、本当に一度も疑ったことがなかったのよ。もちろん、あなたが全然女遊びをしないと思っていたわけではないわ。だけど、それは単なる浮気だと思ってた。まさかこんな形で裏切られていたなんて、夢にも思わなかったわ。あなた彼女とずっと会い続けていたのね」

父は、唇をきつく噛み締めている。

「不潔よ。不潔だわ。あなたみたいな人を父親と呼んでたなんて、鳥肌が立つわ」

男女の関係には異常な程潔癖な姉は、義父に愛人がいたことが余程ショックだったのだろう。ひどく取り乱した様子で、髪の毛をかきむしっている。

「違う。誤解だ。彼女とはとっくに別れたし、有一とはなにも……」

「彼女の住所は分かってるわ。今から呼んで……そうね、血液検査でも受けてもらいましょうか。それではっきりするわ」

病室の空気が凍り付いた。微かに院内放送が聞こえてくる。そよともいわぬ沈黙が長いこと続いた後、父がぽつりと呟《つぶや》いた。

「……そうだ。君のいう通り、母親は高原千秋だった。……だけどその後は、高原千秋とはなんでもない。時々会ったことは認める。しかし、それは友達としてだ。僕は君と結婚したかった。だけどどうしても、自分の子供が欲しかった。その思いを諦めきれなかった」

「なぜ、そうまでして、子供を持ちたかったのかしら」

「君だって分かるはずだ。子供の親じゃないか。血の繋がった娘の加代が可愛《かわい》くてしかたないんだろう。わたしも自分の血の繋がった子供が持ちたかった」

「どうして彼女に育てさせなかったの」

「自分の子供が愛人の子供だと蔑《さげす》まれるのは耐えきれない。それに、ずっと自分のそばに置いておきたかった」

「彼女はどうなの。高原千秋は自分のそばに置いておきたいと思わなかったのかしらね」

「それは……生活が苦しくて」

「あなたが援助してたのに？」

母は、唇を歪《ゆが》めて笑った。

「財産が問題だったのよね。わたしの財産を、この子に継がせたかったのよね。わたしとあなたが離婚しても、あなたがわたしより先に死んでも、あなたと血の繋がった子供がわたしの財産を継ぐ。高原千秋は、この子をわたしの巣の中に産み付けたのよ。カッコウの托卵《たくらん》の話を知ってる？　カッコウは、ホオジロの巣に自分の卵を産み付けるの。ホオジロの雛《ひな》より先に卵から出たカッコウの雛は、ホオジロの卵を巣から落として殺して、ホオジロの母鳥の愛情を独り占めにするのよ。ホオジロはなんにも知らずに、カッコウの雛にせっせと餌《えさ》を運んで……。高原千秋とあなたたちはそうやって、篠井の家を乗っ取ろうとしたんだわ」

母に睨みつけられて、僕は首を竦《すく》めた。母に睨まれたことは初めてではない。しかしこんなふうに、本物の憎悪《ぞうお》をその表情の裏に感じるのはもちろん初めてだった。カッコウの雛は、ホオジロの親鳥に、自分の子ではないと見破られた時どうするのだろうか。慌《あわ》てて巣の外に逃げ出すのだろうか。しかしそこで独力で生きるすべはない。本物の親鳥を探すのだろうか。しかし親鳥は、産みっ放しで、後は知らぬふりなのだ。どこにいるかも分からない。それに、目の前のホオジロの親鳥を自分の本当の親だと今の今まで信じていたのだ。急に違うといわれても、戸惑うほかどうしようもないではないか。

僕はずっとあなたの子供だったんだよ……今だって……そう心の中で呟きながらすがるように見返す僕だったが、その目に映る母は、どうみても赤の他人でしかなくなっていた。僕の心の中の母親は、そのとき死んだのだ。

父が、母の非難を浴び続けながら死んでいったのは、それから数日後だった。

父が僕に最後に伝えたことは、高原千秋という、僕を産んだ女の元に行け、ということだった。

僕は、そんな見ず知らずの人の所に行きたいとは思わなかった。顔も見たことがない、姿形も分からない、その影すら、僕は見たことがない。しかし、篠井の家を追い出されれば、中学生の身で、ほかに行く当てもない。両親に死なれた子供が、遠い親《しん》戚《せき》に引き取られて行くようなものだろうと、テレビドラマでありがちなシーンを思い浮かべ、気分を重くしながらも、仕方ないことなのかもしれないと諦めていた。

そんな頃、高原千秋から、僕宛《あ》ての手紙が届いた。

『事情を知ってしまったそうですね。お父さんからいろいろ聞きました。あなたのことをどうするかと、相談も受けました。わたしは、今までどおり、おかあさんやおねえさんに可愛がってもらったほうがあなたのためだと思っています』

高原千秋は、便箋《びんせん》一枚にボールペンでそれだけ殴り書くように書いた後、『今度結婚することになりました。相手は工場の経営者です。といっても小さな小さな工場で、おまけに相手には三人も連れ子がいて、これから苦労ばかりだと思いますが、家族で力を合わせてやって行くつもりです』と付け加えてあった。勝手なものだと思った。

彼女とは一生会わない、そう決めた。たとえ篠井の家を追われても、野たれ死んでも彼女には頼るまい。

僕は、真剣に自活の道を考えようとした。

そんな僕を助けてくれたのは、姉だった。「あなたには何の罪もないんだもの」と、既に独立して暮らしていた……といっても生計は母からの仕送りに多くを依存していたのだけれど……姉の住まいへと、僕は生活の場を移した。母は、それに反対しなかった。世間体というものもあったのだと思う。僕を籍から抜こうとか、そういう様子もなかった。見掛け上はなにもなかったかのように、平穏な生活が戻ってきた。

しかし僕の心の中では、あの時から、母親という存在が消えてしまっていたのだ。今更母の死を知らされても、喪失感を感じることなど、僕にはできない。

9

宗像の部屋に戻ることに、ためらいがあった。これまではどうにか、宗像に男と女の関係を迫られずにすんでいる。しかし、既に宗像との立場は逆転している。僕の方がずっと弱い立場だと、宗像自身が感じているはずだ。僕が彼に強姦《ごうかん》されたと訴えたところで、それはもはやなんら説得力がないことを宗像は知っている。僕は夫の事故に関わったとして警察に追われている人妻で、それになにより、僕と宗像は、仲良く腕を組んで酒を飲んでいるところを目撃されているのだ。宗像に無理やり部屋に連れ込まれたとは主張できるはずがない。僕はすでに、宗像を脅す切り札を失っていた。

宗像の部屋に戻れば、肉体関係を許さざるを得ないのではないか。なにか歯止めができないかと考えてみる。ヒロヤマトモコが人妻だという事実を強調すれば、宗像は悶着《もんちゃく》を怖《おそ》れて手を出してこないのではないか？……だめだ。そんなことを気にするくらいなら、もともと怪しげな女をかくまったりはしない。やはり宗像が関係を迫ってくることを、覚悟するほかない。どうせ他人の身体《からだ》だ。宗像にだろうが誰にだろうが、抱かせてやればいいのだ。そんな気持ちが芽生えてくる。だがすぐに、どこか深いところの意識が、その考えを強く否定する。嫌だ。それだけは嫌だ、と押しとどめるのだ。潜在意識みたいなところからの命令とでもいえばいいだろうか。それが僕の男としての尊厳から出ているものなのか、それともヒロヤマトモコの女としての貞操観念が肉体のどこかに執念みたいに宿っていて、僕の心にまで働きかけているのか、どっちとも知れなかった。けれどもこれは、相当に強い、理屈を超えた感情だった。

宗像の所にとどまる理由を考えてみる。それは、金だけの問題かもしれない。手持ちの現金は今は四万と少し。キャッシュカードはあるが、ヒロヤマトモコの夫の事件を思うと、警察が手を回していないとも限らないから、差し込んだ途端、御用ということになるのを避けるためにも、できれば使いたくない。とはいっても、金を手に入れる方法なら、他に手がない訳でもない。亮一か叔父ともう一度連絡をとって、うまく丸めこんで金を借りるということも出来ないことではないし、働くことだって、もちろんできる。東京では若い女のアルバイト先はすぐ見付かる。宗像が既に裏切って警察や大橋恵美に連絡している可能性だってあることを思えば、彼とはこれっきりにするべきかもしれなかった。

夜になってもはっきりした決断はできないまま、結局、町田に戻り、喫茶店で時間を潰《つぶ》した後、足は自然と宗像の部屋へと向いていた。

一階にある郵便受けを開けた。中に部屋の鍵《かぎ》が入っている。宗像は帰宅していないようだ。鍵を手にし、五階に上がって、部屋の錠を開けた。明かりがついている。消し忘れだろうと思いつつも、微《かす》かに不安を抱いた。物音がしたような気がした。忍び足で部屋に上がる。

「久？」

寝室の方から、女の声が聞こえた。引っつめ髪の化粧っ気のない痩《や》せた女が、あくびをしながら姿を現わした。彼女は僕を見て、口に手を当てたまま、凍り付いたみたいに押し黙った。僕の方も、言葉が出ない。宗像に、留守に上がり込むような女友達がいるとは思わなかった。

「あなた、誰？」

女は、花柄のシャツの胸ポケットを打ち鳴らすみたいに小刻みに叩《たた》くと、慌てた様子で一度寝室に戻り、銀縁の眼鏡をかけて戻ってきた。彼女は、眼鏡を押し上げながら、僕の身体を品定めでもするように眺め始める。

気の毒だが、彼女の容姿も体型も、ヒロヤマトモコとの比較では勝ち目はない。それに少々、年齢もいっているようだ。僕は少し意地悪な気分になるのを感じていた。

「久の知り合い？」女がいった。

「じゃなきゃあ、部屋にあがんないよ」

「合鍵を持ってるの？」

「みたいなもんかな」

女は眉間《みけん》に皺《しわ》を寄せ、鼻息を荒くしている。

「結婚前の娘が、そんなだらしないこと」

「あんたはどうなのさ」

「いつから付き合ってるの？」

僕は冷蔵庫を開けて、コーラを取り出した。

「あんたはいつから？」

「答えなさい」

「少し、落ち着いたら」

「落ち着いていられるわけないでしょう」

「安心していいよ。あいつとは、単なる友達だよ。僕らはなんでもない」

「なにがなんでもないよ。合鍵まで持ってて、なにがなんでもないの。それになによ、その口のきき方は」

僕はリビングルームのソファに腰を下ろし、コーラの缶のリングを引き開けた。

「ああ……」

女は、眩暈《めまい》でもしたみたいに呻《うめ》くような声を上げ、顔を覆《おお》った。

「なんて座り方してるのよ」

「ああ？」

大股《おおまた》を開いた僕の格好がお気に召さなかったらしい。

「なんでこんな女と……」

宗像が帰宅したのは、そんな状況の時だった。宗像は、僕と女とを目をぱちぱちとさせながら、交互に見やっていた。彼の顔面は蒼白《そうはく》になっている。僕に対してはともかく、彼女とは修羅場を覚悟しなくてはならないからだろう。

女は、険しいまなざしを宗像に向けている。

「久、あなた……」

宗像は、間の抜けたことをいった。「もう、紹介はすんでるのかな」

鉢合わせした二人の女が、のんきに自己紹介をしあうわけがない。

宗像は強張《こわば》った顔を僕に向け、「姉なんだ」といった。

「え……」

僕は、ことの意外さにショックを受け、ぽかんとして宗像の姉という女を眺めた。

彼女は、一際目《ひときわめ》をつり上げ、僕を睨《にら》みつけている。

「こちらは、鈴木京子さん」

「どういう関係なの？」

「友達……」

「友達が勝手に鍵を開けて入って来る？」

宗像は、天井を向いて息を一つ吐き出して、いった。

「恋人だよ。付き合ってる」

「そんな話、一度もしなかったわね」

「最近なんだ」

「一緒に住んでるの？」

「違うよ。僕ちゃんと、けじめは」

「どこにけじめがあるのよ。鍵まで渡して」

「鍵は下の……」

と言い訳をしようとした僕を、宗像が遮っていう。

「そんなの、恋人同士ならふつうのことだろう」

宗像の姉は、僕の正面のソファに座って、手で僕の膝《ひざ》を叩いた。

「行儀よくできないの」

彼女の態度に気圧《けお》されて、僕は両膝を揃《そろ》えた。

「失礼を詫《わ》びようとか、そういうのはないわけ？」

「姉さんの方が失礼じゃないか、初対面の人に向かって」

宗像が慌てたように割って入って、そういった。

「この人が、どんな失礼な態度を取ったか、あなた見てなかったでしょう」

「誰だか分からなくて、怪しいやつと思ったんだろう。だよね」

宗像は、僕の方に目配せを送っている。僕はうなずいて、「すいません」といって、頭を下げた。

「あなた、仕事はなにしてるの?」

「学生だよ」宗像がいった。

「あなたは黙ってなさい」

宗像の姉は、返事を促すみたいに、僕を睨み付けている。

「学生です」

「どこの大学? 専攻は?」

「姉さん」

「親御さんはご存じなの。男の部屋に、入り浸ってるってこと」

「入り浸ってなんかいないよ」

「あなたは黙って」

「姉さん、僕はもう大人なんだよ。僕が誰と付き合おうと、ほうっておいてくれよ」

「ほうっておけないでしょう。こんな女に誘惑されて」

「そんな失礼な言い方よしてくれ」

「あなた騙《だま》されてるのよ、こんなおとなしそうな顔してるけど、わたしにどんな口のきき方をしたと思うの。あばずれだわ」

「もう帰ってくれ」

宗像は、姉の腕を引っ張って無理やり立ち上がらせようとする。

「この女を追い出すのが先よ」

「僕の生活に立ち入るのはやめてくれ」

宗像の声が、急に冷淡になった。宗像の姉もそう感じたのか、はっと口を噤《つぐ》み、宗像を見上げた。宗像は、姉の腕を捩《ね》じるように引っ張った。

「痛いわね、放して」

「出ていってくれ。もともと用事はないんだろう」

「今朝の話を確認に来たのよ」

「電話ですむ話じゃないか」

「大事な話なんでしょう、ちゃんと聞いておきたかったの」

「もういいよ、あれは。忘れてくれ」

「どうしてよ。困ってるっていったじゃない」

「ともかく帰ってくれ」

宗像は、姉を玄関まで押していった。

「いいかげんにしなさい」

「あんたに僕の生活に立ち入る権利はもうないはずだ」

「どうしてそんな言い方……」

宗像は、彼女を外に押し出し、玄関を閉めようとした。彼女は手を捩じ込んで抵抗していたが、やがてあきらめた様子で、手をひっ込めた。それからしばらく、玄関の向こうに、彼女が立っているような気配を、僕は感じていた。実際、立っていたのだと思う。遠ざかる足音が微かに響き、それで初めて、宗像は安堵《あんど》したような息を吐いた。

宗像は振り返ると、僕に向かって「ごめん」といい、流し台に行き、水をごくごくと飲んだ。

「僕のことを、まだ小学生くらいに思ってるんだよ」

「僕が悪かったんだ。挑発するような態度をとってしまった」

「気にすることないよ」

宗像はリビングに行き、間仕切りを閉めた。着替えているようだ。僕も寝室に入り、室内着に着替えた。宗像の姉が追い出される直前の会話に、僕は少しひっかかりを覚えていた。ふつうの姉弟の会話とは、違っていた気がする。しかし、それは彼のプライバシーに関わる問題だろう。今の僕にそれを詮索《せんさく》する権利はないと思う。

キッチンに戻り、顔をつき合わせて珈琲《コーヒー》を飲んでいる間も、宗像の姉の話題には、僕も宗像も、もう触れなかった。

「君がもう、ここに戻ってこないんじゃないかって、思ってた」

「どうして」

「なんとなく。ここに戻る理由はないわけだし」

「迷惑？」

「いや、全然」

僕は平然と振る舞ってみせた。ともかく毅然《きぜん》と振る舞い続け、なんとか宗像の欲望が首を擡《もた》げるのを阻止しなければならないと思う。着替えをきちんと揃えて、バスルームに入り、内錠をしっかり閉じてから、浴槽に湯を溜《た》めはじめる。宗像との闘いは、ともかく迫られてからのことだと、自分を落ち着かせ、鏡に向かう。

僕の姉は、あまり化粧をしない人だったけれども、一通りの化粧道具はそろえていた。まさか自分が化粧をすることになるとは思わなかったから興味を持って眺めたことはなかったけれど、一応の手順は頭に入っている。クレンジングクリームとかいうもので化粧を拭《ふ》きとり、洗顔石鹼《せっけん》で顔を洗った。

メイクの落ちたヒロヤマトモコの素顔を眺める。二重の目は大きく、鼻筋がすっきりと通っている。口紅をしていない唇も、ふっくらと形がよかった。飾りがなくても十分に美しい顔立ちだ。暫《しばら》くはお世話になるこの顔に、その美しさに対する敬意もこめてデパートで化粧品を買ったときにもらったパックと乳液の試供品を使って、肌のお手入れというやつも施してみるつもりだ。

お湯が溜まっているのを確認すると、服を脱いで、裸になった。張りのあるバストと引き締まったウエスト、のびやかな脚……女性の裸体の魅力に対して、あまり執着のない僕だけれども、ドキドキしてくる。もっとも、やっぱり僕の身体は女のままだっていうことに驚いているドキドキが半分混じっているのかもしれないけれど、後の半分は美しい女性の裸を見て反応してるんだと思った。もし今もペニスがあったら、多分……そいつは堅く屹立《きつりつ》しているに違いない。こんな肉体を目の前にして、なんの反応も示さない男がいるとしたら、それはホモなんじゃないだろうか。宗像はどうだろう。彼はホモかもしれない、とちらとそう考えてみたが、それはありそうにない。彼がヒロヤマトモコを見ている目は、異性の肉体を欲している目だ。

僕はうんざりしながら、長いこと湯につかっていた。

無駄だとは思いつつも、彼を刺激しないように、身体を十分に乾かしてから服を着て、湯上がりのなまめかしさを極力抑える努力をする。靴下まではいて、洗い髪にはタオルを巻いて……これはこれで色っぽいから困る……最後は覚悟を決めて、バスルームから出る。

緊張を隠し、最後の抵抗に、「疲れちゃった」そういって、ベッドルームに入っていく。

内側から錠を閉めて、なんとかもう一日逃れよう。

「ちょっと待って」

僕は、ドアノブにかけた手を回すか、止めるか、一瞬躊躇《ちゅうちょ》した。回して、逃げ込んで……しかしその前につかまったら、そのままベッドの上ではないか。

僕は手を離し、振り向いた。

「なに」

宗像の脇《わき》をくぐって、逃げ出そうと思っていた。鼓動が激しくなっている。

「これ」

宗像は、一枚の紙切れを僕に突き付けた。

「……なに？」

僕はおそるおそる手を差し出した。紙切れが僕の掌に載った。

「これは……」

「そこに、君の御主人が入院してる」

「……どうしてこんな」

「電話したんだよ。あの大橋恵美って人に」

僕は眉《まゆ》と目を吊《つ》り上げた。

「なんで……約束を破ったんだね。あれほどいったのに」

「こっちのことは何も教えなかったよ。君が僕の部屋にいることは、もちろんいってないし、第一僕が誰かってことも、もちろん名乗ってない。バーで君と一緒にいた男。それ以上のことは何もいってない。彼女の方も特に問い詰めもせずに病院を教えてくれた。事情はどうあれ、君は御主人の入院先を知りたいんじゃないか、そう思って……」

「よけいなことはしないでくれよ」

僕はそう大声を出した勢いで、後ろ手にドアを引き、寝室に身体を滑り込ませた。そして錠をかけ、それでも心配でノブを押さえ、息を殺した。

宗像がリビングの方に戻る足音がした。

僕はようやく、息をつき、握り締めた紙切れを開いた。

恵澤医科大学付属病院外科病棟三〇六という文字が書いてあった。

10

あれこれと思いを巡らせていたせいだろう。ベッドに入ってから眠るまでの時間が長かった。最後に時計を見たとき、既に四時を回っていた。

女として迎える三日目の朝は、正午近い時間に始まった。

起き上がり、ベッドルームを出る。リビングの鳥籠《とりかご》の上に『学校に行く、二時過ぎには戻れる』という書き置きが載せてあった。

その紙切れの端を、インコが籠に引っ張り込み、盛んに齧《かじ》っている。

僕はバスルームとトイレで自分の身体が女のままであることを確認した後、リビングに戻り、鳥籠を眺めながら食パンを齧った。

紙切れを齧るのをやめたインコが甲高く囀《さえず》りながら、僕の気をひこうと止まり木を軸にしてくるくると身体を前に回転させた。籠の隙間《すきま》から指を突っ込むと、寄ってきて細かくつついたり、柔らかく嚙《か》んだりしてじゃれてくる。籠の出入り口を開けるふりをすると、急いで止まり木から降りてきて、こっちを眺めながら早く開けろとせがんでいる。

出入り口を少し開いて片手を捩《ね》じ込むと、すぐに指先に乗ってきた。やわらかくて暖かい羽毛が指先に触れると、なんだか穏やかな気分になる。指を動かして暫《しばら》くじゃれあってからインコを止まり木に移し、手を籠から引き抜く。インコは非難めいた不満の囀りをギイギイと繰り返していたけれども、聞こえないふりをして立ち上がり、手早く着替えをすませ、宗像が帰ってこないうちに出掛けることにした。

恵澤医科大学付属病院は、豊かな緑の中にある。木洩《こも》れ日を浴びている煉瓦色《れんがいろ》のコの字型の建物を中心にして、渡り廊下で繋《つな》がった凸型の建物と、中庭を隔てた長方形の建物が囲んでいる。

外科病棟は凸型の建物にあった。その一階は、外来患者の受付と待合所になっていて、人が溢《あふ》れ、騒々しかった。エレベーターを使って三階に上ると、こちらは閑散としていた。見舞い客や付き添いらしい人々、看護婦、医者といった人達の姿がちらほらと見受けられるだけだ。

三〇六という病室はすぐに見付かった。けれども最初は一瞥《いちべつ》しただけで通り過ぎた。

警察が見張っている、そういう可能性もあると、思ったからだ。フォルテでの盗み聞きと、大橋恵美との短い会話から、ヒロヤマトモコの夫が普通ではない事故で入院したこと、その事故にヒロヤマトモコが関わったらしいと思われていること、警察がヒロヤマトモコを探しているらしいことが分かっている。大橋恵美は一昨日フォルテで、ヒロヤマトモコである僕を逃がしてくれた。それを考えれば、僕が今日病院を訪れる可能性がある事を、警察に通報するということはないと思える。それどころか、入院先を教えてくれたということは、警察の監視はない、大丈夫だから会いに来い、そういう合図と受け取っていいはずだった。けれども用心に越したことはない。三〇六を行き過ぎて、三階を一回りする。刑事らしい人影はなかった。

再び三〇六の前で、今度は立ち止まる。

中の様子にそれとなく耳を澄ましてみた。物音はしていない。人の気配も感じない。僕はそっとノブに手をかけ、扉を開いてみた。中からは、何の反応も返ってこない。素早く室内に入り、後ろ手に扉を閉める。白のアコーデオンカーテンが視界を塞《ふさ》いでいる。息を詰め、耳を凝らす。誰何《すいか》の声も、咎《とが》める声もなかった。

僕は動悸《どうき》の激しくなり始めた心臓を押さえた。掌に当たる、膨らんだ胸の感触には、まだなれることができない。この肉体は、僕のものではないことが、いやでも意識される感触だ。僕自身の肉体、篠井有一の肉体……このカーテンの向こう側にあるのがそれかもしれない。ほんの僅《わず》かな確率だが、絶対違うとはいいきれない。胸から離した手をカーテンにのばし、指先で、襞《ひだ》になった部分をずらす。カーテンに隙間が生じ、金属のパイプと青空の映じた窓が最初に目に入った。少しずつ隙間を大きくした。室内には、ベッドは一つだけだった。そこに誰かが寝ている事は、ベッドの上に吊《つ》り上げられたものが見えたときにはっきりした。ギプスの上に、包帯を何重にも巻き付けた足だ。その足の持ち主の身体と頭は、分厚く盛り上がった毛布の向こうにあるはずで、僕からは見えていない。

しばらくじっと息を殺して、その足と毛布の動きを凝視した後で、僕はカーテンの隙間に目を近付けて、部屋の隅々まで見渡した。清潔な部屋だ。染《し》み一つない白い壁、真新しい二つの棚、クッションのきいていそうな椅子《いす》。壁には花の絵が飾られ、その下の棚には、絵と競うような本物の花が溢れた花瓶《かびん》がある。もう一つの棚にはテレビとラジオがあり、その横に見舞いの品らしいフルーツの籠が載っている。

僕はカーテンから手を離すと、仕切りを回りこんだ。ゆっくりと移動し、ベッドの上の患者の姿を見ようとする。毛布は、おなかの辺りに重なっていて、上半身にはかかっていない。青いパジャマの胸の辺りが僅かに動いたように見えた。僕は、はっとして動きを止め、息も止める。空気のそよぐ音をきいた。それは、患者のたてている微《かす》かな寝息のようだった。

僕は顔の見える位置に動いた。もちろん相手からも僕が見えるはずだが、反応は返ってこない。患者は寝ているのだ。僕は少し大胆に動き、ベッドの傍らに近付いた。そこでいくらか身をかがめ、僕はまた、胸を押さえる。心臓の高鳴りが最大にまできついている。もしもこの患者が、篠井有一だったとしたら……僕はその衝撃で胸が裂けるかもしれないと思った。どこかにあるはずの、僕の身体……分かってはいるし、早く出会いたいと思っている……しかしそれは理屈でそう思っているに過ぎない。僕の感情は、ここにいる僕とは別に存在する僕の肉体を、本当には受け入れていない。僕の視線は、患者のパジャマから首の方へと上っていき、顎《あご》まで来たところで、止まった。それ以上視線が辿《たど》れない、怖くてどうしようもない。もしもここに、僕がいたら、今ここにいるこの僕は、誰なんだ。目を閉じて、回れ右して、逃げ出そうかと思った。しかし、既に僕は十分に混乱した状況の中にいる、これ以上なにを見ても驚くはずがない。僕は決心して、患者の顔を見た。

一瞬で、決着がついた。そこには、僕の知っている篠井有一の顔はなかった。

僕は安堵《あんど》なのか、失望なのか歓喜なのか、まるで分からない複雑な感情を覚えながら、患者の顔を見た。

頭に包帯を巻き、ほっぺたには大きな絆創膏《ばんそうこう》を貼《は》り、閉じた瞼《まぶた》は腫《は》れていて、元の人相は判然としないが、想像力で補うまでもなく、それは篠井有一の顔ではない。僕の知っている篠井有一の五年間が、どんなに苦労の多いものだったとしても、こんなふうに老《ふ》けこみ、こんなふうに形を変える事はないだろう。

頬の肉がそげ、目尻《めじり》と額に皺《しわ》の刻まれた男の顔を見ながら、僕は深い呼吸を繰り返した。ようやく緊張感から解放されるのを感じていた。ヒロヤマトモコの夫は、篠井有一ではなかった。その結論は、辿り着いてみると、馬鹿馬鹿《ばかばか》しい回り道だったことに気が付く。……過去に送られ、僕の身体に宿ったヒロヤマトモコの心は、自分の肉体を妻としてそばに置き、やがてやってくるはずの僕の心を待ち続けた……最初からこじつけにすぎなかった……。

しかしそれでも、一つの前進ではあった、と僕は自分を励まし、病室を出て行こうとした。そのとき、ヒロヤマの呼吸が不意に乱れた。彼は身じろぎし、微かに目を開いた。僕は慌《あわ》てて身を翻《ひるがえ》し、アコーデオンカーテンの仕切りの所へと飛び退《の》いた。そこで、ヒロヤマの動きを、息を殺して見つめた。ヒロヤマは、僅かに身体を横に動かし、再び安らかな寝息をたて始めた。僕はほっと胸を撫《な》でおろし、アコーデオンカーテンの仕切りを回り込み、ヒロヤマの寝顔を覗《のぞ》いた。寝息を確かめ、傍らに行く。最後にもう一度、その顔を確認しておこうと思っていた。

ヒロヤマが目を大きく開いたのは、僕が彼の顔を覗きこんだときだった。僕は、その姿勢のまま、固まった。

「トモコ……いたのか」

ヒロヤマの声は、弱々しかったが、低音の、よく響く声だった。

「おまえが戻っていないと聞いて、驚いていたんだ」

ヒロヤマは、僕の顔に手を伸ばした。僕は、慌てて身体を引いて、二歩下がり、その場に立ち尽くした。ヒロヤマは、身体を起こそうとしたが、僕が逃げ出すことを恐れたのか、途中でやめた。ベッドが少し軋《きし》んで鳴った。

「どこにいってた」

僕はようやく身体の硬直からは解放されたが、言葉は出ない。なにをいっていいのか、分かるはずがない。ヒロヤマと言葉を交わすことになるというのは、計算外だった。

「いいたくなければ、いわなくていい。しかし、言い訳だけは考えておけよ。大橋さんが大騒ぎしたものだから、警察が普通の事故じゃないんじゃないかなんていい出す始末だ。事故の時、おまえは車に乗ってなかったと、警察を納得させるのは大変だったよ。しかしもう心配はない。俺の怪我《けが》も骨折と軽い打撲だけだしな。電柱と壁を壊したほかは、誰に迷惑をかけたわけでもない。まあ、一度くらいは事情を聞かれるかもしれないが、大丈夫だ。心配はいらない」

僕は、口を開きかけた。けれども、いったいなにを話せばいいだろうか。聞きたいことは、山ほどある。僕になにがあったのか。ヒロヤマトモコは、どういう人間なのか。僕は誰なんだ。実は僕はヒロヤマトモコで、この意識は病的なものなのか？

僕は、自分の狂気をさらけ出す決心は、ついていなかった。口を噤《つぐ》んだまま、ヒロヤマの顔をじっと見つめる。ヒロヤマは、当惑した様子で、唇を捩じ曲げた。

「どうしたんだ。なぜ黙ってる」

ヒロヤマは、右手を伸ばして、僕の手を摑《つか》もうとする。僕は、慌てて手を引っ込めた。

ヒロヤマは、怪訝《けげん》そうに僕を見て、大きな息を一つ吐き出した。

「おまえは、なにか勘違いしている。俺にはさっぱり分からんよ。なんで逃げ出した？　酔ってたのか？　何か幻覚でも見たみたいな慌て方で……俺の方を化け物でも見るみたいに……車で追いかけたのは、逃げるおまえに追いつこうとしただけだ。まさか俺が轢《ひ》き殺そうとしたなんて思ってないよな」

ヒロヤマは、身体を起こし、上半身を捻《ひね》った。ヒロヤマの右手が、僕の左手に絡《から》んだ。僕はそれを振りほどいた。

「誤解だよ。おまえは間違ってる。話せば分かることだ。なあ、返事をしてくれ」

背後に、物音がした。

僕はぎくりとして振り向き、ドアが開くのを凝視していた。警察かも知れないと、一瞬思い、恐慌《パニック》を起こして叫びそうになった。だが、カーテンを開けて入ってきたのは、看護婦だった。彼女は僕をみとめ、会釈《えしゃく》した。

「ご家族の方ですか」

僕は、曖昧《あいまい》にうなずいて、看護婦と入れ違いに外に出ようとする。

「待て。どこにいくんだ」

看護婦が、うろんげに僕を見ている。

「大橋さんの所に戻るんだろう。そうだよな。またいなくなるつもりじゃないよな。トモコ。おい。エイジが心配じゃないのか」

病室を出て、階段を駆け降りた。動悸が一際《ひときわ》激しくなっていた。

エイジ……何者なんだ。

11

タクシーに乗った僕は、行く先を訊《き》かれて、前の車を尾《つ》けるようにと頼んだ。最初は、「恋人が浮気でもしてるのかい」と運転手は訊いてきた。そう思わせておけばよいと思い、曖昧にうなずいた。信号待ちで、その車の斜め後ろにぴたりとついたとき、僕は身を屈《かが》め、運転手は、好奇心むきだしで前の車を覗き込んでいた。

「女じゃないか。あんた、女の方を尾けてるのか。そりゃまずいなあ。女の喧嘩《けんか》っていうのは限度を知らないからなあ。切れちまうと、なにするか分かんねえ」

それから暫《しばら》く走って、運転手は、ちらちらと僕を見ながら、「ひょっとして、あれかい。あんた、探偵とか、そういうのかい」

僕はまた、曖昧にうなずいたものだから、運転手は、そう信じ込んだみたいだった。

「最近、不況でしょう。タクシー代をけちる人間も多くってさあ。俺もねえ、転職とか考えるわけよ。世の中、景気悪くなると、人の心も、ぎすぎすしてくるじゃない。

やっぱそういうときは、おたくらみたいな商売は、逆に繁盛《はんじょう》するんだろうねえ」

タクシーから降りてから、タクシーを返すまでが大変だった。運転手は、待ち料金はサービスするからといって、その場に待っているといいだしたのだ。

仲間の車に乗り換えるのだ、と言い訳すると、「なるほど、やっぱあんた、探偵か。この車は、気付かれてるかもしれんしな。うん」

彼は独り決めして、ようやく去ってくれた。

僕は、ほっとして信号を渡った。

レストランがある。その駐車場に、大橋恵美の赤い車が停まっていた。

僕は大橋恵美の姿を探した。レストランはガラス張りで、中の様子が見える。大橋恵美は、入り口の所にある電話ボックスに、こちらに背を向けて入っていた。

……病院を去った後、僕は電話帳を使って、名前と電話番号から、大橋恵美の住所を調べ、探し当てた。彼女と話そうと思った訳ではない。もし僕が、ヒロヤマトモコだとしたら……僕の意識はそれを認めていないが、この意識が病的な妄想である可能性を考えざるを得ないのだ……大橋恵美の家を見たら、なにか思い出すことがあるのではないか、そう思ったのだ。

大橋恵美の家は、住宅街の片隅の、小さな古い一戸建てだった。その庭先に人影を見付け、僕は思わず身を竦《すく》めたが、その人は、どこか夢うつつとした様子に見える老《ろう》婆《ば》で、和服をだらしなく着崩して、芝生にぺたりと腰を下ろしていた。それは印象的な光景だったが、僕の記憶にはなんの働きかけもしなかった。

一度、玄関の前に立ち、チャイムを押しかけた。のどかな風景に、ぐずぐずと悩んでいるのが、馬鹿《ばか》らしく思えたのかもしれない。事実は事実。僕の身に、なにが起きたのか確かめるためには、大橋恵美に直接会い、話を聞くべきなのだ。

チャイムを押さなかった理由は、本能の警告としかいいようがない。もっとも、その警告が正しいのかどうかは分からない。本能の方が誤っているのかもしれなかった。自己の認識という、根源的な本能を、僕は今、喪失してしまっている。

大橋恵美の家の前から離れ、周辺を散策した。訪れたことのある場所なら、辺りの風景にも馴染《なじ》みがあるはずだった。日は射《さ》していたが、冷たい風が吹いていた。コートの襟を合わせ、手に息を吹きかけた。

公園があった。ベンチに腰掛け、裸の樹木を見上げた。それだけをとれば、見覚えのある風景だ。けれども、その向こうにあるビルや、マンション、家並み、どれも初めて見る風景だと思えた。

砂場で、子供が遊んでいる。母親らしい人たちが、三人集まって、なにごとか熱心に話し込んでいる。

僕の存在はひどく場違いな気がした。この場所に、若い男が一人、ベンチに腰掛けているというのは似合わない。そう考えて、自分の姿を思い出した。若い男ではない。若い女なのだ。しかも主婦。子供だって、いても、不思議はない。ヒロヤマのいった、エイジというのが、ひっかかっていた。ヒロヤマの子供のように受け取れた。つまりヒロヤマトモコの子供、つまり僕の子供……。

冬枯れた樹木の合間に、車道が見えていた。信号待ちしている車の列の一台に、僕の視線は釘付《くぎづ》けになった。大橋恵美の車は知っている。ついさっきも、ガレージに駐《と》まっているのを見ていた。それとそっくりの赤い色の車が停車している。その助手席の窓が開いていて、男の横顔が見えている。その顔が、宗像に似ていた。僕は、愕然《がくぜん》とし、車の方に走った。信号が青に変わり、車はすぐ、視界から消えてしまった。タクシーを停めようとしたが、都合良く走ってきてくれなかった。

僕は、大橋恵美の家の方に歩いていった。今見た車が大橋恵美の車だと決め付けるのは、早すぎると思った。まして、遠くから一瞬見た横顔だけで、宗像と決め付けるのは間違いだろう。まず大橋恵美の車かどうか確かめるべきだ。彼女の車がまだガレージにあれば、間違いだとはっきりする。

しかし、車はガレージから消えていた。

大橋恵美と宗像久は、どうつながるのか。宗像の部屋での目覚めは、篠井有一の記憶が、この身体を、あの部屋へと運んでいったというだけではなかったのだろうか。不安に襲われながら、思いを巡らした。僕は考え込み、ふらふらと表通りに出た。再び先刻の車を見たのは、それから間もなくだった。

車は、僕のいる場所から反対車線にいた。僕は通りを横切り、タクシーを拾った。今度はうまく拾えた。そして最初の信号で、タクシーはその車の斜め後ろに並んだ。そのときに、車の運転席にいるのが大橋恵美だと分かった。興味があるのは、助手席の方だ。しかし、そこには誰も乗っていなかった。大橋恵美の車は、とりたてて特徴のある車ではない。色はありふれた赤色で、車のことに疎《うと》い僕には正確な車種は分かっていない。ホンダだと分かっているだけだ。いくらでも似たような車が走っている。宗像が乗っている、そう思って見たあの車は、大橋恵美の車ではなかったのだ。あの車が大橋恵美の車なら、こんなところを、まだぐずぐずと走っているというのは、おかしな話だ。どこに向かうにしろ、とっくに遠くへ行っているはずだ。それに多分、宗像だと見えたのも、他人の空似だろう……。

尾行の意味はもうないと思いつつも、やめるきっかけがなかった。

車が止まった今が、やめ時だろう。

大橋恵美が中にいるレストランに近付く。宗像が一緒でなかったことは改めて確認するまでもないが、立ち去る前に、もう一度しっかり車を見ておこうと思った。大橋恵美の視界に入らないように注意しながら駐車場に入り、彼女の車のそばに寄った。公園で見た、宗像に似た男が助手席に乗っていた車との違いを探すつもりだった。が、外観には違いを見つけられず、無駄とは知りつつも念のためにと、内部も覗いた。そして、僕はぎょっとした。無人と思っていた車の中に、誰かの双眸《そうぼう》が見えたからだ。

車の後部座席に、赤ん坊がいた。縞柄《しまがら》のタオル地の肌着にくるまれた、ふわふわの髪の毛をした赤ん坊だった。赤ん坊は、微笑《ほほえ》みかけた……僕に向かって。そうとしか思えない。くりくりとした眼で、僕を見つめ、抱き上げてくれとせがむように手足をばたばたと動かし、なにかの蕾《つぼみ》のような真っ赤な唇を開いて笑っている。僕は、なぜか急に息苦しくなった。まったく訳が分からないことだが、僕はその子を抱き締めたい衝動に駆られ、車のドアに手を掛けていた。ドアはロックされていなかった。エンジンのキーも差し込まれたままになっている。

「なにしてるの」

鋭い声が背後に響いた。僕は、身を乗り入れ、運転席に座っていた。エンジンをかけ、アクセルを踏んでいた。

「誰か」

叫んだ声は、大橋恵美のものだったと思う。

僕は、車を走らせていた。頭の中が、真っ白になっている。

自分のしでかしたことを理解したのは、後方の車が激しくクラクションを鳴らしたときだ。

最初の角を右に折れて、車を急停車させた。駆け降り、夢中で逃げた。降りるときに聞こえた子供の泣き声が、いつまでも耳の奥に残った。

12

錯乱していたとしか思えない行動を、僕は念頭から追い払った。強烈すぎた。自分が自分でなくなった一瞬を、僕の理性は受け入れを拒否していた。ほかのことを考えようと努めた。

ヒロヤマトモコの夫は、僕ではなかった。それは、はっきりした。もともと大した根拠のない推理だった。否定されて当然だ。状況は不可思議すぎるけれども、それを説明できる正しい推理を、もっと現実の枠の中で考えねばならないと思う。その意味では、時空を超えた心の入れ替わり自体が馬鹿げた考えだ。しかし、その考えを捨てて、現状をどう理解できるというのだろうか。僕が見ているこの世界が現実であるならば、必ず理解できるはずなのだが……。

横浜線のホームで電車を待ちながら、事実を整理し、推理の糸口を探った。

篠井有一という男が存在した。その記憶を僕は持っている。しかし、記憶は五年前の時点で途絶えている。まるで眠っていたような五年間があり、一昨日、僕は不意に覚醒《かくせい》した。空白の五年間も、僕は当然この世に生きていたはずなのに、僕は自分の意識を取り戻した代わりに、その五年分の記憶を失った。それだけなら、典型的な記憶喪失物語のパターンに収まるのだが、僕の意識は赤の他人の肉体の中に囚《とら》われて覚醒した。それだけがどうにも解決がつかない。理解できない、SFでなければ有り得ない話なのだ。

僕の頭は激しく混乱し始める。僕が僕であること、それが間違っているのか。

この意識は誰の物なのか。

電車がやってくる。人込みに揉《も》まれて電車の奥へ運ばれていく身体は、ヒロヤマトモコの身体だ。そうである以上、この意識もヒロヤマトモコの物と考えるべきだ。すると、今思考している僕は、ヒロヤマトモコに違いない。篠井有一だというのは、思い込みにすぎない。宗像から聞いた話を参考にすれば、ヒロヤマトモコは二重人格で、心の中に篠井有一という別の人格を棲《す》まわせている。

新たな結論……篠井有一はいる。けれどもそれは、今ここで思考している僕の身体ではないのだ。

しかし、問題は残る。彼女の心の中にしかいないはずの僕が、現実の世界に存在している篠井有一の遍歴を熟知しているのはなぜだ。しかもそれは正しい記憶なのだ。虚構ではない。そのことを証明しようと、あらゆる記憶を辿《たど》ろうと試みた。そして、記憶というものがひどく曖昧《あいまい》で断片的な物だということに不安を覚えた。例えば小学生の頃の思い出、遠足とか、卒業式とか、思い出せるのは、そんな日があったなという程度で、その日自分の隣に誰がいたのか、さっぱり覚えていない。これは普通のことなのだろうか。それとも、僕だけ特別なのだろうか。

僕は篠井有一ではないのかもしれない。篠井有一はほかにいる。この記憶はまやかして、僕はヒロヤマトモコなのだ。

新しい推理ができあがった。

篠井有一とヒロヤマトモコ、二人はそれぞれに、ごく普通の肉体と精神の一致した一つの人格として日々の生活を営んでいた。しかし、ヒロヤマトモコはなにかの原因で精神のバランスを崩した。心の病にかかったのだ。その証拠はここにある。正常とはいえないこの僕の意識だ。その主のヒロヤマトモコの心が正常なはずがない。彼女は精神病院に入院した。証拠はないが、それは多分正しい。そこで、篠井有一と出会った。篠井有一も精神のバランスを崩し、病院に入っていた。ヒロヤマトモコと篠井有一、運命の出会いを果たした二人は、強くひかれあい、いつしか人格が融合するような、密接な特異な関係を作り上げていった。互いの狂気が、その関係の触媒になった。二人は饒舌《じょうぜつ》に互いの過去を語り合い、記憶を共有し、そして互いの肉体をも共有し始めた。自分の記憶と相手の記憶、自分の身体と相手の身体、どちらがどちらと区別がつかなくなるような、特殊な精神状態が生じた。やがて病院を出た二人は離れ離れになる。

ヒロヤマトモコはヒロヤマトモコに、篠井有一は篠井有一に戻った。けれどもそれは肉体の復帰に過ぎなかった。分かち難く絡《から》まり合い融合していた精神は、二つに引き裂かれたとき、誤った肉体へも運ばれることになった。ヒロヤマトモコの心に、篠井有一の心が混ざっていた。彼の心は澱《おり》のように底に沈み、静寂の中、密《ひそ》やかに時を待ち続けた。それは、ヒロヤマトモコの心の中の篠井有一の人格に、空白の五年があることの説明になるだろう。

五年間の潜行の後、あるとき彼女の心が激しく揺れ動き、沈んでいた澱が透明な心を白く濁らせて、自分の色に染め上げた。

それが篠井有一の人格の出現だった……。

「お帰り」

宗像がそういって僕を迎え入れた。僕はひどい頭痛に襲われていた。電車を待つホームからここまで、ずっと頭を働かせていたせいだ。自らの狂気を自覚しつつ、狂気の源と狂気の有り様に思いを巡らせた。考えれば考えるほど混乱に拍車がかかり、狂気の実感にとらわれる。様々な推理が脳裏を行き交った。どれもこれも、気休めになるような楽観的な状況を意味しない。悲観的状況を伴う推理ばかりだ。

僕は僕ではない。その事実が重かった。

僕は上着を脱いで食卓の椅子《いす》に腰掛け、テーブルに顔を伏せた。宗像が気遣うように肩を撫《な》でてくる。顔を上げ、宗像を非難するように睨《にら》み付けた。もし、宗像が僕の肉体に手を出すつもりなら……僕はさっさと出て行こうと思った。ここを出ても、どうにかなるはずだ。この肉体をめぐっての宗像とのかけひきに、僕はもう嫌気がさしていた。そんな余計なことに気を取られているような状況ではないのだ。ゆっくりと、誰にも邪魔されずに考えたい。これからどうしたらいいのか、僕になにが起こったのか。

「気分悪そうだけど……」

「ちょっと疲れてるんだ」

僕は邪険にいった。宗像は、おなかはすいてないかと訊《き》いた。どうしてこんなときに食欲があるんだろうと思いながらも、ホットプレートの上でジュージューと音をたて始める牛肉の匂《にお》いの誘惑にあらがえなかった。僕は半生の赤い肉の塊を、片っ端から箸《はし》で拾って口に押し込んだ。

ビギンというのがセキセイインコの名前だと、宗像がいった。

僕はビギンを籠《かご》から出した。ビギンは暫《しばら》く部屋の中を興奮した様子で飛び回った後、僕の肩に止まった。ビギンは忙《せわ》しない性格らしく、一時もじっとしていないで、右肩左肩と移り歩き、ときには袖口《そでぐち》に降りてきたり、襟を齧《かじ》ったり、髪の毛を引っ張ったりしている。

ビギンの相手をしてやるうちに、僕の気持ちは少し和んだ。脳裏を駆け巡っていた想念の渦が一時収まった。

洗い物をすませた宗像が、手を拭《ふ》きながらリビングに入ってくる。ビギンは宗像の肩にまで活動範囲を広げ、相変わらず忙しく動き回る。ちょこまかしたビギンの一つ一つの動きはどこかおどけていて、愛嬌《あいきょう》がある。宗像の上着のファスナーに興味をもって嚙《か》み付いていたビギンが、足を滑らせて、嘴《くちばし》一つでしがみついた格好になり、その後宗像の胸から膝元《ひざもと》へと転げ落ちるのを見たとき、僕は不覚にも、宗像と顔を見合わせて笑ってしまった。

ビギンは、びっくりしたのか恥ずかしかったのか、大声で囀《さえず》りながら部屋を飛び回ると、やがて僕の肩に止まってぜいぜいと息をあえがせる。それがまた滑稽《こっけい》な仕種《しぐさ》だった。

僕と宗像はビギンの動きに合わせて、視線を動かしていた。宗像はそこに会話の糸口を発見し、僕らはごく自然に、大して意味のない事ばかりだったけど話をしていた。もちろん、互いのプライバシーに関することは全然なかったが、僕は気持ちがほぐれていくのを感じていた。

　そんな会話の中で、宗像がいった。

「この前、『転校生』っていう映画のこと話してたろう」

「うん」

「少年と少女の心が入れ替わってしまう話。それはSFでなくても可能だっていったよね。一番近いのは脳移植だって。覚えてる？」

「もちろん」

「でも、現代では脳移植は無理。だけど少年か少女の精神病ってことで似た物語ができる、そういったよね」

「うん」

「でも、その場合、筋立てはまったく変わってしまう。そこが不満だったから、もっといい方法がないかって、ずっと考えてたんだ。そしたら、あったよ。現代の科学の水準で、『転校生』の物語に合理的な解釈をつける事ができる」

「本当に？」

「ある少年と少女がいる。二人はある日、目が覚めたとき互いの身体がすっかり入れ替わってしまっていることに驚く。こういう筋立て、どう？」

「どうって、あの映画のストーリーそのものだよね」

「身体が入れ替わった、心が入れ替わった。映画ではどちらともいえるけど、僕が考えたストーリーでは、あくまでも入れ替わるのは、身体なんだな」

「身体……」

「そう、心じゃない。つまり、脳を取り替えるんじゃない。身体を取り替える」

「同じじゃない」

「全然違う。つまりこうさ。二人を眠らせて、その間に身体を改造してしまうんだよ」

「え?」

「性転換の手術。ミスターレディとか、よくいるじゃない。女そのものになってる。外国なんかじゃ、そういう男性が性転換したことを隠して美人コンテストやスポーツ大会で女として優勝したり、有名芸能人とつきあったりして、後でばれて大騒ぎになることがあるよね。それだけ完璧《かんぺき》な手術だったら、女性経験のない少年が、自分の身体が本物の女なのか性転換した女なのか区別がつかないのは仕方がない。少年は寝ている間に性転換の手術をされてしまった、そういう設定にする。少年に手術の記憶はない。これは問題ないよね。そうすると、少年が、自分の身体が女に作り替えられた、と認識する事は困難だ。女の身体に、心だけが乗り移った。そう認識するのは自然だろう。鏡に映っている女の顔。それが顔見知りの彼女であれば、ますますそう思い込む。現代の美容整形の水準を知ってるだろう。顔なんか骨格からいじってしまって、原形をとどめないくらいまで変えてしまうことができる。もともと顔付きの似た少年と少女であれば、二人の顔を入れ替えることは可能なはずだ。これで少年は、ある朝突然少女の身体の中にいる自分を発見する。少女の方も同様。女から男への転換手術っていうのは、男から女ほどの完璧な技術はないと思うけど、あの映画では、男になる少女は男の身体をまだ知らない。多分経験としてだけでなく知識としても知らない。ペニスの構造や仕組みが本物の男と少しくらい違っていても、気がつかないよね。男の身体に心だけが乗り移った、そんな風に認識しても全然不思議はない」

宗像は得意げに、にこやかにそういった。

僕は計り知れない衝撃を覚えていた。

性転換、美容整形……言葉を噛み締めた。

「でも……そんなこと……本当に……有り得る？」

僕の唇は震えていた。それを悟られないように、少しうつむいて、ようやくそれだけいった。

「有り得るかって聞かれると、ちょっと困る。そんなことをやる動機とか日本では性転換の手術を受けられないとか……」

「そんな意味じゃなくて、そういう手術が可能なのかどうかってことが聞きたいんだ」

「性転換と美容整形？」

「そう」

「まあ、当人に全然気付かれないように手術をやるっていうのは、無茶かもしれないけど、手術自体は現代の医療の水準で大丈夫だと思う。女から男への転換は知らないけど、男から女への転換は、自伝や医学書で読んだことがある。話の種になるから、興味を持って、その種の文献を読みあさったことがあるんだ。そこの本棚を探せば、手術のやり方を書いた本があると思うよ。うろ覚えでいえば、確か大腸の一部やペニスの皮膚を使って膣《ちつ》を作って、尿道やクリトリスなんかも、それらしくちゃんと作っちゃうらしいよ。作った膣は放っておくと癒着してしまうらしいから普段はシリコンの棒を入れておくとかいう話だけど、セックスの前には当然外してる。分泌液《ぶんぴつえき》も、男のカウパー腺《せん》液を残してあって、いわゆる濡《ぬ》れるって状態にもなるっていうし、外性器に関しては本物と見分けがつかないんじゃないのかな。女性経験豊富な有名タレントが騙《だま》されるくらいだからね。もっとも手術してすぐには、傷も目立つだろうし、一夜のうちにっていうのは無理だね。それは美容整形も同じで、鼻の手術に上唇の裏側からアプローチしたり、頬骨を削るのも口の中からとかで表面には傷が残らないようにいろんな工夫があるらしいけど、腫《は》れとかはでるからね。一夜にして顔が変わってしまった、そう思わせるためには、時間の経過を錯覚させるように睡眠薬とかを使う必要はあるだろうね。十日位は眠らせておくとか……」

宗像は腕組みして考え込んでいる。

僕は自分の胸元に視線を落としていた。そこにビキンが飛んでくる。乳房を覆《おお》う布地にしがみつき小首を傾《かし》げながら、愛嬌を振り撒《ま》いているのだろうが、今は笑えない。

僕は顔が火照《ほて》ってくるのを感じていた。

「十日じゃ駄目だな」宗像がいった。「外性器にばかりこだわるわけにはいかない。乳房にはシリコンを入れるにしても、それだけではね。やっぱり前もって身体《からだ》つきを変えておく必要がある。ふつうは性転換の手術の前に二年間くらい女性ホルモンを飲み続けて、身体を改造しておくんだ。胸をふっくらさせ、身体の線を丸くする。それから男性ホルモンの供給源の睾丸《こうがん》をとり、暫くおいて、ようやく性器の手術……そうだ、当然だけど、この手術は本当の意味での性転換じゃないよ。女になるといっても子供が産めるわけではないからね。動物の中には自然界で本物の性転換をするものがいるんだけど。人間の場合は人工的にも本物の性転換はまだ無理だ。でも、これはあの映画の状況と矛盾しないよね。見掛けの性が入れ替わればいい。……そうだな、記憶喪失、それを組み合わせれば解決する」

記憶喪失……その言葉が頭の中でこだました。ぴったりではないか。僕には五年間の空白がある。

「少年と少女は事故に遭い、記憶を失う。彼等は新たな人生をスタートさせる。彼等はその人生の中で、互いの肉体を交換する必要に迫られた。どうしてかっていうのは、後で考えよう。ともかく二人は、異性のホルモンを投与され、身体つきを変えていく。まだ若いうち、互いに自分の本物の性が十分に発達していない時期だから、これは容易だと思う。男の身体になるか、女の身体になるか、それはホルモンで決まることだからね。少年は女に、少女は男になる。そして性器の手術。加えて顔も入れ替える。これですっかり二人の身体は入れ替わってしまう。ところが、新たに、何かのきっかけで、彼等は元の記憶を取り戻してしまうんだ。つまり性転換をした人生の方の記憶を失ってしまっている。目覚める男女。彼等は互いの心が入れ替わってしまったと信じ込む。すべてが合理的に解釈できているだろう。少なくともSF的な設定からは離れた。少し工夫すれば、推理小説になるよ」

「どうかした？」

そういう宗像の声をよそに、僕はバスルームに飛び込んでいた。鏡に顔を映しだし、一つ一つの部品を確かめ、口をこじあけて中を覗《のぞ》く。唇をめくりあげ、傷跡を探す。上唇の裏側に、縫った痕跡《こんせき》のようなものがある。鼻を触ってみると、何かの詰め物がある気がしないでもない。この整い過ぎた容貌《ようぼう》は、美容整形のおかげなのかもしれない……。けれどもそれは、この身体が女の身体ではないという証拠にはならない。本物の女性だって美しくなるために整形手術を受ける。ヒロヤマトモコが美顔のために整形していたとしても全然不思議ではないわけだ。くっきりした二重瞼《まぶた》も、高く細い鼻梁《びりょう》も、すっきりと尖《とが》った顎《あご》の線も、端整な歯並びも、そのすべてが美容整形の結果だとしても、この顔がヒロヤマトモコの顔ではない、という証拠にはならない。

衣服を脱ぎ捨て、裸になった。

形のいい乳房を両手で握り締め、感触を確かめてみる。本物の乳房だと思うが、僕、篠井有一が知っている女性の乳房の手触りなど当てにならない。この中にはシリコンが詰まっているのかもしれない。しかし、だとしてもそれがなんだ。本物の女性だって、形の良い乳房を求めて、シリコンを入れる。ならば、と僕は膣とかいう場所に指を差し込んで、男が性転換手術した場合は入れておくという、癒着を防ぐためのシリコンの棒を探したが、そんなものはなく、肉の嫌な感触が、じかに指先に伝わってきた。けれどもそれだけで、本物か作り物かの決着をつけるわけにもいかない。

いったいどっちなんだ、と僕は頭を抱えた。

もし豊富な女性経験がある男なら、ここにいるのが本物の女か、作り物の女か判断できるだろうが、僕、篠井有一は、女性の身体の事を、何一つ知らないも同然だった。女と寝た、といえるのは、後にも先にも一度だけで、それも完全なものとはいい難い。けれども今は、そのときの微《かす》かな記憶だけが頼りだった。

女の身体を思い出そうと記憶の糸を手繰ると、あの日のことが、次第に脳裏に像を結び始めた。僕の頭に浮かんだ彼女は、まだ衣服を身に着けている。その衣服を剝《は》ぐために、順番に記憶をたどった。

……あの日僕は、母から届け物を頼まれて、桑田家を訪れたのだった。そのとき、ちょうど一人で留守番していたのが明日香だ。彼女は、よほど暇を持て余していたのだろう。部屋に上がれといってきかなかった。僕と明日香は、幼馴染《おさななじ》みで、家族ぐるみの付き合いだった。小学生の頃は、桑田家にはしょっちゅう行っていて、明日香の部屋にも何度も入ったことがある。しかし、中学生になってからは、なんとなく気恥ずかしくて、僕は明日香の部屋には上がらなかった。それがその日は、明日香の執拗《しつよう》な誘いに応じて、部屋に入ったのだ。僕は少しどぎまぎしながら明日香のベッドに腰掛けたのを覚えている。

「有一君……したことないんでしょう」

どうしてそんな話の成り行きになったのだったか……僕は思いを巡らせようとして、やめた。今はそれは問題ではない。

「キスぐらいはあるの?」

そのとき僕は、中学の二年生だった。性に関して異常に潔癖だった姉の影響が大きすぎたせいか、僕は女性に対して積極的になることができなかった。女性に対すると、羞恥《しゅうち》と臆病《おくびょう》さが先に立ち、何人かの女の子とデートしたという経験はあったが、僕はそれまで一度も、キスしようと考えたことすらなかった。

明日香の問いに、僕はなにも答えることができず、黙ってうつむいた。明日香は、僕の頬を両手で持ち上げて、自分からキスしてきた。同い年でありながら、彼女が既に、何人かの男と性体験をしているということを、僕は知っていた。僕のクラスメイトの一人が、明日香が誰とでも寝る、と噂話《うわさばなし》をし、自分も寝た一人だと喋《しゃべ》ったのだ。

「キスも初めてだったのね」

明日香はそういいながら、もう上着を脱ぎ始めている。

僕は胸が高鳴り、息が苦しくなるのを感じた。震えながら、自分も上着を取り、明日香の下着を、毟《むし》り取るみたいに脱がせた。明日香の裸が、ひどく眩《まぶ》しく見えたのを覚えている。僕は彼女にむしゃぶりつき、首や乳房に唇を這《は》わせた。それから……どうなったんだったろう。

その回想にはひどい苦痛が伴うことを、僕は思い出した。

「気にすることないわよ」明日香は微かに笑いながらいった。

どういう意味で、明日香はそういったんだったろうか。僕があまりにも早く終わったせいだったか。僕のペニスが、笑ってしまうほど貧弱だったせいか。僕があまりにも不器用に愛撫《あいぶ》したせいか。ともかく僕は、あの一言で羞恥に顔を真っ赤にして帰っていったのだ。あの日以来、僕は明日香の顔をまともに見られなくなった。顔を合わせていないときでも、時折、嘲笑《あざわら》っている明日香の顔を思い浮かべ、その度に僕は、屈辱感にさいなまれるようになった。あの日のことを、僕はなかったことにしてしまいたかった。だから必死で忘れようと努めてきた。そのかいあって、僕は実際に、忘れつつあった。しかし今は、どうしてもそのときの記憶が必要だ。僕は、深く埋没している記憶を掘り出そうと目を閉じ、意識を尖らせる。

……僕らはどんなふうに愛し合っただろうか。すぐに思い出せるのは、未発達ながら精一杯勃起《ぼっき》したペニスを、股間《こかん》を擦《こす》りつけるみたいにして彼女の裂け目に押し込んだ瞬間の、童貞喪失したのだ、という感慨だけだ。どんなふうに終わったのだったか、射精したんだったろうか……彼女の中に入った感触は？

僕はまるで思い出せない。こめかみを指先で押さえ、意識を集中し、もう一度最初から、今度はゆっくりと思い出してみる。

彼女は、既に十分大人の身体だった。胸の膨らみは豊かで、恥毛も生えそろっていた、そういう記憶がある。裸になった明日香を見たときの衝撃を、今でもはっきりと胸に蘇《よみがえ》らせることができる。けれども具体的に、その裸を絵として、あるいは感触として思い出すことは、どうしてもうまくいかない。胸の膨らみの谷間にあったほくろ、太腿《ふともも》の内側にあった小さな痣《あざ》、愛撫されるまでは陥没していた左の乳首、そんなどうでもいいことばかりを思い出し、肝心の、乳房の形や感触、下半身、特に性器の構造や見かけとなると、全く思い出せない。そもそも僕は、彼女の性器を目にしたんだろうか。薄闇《うすやみ》の中で見た、と記憶しているが、その像は浮かばない。僕はただ、恥毛を垣間《かいま》見ただけで、それを女性器を見た経験として記憶しているだけではないのだろうか。

性器に触れた感触を思い出そうとしてみる。

焦《じ》れたように身体を入れ替えた明日香は、僕の下半身に顔を近付け、自分の下半身を僕の顔の近くに投げ出した。互いの性器と顔がごく間近に触れ合う姿勢になり、僕はひどく驚き、うろたえた。そのときの興奮と動揺が胸の中に蘇ってくる。そして明日香の舌先が僕の敏感なところを探り当てたときの身体の芯《しん》を熱が貫いたような感覚を今も思い出せる。けれども、明日香の性器に触れた感触は、まるで思い出せない。

あのときは、行為のすべてが明日香のなすがままで、僕はただ夢中で、明日香の誘導に応《こた》えるのが精一杯だったのだ。性器に触れたという記憶にしても、実際は自分がどこをどう触っているのかも、本当のところは分かっていなかったのだ。

僕は鏡の中の女を凝視した。これが、女の姿をした男なのか、それとも正真正銘の女か、自分の女性経験からそれを判断する事は、やはり僕には不可能なことだ。たった一度しか女に触れた経験のない人間に判断できるはずがない。これ以上あの日のセックスを思い返してもしかたない。なんの役にもたたないと分かっていて、これ以上苦痛をもたらす記憶にこだわるのはよそう、と僕は記憶を辿《たど》ることを諦《あきら》めた。そのとき、この回想にともなう苦痛こそが、今の僕を理解する鍵《かぎ》だったのだと気がついた。

「そうだったんだ」と僕は呟《つぶや》いた。「あの日のセックスが、今の僕を作り出したんだ」

あれ以来……あの明日香とのセックス以後……僕は女の子とデートするのすら怖くなった。高校に入ってからは、異性どころか同性も遠ざけるようになっていった。今思うと、それは未発達な肉体を意識せざるをえなくなったせいだったのだ。あの日僕は、誘いを掛けられ、明日香を抱いた。けれどもそれは性衝動からそうしたのではない。男としての尊厳を守るために抱いた。できる事なら、逃げ出したかったのだ。僕はその頃、性行為がどういうものかは、話や写真で具体的に、かなり正確に理解しているつもりだった。しかし、それが自分にもできることなのかどうかは自信がなかった。僕は身体の発達が、他人より遅れていた。友人の中には、ペニスがグロテスクに変貌している人間も多かった。けれども僕のペニスは、恥毛の中に埋もれ、身体が大きくなった分、日に日に小さくなっているように思えた。僕はそれがひどく恥ずかしくて、絶対に人に裸を見せたりしなかった。女の裸や性行為の写真を見ると、勃起という現象が起きるのは分かった。けれども射精というのがどういうものかは知らなかった。くわえて僕は、精神的な遅れも感じ始めていた。同年代の男の性欲というやつが、正直なところ全然分からなかった。女の裸や猥褻《わいせつ》な行為の写真や漫画、そんなものを連日話題にする神経が、僕には理解できなかった。友人たちの会話に相槌《あいづち》を打ちながら、僕は疎外感《そがいかん》にさいなまれ続けた。僕は話題に乗り遅れていた。それも知識の問題ではなく、感覚がずれているのだ。男として、どこか欠陥があるんじゃなかろうかと、不安にさいなまれることもあった。声変わりはしないし、骨格も逞《たくま》しくならない。僕はコンプレックスの塊になっていたのだ。けれどもそのことを、僕は努めて意識から追い払っていた。それがあの日、明日香との性行為以来、意識せざるをえなくなったのだ。

僕が忘れようとしていたのは、単に明日香とのセックスがうまくいかなかったという屈辱感ではなく、男として欠陥があるという事実の方だったのだ。

僕はようやく答えに辿り着いたと思った。

篠井有一は男になりたかった。本物の男になりたかった。ところが肉体の発達が、その気持ちについていかなかった。僕は明確には意識していなくても、自分の肉体の不完全さに思い悩んでいた。やがて精神は屈折し、僕はコンプレックスから逃れるために、心にもう一つの人格を生み出したのだ。それが、トモコだった。その新たな人格、女の人格は、やがて篠井有一を支配し、今度は篠井有一とは逆の不満を持った。彼女は女だ。女の肉体を求めるのは当然の成り行きだった。彼女は、篠井有一とは違って、その不満を積極的な形で解消しようとして、性転換の手術を望み、実現したのだ。その間、なにも知らずに眠っていたもう一つの人格、篠井有一が今、ふとしたきっかけで目覚め、当惑してここにいる。

僕はヒロヤマトモコであり、同時に篠井有一でもあったのだ。

鏡の中の自分を見つめた。

篠井有一がダイエットをする。目は二重にし、鼻を細くする。顎も削ったかもしれない。歯並びも矯正した。加えて女性ホルモンの働きが、輪郭に柔らかい丸みを与える。そして成長期における五年の月日が、自分自身でも見分けがつかないほどの変身を可能にしたのだ。この推理は、今までに思い描いたどの解釈よりも、今の現実を説明している。

ここにいるのは、篠井有一なのだ。彼は別の人格に操られ、五年間のうちに、女性に生まれ変わった。その別の人格の名前はトモコ。

だとしたら……。

僕が探し求めていた篠井有一の肉体、それはもうこの世界のどこにも存在していないのだ。

篠井有一は抹殺《まっさつ》された。

僕を殺した女がいる。

そいつは今、鏡の中からこっちを見ている。

トモコ、彼女が僕を殺した。

僕は僕に殺された。

僕は頭を抱え、悲鳴を上げた。

バスルームから裸で飛び出した僕は、宗像を押し退《の》け、よろめきながらリビングに辿り着いた。カーペットの上にしゃがみ込み、耳を塞《ふさ》いだ。頭の中で何かが弾《はじ》け続けるような音がこだましていた。

「どうしたんだよ」宗像がいった。

僕は振り返り、彼を見上げた。

宗像は当惑した様子で立ち尽くしている。

僕は彼の腕を摑《つか》み、引っ張った。彼はバランスを崩して、僕に凭《もた》れ掛かってきた。

「確かめて欲しい」

「え？」

「この身体を、確かめて欲しいんだ」

「ええっ？」

宗像は目を大きく見開き、口をぽかんと開けていた。

「僕が本物の女かどうか試してみてよ」

「ど、どうすれば」

「わかるだろう」

宗像が唾《つば》を呑《の》み込むのが、喉《のど》の動きから分かった。引き寄せた彼の身体は、小刻みに震え出している。僕も震えていたと思う。お互いの震えが共鳴しあい、部屋全体が揺れているような、そんな錯覚すら覚えた。宗像は青褪《あおざ》めた唇をしきりになめながら、僕に顔を近付けてきた。唇が重なった。彼の歯がカチカチと鳴っていた。ぬめっとした、嫌悪《けんお》を覚えるような感触が僕の唇を包み込んだ。彼の舌先が僕の上唇を這《は》い、すぐに引っ込む。彼は顔を少し背《そむ》け、僕の手の中から左手を引き抜くと、電気を消すために伸び上がる。

「駄目だよ」僕はいった。

宗像がびっくりした様子で、僕を見つめる。

「このままがいいんだ。明るい方が……」

宗像は、引きつったように肩をちぢこめて、うなずいた。僕の首に腕を回し、再び唇を寄せ、押し倒すと、右手で乳房を鷲摑《わしづか》みにする。僕は、身体の芯に痺《しび》れるようなぞくりとした感触が襲っているることに気がついたが、それは、心地《ここち》好《よ》い感覚とはいえなかった。恐怖感か嫌悪感の延長上にある感覚だ。異常な体験をしている。そう思った。男に、抱かれているのだ。それも女として、女の肉体で、男を受け入れようとしている。

僕は眉根《まゆね》を寄せ、唇をぎゅっと噛《か》み締めた。

宗像が僕を見下ろしている。相変わらず、困惑したようなまなざしで僕を見つめている。恐る恐るという感じで僕の腰に回した彼の腕が、ぶるぶると震えていた。着衣を脱ごうとボタンに掛けた彼の指も激しく震えている。彼はたった三つの胸ボタンを外すのに随分と手間取った。二つ外したところで、苛立《いらだ》ったようにシャツの裾《すそ》を捲《まく》り上げ、頭から脱ごうとする。ボタンが一つ、弾けて、床に落ちた。彼の胸にまばらに生えた胸毛が、僕の肌に触れた瞬間、僕は叫び出したくなるようなおぞましさを覚えた。それを堪《こら》え、顔をしかめ、きつく目を閉じた。心臓は膨らんだ乳房を一際《ひときわ》せりあげるみたいに高鳴っている。汗ばんだ肌が触れ合ったとき、おぞましい感覚は身体の芯から表面へと波になって伝わった。何ともいい難いざわめきが、全身の触覚をくすぐった。頭の中に空白が広がりつつあった。宗像の指先が、下腹部へと降り、股《また》の間の恥毛を掻《か》き分ける。僕の肌のざわめきは一際激しくなり、背筋を電流が貫く。そして股の間がジンと痺れたようにひきつれ、微かに潤《うるお》うのを感じた。僕は多分、本能的に、身体を固くして、宗像の指先の侵入を拒んだ。と、突然、宗像が凄《すご》い勢いで、身体を離した。

僕は、はっとして目を開いた。

宗像は、困惑をさらに募らせた表情で、僕を見ていた。

この肉体が本物の女でない証拠を彼が見付けたのだと、僕はそう思った。聞かせてほしかった。そうならそうと、教えてほしかった。僕は宗像を凝視する。

宗像は、僕と視線が合うのを避けるようにうつむいていった。

「駄目だよ、駄目だ、こんなの。君は、きっと後悔することになる」

「なぜ」

「だって君は、夫も子供もある身じゃないか。どんな事情か知らないけど、君はいずれ、彼等の所に戻るんだろう？」

僕は驚いて宗像の顔を見つめた。

「……どうして、子供のことを……やっぱりあれは、あんただったのか。何者なんだ。僕を昔から知ってたんじゃないのか」

「君が突然、この部屋に飛び込んできた。あの日、なにがあったのか、本当に僕には、まるで見当がつかない」

僕が衣服を身に着けた事を合図すると、彼はようやく居間に戻ってきた。もちろん彼も既に服を着ていた。

大橋恵美の車に乗っていたのは自分だと、宗像は認めた。僕が見たのは、宗像が彼女の家から帰るところで、駅まで送ってもらうところだった。大橋恵美は、駅とは反対方向に用事があったらしく、引き返してきたところを、僕が再び見付けることになったのだ。

宗像は、口元を手で覆《おお》ってうつむき、上目遣いに僕を見て、いった。

「だって、ほうっておけないじゃないか。君は何か、トラブルを抱えてる。だけどそれを、僕に話してくれる気は全然ないらしい。だったら、自分で調べるしかない」

彼は顔を上げ、大きな溜《た》め息をついた。

「なにが……分かった？」

「なにがって」

「全部話してくれ。全部だ。あんたが聞いたことを全部」

「分かった」宗像は、うなずいてから、語り始めた。「彼女は君のことをとても心配していたよ。君達は、二年程前からの知り合いだそうだね。彼女は絵描きで、箱根にアトリエを持っていて、君は毎日のように、子供を連れて彼女を訪ねていた。けれども去年の秋、彼女は病気の母親の面倒を見るために実家にもどって、君達は離れ離れになった。君が子供を連れて彼女の家に遊びに来たのは、一週間前。フリーのカメラマンのご主人の東京での仕事もかねた、家族旅行だった」

部屋のチャイムが鳴った。

僕はぎくりとして目を剝いた。

「心配ないよ。尾けられたりしてないから」

宗像はいった。「新聞の勧誘だよ。このぐらいの時間にいつも来るやつがいるんだ。無視してればいい」

チャイムはもう一度だけ鳴った。

「立ち去ったみたいだ」

宗像がいい、僕はうなずいた。

「大橋さん、本当に君のことを心配しているよ。それにご主人も」

「会ったの？」

「いや。彼女がそういっていた。怪我《けが》の方も脚の骨折があるだけで、ほかは大したことないらしい。警察も別に君に関心を持ってるわけじゃない。警察に尾行されてると思ったのは、自分の思いすごしだったと、大橋さんはそういってた。なにも心配はないから戻って来いと……君はなにか、勘違いしてるんじゃないのか」

「子供、見た？」

「ん、ああ。可愛《かわい》い子だね。泣かすようなことしちゃ、駄目だよ」

「本当に、僕の子供だと思う？」

「え？」

「僕が子供を産んだと思う？」

宗像は、当惑した様子で、僕の視線を避けた。

「答えてくれよ。僕が子供を産める身体かどうか」

「……どういう……意味？」

「確かめて欲しいんだ。僕の身体を。正真正銘の女なのかどうか」

「正真正銘って……」

「女の機能がちゃんとしてるのかって事だよ」

「それはそのう……」

「ほかの女と比べて欲しいんだよ。今まであんたが寝たほかの女と違ってるとこがあるかどうか。試して欲しいんだ」

「なんでそんなこと……」

宗像は、おどおどしたように、膝《ひざ》であとずさった。

「いいから。遠慮はいらないんだ。本人がそういってるんだからさ」

僕は改めて、服を脱ごうとした。

宗像が大袈裟《おおげさ》な手振りで、それを制した。

「待ってよ」

「なにをためらってるんだよ。好きなんだろう。この身体がさ」

「やめてくれよ。そんな言い方。なんでそんな……」

なるほどと思う。興ざめだったかもしれない。僕は、もう、すっかり開き直って、しなを作ってみせた。

「お願い。わたしを抱いて」

「自棄《やけ》になっちゃいけないよ」

「なってないわ。あなたが好きなの」

宗像は、立ち上がった。ちょっと怒ったみたいな顔付きだ。

「君が僕になにを期待してるのか、僕にはさっぱり分からない」

「いったでしょう。確かめて欲しいの。わたしが本物の女かってこと。ほかの女とおんなじかってこと」

「ご主人に、なにかいわれたのか」

「え？」

「身体のことで、なにか君を傷付けるような、侮辱するようなことを、ご主人がいったのか。それで君は、本当にそうなのかどうか、確かめたい、そういうことなのか？」

「……そうよ。そう。だから、確かめて欲しいの」

「身体なんて、人それぞれじゃないか。大して気に病むことじゃない。ご主人だって、そんなつもりでいったんじゃないよ、きっと」

「変なんだね。やっぱり変なんだ。僕の身体は普通の女じゃない。あんた、さっき、それがわかってやめたんだ」

「違う、違う。そういう意味でいったんじゃない」

「変だったんだろう。どっか違ってるって思ったんだろう。今までの女と違うって、ねえ、そうだろう」

宗像は激しく首を振った。

「そうじゃないよ……君は普通の女だ」

「ろくに調べもせずに、無責任なことといわないでくれよ。大事なことなんだ」

僕は興奮して声を荒らげながら立ち上がり、宗像を壁に追い詰めた。宗像はすくみあがった様子で身をちぢこめた。

その時に、僕はふっと、思い付いたことを口にした。

「あんた、女知らないんじゃないの」

宗像は、真っ赤になってうつむいた。

「……あんた、ホモ？」

「違う」

「じゃあ……」

宗像は、激しく首を横に振った。

「だめなんだ。できない」

宗像はジャンパーを取り上げ、袖《そで》を通した。

僕を一瞥《いちべつ》し、唇を噛み締め、歩き出す。ドアが開き、閉じる音が、僕の耳に届いた。

13

新しい朝。僕は、急いでベッドから這《は》い出すと、手鏡で顔を見て、昨日との時間の連続を確認した。ベッドルームのドアを開けると、キッチンの物音が聞こえた。宗像が、フライパンに卵を落とすところだった。僕は歩み寄り、「おはよう」といった。彼は、振り向かずに、「うん」とだけいった。洗顔をすませて戻ってくると珈琲《コーヒー》とスクランブルエッグ、トースト、野菜炒《いた》めが、僕の分までテーブルに並んでいた。彼はトーストの耳をちぎって、それを目の前で暫《しばら》く弄《もてあそ》んだ後、端を少し齧《かじ》り、オレンジジュースを飲んだ。食欲がなさそうで、トーストに少し手をつけた以外は、その後も、トマトジュース、珈琲と水分ばかりを大量に流し込んでいた。彼が昨夜、どこにいき、何時に戻ってきたのか、僕は知らない。けれどもひどく酒を飲んで来たことと、ほとんど寝ていない事は確かだ。目は充血し、瞼《まぶた》は腫《は》れぼったい。

僕は彼を眺めながら、野菜炒めを口に運ぶ。

「これ、うまいね。抜群の味つけだよ」

彼は僕のお世辞から逃げるみたいに立ち上がり、自分の前の皿を流し台に片付けると、鞄《かばん》を抱え、なにもいわずに出かけていった。

僕は、溜《た》め息をついた。ようやく自分の問題に戻れる気がした。時間の経過とともに、感情の昂《たかぶ》りは薄らいでいたけれども、重要な問いの答えは、相変わらず解答不能のままだ。

実在しているのは、ヒロヤマトモコなのか、篠井有一なのか。

ヒロヤマトモコの肉体が虚構なのか、篠井有一の人格が虚構なのか。

どちらが実在か……篠井有一が実在し、肉体が偽りである。その結論を、篠井有一の心は、受け入れようとしていた。我思う、ゆえに我在り、というわけだった。この考えている自己を否定できない。

それは安易な結論に違いなかった。思っている我とは何者なのか、それが問題なのだから。

だから、あくまでも一つの仮説にとどまるのだけれど、僕は当面、その考えを認めることにした。その仮説を明確に否定する証拠が見付かるまでは、信じる。

『篠井有一が実在する。ヒロヤマトモコは、篠井有一の別名にすぎない。僕は篠井有一で、僕の肉体は、すでに女性へと転換した』

僕の肉体が、この世から完全に喪失したのだ、という事実を認めることは、昨日、最初にそれを思い付いたときほどの恐慌を伴わなかった。冷静に、とはいえないまでも、それが事実であるならば、受け入れざるを得ないと思う。男の肉体を女に改造する医学水準を思えば、再び男性の肉体を回復することも、あながち無理とはいえまい。期待していいのかもしれない。そう納得してしまうと、気分的には楽だった。少なくとも僕という、この人格を否定してしまうことよりは、遥《はる》かに楽だ。

僕は身も心も、篠井有一だ。すると……今、篠井有一として叔父の会社にいる人間は、何者なんだ？ヒロヤマトモコの心を持つ篠井有一の肉体、などという結論は、もはやナンセンスだ。そいつは、単なる篠井有一の偽者《にせもの》にすぎない。しかしそいつは、どうやって僕に成り代わったのだろうか。叔父を騙《だま》し、母を騙し……亮一も出会ったといっていた……記憶喪失を装っているにしても、肉体が僕ではない人間が、どうやって僕に成り代われるのか……やはりそいつは、僕の肉体をもっているのではないか……。僕はまた、急に不安になってきた。この肉体は、篠井有一の変身した姿、その結論は本当に正しいのだろうか。

向央会町田病院の精神病棟は、町田市の山間部にある。原生林の深い山並みを背景に、水色の三角屋根の建物は遠くからもよく見える。それを眺めながらバスを降り、木立ちを貫く石畳を歩く。正門は、もう一つ先のバス停から車道を回り込むことになるが、徒歩ではこちらの方が近い。一分程歩いて、通用門から敷地に入った。守衛の詰め所みたいな建物があるが、そこは無人だった。ふだんから出入りの人をチェックしてるという訳ではない。

姉を入院させるように勧められたとき、最初、僕は強く拒んだ。人里離れた場所の精神病棟というので、牢獄《ろうごく》のような印象を持っていたのだ。建物の外観はのどかな、田舎の中学校みたいな感じで、窓には鉄格子《てつごうし》も見えないし、ものものしい警備や屈強な暴力的な看護人と思《おぼ》しき人の姿も見えない。入院患者が病棟内を自由に往来し、にこやかに談笑している。そういう様子を見ても、僕の偏見は崩れなかった。見掛けに騙されてはならないと思った。病棟内に設置された監視カメラは、巧妙に隠されていたが、僕は見付けた。そのカメラの死角をくぐりぬけるみたいにして出入り口に近付くと、セーター姿の職員と思しきがっちりした体格の男が慌《あわ》てた様子で誰だか確かめにやってきた。降り注ぐような陽射《ひざ》しの差し込む明るい窓も嵌《は》め殺しで、簡単には割ることができないように金属線か何かが埋め込まれたようなものだった。そうした一つ一つを監禁のための仕掛けだと、僕は思った。姉の入院の時、姉の担当医の安代真澄先生に、今思えば甚だしく失礼な態度で、喧嘩腰《けんかごし》に問い掛けた。にもかかわらず、先生は丁寧に、そして毅然《きぜん》と、設備の本来の意図……患者の自殺や彷徨癖《ほうこうへき》への対応……や、治療方針、転地療養の必要性を語ってくれた。その説得がなかったら、姉をここに預けはしなかっただろう。

建物の中に入り、受付にいった。外来はこの場所では扱っていない。が、面会や、患者を交えた医師との面談のために家族が訪れている。

僕は佐藤光枝に会いたいのだが、と告げた。それは姉のことである。もちろん、姉がそう名乗っているわけではない。姉のことで病院から連絡する必要に迫られたときなど、電話に出ている相手が入院を知っていて、プライバシー保護に気を遣う必要のない人物だという保証はない。親書の秘密にしてもどこまで守られるか分からない。病本来はあってはならないこととはいっても、精神病患者に対する偏見は依然強い。この病院としても、できる限りのプライバシー保護の対策を心掛ける必要がある。病院はそういう点で、徹底していた。

受付の女性が、名簿をめくる。

「篠井有一の代理で来ました。代理を寄越すかもしれないことは、安代先生に伝えてあるはずです」

受付の女性がうなずく。

「少々お待ちください」

僕は待合所のソファに腰を下ろした。

と、受付のすぐ傍らに立っていた男が僕の方に近付いてきた。

四十前後だろうと思えるが、髪の毛を肩までのばし、バンダナで纏《まと》めている。クリーム色のシャツを着て、肩に派手な柄のセーターを巻き付けていた。

彼は、他にたくさん席が空いているにもかかわらず、僕の真横に座った。

「あんた、篠井有一の代理で来たっていったね」

いきなりの質問に驚いて、僕は彼の顔を黙って眺めた。

「あいつ、どこにいるんだ」

相手が何者かわからないので、僕は無視を決め込んだふりをする。彼が何者かに興味はあるが、会話に引き込まれたら、こっちの立場が怪しくなる。

「迷惑してるんだよ。婚約者とかいう小娘が、俺がどうにかしたなんていやがるんだ。冗談じゃねえぞ」

婚約者という言葉にひっかかりを覚えたが、僕は冷めた表情を装ったまま、彼の顔を見つめた。

「あんた、あいつとできてんのか」

彼は絡《から》み付くような視線を僕に向けている。

「どうせそんなことだろうと思ってたぜ。三角関係かなんかで揉《も》めて、姿隠したんだろう。けど、なんだな。ここに人を寄越すってことは、あいつになんか変化があったってことじゃないのか。もしそうなら、俺たち……」

男が口を噤《つぐ》んで、視線を上に向けた。その視線の先に、背の高いブレザー姿の女性、安代真澄先生が立っていた。彼女は髪の毛を後ろで縛り、化粧っけのない顔に銀縁の眼鏡をかけている。もう五十の坂にさしかかっているはずで、そのせいか少し皺《しわ》が増えたように思うが、整った顔立ちと人好きのする柔らかなまなざし、スカートから覗《のぞ》くすらりとした脚線美とブレザーを押し上げる豊満な胸は、いまだ魅力衰えずという感じで、自嘲《じちょう》的に口にしていたオールドミスという言葉に伴う惨《みじ》めな印象とは相変わらず無縁だった。もっとも、彼女がいまだにミス、であるのかどうかは知らないが、少なくとも指輪はしていなかった。

「あなたが、有一君に頼まれてきたのね」

僕はうなずいた。

「じゃあ、こちらへいらっしゃい」

僕の横にいた男が立ち上がる。

「先生、そりゃないんじゃないかなあ。この娘だって、いわば他人でしょうが。この娘が良くて、俺が駄目ってことはないでしょう」

「家族の了承を得ているわ」

「家族ってねえ、先生。俺は配偶者ですよ」

僕は、驚いて、彼を睨《にら》んだ。彼はその視線には気が付かなかったようだ。安代先生の方を見やったまま視線を動かさない。

「わたしは認めてないわ」

「あのねえ、先生。あんたが認めるとか、認めないとか、そういう問題じゃないでしょう」

「そういう問題なの」

「これは人権の侵害ですよ。立派な犯罪だ」

「犯罪者はあなただわ」

安代先生は僕の手を引いた。

「さあ、行きましょう」

男が立ち塞《ふさ》がろうとする。

「暴力でも振るうつもりかしら」

男は暫く険しい顔で先生を睨んでいたが、やがて僕の方を向いて、いった。

「ともかく、あいつに伝えてくれ。俺を信用しろってな。この先生と海山の方がよっぽど悪なんだぜ」

僕は応接室に通された。

安代先生が自ら珈琲をいれてくれた。

「あなた、有一君とは、どういう関係なの」

「友人です」

「不躾《ぶしつけ》な質問だったかしら」

「いいえ」

「気を悪くしないでね」

安代先生は、腰を下ろし、長い脚を重ねた。

「彼、あなたと一緒にいるの？」

僕は無言でうつむく。どう返事をしていいのか分からない。

「大変な騒ぎになってるみたいよ。結納《ゆいのう》の前日から行方をくらましてしまうなんてね」

「え？」

僕は当惑を隠せず、声を出した。行方をくらました……つまり僕の偽者が行方をくらましていると、そういうことなのだろうか。

「結納って……」

「あら。悪いことといってしまったかしら。……知らなかったの？」

「結納、とまでは……婚約だけだと……」

それは、さっきあの男がいったのだ。

「結納は、いつだったんですか……」

「今週の火曜の予定だったそうだけど……」

僕のこの意識が覚醒《かくせい》したのは、月曜だった。偽者の篠井有一は、その日から行方をくらましているというのだろうか。奇妙な暗合だ。そこにはなにか、意味があるのだろうかと思いを巡らせかけたが、安代先生の声に思考を断ち切られた。

「有一君、記憶喪失になっていたんですってね、もう何年も前から」

僕は慌ててうなずいた。

「知らなかったわ。事故にあったとは聞いていたけど、まさかその後、記憶喪失なんてね。昨日、婚約者って人が訪ねてきたの。彼を探してる、ここに来たら教えてほしいってね」

僕は彼女を見上げた。婚約者……僕の偽者は、勝手に婚約までしているのだ。どんな相手だろうかと、ふと思いが飛びそうになるが、慌てて引き戻す。今は安代先生との会話に集中するときだ。

「その人に……連絡したんですか？」

「どうして。あなたは有一君ではないでしょう」

僕の胸がドキっと鳴った。

「あなたから、彼に伝えて欲しいわ。どんな事情があるのか知らないけど、ともかく婚約者って人は本当に心配しているみたいだったから、せめて連絡だけはしてあげて。彼女、彼が犯罪に巻き込まれたんじゃないかと思ってるみたいよ。彼の居場所、あなたは知ってるんでしょう？」

僕は微《かす》かにうなずいてみせた。

「そう。ともかく彼は、彼女に連絡するべきね」

「なんという人ですか」

「あなたは、その人を知らないの？」

「ええ」

「でも、彼は知ってるでしょう。自分の婚約者なんだから」

正しい意見だ。

「ところで、彼があなたをここに寄越したのは、どういう事情かしら」

僕は暫く沈黙した。頭を忙しく働かせる。今の状況を、知り得た事実から判断しなくてはならない。そして考えねばならない。行方不明の篠井有一が、ここに代理の女性を寄越すのはなぜか。

僕は一つのストーリーを組み立てた。

「彼は今、深刻なトラブルに見舞われてるんです。それも精神的な」

安代先生が、興味深げに一旦《いったん》身を乗り出し、それから腰を引いて、椅子《いす》に深く座り直した。

「彼が記憶喪失だということは、先生もご存じですよね」

「ええ、今はね」

「ところが、ちょっとしたショックから思い出し始めているらしいんです。過去のことを……」

安代先生の目が少し大きくなった。

「それでお姉さんのことも」僕は少しもったいをつけていう。「思い出したんです」

「今までは完全に忘れていたの?」

「……いいえ、もちろん知識としては、記憶喪失後に教えられて、知っていたんですよ。でも実感は伴わなかった。親しみもてなかった」

先生はゆっくりとうなずいた。

「ずっと不思議だと思っていたのよね。お姉さんが入院したばかりの頃は、何度も面会に来てたのに、ぱったり来なくなって……連絡も取れなくなるし」

「彼のお姉さんに、面会に来る人は誰もいなかったんですか」

「え?」

「面会……誰か……そういうことも、彼は知りたがるんじゃないかと思って。本当は今日も自分で来るつもりだったんです。でもなにか、言葉に出来ないような恐怖感があるっていうんです」

「そう」

先生は珈琲で唇を湿らせた。僕もそれに倣《なら》う。

「ご健在の頃は、お母さんが何度か見えたわよ。後はその代理の人、叔父さんね。海山さん」

「海山親衛」

「そうね。知ってるの?」

「名前は彼から聞きました」

「そう」

「先生、篠井有一の味方になってもらえますか」

「味方?」

「ええ。彼は怯《おび》えてるんです。実をいうと……昔のことを思い出した代わりに……この数年の出来事を忘れているんです」

安代先生は大きく息を吐いていった。「例えば、婚約したことを忘れたとか」

「ええ」

「でも、あなたのことは忘れなかったの?」

「……いいえ、忘れてたんです。彼は突然、昔の記憶を取り戻し、記憶喪失後の数年の記憶を逆に失ってしまったんです。彼、取り乱しました。彼が気がついたとき、そばにいたのがわたしです。彼の錯乱は戸惑いに代わり、わたしの話と自分の記憶とを突き合わせることで、状況を理解しました。彼には空白の五年間がある。その五年の事を、全部ではないけど、わたしは知っています。それを彼に教えました。彼は理解しました。でも、まだ心の底から信じることはできないんです」

僕の目に涙が溢《あふ》れていた。ひどく興奮していたのだ。

「信じて貰《もら》えますか？」

「映画みたいなお話ね」

「信じていただけないんですね」

「そうじゃないわ。有り得ない話ではないと思うわ」

「どうしたら、どうしたらいいんでしょう」

「なにを、どうしたいの」

「記憶を取り戻させたいんです」

「厄介な話ね。失われていた記憶が蘇《よみがえ》ったと思ったら、今度は別の記憶が失われた」

「本当なんです」

「あなたは信じてるのね」

「事実なんです」

「そうかもしれないし、そうでないかもしれない」

「嘘《うそ》をついてるっていうんですか」

「分からないわ。会ってみないことにはね」

僕は、僕はここにいる、そう叫び出したかった。けれども堪《こら》えた。今はまだ、その時期ではないと思う。もし信じてもらえなかったら、僕はこの精神病院に閉じ込められてしまう。そんな恐怖が、心の奥底に澱《よど》んでいた。

「連れていらっしゃい。一つはっきりしていることがあるわ。彼の精神は大変なトラブルに巻き込まれているかもしれない。でも、状況的には、彼はとても恵まれているのではないかしら。彼は記憶喪失になった。映画のストーリーなんかでは、そこで全く別の人生を送ることになって、記憶が戻った後、二つの生活、二つの家族、二人の自分の間の葛藤《かっとう》に悩む。でも、彼の場合は、結局はずっと彼自身であり続けたのよ。もちろん、あなたの心配は分かるわ。彼がこの五年間の記憶をなくしたとなれば、あなたとの繋《つな》がりは危うくなる。すでにそうなってるんじゃないかしら、あなたの口振りからするとね。彼を家に帰したら、もう戻ってこないんじゃないかと思ってる」

「違います。そんなことじゃないんです」

「ほんとに彼のことを思ってるんだったら、勇気をお出しなさい。たとえ、この五年間の記憶が戻らなかったとしても、彼は彼、あなたはあなたでしょう。一からやり直せるはずだわ」

「彼や、わたしが怯えてるのは、そういうことじゃないんです。彼は……誰かに殺されかかったんじゃないか、って、それで……姿を隠しているんです」

安代先生の眉間《みけん》に、微かに皺が寄った。

「根拠があるの？」

「彼が、突然記憶を取り戻し、同時に記憶をなくしたのには、なにかの引き金があったとしか思えないんです。頭を強く殴られたとか」

「傷があった？」

「目立ったものはなにも……でも……別に頭を殴られなくても、なにかひどい、精神的なショックかも……」

「そうね、それは有り得るかも知れないわね、ほかに根拠は？」

「最初の記憶喪失。どうしてそうなったのか。それもなにかきっかけがあったはずですよね」

「そうね。なんだったの。それは思い出せてるの」

「いいえ。でも……」

「もう少し、具体的にないかしら」

「財産……彼の結婚は、いろんな人の運命を決めることになるんじゃないでしょうか。彼は莫大《ばくだい》な財産を持ってます」

「率直な意見ね。そのことは、わたしがあなたのことを疑う理由にもなるわ」

「結構です。苦境に陥っているのは、彼なんです。そのことを理解してほしいんですから」

先生はうなずいていった。「続けて」

「最初の記憶喪失と、財産の問題との関わりも見逃せません。彼は母親の財産を相続した。そのとき彼は、記憶喪失になって間もなかったんです。自分が誰という確信もないまま、相続した。その時の彼は、いわば赤ちゃんみたいなものでしょう？」

「どうかしら」

「少なくとも、いろんな意味で、周囲の誰かの思惑《おもわく》で操られていた……」

僕は安代先生の瞳《ひとみ》を凝視した。先生もしばらくは視線をそのままにしていた。先生はやがてゆっくりと首を横に振った。

「彼の身に危険があるのかどうか、残念だけど、わたしが力になってあげられるような問題じゃないわね。警察に相談してみたら」

「こんなあやふやな話、相手にしてもらえると思われますか」

先生は肩を竦《すく》めた。「他に誰か……」

「誰を信用したらいいんです。この五年の間に母親は死んだ。お姉さんはまだ、ここの病院にいる。誰を頼ったらいいんですか」

先生は、大きく息を吐き出した。

「力にならないとはいっていないわ。もちろん、彼の精神的なトラブルの方は、引き受けることができるでしょうね。それから、そういう状況だというのなら、彼と、人目を避けて会うということも考えてもいいし、とりあえず電話でも、ゆっくりと話してみるということも考えましょう」

「ありがとうございます」

「ほかになにかできるかしら」

「一つは、さっきの婚約者というのが誰なのか教えてほしいってことです。彼は忘れてるんです」

「忘れてる、といってるのね」

「信じてください」

先生は、立ち上がって、新しく珈琲《コーヒー》をいれ始めた。

「彼に電話をかけて。彼に直接話すわ」

妥当な提案だった。しかし、できない相談だ。声色は作れるが、電話の向こうからは話せない。ちょっと考えた。

「彼は、電話に出ません。わたしの家にいないことになっていますから。でも、後でかけさせます」

先生が椅子に戻ってくるのを待って、言葉を続けた。

「それまでは、彼から連絡があったってこと、代理の女が来たってこと、彼の過去の記憶が戻ったってこと、逆に今のことを忘れたってこと、そういう一切をしばらくは誰にも内緒にしてください」

「彼は、わたしの患者になるつもりかしら」

「え？」

「もしそうなら、患者のプライバシーは守らなくてはならないわね。守秘義務があるもの」

「ありがとうございます」

安代先生は、脚を組み替え、身体《からだ》を横にずらして、棚の引き出しを開けた。

「構わないかしら」

煙草《たばこ》だった。僕がうなずくと、安代先生は、ほっそりとした指先に煙草を挟んだ。

「あなたは？」

「いいえ」

安代先生は、煙を吸い込んだ。

「正直いってわたしも、興奮してるのよ。ちょっとびっくりするような凄《すご》い話なんだもの」

真実を打ち明ければ、先生はもっとびっくりすることになるだろう。ひょっとすると、いずれそうできるのではないだろうか。この人なら信用できる。そう思う。

「もう一つ訊《き》きたいことがあります」

「どうぞ」

「さっきの男の人。あれは誰なんですか」

「あなたを信用しないわけじゃないけど、有一君に直接話したほうがいいんじゃないかしらね」

姉との面会は、安代先生も納得した。ただし、多分なんの情報も得られないだろうと、念を押された。

病院の中庭の日溜《ひだ》まりの中に、七、八人が一緒になってバレーボールのパスをやって遊んでいた。入院患者もいれば、看護人もいる、と隣を歩いている安代先生がいった。僕は彼等のことをちらりと一瞥《いちべつ》しただけにとどめた。姉を探している、というふうに感じられてはならないからだ。僕は鈴木京子という篠井有一の友人である。彼の姉には一度も会ったことがない。そうである以上、探してはいけないのだ。先生に紹介されるまでは、知らぬふりをしていなくてはならない。

「びっくりしないように、一ついっておかなくてはならないんだけど」

「なんでしょうか」

「一週間程前のことなんだけど、ちょっとしたボヤ騒ぎがあったの。それに巻き込まれて、彼女、少し顔に火傷《やけど》をしてしまったの」

「えっ……」

「心配しないで。ほっぺたが少し赤くなって、後、髪の毛がね、ちりちりに。でも本当に火傷は軽いものなのよ。ところが、彼女、以前からずっと、それこそ日がな一日、鏡を見て過ごすような、そういう強迫めいた神経症状があったの。わたし、綺麗《きれい》？　これが口癖。だからちょっとした火傷でもそれはひどいショックでね。それ以来、一言も口を利《き》かなくなったの。それだけじゃなく、顔に包帯をぐるぐる巻きにして、絶対に人前では外そうとしないのよ。無理に外せば、パニックになってしまうわ」

人の輪からは外れて、木洩《こも》れ日を浴びて、リルケの詩集をぼんやりと眺めやっている、包帯を顔にぐるぐると巻き付けた女の姿が見えた。

「あれが、篠井加代さん。あなたのことを、なんと紹介しましょうか」

僕は、鼓動が激しくなるのを感じた。姉は、現実との関わりを拒否し、夢想の中にその生を過ごしている。繊細で脆弱《ぜいじゃく》で剝《む》き出しの心ゆえの鋭敏な感覚、そんなものを、以前に姉を見舞ったときに感じたことがある。姉は、僕のことを分かるのではないか。たとえ姿形がすっかり変わっていたとしても。その本能で、ここにいるのが誰か、分かってくれるのではないか。

先生は、僕のことを、「弟さんのお友達よ」と紹介した。姉は、まるで無反応だった。身じろぎすらしないのだ。安代先生が肩を竦めた。

「無駄だとは思うけど、なにか有一君から頼まれてきたことがあるんだったら、伝えてみたら」

僕はうなずいた。が、すぐに話しかけるつもりはない。安代先生を、それとなく見やった。それで意志が伝わった。

「じゃあ、わたしは部屋に戻るわ。でもこのまま帰ったりしないでよ。さっきの男はまだあなたを待ってるかもしれないから、帰りの手配はこちらでやるから」

「そうお願いします」と伝えて、安代先生が傍らを離れるのを待ってから、姉の正面に回った。僕の影が詩集の上に落ちかかったせいだろうか、姉はつと顔を動かした。

その顔に巻き付けた包帯には、覗《のぞ》き穴のような細く小さな孔《あな》が開いているだけで、僕には姉のまなざしすら窺《うかが》い見ることができない。しかし、その一瞬、僕らは確かに見つめあっていた。僕の胸の中には、ようやく会えた、という深い感動が湧《わ》きあがる。僕の記憶の中では、姉とはつい先日面会している。けれども現実の時間では、あれから五年以上が経過した。時の過ぎ去った実感はむろん僕にはないが、あまりにも変わり果てた我が身を思うと、先日の面会というのは、五年よりもさらに昔のことのように思える。ようやく会えた、と僕は心底そう実感していた。

僕は無言で姉に手を伸ばした。次の瞬間、姉がその手を握って、「有一、どうしていたの」と感嘆する、そんな様子を夢想した。だが現実には、姉はまるで無感動な様子で、詩集に顔を戻した。のばした僕の手は、虚空《こくう》をつかむようにさまよっている。

僕は失望を覚えつつ、手を引っ込めた。しかし、姉の態度は無理もないことだと思い直す。僕はこんなにも変わり果てているのだ。僕を有一だと、すぐに分かれという方が無理なのだ。僕は、それまで作っていた女性っぽい高い声をぐっと低くして、篠井有一の声を作り、「こっちを向いて」といった。姉の頭が、微かに動いて、いくらかのけぞったみたいに見えた。僕は姉の手を取り、包帯の隙間《すきま》の向こうにある双眸《そうぼう》を覗き込んだ。僕の目を見てほしかった。そこにいる有一に気づいてほしかった。

「僕だよ、有一だよ」

そういいかけた言葉は、舌の上で粘り、形になる前に溶けた。

何かが違っている……

僕は自分の両手を開き、中にあった手を見下ろした。

「違う」と心の中で呟《つぶや》き、女の手を離した。ほくろとか、爪《つめ》の形とか、鮫肌《さめはだ》とか、そういう具体的な証拠はなにもない。指の長さとか手の甲の広さとか、それらのバランスとか、手相とか、手の暖かさとか、そういう漠然とした印象ですらないと思う。姉の手を、それほど正確に記憶しているわけではない。簡単には説明のつかない、直感とか第六感に属するような、正体不明の感覚の違いだった。五年の月日のもたらした変化かもしれない。気のせいかもしれない。そう思って、もう一度、その手を握り締め、顔を近付けて、彼女のまなざしを感じようとした。彼女が、包帯の内側で視線を動かしたのが分かった。彼女は僕の視線を避けた。それも疚《やま》しい事があるときの避け方だ、と僕は思った。そして確信した。

これは姉ではない。

僕は、よろめいて、芝生の上に尻餅《しりもち》を付いた。包帯姿の女は、慌《あわ》てた様子で、再び詩集に向かって頭を垂れた。

この女は、姉ではない。篠井加代ではない。少なくとも僕の感覚はそう知らせている。その感覚は、間違っているのだろうか。

僕は視線を巡らせた。安代先生が、建物の入り口の辺りから僕の方を見ている。僕は当惑を隠して立ち上がり、話しかけるふりをしながら、その包帯姿の女性を観察した。彼女の身体つきは姉にそっくりだ。手にしても、姉ではないと断言できるような違いがあるわけではない。さっきの不自然な目の動きにしても、僕のうがちすぎかもしれない。今の僕は、見掛けは篠井有一じゃない、姉にとっては見ず知らずの女だ。そんな女に覗きこまれたら、視線を避けるのが当然ではないか。僕は自分を納得させようとした。しかし僕の直感は、この女は姉ではない、と警告を発し続けている。僕は篠井有一だ。その記憶を、僕はもう疑わないことに決めたはずだ。僕は僕だ。その僕が、ここにいる女は姉ではないと感じている。その直感は正しいのだ。これは、篠井加代ではない。

僕はその場を離れて、安代先生の所に戻った。

「どう、なんか話せた？」

「いいえ。まるで反応がなくて」

あれは姉ではない、篠井加代ではないと、鈴木京子の立場ではおくびにも出すわけにはいかない。僕は冷静を装い、用事は終わったとばかりに帰りを急ぐ。安代先生の手配に従い、職員専用の出口から出て、出入りの製薬業者の車に乗せてもらって、病院を離れた。運転手の若い男は、僕の機嫌をとるつもりか、あれこれとうるさく話しかけてくる。

「どこまででもいいんですよ。安代先生のお知り合いの方とあってはねえ、会社にも言い訳が出来ますから。東北や九州までででも送っていきますよ」

「そこのバス停で降ろしてください」

「なんです。何か気に障《さわ》るようなことでも」

「そうじゃないんです。ともかく降ろしてください」

「そんなあ、それじゃあ、あたしが困りますよ」

「降ろさなかったら、もっと困ることになりますよ」

僕はきっぱりといい、車から降りた。ようやくお喋《しゃべ》りから解放され、僕はほっと溜め息をついた。すぐにバスがやってきた。山道をバスに揺られながら、僕は病院で知った様々な事柄を、頭の中で整理し始めた。

14

宗像は相も変わらず僕のために料理を作り、余計な質問は一切せず、そして彼らしく、何の手出しもしなかった。

僕はゆっくりと風呂《ふろ》につかり、なぜ姉ではない人間を姉と偽って僕に会わせたのか、安代真澄の思惑《おもわく》を考えてみた。けれどもなにも思い付かない。後で、有一として電話を掛けてみるつもりではいる。婚約者のこと、あの姉の配偶者だという男のこと、それらを質問するためだ。しかしその電話では、今もっとも知りたい姉のこと、あの包帯の女は誰なのか、本物の姉はどこにいるのか、それを尋ねることは出来ない。安代真澄との会話は、もどかしいものになるだろう。

安代真澄への電話は、宗像が風呂を使っている間に掛けた。

財布からメモを取り出し、書かれている番号を回した。安代真澄の自宅の電話だ。男の声を作り、篠井有一だと名乗ると、彼女はあっさりと信用した。

「待っていたのよ」

「僕の主治医になってくれるそうですね」

「ええ」

「僕はこの五年間の記憶がないんです」

「聞いたわ」

「僕の記憶喪失は、これが二度めなんだそうです。僕は、一度完全な記憶喪失になり、一からやり直して……今度はその記憶をなくして……信じてもらえますか」

「ええ」

「どうしてですか。嘘《うそ》だとは思わないんですか」

「それも考えてみたわ。だけど、そんな嘘をついてなんの得があるのか分からない。少なくとも、わたしにそんな嘘をつく理由は思いつかない。だから信じることにしたの」

「僕の病名はなんですか」

「簡単には決められそうにないわね。だけど、虚言症ではないと思うわ」

「虚言症？」

「嘘をつく病気ね」

「信じてください」

「信じるわ。だから、一度、会って話をしましょう」

「僕は、狂ったのかもしれない」

「だとしても、心配はいらないわ。治るから。明日病院へいらっしゃい」

心配いらないと、安代真澄にいわれると、本当にそんな気になってくる。しかし今は、彼女に頼る気はない。本当には信じられないのだ。なぜあの女を篠井加代だといったのか、その理由が分かるまでは、信用できない。

「行くつもりです。でも、少し時間をください。混乱してるんです」

「力になれると思うわ」

「記憶は戻るんですか」

「戻す努力をしましょう、一緒に」

「教えてください、姉に夫がいるって……どういうことなんでしょう」

「京子さんに聞いたの？」

「ええ」

「自分では覚えていなかった？」

「まったく、まったく覚えていないんです」

「興奮しないで、一つずつ、ゆっくりと思い出す努力をすればいいわ」

「ただならぬ様子だったと、京子はいってます。その男は、姉のことで先生と口論していたと」

「大したことじゃないの」

「知っておきたいんです。この五年の間に、姉になにがあったんですか。姉はいつ結婚したんですか。どういう相手なんです。姉は僕にとって、母親以上に大切な人なんです。……姉になにが起こってるんですか。僕は自分の記憶以上に、そのことが気がかりなんです。話してください」

安代真澄は、ためらっているのか、黙っている。

「それは、弟として、知っておくべきことでしょう。いや、僕は知っていたはずだ。忘れているだけなんだ。それを思い出したい。助けてください」

「……分かったわ……お姉さんと結婚したのは、砂川四郎という男よ。以前ね、うちの看護士をやっていたの。その時、あなたのお姉さんと入籍したのよ」

「姉は……そのときは……正気だったんですか。自分の意志で、そうしたんですか？」

「そうではなかったと、わたしは思ってるわ」

「そうではなかったって……それはつまり、婚姻届を偽造したとか……」

「偽造とはいえないでしょうね。彼女が自分でサインをしたんだから」

「自分の意志で……」

「そこが問題よね。彼女は病気で、正気ではなかった」

「それなら、認められませんよね、そんな結婚」

「認められるわよ。届けはちゃんとしてるんだから。でももちろん、その無効を訴えて、裁判を起こすことはできる。刑事事件として告発することも出来るわよね」

「母は、当然そうしたんでしょうね」

「そこのところが、彼の巧妙なとこなのよ。これは、あなたの叔父さんから、こっちの看護人の不祥事ってことで苦情として持ち込まれたときに聞かされた話だから、正確ではないかもしれないけど、病床にあったお母さんに、うまく取り入っていたらしいのよ。病院が彼女を病気にしているんだ、薬漬け医療は病人を作っている。金持ちの娘を外聞を憚《はばか》る病気にしておいて、たかるだけたかるのが病院のやり方だ、とかね。そしてお母さんは、娘の意志ならそれは望ましい結婚だと、そんな気になっていたらしいのよ」

「なんでそんな、だって姉の意志ではなかったんでしょう」

「正気ではなかった。でも、彼女の意志だった。まともな判断能力は持たなくても、人を好きになったり、結婚したくなったりはするわ。それをあながち否定はできないわけよね」

「じゃあ、その結婚は認められたんですか」

「ええ」

「なんてことだ」

「お母さんは、彼女の正気を信じたかったんでしょう。だから婚姻無効の裁判とかいうことになって、彼女の正気が否定されるような事態を目の当たりにするということには耐え切れないという気持ちも働いたと思うの。それも砂川の計算かもしれない」

「……じゃあ、砂川という男は、姉の正式な夫なんですか」

「一度はそうなった。でも、今は違うわ」

「違うって？」

「離婚したのよ」

「え？」

「お母さんが亡《な》くなってから……」

「……母が死んだことは、京子から聞いてます」

「そう。……お母さんが亡くなってすぐ、二人は離婚した。ここからの話には、少し想像も混じるんだけど、いい？」

「ええ」

「砂川は莫大《ばくだい》な資産を相続できる、そんなつもりになっていたかもしれないけど、実際には、多分節税策なんかで実質的な相続分というのは、勝手な想像では数億円とかいう単位だったんじゃないかしら。肝心なのは、会社の株券とか、要するになにを貰《もら》うかよね。会社の後継者はあなた。その後見人が叔父さん。遺言があれば、別に姉弟半分ずつ分ける必要はないから。お姉さんには、法定相続の遺留分として請求できるようなぎりぎりのもの、それも例えば今後入院生活が長引いた場合の闘病費用として、管理法を指定した預金とか、勝手に処分できないように、あなたとの共同名義にした家屋敷とかね。相続税もかかる。砂川はすっかり当てが外れたでしょう。なにより、相続したのは彼ではなく、彼女なんですからね。もし勝手に資産を動かしたら、今度こそ厳しい態度を取る、婚姻の無効の訴えも今からでもできると、あなただか叔父さんだかが凄《すご》む。お母さんとは違って、彼女の病気が表立っても仕方がないという決意もあったんでしょう。砂川としても引き際《ぎわ》だと感じたんでしょうね。あなたたちの方も騒ぎを大きくしたくなかったんでしょう。取り引きが成立したのよ。彼は無税の一億の現金で手を打った。離婚届に判を押したの。これは想像ではないのよ。うちの病院としてもこの件では責任を感じていたの。そこでその金の半分は負担することになった。それはお姉さんの入院費用と相殺《そうさい》して、退院後に決済されることになっているわ」

僕は砂川という男の恥知らずなやり口に、ひどく腹が立った。金で手を引いた、その事実が彼の欺瞞《ぎまん》を証明している。

「離婚した男が、なぜ今もつきまとうんです」

「金回りが悪くなり出したのよ。ともかく金が欲しい。それだけね」

「今はなにもいってくる権利がないでしょう」

「彼はまた、婚姻届を出したのよ」

「何ですって」

「今度は明らかな犯罪よ。偽造に決まってるんだから」

「めちゃくちゃだ」

「そう。向こうに勝ち目はないのよ」

「じゃあ、なぜ」

「前のいきさつがあるでしょう。それは表に出ていないし、今更事実関係を争うのは難しい。それを盾にとって、もし今度の婚姻に無効の裁判を起こすなら、逆に訴えるというのよ。今度の婚姻届は偽造だと認めたうえで、それは不法に監禁されている妻の身柄を保護する権利を行使するために非常手段として、やったのだ、署名は偽造でも互いの意志は真実だ、と逆に訴えるというのよ。『病院もぐるになって彼女の病状を偽り、回復不能で婚姻の継続は不可能と夫に信じさせ、財産目当て以外では婚姻の継続の故《ゆえ》なしとして誹謗《ひぼう》中傷し、脅迫的に離婚届に捺印《なついん》させた、これは犯罪である』わたしのところにもそういう文書が届けられたわ。そうやって脅して、こっちが折れて、また金で話をつけるといい出すのを待ってるの。完全な脅迫なのよ」

「それで、それでどうするんです」

「病院側としては、彼女に今までどおり入院治療を行うだけよ。脅迫に関しては一切無視する。あなたたちがどう対処するのかは知らない。確か会社の顧問弁護士の人が来て、すべてはそっちで処理するといっていかれたわ」

桑田明日香の父親が、今もうちの顧問弁護士だろうか、と、ふと思う。

「まさか、また金を」

「どうかしら。わたしなら払わないけど。億の金というのをお小遣いくらいに考える人の感覚はわからないわ」

金銭の多寡《たか》の問題ではない。そんな不当なやり方は絶対に許せない。篠井有一として、篠井加代の弟としてあの男と対峙《たいじ》できないことに、僕は苛立《いらだ》ちを覚えた。

「もう一つ、僕の婚約者のこと、教えて貰えませんか」

「本当に、その記憶もないの」

「ええ」

「桑田明日香という人よ。可愛《かわい》らしい魅力的なお嬢さん。鈴木京子さんに負けないくらいにね」

電話で時報を聞いた。時間が知りたかったわけではない。宗像がリダイヤルボタンを押して僕の電話の相手を探ることを避けるためだ。僕が話していた相手が、精神科の医者と分かったら、彼は納得して、僕を『病院に返そう』と、そんな気持ちになるに違いない。

宗像が、バスルームから出てくる気配がした。僕は立ち上がり、コートをつかむと表に出た。今日中にもう一軒訪ねてみようと思いたっていたのだ。

外に出ると、冷たい風が吹いていた。慌《あわ》ててコートを羽織り、駅に急ぐ。その途中で一度立ち止まり、ポケットの中を探った。フォルテのマッチが二つある。その一つに、大橋恵美の電話番号が書いてある。それを確認すると、後は駅のホームまで、ほとんど駆け足に近い速さで歩いた。

横浜線の車中では、僕はずっと大橋恵美の車にいた赤ん坊のことを考えていた。性転換で女になった人間には、子供は産めない。けれども養子をもらえば、子供を持つことはできる。僕には、子供がいるのかもしれない。大橋恵美が連れていたのが、その子供、エイジ……そうだろうか。あの時の、発作的な行動に思いを馳《は》せた。あれは、母性本能だったのだろうか。母性本能は、性転換で女になった人間にも芽生えるものなのだろうか。あの一瞬の錯乱は、正気に戻った後思い出す度に、戦慄《せんりつ》に似た感覚を呼び起こす。しかし、冷静に考えると、あの一瞬こそが、記憶回復の鍵《かぎ》なのではないだろうか。あの子供は、僕の本能に働きかけたのかもしれない。

菊名駅に着くと、僕は電話ボックスを探して入った。

大橋恵美の家を直接訪れる気には、なれない。ヒロヤマを訪れてから丸一日以上過ぎている。ヒロヤマは、僕が大橋恵美を訪れることを期待していた。とすれば、なにか手を回しているかもしれない。ヒロヤマを恐れる気持ちが、心の中にある。はっきりは説明のつかない感覚だが、その気持ちに従うことを僕は選んだ。

できるだけ男っぽい声を作ろうと、何度か練習してみる。大橋恵美に対してトモコを名乗るのは得策ではない。トモコがこの口と声帯でどんな声を作っていたのか僕は知らないし、雰囲気や言葉遣いも分からない。不審を抱かれる可能性は強い。ここは他人を装い、トモコに頼まれたといって、大橋恵美を呼び出すべきだ。そのとき子供も連れてきて欲しいと頼めばいい。そして人目につかない場所で、彼女と子供に会う。彼女との会話は、相槌《あいづち》程度で適当にはぐらかし、こちらの事情は打ち明けずにできるだけ多くの情報を引き出す。なによりもまず、子供を抱いてみることだ。そんなふうに考えていた。

マッチの裏に書いてある電話番号を押す。

呼び出しの信号音を緊張して聞いていた僕は、いきなり男の声が電話に出たことに少し戸惑った。年寄りの男の声だ。僕は、鈴木と名字を名乗り、「恵美さんを呼んで欲しいと頼んだ。年寄りの男は、「恵美は今、病院にいっている」といった。

とうに日が暮れている。病院の外来は、とっくに終わっている時間に思える。

「どうかなさったんですか」

「子供が熱をだしてしまって」

僕は、指先が疼《うず》くように脈打つのを感じた。受話器を握った掌《てのひら》が汗ばんでいる。

「どちらの病院ですか」

不審を抱かれてもしかたのない質問だったが、年寄りの男……大橋恵美の父親だろうと思う……は、何の抵抗も覚えない様子で、答えてくれた。

菊名駅から、数百メートル程の場所に、教えられた医院はあった。熱帯に生えていそうな観葉植物の鉢植えに挟まれた表玄関に、内科、小児科という看板がかかっている。そこに、突然けたたましい音を鳴り響かせながら救急車がやってきた。僕は最初、病人が医院に運び込まれるのだと思った。ところが、それは逆だった。降りてきた救急隊員は、手ぶらで医院の建物の中に入っていき、担架を抱えて医院の中から出てきたのだ。

担架に乗っているのは、幼い子供のようだった。

医者や看護婦のほかに、肩にカーディガンを引っ掛けた女が出てくる。化粧っけのない顔で、髪もぼさぼさだったから一瞬分からなかったが、それは大橋恵美だった。彼女が救急車に乗り込んだように、僕のいた場所からは見えた。僕は、思わずそちらに走っていた。

救急車の中を覗《のぞ》いた僕の横で、大橋恵美は呆然《ぼうぜん》と立ち尽くしていた。その視線が、僕に向いている。誰かが僕の背中を押した。髪を振り乱した女だった。彼女は、コートとバッグを脇《わき》に抱えて、救急車に駆け込む。同時に救急車は扉を閉じ、サイレンを鳴らしながら走り去った。医者も看護婦も、すぐに医院の中に戻っていく。僕と大橋恵美だけが、外に取り残された。

「どうして、ここが……」

「電話を……」

「父に聞いたのね」大橋恵美は、うなずきながらそういった。「エイジなら大丈夫よ。ただの風邪だろうって。今、注射してもらったとこなの。すぐに連れて帰れるわ」

僕の胸の中に、安堵感《あんどかん》のようなものが広がった。

大橋恵美と一緒に医院の中に入る。大橋恵美は、看護婦が抱いていた毛布にすっぽりとくるまれている子供を受け取ると、僕に渡そうとする。僕は、手を伸ばさなかった。どんなふうに抱けばいいのか、分からなかったのだ。

大橋恵美が身体をひねって僕の横に立ったので、子供の顔が僕の視界に嫌でも入った。子供は、少し赤らんだ顔をしていたが、ぐっすりと眠った顔には苦しげな様子は見えない。

表に出ると、大橋恵美がいった。

「どこにいたの」

僕は返事をしないで、微《かす》かな寝息をたてている子供の顔を覗き込んだ。

この子は僕の子供？　僕はその問いの答えを必死で探し求める。脳裏に微かにゆらめく影を感じていた。綿毛のような細い記憶の糸が舞っている。僕はその頼りない記憶の糸を手繰ろうとした。が、うまくとらえることができない。

「なにがあったの」

大橋恵美の問いに、僕は首を横に振った。

「わたしに、いえないことなの？」

今度は、首を縦に振る。

「なぜ」

大橋恵美は、キッと僕を睨《にら》んでいる。

「あの男が原因なのね」

「え？」

思わず声が出た。

「フォルテで一緒にいた男」

宗像のことだと気がついた。

「誰なの、どういう人？」

大橋恵美は、気色ばんでいる。

「好きになったの？　あの人を、そうなの？」

どういう態度をとっていいのか分からなくて、彼女から目をそらした。

「子供はどうするの」

大橋恵美が、子供を投げ出すみたいな格好をしたので、僕は、反射的に子供を受け取ってしまった。見掛けよりはずっと重たい子供だった。毛布のせいか、熱が籠《こも》っていて、生暖かい。微かに、ミルクの匂《にお》いがしている。その匂いが胸に染《し》み、疼くような痛みが広がった。ひどい当惑を覚えている。

「わたし、いやよ。あの男もヒロヤマも、いや。わたし達、三人で暮らしましょう」

「え……」

大橋恵美が僕の首にしがみついた。そして唇を僕の唇に重ねてきた。彼女の舌が僕の歯の隙間《すきま》を滑り、ねっとりとした刺激を僕の舌先に加えてきた。僕は訳が分からず、舌で彼女の舌を押し出そうとした。ふと、彼女の舌の動きが止まり、引っ込んだ。僕はほっとした。彼女は唇を離し、僕の目を凝視している。彼女のまなざしには怯《おび》えたような色が滲《にじ》んでいた。

彼女は、僕の腕の中から子供を取り上げる。

「トモコ、なにか話して」

僕は、黙っていた。

大橋恵美は、眉間《みけん》に皺《しわ》を寄せ、子供を胸にひしと抱き寄せる。

「あなた、誰なの」

僕は、なにか喋《しゃべ》ろうとした。けれども、うまい言葉が見付からない。

「あなたは、トモコじゃない。違うわ。誰」

大橋恵美の声は、恐怖で震えているみたいだった。

「あなたこの前、この子を誘拐しようとした人ね。なんなの、誰なの」

「トモコよ。わたしは」トモコに成りきったつもりで、そういった。「どうしてそんな変なこと」

「誰か、誰か来て」

大橋恵美は、大声を上げた。僕には、逃げ出す事しか出来なかった。

15

翌日、僕は明日香の実家に亮一の時と同じ要領で電話を掛けた。中学の同級生で明日香とは大して親しくなかった女の子の名前を騙《かた》って、明日香が新宿のホテルに泊まっていることを聞き出した。大学の友人との新年パーティに出席するためだという。病院で安代先生と会うことと、パーティ、どちらが本題だったのかは知らないが、ともかく東京にいるということで訪ねて行くのは容易になった。

僕は鈴木京子という調査員を名乗り、篠井有一のことで会いたいという趣旨を明日香に電話で告げた。声はもちろん、女の声だ。明日香は、手が離せないからと、しばらくしてから掛け直すようにいってきた。十分後、二度めの電話に対して、彼女は会うことを了承した。ただし、都合で八王子に出掛けるので、そこで会いたいという。

僕は鏡に向かい、ドライヤーで髪を伸ばし、横の髪を巻き上げ、前髪を垂らした。それから売り場の店員が描いてくれたのを真似《まね》て、念入りに化粧をほどこす。馴《な》れてきたのか、まずまずの仕上がりだ。目はサングラスで隠し、思い切ってスカートを穿《は》いた。ヒロヤマトモコとしての最後の夜に身に着けていたとおぼしきチェックの柄のスカートだ。しかし、やはり着こなしが分からず、馴染《なじ》まない感じだが、ごく自然にしていれば、それで十分のはずだった。見掛けは立派な女なのだ。

パンスト、セーター、それにブルゾンを身に着ける。ブルゾンは宗像の物で、少し大きめだが、デザイン的には女性が着ても不自然ではないと、僕は思った。それからハイヒールを履いてみた。これはどうにも様にならないが、町行く女性を参考に、格好よく歩こうと頑張ってみることにした。

亮一と会った時よりもいっそう完璧《かんぺき》な女性を演じようとしているのは、僕が僕であるということが明日香にばれることをひどく恐れているから、という訳ではなかった。もしばれたら、それはそれでかまわないような気もしていた。昨日に比べると格段に、自分という者に確信を持ち始めていた。

僕は篠井有一、記憶には五年の空白がある。その間に別の人格、ヒロヤマトモコとして生き、性転換手術をした。宗像のいった物語が、僕に起こっていることを言い当てているのだ。そう信じたとき、僕は一人の男と、単なる対面ではなく、対決せねばならないのだと決意した。篠井有一を騙って、僕の家で、僕として生活している何者かがいる。そいつの正体は何者か、僕や僕の姉の身になにが起こり、あるいは起きかけ、起ころうとしているのか、味方は誰で、敵は誰か、自分の手で調べてやろう、そんな積極的な気持ちが今の僕には芽生えている。

明日香は、偽《にせ》の篠井有一と婚約した。明日香はその男を本当に僕と信じているのだろうか。僕がこうして女になっているということは、彼女にとって予想もつかない出来事であろうか。本物の篠井有一が目の前に現われる、それは明日香のどんな反応を引き起こす出来事だろうか。

強風になびくスカートの裾《すそ》を気にしながら、僕はそんな事を思いつつ、待ち合わせ場所に向かった。

約束の時間にはまだ早かったが、待ち合わせた八王子の喫茶店に、とりあえず入った。席に着くとすぐに水とメニューを持ってきたウエイトレスの視線が、僕の膝《ひざ》を一瞥《いちべつ》した。僕はついうっかりと両膝を全開にして腰掛けていたのだ。ウエイトレスが去ると、冷や汗を拭《ぬぐ》いながら、脚を組んだ。が、その格好もどうにも様にならない気がして、今度は膝を揃《そろ》えてまっすぐに伸ばしてみた。ウエイトレスが注文を訊《き》きにくる。彼女の視線は、また僕の膝元に動いた。やはりどこか不自然なのだろうか。珈琲《コーヒー》を注文すると、ウエイトレスの視線が向こうを向いているうちに、少し開き気味の腿《もも》を引き締めてみる。格好はよくなったが、ずっと緊張させっぱなしという訳にもいかないだろう。どうすれば格好よくいくのかと、また脚を組んでみる。なんだか上半身とのバランスがとれない。椅子《いす》の高さのせいもあるのだろうか。今度は、膝を揃えて両脚を斜めに流した。脚の格好はこれが一番良く見える。しかし、流す角度や爪先《つまさき》の方向がどう試しても、今一つしっくりこない。そんなことをしているうちに、パンストが伝線しているのに気がついた。最初は小さなほつれめのようなものだったのだが、あれっと思って腰を曲げ、ほつれめをなぞっているうちに、裂け目になり、収拾がつかなくなった。

トイレに入り、パンストを脱いだ。別に地肌をさらしたところで、大した問題はないような気もしたが、まだ待ち合わせの時間まで間がある。席に戻って、ゆっくりと珈琲を飲んだ後、いったん店を出ることにした。洋品店か、それがなければデパート、コンビニエンスストアにもあるだろうと、パンティストッキングを買いに出た。結局近くのコンビニエンスストアに入った。そこでパンストを見付ける。靴下やパンツ、パンティと一緒に並んでいる。その横にあった生理用品に僕はふと目をとめた。生理用品……いざという時のために、今からこれの使い方を勉強しておく必要があるんじゃなかろうかと、ふとそんな事を考えて、おかしくなった。僕は、篠井有一。男なのだ。性転換手術で女の身体を装っているにすぎない。生理用品が必要になるような事態は、僕には起こらないのだ。

僕は生理用品から視線を外し、パンストを摑《つか》んで、レジに行く。パンストを若い女の店員に差し出したときには、相変わらず少し気恥ずかしい思いがしたが、その気持ちはほんの一瞬だった。店員からパンストを受け取るときには、もうなんの抵抗もなかった。

僕はコンビニエンスストアを出て、さっきの喫茶店に戻るために、公園沿いの通りを歩いた。亮一の姿を見付けたのは、そのときだった。一瞬、あまりの偶然に驚いたが、考えてみると、亮一の職場から程近い場所なのだ。驚くような偶然ではない。幸い、彼の方は僕に気が付いている様子はない。僕は物陰に身を隠し、やりすごそうとした。彼は車道を挟んだ向かい側の歩道で信号待ちをしている。彼は横断歩道を渡ると左に折れ、すぐに路地に入る。そのとき、彼は隣にいた若い女の肩を軽く摑んで、押した。それで初めて亮一の連れなのだと分かった女は、赤いフード付きのコートを着ていた。二人が死角に消えた後、僕は車道を横切り、点滅を終え赤に変わった信号を無視して横断歩道を渡った。路地を抜け、再び亮一を見つけた。彼は今は、一人で歩いている。連れの女の姿がない。僕は辺りを見回す。脇道《わきみち》もある通りだ。ここで彼女と二手に分かれたのだとしても不自然ではない。だが、僕は少し気になった。亮一は近くの書店に入って、出入り口のすぐそばのレジ脇に立ち止まり、週刊誌を手にしたが、買うそぶりもなければ立ち読みする様子でもない。彼は通りを一瞥し、サングラスをかけ、帽子を被《かぶ》って、手近な週刊誌を、誌名を確かめる様子もなく取り上げて開いた。僕は書店の前を急ぎ足で通り過ぎ、喫茶店に入った。明日香は、目印に雑誌を持っている約束だった。

「桑田さんですね」

「あなたが、鈴木さん？」

僕らはまっすぐに視線を合わせた。こちらはサングラス越しだが、向こうはそんな邪魔っけなものはない。少女から女に、彼女は確実に変貌《へんぼう》を遂げ、昔の面影を随分と失っていたのだが、それでも明日香だってことは雑誌の目印がなくともすぐに分かった。彼女は、赤いフード付きのコートを中途半端《ちゅうとはんぱ》に抱えている。隣の椅子に載せようとしているところだったのだろう。

「ぴったりですね。四時丁度」明日香がいった。

僕は頭を下げ、明日香の前の席に座った。

僕は目に腫《は》れ物があるからと、サングラスをとらない言い訳をした。明日香は、そんなことは全然構わないと、何の含む様子もなくいった。ウエイトレスが注文を取りにくる。明日香はレモンティー、僕はブレンド珈琲を頼んだ。

「篠井有一のことを調べてるって、おっしゃったわよね」

「ええ。彼の縁談のことで」

「縁談があるの？」

とぼけた口調だ。

「嘘《うそ》です」僕はいった。

「え？」

明日香はびっくりした様子だった。

「依頼人は篠井有一本人です。自分のことを調べて欲しいと、彼がいってるんです」

明日香は、唇を引き締め、怒ったような顔をした。

「ふざけてるんじゃないでしょうね」

「どうでしょう、外にいる石川亮一さんも呼んで、ゆっくりお話ししませんか」

明日香は一瞬呆気《あっけ》に取られたように、僕の方を見つめ、大袈裟《おおげさ》に手を開いておどけてみせ、席を立ち、一分もしないうちに亮一を連れて戻って来た。

「なんで分かったんです」

亮一が、決まり悪そうにいった。

「そこを一緒に歩いていらっしゃるところを見てたんです」

亮一は首を竦《すく》めるみたいにして、腰を下ろした。

「わたしを尾行するつもりでいたんでしょう」

僕の言葉に、亮一は照れくさそうに笑っていった。

「分かりますか」

「ええ」

「なんのためかも？」

「わたしが、篠井さんに連絡を取ると思って、尾行しようとした」

「その通り、それは当たっていたわけでしょう。あなたは有一の縁談の相手の依頼を受けている訳ではなかった」

僕はうなずいて、いう。

「でも、あなたの想像は間違っています。わたしは篠井さんと個人的に親しい訳ではありません。仕事です」

「話によっては信じますよ」

「この前は、彼の婚約者のことを話してくれませんでしたね」

「知らなかったんですよ。ほんとに」

亮一は明日香と顔を見合わせた。

「そうなのよ」明日香がいった。「わたしとこの人は中学の同級生なんだけど……これはとっくにご存じよね。今朝、わたしの友人の名前を使って母に電話したのはあなたでしょう」

「ええ」

「卒業後は、ほとんど付き合いはなかったのよ。でも、有一が行方をくらましたとき、ひょっとしたらと思って彼にも問い合わせたの。そのとき、あなたのことを聞いたわ」

「俺の方はそのとき、明日香と有一の婚約を知った。俺はあなたの質問には、正直に答えたんですよ。協力的すぎるくらいに。それなのに、あなたは俺を騙《だま》してたわけだ」

亮一は、皮肉めいた微笑を浮かべた。

「その点は謝りますけど、こっちにも業務上守らなくてはならない秘密があります」

亮一が口を開きかけて、やめた。飲み物が運ばれてきたからだ。しばらく会話がとぎれた。

明日香が、メンソールの煙草《たばこ》をふかした。

「そろそろ本題にはいりましょう」と、明日香はいった。「依頼人は篠井有一だっていったわね。事情を話してちょうだい」

「依頼人は……あなたの婚約者は、本物の篠井有一ではないといっています」

僕は反応を窺《うかが》う。明日香も亮一もきょとんとしている。とぼけているんだろうか。

「それは……どういう意味なんです?」亮一は、怪訝《けげん》そうにいう。

「これを」

僕は明日香に、準備してきていた手紙を渡した。

『やあ、明日香。突然のことだし、訳の分からない事で、君をびっくりさせていると思う。落ち着いて読んで欲しい。まず、僕が本当に有一だっていうことを証明するために、君と僕だけしか知らない秘密のことを最初に書いておく。僕たちが一度だけ抱き合った、あの日のことだ。不愉快に思われるのを覚悟で書いた。この手紙を書いているのが本物の有一だってことを信じてくれるなら、そこは読まなくていい、嫌な気分になるかもしれないからね。

あれは、僕らが中二の時だったよね。季節は初夏で、場所は君の部屋。君がとても積極的で、初めての僕をリードしてくれた。僕は君を少しも満足させることができなかった。とても恥ずかしい思い出だ。君は、ちょっと不満げで、ちょっと得意げで、ちょっと面白がり、ちょっと同情した。これを書いているのが、確かに有一だと信じてもらうには、こんな抽象的なものでは駄目かもしれないね。だからもう少し具体的に書くけど、ここまでで信じてくれたなら、もうページをめくって欲しい……。

まだ読んでる？　じゃあ仕方ない。僕が覚えてる君の身体の特徴を書く、君の胸の谷間には、大きめのほくろが一つある、少し左寄りだ。それから左の乳首が少しへこんでいる。だけど、あのとき途中では、出っ張ってきた。それから右の太腿の内側に、滴型《しずくがた》の痣《あざ》がある、とても小さい痣だ。きっと不愉快に思ってるね。もう信じてくれただろう。そろそろ次のページをめくってくれないか。

まだ読んでる？

なぜ。君の身体を知ってるのは、僕だけじゃないから？

しかたない。あの日のことをもう少し詳しく書くよ。

誘ったのは君の方だった。キスしてきたのも君だ。僕は君にいわれるまま、裸になり、君を裸にして、君を触った。

まさかもう読んでないよね。

君は焦《じ》れたように、僕の上になり、僕の股間《こかん》に顔を埋め……それから自分の下半身を僕の顔の方に動かして……初めての僕には刺激的すぎる体位だったよ、ほかにも君は、僕のお尻《しり》の方にまで舌を這《は》わせて……もういいよね。篠井有一と君との間のことをここまで書ける人間は、僕しかいないことが分かってもらえるよね。

ここまで読んだとしたら、君はきっと凄《すご》く不愉快になってると思う。もっとほかの形で、これを書いているのが篠井有一本人だと証明できる方法があったと思う。だけど、とても慌《あわ》てていて、こんな形になってしまった。ごめんね。じゃあ、ページをめくって』

『実は僕は、ある事情から、人前から姿を隠し、家族との連絡も断つことになった。その事情については、いずれ話すときが来るかも知れないし、来ないかもしれない。ともかく今はいえない。この手紙を持ってきた人に聞いても無駄だよ。その人にもそこまでは話していない。ただ、別に心配してもらうような状況じゃないことだけはいっておく。僕の方は、快適に幸せに暮らしてる。心配なのは、君のことなんだ。実は最近になって、僕は僕が姿を隠したのを幸いに、僕の名を騙る偽者が出現しているっていうことを知ったんだ。単に飲み屋かなにかで僕の名前でつけで飲んでいるとか、そういう類《たぐ》いなら、どうということもなかったのだけれど、僕の家に入り込み、篠井有一として暮らしているというんだ。信じられなかったよ。かつがれてるんだと思った。でも念のため、僕は探偵に事情を打ち明けて、自分について調べて貰《もら》うことにした。僕は五年前に、失踪《しっそう》した。その後の行方は不明。そういう調査結果が出るはずだった。ところが、驚いたことに、誰かが僕として家に戻っていたんだ。探偵が調査を始めた直後から、どういう訳かそいつは姿を隠していて、探偵は彼を直接は目にしていないというけれど、その存在自体は確かなようだ。何者かは知らないが、そいつは僕に成りすまし、僕として暮らしているらしい。驚きだったよ。どうしてそんなことができたんだろう。周囲の人はどうしてたんだろう。そう思って、さらに調べてもらった。巧妙な手口らしいね。記憶喪失を装っているという。それにしても一人でできることじゃない。陰謀の匂《にお》いを感じる。本来なら名乗り出て、その偽者の正体を暴《あば》いてやるべきなんだろうが、僕は今はどうしてもそれができない。さっきもいったように出ていけない事情がある。この手紙も、読んだらすぐに焼き捨てて欲しい。篠井有一は死んだ。みんなにはそう思ってもらいたかった。誰にも連絡するつもりはなかった。でも君には、いっておかなくてはね。君は僕と、彼とかな、婚約してるらしいね。おめでとう。これは皮肉じゃないんだ。偽者の正体が誰であれ、君達が愛し合っているのなら、それでいい。その偽者から財産を取り戻そうとか、切実に思っている訳じゃない。二人の幸せのために、どうぞご自由に、そんな気持ちだ。嘘じゃないよ。でも、そいつは篠井有一じゃない。そのことだけは分かっておいて欲しい。ひょっとして杞憂《きゆう》だったかな。君は承知の上だったかもしれないね。余計なことだったらごめん。じゃあ、お幸せに』

明日香の顔がみるみる青褪《あおざ》めた。彼女は唇を嚙《か》み締め、手紙を亮一に渡した。

「有一は、どうしてこんな手紙を書いたの。本気なの、これ」

亮一は忙しく視線を走らせている様子だった。表情には驚きの色があらわになる。

「これを書いたのは、ほんとに有一なのか」

「そうよ、間違いないわ。あたしと彼の間にあったこと。他の誰にも書けないもの」

「じゃあ、つまり……あの有一は、記憶喪失の男は、有一の偽者だったのか」

「馬鹿《ばか》ね。そんなはずないじゃない。お母さんや、叔父さんや、わたしたち、そんな大勢の人を騙せるような、そんなうまい変装できるわけないでしょう」

「しかし」

「あれは有一なの」

明日香はいいきる。亮一は、僕の方を向いた。

「この内容からすると、有一は、なんかの宗教、秘密の、俗世間とは完全に縁を切ることを目的にしたような宗教に染まっているんだって気がするけど、どうですか」

「さあ、それはわたしは知りません」

「違うわよ。分からないの。それは作り話なのよ。ねえ、鈴木さん、彼があなたを訪ねてきたのは、いつ？」

「一月九日です」僕が僕に戻った日だ。

「やっぱりそうね。それで説明がつくわ」

「説明って、どんな」と、亮一が訊いた。

「有一は有一、一人なのよ。彼は何かのショックで記憶を取り戻したんだわ。ところが記憶喪失後に獲得した新たな記憶の方をすっかり忘れ去ったのよ」

「なんだ、そりゃあ」

「記憶喪失もののパターンだわ」

「お話の世界だろう」

「現実にだってあると思うわ。有一にそれが起こった。そうとしか考えられないもの」

「じゃあ、まあ、そうとして。この手紙はなんだい」

「有一は、新たな記憶喪失に悩まされることになったの。この五年間どうしてたんだろうってね」

「うん、それは分かる」

「そのとき、嘘の状況……例えば……そうね。五年間、精神病院に入院していた。そういう嘘の状況。それを有一が信じた、そう考えてみて」

明日香の口調は次第に熱を帯び、早口になった。

「そんな有一に、記憶にない五年間の有一自身の生活の記録を見せたら、それを自分の偽者と思い込ませることができるじゃない」

「誰がなんのために」亮一は、明日香とは対照的に冷静な口調で、ゆっくりと喋《しゃべ》った。「決まってるじゃない。この五年間の有一の存在を無にしてしまうためよ。有一がくだした決定、社長人事とか不動産の取り引きとか……わたしとの婚約」

突拍子もないことをいいだすものだと思った。しかしもし、僕が女の身体になっていなかったとしたら、その推理は全然駄目という訳ではない。けれども現実には、僕の空白の五年間にはヒロヤマトモコとしての生活が確実に刻まれている。その事実は、明日香の推理とは両立しない。所詮《しょせん》は、苦し紛れの思い付きでしかない。この期《ご》に及んでも、僕を欺《あざむ》き続けるつもりなのか……そう思って、明日香を見つめていた。しかし明日香の興奮した様子には、演技をしているような印象は全然ない。明日香は、自分でいっている通りのことを本気で信じているように思えた。僕は、明日香を信じたいと思った。なんといっても幼馴染《おさななじ》みなのだ。しかし、明日香が偽者の僕に完全に騙されているということがあるだろうか。婚約しているとなると、亮一の場合とは違って、間近に見ているのだ。本物の僕かどうか、いくら似ていても、さすがに分かるのではないか。そう考えて、僕はふと、昨日の姉の偽者のことを思った。ぐるぐる巻きの包帯をしていて、顔が見えなかったあの女と、僕の偽者も同じ手を使っているのではないだろうか。偽者は、記憶喪失と称している。とすると、例えば顔に大きな傷跡があっても、包帯を巻き付けていても、それに対する言い訳はあるのだ。記憶喪失の原因となった事故のせいでこうなった、と。しかしそれではどうして、篠井有一であると人に信じさせたのかが分からないが、それさえできれば明日香までも騙すということは可能かもしれない。明日香を、信じてみようと思った。

「どうですか、今の話」

亮一が、僕に訊いた。彼は釈然としない様子だった。あまりにも芝居染みている明日香の話を信じられなかったのだろう。

「あなたは有一を陥《おとしい》れようとしている人間の仲間ではない。わたしはそう思うわ」

明日香は訴えるようなまなざしで僕を凝視して、そういった。

「そういう人間がいると仮定してですけれど、もちろんわたしはそうではありません」

「この人を信じる理由を知りたいな。もちろん、疑うべきなにかがあるかどうかは別としてね」亮一がいった。

「手紙を読んだら分かるでしょう」

「どこで」

「誰かが、有一に、偽の有一の存在を信じ込ませようとしていることが書いてある」

亮一は手紙に視線を落とす。

「なるほど、そう読めないこともない」

「有一はそれが信じられず、探偵を雇った、そう書いてあるでしょう」

「なるほど、けどそれだけで、探偵は信用できる、ってことにはなんないだろう」

亮一は茶化すようにいった。

「もし、探偵が篠井有一の敵に雇われてるんだとしたら、こんな手紙を持ってわたしに会いにくるかしら。まさかこの内容をわたしが信じるなんて、そんなこと信じるほど敵も馬鹿ではないでしょう」

「具体的に、有一を陥れようとしている敵ってやつに心当たりがあるのか」

「砂川四郎という男よ。あくどい手口で篠井の家を乗っ取ろうとしているの」

明日香は僕の方に向き直った。

「わたしを有一の所に連れてって、お金は払うわ。好きなだけいって」

「この業界にもルールというものがあります」

「それは分かってる。あなたの立場は分かるわ。でも彼は今危険な事態にあるの。本当の手助けが必要よ」

「分かりました」

「連れていってくれるの」

「いいえ。でも約束します。あなたの話を彼には正確に伝えます。それにわたしなりに彼の置かれている状況を調べてみます。彼の行動を誰かが束縛しているのであれば、事は犯罪ですから、あなたへの協力も考えます」

「一刻を争うといったら？」

「それを示す証拠はなにもないのじゃありませんか」

「なにが起こるか分からないわ」

「警察に相談なさっては」

「証拠もないのになにかしてくれる？　それが駄目だから探偵を雇うの」

「あなたの話の裏付けでもあれば、状況は違ってきますけど」

「あるわよ。有一の偽者なんかいないってことを証明できる。まず肝心な点、本物の有一の出現と同時にあなたがいう、偽者の有一が消えた。同一人物だからよ」

「本物の出現を知って、偽者は慌てて逃げたのかも知れませんよ」

「今のは状況証拠。もっと確実なことがあるわ。血液型よ」

「血液型……」僕は軽い眩暈《めまい》を覚えながらいった。

「そう。記憶喪失になって帰ってきた有一の血液型は、本物の有一の血液型と完全に一致してるのよ」

「そんなの一致するやつ一杯いるよ」と、亮一がいった。

「有一の場合は特別なの」

「Rhマイナスとか?」

そんな簡単なことではないと、僕が亮一に答えたかった。

僕は父と高原千秋という女の間の子供だ。そのことを証明したかった母は、僕の詳細な血液鑑定を行なっている。その記録と照らし合わせれば、僕に成りすまそうとした偽者を見破ることは、訳もなくできたはずだ。

僕はこの事実を思い出し、困惑した。

偽者の篠井有一が存在できる可能性はほとんどゼロではないか……。

「失踪していた有一は戻ってきたとき記憶喪失にかかっていた。おまけにその原因になった事故のせいで顔には火傷《やけど》を負っていた。周囲には偽者じゃないかって疑う人もいたわ」

やっぱり、と僕は再び最初の結論に戻る。篠井有一の偽者がいるという結論だ。ほんの一瞬、僕は血液型の一致を聞いて、偽者の篠井有一の存在を疑いかけた。けれどもここにいる僕が篠井有一の本物である以上、やはり偽者は存在するのだ。

「つまりそれは、顔では篠井有一とは判断できなかったということですね」

「最初は疑いを持つ人もいたということよ。でも今は違うわ。身体《からだ》のほかの部分の皮を少しずつ剝《は》いで、根気よく何度も何度も移植手術を繰り返していったの、最高の技術で。今では全然痕跡《こんせき》なんか見えないわ。元通りになってるの。だから分かる。彼は本物の篠井有一だった」

「元に戻したんじゃなく、篠井有一の顔を作ったのかもしれない」

「疑い深いのね」

「依頼人は、つまり本物の篠井有一は、その人は自分の偽者だといってます」

「有り得ないの。血液鑑定の結果は偽れないわ。有一の血液検査は以前に行われていて、その記録があったの。その結果と彼の血液型は、完全に一致してるのよ」

なぜだろう。なぜ血液型が一致するのか……。その疑問の答えは、一つの結論を受け入れれば、容易に解決することに気がついた。僕の身近な誰かが、偽者を手引きした……そう考えれば、血液鑑定の結果は改竄《かいざん》されたのだと考えることができるではないか。信じたくはないが、それしか考えられない。僕の身近な誰かが、僕の偽者を生み出す計画に荷担していたのだ。

「誰かが、血液鑑定の結果を改竄したのかも……」

「そこまで疑うの……」明日香が財布を取り出して、開いた。そこに一枚の写真が挟んである。「この写真を見て、これが篠井有一。あなたの依頼人、この人でしょう」

明日香の差し出した写真は、僕を打ちのめした。その男が、僕以外の誰だっていうんだろう。僕の知らない、少し大人になった僕が、明日香と仲良く肩を組んで写真に写っている。僕の頭の中の歯車が、みしみしと軋《きし》るような音をたてて停止した。

その後の会話は空虚で、自分の言葉も、どこか遠くに聞こえていた。

明日香たちと別れて、タクシーを拾った。

ひょっとしたら尾行を、という気があり、しばらくは後ろのことばかりが気になったが、明日香と亮一は約束を守ったようだ。尾《つ》けてくる様子はなかった。ようやく安心してくつろいだ。といっても、もちろん本当のくつろぎではない。新たな混迷へと導く写真や、血液鑑定のことに、思いを巡らせる余裕を得たということだ。背凭《せもた》れに深く身体を預け、僕になにが起こったのか、僕は誰なのか、理解しようとした。

16

マンションの入り口に向かいかけたとき、背後にクラクションの音がした。

白い車のウインドウから顔を覗《のぞ》かせたのは、宗像の姉だった。この前とは違って髪をほどき、軽くウエーブをかけて肩にたらしている。眼鏡はかけていないが、僕としっかりと目を合わせているところを見ると、コンタクトをしているのだろう。

「京子さん。少し、お話できないかしら」

考える事が山ほどあって、正直煩《わずら》わしかったが、宗像の姉は懇願するようなまなざしを向けていた。結局僕は、彼女の隣に座った。彼女は、エンジンをかけ、車を動かした。

「ちょっとだけ付き合って」

宗像の姉は、グラブコンパートメントから出したバッグを膝《ひざ》に載せ、信号待ちの間に名刺を取り出した。

「この前は、あいさつもできなかったから」

宗像真樹《まき》というのが彼女の名前で、職業は弁護士だった。

「どこへいくんですか」

「日課で、どうもやらないと落ち着かないものだから」

そういって彼女が誘ったのは、スポーツクラブだった。

その後、スポーツクラブまでの道程は、気まずい沈黙が続いた。

「レンタルができるから大丈夫よ」

宗像真樹は、会員証を受付に示しサインをし、僕の分のビジター料金とウエアのレンタル料を払った。僕は促され、水着を選ばされた。戸惑いながら地味な紺のワンピースを手にし、更衣室に入る。いきなり若い女の下着姿が目に入り、慌《あわ》てて目をそらしたところに、たれ気味の巨大な乳房が目の前で揺れた。僕は思わず、「すいません」と謝り、狼狽《ろうばい》している。たれ気味の乳房の持ち主は、脂肪を水着の中に押し込みながら、怪訝《けげん》そうに僕を見ている。鏡に、腰を屈《かが》めておどおどした女の姿が映っている。それが僕自身だと気が付き、ようやく我に返った。ロッカーの方に向き直り、他人の裸から目をそらして、上着を脱いだ。バスタオルを身体に巻き付けながらシャツや下着を取り、水着に着替える。そんな僕の方を見ている熱い視線を感じた。さっきの不自然な行動のせいか、あるいは今、僕は自分では分からないなにか女としては不自然な着替え方をしていて、男だとばれたのではないかと不安な気持ちになり、冷や汗が背中を伝わった。熱い視線は、僕が着替え終わっても、まだ続いている。横目で、その視線の元をたどった。さっきのたれ気味の乳房の女だ。彼女は、今は派手なワンピースの水着に窮屈そうに脂肪の塊を押し込んで、腰に手を当てて、僕の方を見ている。やはり、彼女は僕の態度になにかおかしなところを見つけたのか……そう思ったが、実際にはそんなことはなかったようだ。僕が怖々とバスタオルを外して、自分の水着姿を鏡に映すと、その女は一緒になって鏡を覗いた。鏡越しに視線が合うと、彼女は二重顎《あご》を震わせながら慌てた様子でそっぽを向いた。やがて彼女は、悲しげな溜《た》め息をついて、更衣室を出ていった。

「なんだかスクール水着みたいじゃない。もう少しお洒落《しゃれ》なのを選べばよかったのに」

傍らに来てそういった宗像真樹の水着も、あまりお洒落とはいえないと思った。それなりに凝ったデザインが柿色《かきいろ》のベースの上に描かれているのだが、ひどく年寄り臭く見える。しかしこれは、水着のせいというよりは、中身の問題かも知れない。彼女の身体は思ったよりもずっと胸と腰の張りが大きかったが、手足が細長く、なにか昆虫を連想させる体型だった。

温水プールに行くと、僕は今度は男の視線を意識せざるを得なかった。水浴びをしていた男達が、一斉に競泳選手のように水を掻《か》き始め、僕の目前で、一様に顔を上げ、大袈裟《おおげさ》に息を継いだ。下心見え見えの男達の姿に、僕はひどい嫌悪感《けんおかん》を覚え、息苦しくなり、むかむかした。そんな僕の気持ちには全然気がつかない様子の宗像真樹は、ひと泳ぎして水から上がる度に、くつろいだ表情が増していった。彼女は、多分僕も、水に漬かることで開放的な気分になっていくと思っているのだろう。いわゆる『裸のつきあい』を期待しているのだなと、ようやく彼女の意図が分かった気がした。男達の粘ついた視線を無理に意識から追い出すように、長い距離を泳いでみた。得意の平泳ぎだ。水の上を滑るように身体が動いていく。胸の膨らみにかかる圧力は男のときとは明らかに違い、嫌でも女になった自分を意識せざるを得ないのだが、全身を伝い流れる水の感触の心地《ここち》好《よ》さが、次第にそれを忘れさせた。僕は無心で泳いだ。女の自分を発見して以来、一番穏やかな気分で、時を過ごしていた。

プールサイドに上がった僕の表情の中に、宗像真樹はくつろいだ印象を見てとったのだろう。隣に腰掛け、話しかけてきた。

「このまえは、ほんとにごめんなさいね。突然で驚いてしまったの。久に付き合っている人がいるなんて、正直いって全然思ったことなかったから」

宗像真樹は、自嘲《じちょう》めいた笑みを浮かべた。

「あの子、あの後、なにかわたしのこといってた？」

僕は首を横に振った。

「そう」

宗像真樹は、髪の水気を払い落とすと、手にしていたキャップを深めにかぶり直した。

「心配なのよ、あの子のことが、いい大人相手におかしいって思うでしょう。でも……心配なの」

過保護の母親がいるように、過保護の姉もいるのだろう。取り立てて、おかしな話とは、僕は思わない。けれどもあえて、そう口にする必要性は感じなかった。無表情に、特に意味もない視線を宗像真樹に送る。それをどう解釈したのか、彼女は、幾分頰を強張《こわば》らせた。

「もう聞いてるかもしれないけど、わたしたち本当のきょうだいじゃないの」

「え」という言葉を僕は呑《の》み込んだ。興味を覚えたからだ。彼女の話を、遮りたくなかった。

「久は、養子なの。わたしたちがそれを知ったのは、四、五年前だったかしら。二人とも、もう大人だったから、そんなに大袈裟に反応するようなことじゃなかったわ。だけど、あの子はそれからだんだんよそよそしくなって、最近は実家に全く顔を出さなくなったの。わたしは時々、無理やり押しかけていくんだけど、会話もぎこちなくて、いつもわたしが一方的に話すばっかりで……どうしてかしら。久は、どっちかっていうとお喋《しゃべ》りな方だったのに。あなたとはどう？　よく話す？」

「……ええ」

「久がひけめを感じる必要は、なにもないことなのよ。父は、跡継ぎを欲しがっていて、それで男の子を養子にしたの。母は、わたしを産んだ後、病気になっていて、それで……もちろん、母も望んだのよ。父も母も久を養子扱いしたことないし、わたしもずっと本当の弟と信じて暮らしてきた。今でも、気持ちの変化はなにもないのよ」

宗像真樹は、寂しげな表情を見せた。

「本当に、あなたとあの子が好き合ってるんなら、わたしは口出ししない。あなたがどんな人か詮索《せんさく》したりもしないわ。喜ばしいことだものね。あの子が、女の人とお付き合いしてるんだもの。それが一番の心配だったの。女の人には消極的で、とても自分で相手を見つけられそうになかったんだもの」

宗像真樹は、くすりと笑った。

「あの子、どんなふうにあなたを誘ったの。どこで出会ったの」

僕は、返事をしなかった。まさか、裸で彼の寝込みを襲ったのが出会いだともいえないだろう。

「ごめんなさい。口出ししないっていったばっかりなのにね」

宗像真樹は腰を上げ、プールの中に入り、水中メガネをつけた。

「これからも時々、こうやって会えないかしら。久の話を聞かせて欲しいの。あの子が今でも、たまには笑ったり、冗談をいったりするんだってこと、話して聞かせて」

17

偽《にせ》の篠井有一は、僕と同じ血液型で、僕の顔をして、僕として暮らしている。僕はといえば、僕の顔を失い、僕の暮らしを失っている。僕が誰なのかという問いが、再び頭を擡《もた》げそうになる。しかし、この数日で、僕は理性というやつを取り戻せたのだと思う。もはや錯乱めいた感情はない。僕は僕、篠井有一なのだ。偽の篠井有一は、なにかの方法で血液鑑定を偽り、顔は火傷《やけど》の跡を治すと称して、最高の技術で整形手術を受けた。そうやって僕という人間の存在を乗っ取ったのだ。僕は列車の窓に映った自分の姿を眺めた。女性の肉体への変身、記憶の喪失と、僕の身に起こっていることの異常な出来事、これもまた、乗っ取り計画にとって欠くべからざる一部分だったのだろうか。

僕は僕の偽者のことを思った。何者なのか、ということにはそれほど興味がなくなっていた。そいつは僕に似ていて、多少の演技力がある、そういう人物であれば『彼』でなくても良かったはずだ。首謀者は他にいる。そうでなければ、血液型まで偽ることは出来ない。『彼』は計画の歯車にすぎない。僕の今の関心は、偽の篠井有一の正体ではなく、彼の行動だった。彼はなぜ僕が記憶を取り戻したと同時に失踪《しっそう》したのか。それは単なる偶然とは思えない。因果関係があると見るべきだろう。原因が僕の記憶の回復で、それゆえに、彼は失踪せざるを得なかったのだ。彼は、僕の意識の回復によって早晩自分の正体が暴《あば》かれると考えて逃げ出したのに違いない。でもどうやって、彼は僕の記憶が戻ったことを知ったのだろうか。その疑問の答えは、僕の胸を苦しくした。

首謀者は叔父だ。そう考えれば説明がつくのだ。篠井有一に戻った日、僕は叔父に電話をした。そのとき叔父は、篠井有一が約束の時間に現われないということに苛立《いらだ》っていた。その時点で既に、僕の偽者は失踪していたと、そう考えなくてはならない理由はない。偽者の篠井有一は、叔父との約束に、単に遅刻していたのだ。叔父は現われた偽の篠井有一と話し、電話が彼からではなかったことを知る。そして僕が記憶を取り戻したと結論付け、偽者に姿を隠すように指示した。それが唯一《ゆいいつ》の答えだという気がした。

しかしなぜ、叔父は僕の偽者を仕立て上げ、僕の存在を抹消《まっしょう》しなくてはならなかったのだろうか。

母の死後、僕が会社の跡を継ぐとしたら、それに相応《ふさわ》しい年齢になるまで頼ったのは、叔父のほかないと思う。会社を乗っ取るために、僕という存在を乗っ取る、そんな必然性はない。

叔父は関わっていない。そう思いたいのだが……。

父の弟の海山親衛は、三十代の後半までは学習塾の講師をやっていた。司法試験崩れのデモシカ先生というやつだ。司法試験を目指していたのが挫折《ざせつ》し、三十になって職を探した。塾の先生でもやるか、それくらいしかできないな、という教育に対する情熱のかけらもない教師だった。だから父が母と結婚し、会社の取締役に就任したとき、身内を側近にしたいと考えた父の要請に叔父は一も二もなく飛び付いた。これは叔父自身が語ったことだ。

最初は、新設の新事業企画部とかいう部の部長か何かだったという。叔父にしてみれば教師よりはまし、そんな程度の気持ちだったのが、人の才能というのは分からない。叔父は父の、そしてやがて母の片腕となっていった。それまで眠っていた出世欲みたいなものが目覚め、爆発したのだ。その勢いは、別の欲求をも揺り動かし、目覚めさせた。「それまで半分童貞みたいなものだったのがさかりのついた犬みたいになった。ありとあらゆる機会を利用して、女をくどき、女を買った。手当たり次第に、女を抱いた」と、叔父は自慢げに酒の席で話していたことがある。僕は子供ながらに、その話の下品さに、耳を塞《ふさ》ぎたくなったのを覚えている。

あの女狂いは、今も健在だろうと思う。

とすると、叔父を見付けることは簡単だ。

最初は、また鈴木京子を名乗り、興信所の調査員として叔父に会うことを考えた。しかし、明日香を通じて、既にそういう人物の存在を知っているかもしれない。叔父が乗っ取りの首謀者であるならば、それが僕だってことに気がついているってことだって有り得る。待ち構えられていたのではうまくない。ヒロヤマトモコの姿をした僕に対する叔父の正直な反応を見たかった。それには不意打ちが効果的だ。叔父は狼狽《ろうばい》するだろうか。あるいは、まるっきり赤の他人として僕を口説《くど》き始めるだろうか。

僕が知っている当時、叔父はホテル住まいをしていた。掃除もクリーニングもまかせられるし、外に出なくてもバーで酒が飲めるしレストランもある、女も拾える、というわけだ。甲府市内にあるホテルが、叔父の常宿だった。僕はそこのバーに網を張って、叔父を待ち伏せることにした。

午後九時。僕はブルゾンに、スカートという格好で、バーのカウンターの止まり木に腰を下ろしていた。カクテルを嘗《な》めながら、客が入ってくる度にそれとなく視線を投げる。その行為が勘違いされるのか、二人の男に誘われた。禿《は》げの中年と、若い学生風の男だった。待ち合わせがあるから、と断わったのだが、その若い男が、連れはもうこないのではないかと隣に腰を下ろし、しつこく絡《から》んでくる。無視を決め込むが、素面《しらふ》らしいのに、やけに図々《ずうずう》しい。よほど自信があるのだろう。中年の方は、一人の派手な格好をした女と話がついたらしくバーを出ていった。その女は、僕の方に険のある一瞥《いちべつ》を投げていく。縄張り意識みたいなものだろうか。

叔父が現われたのは、それから二十分後だった。僕はその姿をみとめても、しばらくは気がつかなかった。柔らかく持ち上げて、側頭部に流したロマンスグレーの髪にごまかされたのだ。地肌が透けて見えていた頭頂部に、今はたっぷりと髪の毛がある。かつらにしたのだろうが、自然で違和感はなかった。そのせいで僕が知っている五年前の叔父よりもはるかに若くなっていた。背広も洒落《しゃれ》ていて、遠くから見れば四十前半でも通るだろう。

叔父は僕の横を通り過ぎ、奥のボックス席に座った。連れはいないらしい。ウイスキーのストレートを注文している。僕は二、三分、磨かれた壁に映った叔父の姿を眺めた。奥の方のカウンター席にいた金髪の外国人女性が叔父の方に視線を向けているのが分かる。女は、煙草《たばこ》をふかし、胸のボタンを触っている。その彼女が腰を上げるのを見て、僕は急いで立ち上がった。

「商売女かよ」と、背中の方から低い呟《つぶや》きが聞こえた。金髪の外国人女性の鋭い威嚇《いかく》の視線もあった。それらを無視し、僕は叔父の前に座った。

叔父はグラスに落としていた視線を上げて、僕の顔を見る。叔父の眉《まゆ》がぴくりと動いた。が、どういう種類の表情なのか、僕にはよく分からなかった。叔父は鼻の脇《わき》の大きなほくろを撫《な》で、くすんと鼻を鳴らす。

「話がしたいんだけど」

僕は有一の声で喋《しゃべ》った。

叔父は、唇の端を微《かす》かに歪《ゆが》め、うなずいた。

やはり気付いているのだ、と僕は思った。

「五分後に上がって来い」

叔父は部屋のキーを手にして、六〇二というキーホルダーの文字を僕の目の前にきらめかせ、さっと席を立つ。入ってきたときには、顔ばかりを見ていたので気が付かなかったが、足が少し縺《もつ》れている。すでに、相当飲んでからここに来たのかもしれない。

僕が叔父の部屋に上がっていったのは、きっかり五分後だ。ノックをすると、叔父が顔を出し、部屋に招き入れた。小さな応接室には、ソファとテーブルがあり、バーボンのボトルが出ていた。叔父は僕の顔から、身体へと視線を移し、指先で揉《も》むように瞼《まぶた》を擦《こす》った。瞼の奥のまなざしは、どこかぼんやりとしていて、近付くと酒臭い息が臭《にお》った。

部屋の中はひどく蒸していた。僕はブルゾンを脱いで椅子《いす》に置いた。

「なんか飲むか」

僕は首を横に振った。

「そうか、じゃあさっそく」

叔父はネクタイを緩めた。

「いくら欲しい」

「え？」

「ふだんの倍はやる。いう通りにしてればな」

立ち上がった叔父は、僕の腕を摑《つか》んで、奥につながるドアを開いた。

ダブルのベッドの上に、ロープの渦巻きが載せられていた。

「入れ」

叔父はそういって僕を突き飛ばした。躓《つまず》いてベッドの上に倒れ込む僕の上に、叔父がのしかかってくる。

「やめろ」

身の毛がよだつとはこの事だ。僕は絶叫した。

「おとなしくしてろ。悪いようにはしない」

叔父は僕の口を塞ごうとする。

「気でも狂ったのか」

「心配するな。楽しさを教えてやる」

「なに考えてんだよ」

僕は叔父を押し退《の》けようと、必死になってもがいた。肘《ひじ》で叔父の顎《あご》を押し上げ、膝《ひざ》で股間《こかん》を蹴《け》り上げる。叔父はうっと呻《うめ》いたが、さらに身体を浴びせ掛け、僕の胸を鷲《わし》掴《づか》みにした。僕は身体を捩《ね》じり、這《は》い出そうとする。頭のところにあった鞄《かばん》が床に落ちた。中から、鞭《むち》と蠟燭《ろうそく》がこぼれた。

「こら、おとなしくしろ」

叔父の声はうわずっていたが、焦《あせ》っている様子ではなかった。顔を見ると、下卑《げび》た笑いが浮かんでいた。舌なめずりするみたいにして、僕のブラウスを引き剝《は》がす。肌がむき出しになり、乳房が揺れた。ようやく半分起き上がり、抱きついてくる叔父を膝で遮った。叔父の下顎が僕の膝の皿に当たった。叔父はベッドからずり落ち、顎を掌で覆《おお》って呻いた。

「なに勘違いしてるんだよ。僕が誰か分かってないのか」

叔父の唇に、血が滲《にじ》んでいた。まなざしには狂気めいた色がある。

「手間をかけさせるな」

叔父は立ち上がり、卑猥《ひわい》な言葉を羅列し、僕に唾《つば》を吐きかけ、平手を頰に飛ばした。

僕はなんとか腕で遮り、ベッドから降りた。そこをまた叔父が摑みにくる。僕は、叔父の足を払った。

「僕だ、有一だ。やめろ。僕は有一だ」

叔父はバランスを崩し、くるりと身体を回転させ、壁に倒れ掛かったが、すぐに体勢を立て直し、また僕に覆い被《かぶ》さってきた。

「やめろ」

ベッドの鉄のパイプが僕の後頭部を直撃した。目の前に、火花が散った。身体が一瞬痙攣《けいれん》し、ベッドからずり落ちた。

「僕は、有一だ」

必死でそう叫んだつもりだが、舌が縺れているのか声が出ていない。必死で声を絞り出す。微かに、喘《あえ》ぐみたいに喉《のど》が震えた。同時に、目の前にちらついていた火花が萎《しぼ》み、背景の墨色に溶けた。それを最後に、意識が途絶えた。

18

音が聞こえていた。エアコンの音、冷蔵庫の音。最初はこもって聞こえていた音が次第に広がりだす。時計の音も聞こえている。

熱を感じた。身体を包んだ毛布の感触が意識をとらえた。僕ははっとして目を開いた。なにがあったのか、気を失う直前の光景が瞬時に蘇《よみがえ》って、跳ね起きる。肩がなにか固いものに強くぶつかった。ベッドの角だった。ベッドの足元に蹲《うずくま》るみたいにして毛布を背中にかけて倒れていたのだ。ベッドの上半分に、明かりが差していた。叔父の姿はなく、SMの道具もなかった。扉を回り込み、応接室の方に出た。そこには開け放たれた窓からの光が溢《あふ》れている。眩《まぶ》しかった。僕は視線を下げ、自分の格好を目にした。ブラウスのボタンがすべて外れ、ブラジャーがずれ、乳房が見えていた。スカートもずれている。

僕は、叔父に犯されたんだろうか。悪寒《おかん》に襲われながら、肉体に刻まれた痕跡《こんせき》を確かめようと思った。が、どんなふうに確かめればいいんだろう。スカートの内に手を伸ばしかけ、激しく首を振った。なにもなかった。まさかそんなことはない。男の僕が、叔父に犯されるなんて、そんな馬鹿《ばか》な。叔父だって、そこまで馬鹿なことは……なんともいえぬ冷え冷えとした空気を背筋に感じながら、脱げかかっていた靴を履き直し、服を直し、顔を上げた。眩しさは薄れ、壁の時計の文字が目に入った。九時。午前九時だろう。とすると、少なくとも十二時間近く気絶していたことになる。叔父はどうしたのか、と部屋を眺めた。そして……僕はソファの下にうつぶせに倒れている叔父の姿を見付けた。その後頭部の白髪に、血糊《ちのり》がついている。頭が混乱した。いったいなにがあったというのか。激しい鼓動を感じながら、そばに近付いた。口と鼻にも血がついているのを見て、嘔吐《おうと》しそうになり、僕は床に落ちていた自分のブルゾンを羽織ると、ほとんど発作的に逃げ出した。かかっていたドアチェーンを外し、部屋を飛びだす。ドアが反動で、パタンと閉じた。昨夜なにが起こったのか、その手掛かりを得る方法が部屋の中に残っていたかもしれないと、もう一度現場を確かめておきたい気持ちが不意に湧《わ》きあがった。けれども、一度閉じたドアは、キーなしには外からは開けられない構造になっていた。フロントを呼べば開けてもらえるだろうとは思ったが、それはできないことだと思った。叔父の死で取り調べを受ける心構えはできていない。事態を把握しかねていた。誰が叔父を殺したのか。二人でいた部屋で、叔父に押し倒され頭を打ち、意識を失っていた時間に誰かが！……ドアチェーンの事を思い出した。チェーンは内側から、確かにかかっていたはずだ。僕は愕然《がくぜん》となって、心の中で叫んだ。……叔父を殺したのは、僕なのか……馬鹿な……そんな記憶は全然ない。が、記憶にないことは、起こらなかったことなのだとは、今の僕にはいえない。

ホテルのフロントは、チェックアウトする人々で混雑していた。大きな荷物を抱えた中年の女性の陰に隠れるみたいにして、僕は外に出た。悪夢としか思えない光景から、一刻も早く逃げ出したかった。

丁度、玄関前の車寄せにタクシーが到着した。おそらく誰かが呼んだものだろうとは思ったが、構わず近付くと、ドアが開いた。僕は迷わず乗った。

「神田さんですか」

「ええ」

ホテルの自動ドアが開き、大きな荷物を抱えた中年の男が出てくる。男は、タクシーに近付いてきて、内部を覗《のぞ》き込む。男と僕の目が合った。男は僕になにか訊《き》きたそうだったが、僕はつんとして顔をそむけ、運転手にいった。

「甲府駅にお願いします」

タクシーはすぐに車寄せを離れた。車内鏡に映ったホテルの建物が、だんだん小さくなっていくのを、僕はじっと見つめていた。

19

宗像が戻ってきたとき、僕はリビングのソファの上で、毛布にくるまって横になっていた。

「戻ってたんだね」宗像は持っていたセカンドバッグを机の上に載せると、僕を心配そうに覗き込んでいった。「身体《からだ》の調子でも悪いの」

「ちょっと、風邪気味なんだ」

「そういえば、顔が赤いね」

宗像は、僕の額に手を触れてきた。僕は抵抗せず、触れさせたままにした。宗像の掌《てのひら》はひやりとして心地《ここち》好《よ》かった。

「少し熱があるんじゃない」

宗像は僕から離れると体温計を持ってくる。

「病院に行った方がいいんじゃない」

「そんな大したことじゃないよ」

僕は体温計を受け取って腋《わき》の下に挟んだ。

「卵酒でもつくろうか……」

「うん……」僕は朝からなにも食べていないことを思い出した。「それよりなにか食べたい」

「食欲があるんなら大丈夫だね。なにか栄養のあるものを作るよ」

「うん」

宗像はキッチンに行き、やかんを火にかけると、居間に戻り、スウェットの上下を二組衣装ケースから出した。

「新しいのを買っておいたんだ。僕のじゃ、サイズが合わないだろう」

僕が渡されたスウェットは、変に赤みがかったピンク色だった。宗像の趣味の悪さに閉口しながらも僕は礼をいった。今着ているスウェットは、サイズはともかく汗でべたついていて気持ちが悪かったのだ。

宗像はキッチンに行き、間仕切りを閉めて着替え始める。

「熱、どう？」

僕は体温計を抜き取った。

「三十七度丁度。やっぱり大丈夫」

「微熱だからって油断できないよ」

宗像は着替えを終えて、居間に入ってこようとしたが、「着替えるから」という僕の声に、慌《あわ》てた様子で間仕切りを閉ざし、流し台の方にいった。

それから数分後、宗像は「いいかな」と聞き、僕が「うん」というと居間に入ってきて、衣装ケースを開いた。そこに着替えたズボンを吊《つる》しながら、彼は訊いた。「昨日……どこに泊まったの」

僕は答えなかった。

宗像は答えを待ち続ける様子で、しばらく僕を見つめていたが、やがて諦《あきら》め、キッチンに戻った。

「麻婆《マーボー》豆腐とか、好きかなあ」宗像は陽気な声でそう訊いた。

「うん」

キッチンから響いてくる鍋《なべ》や包丁のたてる音を聞きながら、僕はぼんやりと、もう何度も繰り返し考えた事に思いを巡らせ始める。

叔父のあの態度はどういうことだろう。叔父は僕が有一だという言葉をまるで相手にしなかった。叔父は、篠井有一の偽者《にせもの》を仕立てあげる計画に、関わっていない可能性が強い。するとまた、最初の問いに戻ってしまう。どうして僕の偽者は、僕の記憶の回復を知ったのか……。どうしても分からない。もともと因果関係などなく、偶然、僕の中の篠井有一の意識の回復と同時に偽者の篠井有一が失踪《しっそう》した、ということなのだろうか。

僕は熱っぽい頭を抱え込んで溜《た》め息を吐《つ》いていう。「分からない」

「なんかいった？」宗像が訊いた。

僕は思ったより大きな声を出していたらしい。

「なんにもいってないよ」

「そう。すぐできるから」

換気扇の回り出す音に続いて、甘辛いような芳香が部屋の中に漂ってくる。

空腹を思い出し、この先は腹拵《はらごしら》えしてからだと考えて思考を断ち切り、ダイニングに向かって歩き出した。そのとき、僕は突然重大な事実を見過ごしていたことに気がついた。

僕の空白の五年と現在との間には、実は別の空白が存在しているのではないのかということだ。

僕はゆっくりと迷路を辿《たど》るように思考を巡らせた。

記憶を取り戻したとき、僕は五年前に住んでいた部屋に寝ていた。誰かがそこに連れてきたと、そう考えるのは難しい。自分でそこに帰ってきたのだと思う。すると僕がヒロヤマトモコから篠井有一に戻った瞬間というのは、朝目覚めたときではない。前夜寝る前に、僕は篠井有一に戻っていたのだ。

せいぜいが数時間、ひょっとすると数十分の短い記憶喪失ではあるけれど、それは五年間の記憶喪失の一部分として含めるべきではない。その数時間はごく狭いが、特別の層を形成している……。

僕は食事の席で、記憶喪失の話題へと会話を誘導した。

僕は麻婆豆腐を頬張りながらいう。

「例えば電車やバスを乗り継いで家に帰ってきた。ところが翌日目覚めたときにはその記憶がすっかりなくなっている。そんなことってあるかな」

宗像は怪訝《けげん》そうに僕を見ていた。

「そんな記憶喪失なら、日本だけだって毎日何千人だか何万人だか経験してるんじゃないのかな」

「え？」

「酒を飲み過ぎたらそうなるだろう」

僕は口の中を豆腐で一杯にしたまま、絶句し、思わず噎《む》せ返った。

「そんなに慌てなくても、お替わりならまだあるから」

宗像は笑いながらティッシュを僕に差し出す。

僕はティッシュで口元を拭《ぬぐ》いながら、忙しく考えた。

いわれてみればその通りだったのだ。アルコールによる記憶喪失は、僕自身も何度も経験していることだ。酒を飲み過ぎたとき、目覚めたときには前夜の記憶がない。だからといって泥酔《でいすい》していたとき正常な行動ができなくなっているか、というとそうではないのだ。

「あれって……どういうことなんだろう」僕はいった。「酒飲んで、酔っ払って……でもちゃんと家に帰ってるのに、翌朝になると昨日のことをさっぱり覚えてない」

それはおそらく僕だけの経験ではないだろう。巷《ちまた》でもよく聞く話だ。

「記憶の仕組みというのはまだよく分かっていない部分も多いんだけど、短期記憶と長期記憶という別のメカニズムが存在していることは間違いない。短期とか長期というのがどういうタイムスケールかというのは諸説あるし、二段階に分けてしまうというのも、多分間違いだと思う。だけど単純化して図式的にいうと、まず脳のある部分で短期記憶が形成されて、その一部が脳の別の部分に移されて長期記憶として固定されることになるんだけど、その長期記憶の固定には段階がある。そうだなあ……」

と宗像は居間に行き、整理棚の中からノートを出してきた。新聞の切抜きを貼《は》り付けたスクラップ・ブックだった。

「これを長期記憶だとしよう。すると毎日の新聞記事が短期記憶。その全部が蓄えられてるわけじゃない。そして、整理されるまでには様々な段階を経ている。トラブルの種類もいろいろだ。このスクラップ・ブックが焼けてしまう。するとその部分は欠けてしまう。脳に外傷を受けて、長期記憶が消えてしまった、というのに相当するよね。この場合、新しいノートがあれば、その後のスクラップ・ブック作りには支障はない。これは長期記憶に使える脳の部分に無事な部分があれば、新しい長期記憶の形成に支障はない、そんなふうに言い換えられるよね」

僕の相槌《あいづち》を求めているみたいだったので、「うん」といった。

話が続く。「鋏《はさみ》がない。糊《のり》がない。新聞を読み忘れた。切り抜いた記事をなくした。どの段階でどんなトラブルが生じたか、それに応じて、結果が変わる。当たり前だよね。脳のトラブルもそれと同じなんだ。酒を飲んで酔っ払って記憶がなくなるっていう場合は既に蓄えられた長期記憶に障害を起こしている訳じゃない。短期記憶から長期記憶として固定されるまでの間にある一つの行程が一時的に機能しなくなっていた、そんなふうに考えられる訳だよね」

「酔っ払ってて覚えていない行動を後になって人から聞かされて思い出すっていうこともあるんじゃない」

「当然そうだよね。だけど逆に絶対に思い出せないこともある。切り抜いた記事を全部なくしてしまうこともあれば一枚だけなくしてしまうこともある。貼らなかったと思った記事が実は別のページに貼ってあったり、索引をつけ間違えていたり。酔っ払ったときの記憶の失い方だっていろいろなんだ」

僕はあの朝の事を考えた。頭は重く痺《しび》れたみたいになっていたが、胃の辺りのもやもやとした感じや、ゲップの込み上げてくる感じは、酒を飲んだときとは違っていた気がする。もっとも絶対違うと否定は出来ない。そうだったのかもしれない。

篠井有一の意識を取り戻す前日、僕はどんな行動をしたのだろうか。それを考えてみよう。

ヒロヤマトモコは、夫に呼び出されてフォルテを出た。大橋恵美の証言によるとそういうことになる。夫はそれを認めていないといっていたが、それはおそらく嘘《うそ》だ。ヒロヤマが事故に遭ったとき、実はトモコも一緒だった。それを隠すために、彼は呼び出していないといっている、僕はほとんどそう確信している。すると、その事故の衝撃が、僕を篠井有一に戻した直接の原因だったのではないだろうか。そう考えるのは、自然な気がする。

僕はさらに推測を続ける。

篠井有一の記憶を取り戻した僕は、恐慌《パニック》に陥ったはずだ。いったいなにが起こったのか、と。目の前の現実は、夢物語としか思えなかっただろう。そこで、自分をごまかそうと、浴びるほど酒を飲んだ……そうだろうか？

「酒以外で、そんな記憶喪失が起きることはないかな？」

「もちろんあるよ。短期記憶から長期記憶にうつす働きをする脳の部分に障害があればそうなる」

「そういう病気ってこと？」

「もちろん病気としてもあるだろうし、酒と同じく一時的な障害という意味では薬だよね」

「薬……何か、特別の？」

「特別といえば特別だね。最近問題になった薬があるんだけど、知らないかな」

といって彼はその薬の名前をいった。

「睡眠薬なんだけど、その副作用として前向性健忘が頻繁に起こるっていうんで問題になった。これを酒に混ぜて女の子に飲ませて酔いつぶしていたずらする。そんな事件が続けざまに起きて話題になってたよ。飲まされた方はなにがあったか全然覚えてない。といってもその時には意識はあって多分それなりに反応したり、抵抗したりもするんだと思うよ。そこがほかの睡眠薬の場合とは違って犯罪者の心理を満足させるんだろうね」

「そんなに凄《すご》い効き目なの」

「人によるだろうね。そんな犯罪がみんなうまくいったら大変だろう」

「その薬、簡単に手に入るものなのかな」

「正式には医者の処方箋《しょほうせん》がいるはずだけど、トリップする作用もあるらしいから、大量に出回ってるっていうね。その気になれば簡単に手に入るんじゃないかな」

篠井有一に戻った僕の新たな記憶喪失の原因は、酒ではなく、睡眠薬だった可能性もあるわけだ。そちらの方が、当日の僕の行動としっくりと合うように思える。僕はおそらく、まだヒロヤマトモコであった時に、睡眠薬を飲んだのだろう。人との待ち合わせ場所に向かう途中に眠ろうとしたとは思えないが、ハイになる目的だったかもしれないし、ともかく飲んだのだと考えよう。そして事故に遭い、篠井有一に戻ってしまった。僕は変身した我が姿に戸惑い、混乱しながらも、ともかく家に帰ろうとはしたろう。そして実際帰りついた。しかし、その間の記憶は飲んでいた睡眠薬の副作用で失われてしまったのだ。篠井有一に戻ってから酒を飲んだ、と考えるよりは、こう考える方が妥当だと思う。

宗像が書棚から『脳の仕組み』だとかなんだとかいう本を何冊も持ってきて、延々と記憶について説明を続けていたが、難しい話は、僕にはどうでもよかった。適当に相槌を打ちながら、さらに思考を巡らせる。そして一つの閃《ひらめ》きを得た。その閃きは、ずっと探し求めていた、『なぜ篠井有一の偽者は、僕が篠井有一に戻ったことを知ったのか』という疑問に一つの解答を与える物だった。僕は、閃きが脳裏から消えないように、用心深く思考を進めた。

僕はヒロヤマトモコとしてではなく、篠井有一として睡眠薬を飲んだ、いや飲まされたのではないだろうか。

僕は一つの推理をまとめあげた。

……事故に遭った時、そこに第三者がいたのだ。その人物は、事故の衝撃で僕が篠井有一に戻った事態を目撃し、困惑した。そいつはどうしていいか分からず、ともかく僕を眠らせようとして、持っていた睡眠薬を飲ませた。ところが僕は興奮状態にあったのと、多分薬は即効性ではなかったのだろう、その人物を振り切って逃げた……。

その推理が魅力的なのは、偽者の篠井有一の失踪を説明してくれるからだ。その第三者自身が篠井有一の偽者本人だったかどうかはともかく、それによって彼は、僕が記憶を取り戻したことを知り得たことになる。

もしそれが正しいとすれば、叔父は篠井有一乗っ取り計画に関わっていないのだ。叔父は僕が電話をかけたとき、篠井有一が約束の時間に顔を出さないことに苛立《いらだ》っていた。それが逆に証明になるだろう。叔父は無関係だ。

僕はその結論に満足した。叔父は、僕の存在を乗っ取る陰謀には無関係だったのだ。僕は安堵《あんど》の溜め息をもらしかけたが……すぐに暗澹《あんたん》とした気持ちに引き戻された。一つの疑問に、ようやく一応の解決を得たところで、別の疑問を思い出したのだ。叔父は、誰に殺されたのだろうか。完全な密室の中で、誰に殺されたのだろうか。殺せたのは誰だろうか。

「どうしたの、おいしくない？」

「ううん」

僕は宙に止まっていた箸《はし》を動かして、漬物をつまんだ。

「それでさあ」

宗像はまた新たな本を食卓の上に広げている。僕は半ば朦朧《もうろう》とする意識の中で、ひたすら食べ続け、ひたすら相槌を繰り返した。

自分で誘導しておきながら、今はもう、宗像の難解なお話は、耳障《みみざわ》りな騒音にすぎなくなっている。彼の話を理解し、新たな推理に役立てようという気力は、残っていなかった。

20

僕の中に彼女がいる。最初に認めるべきことだったのに、彼女の中に僕がいるのだという、そのことにばかり気持ちがとらわれていた。

今の僕はヒロヤマトモコとして存在している。そう感じていた。けれども事実はそうじゃない。僕は篠井有一としてここにいる。彼女の人格が、僕の人格の中に閉じ込められているのだ。彼女はずっと昔からそこにいた。そして時折、僕の意識を占領し、僕の人格に取って代わっていたのだ。

酒に溺《おぼ》れた頃、あの記憶の欠落も彼女が原因だったのだろう。やがて彼女の人格は僕を圧倒するようになり、ついには五年も僕の人格を闇《やみ》の奥に押し込めてしまったのだ。それが今、ようやく立場が逆転し、彼女が僕の中にいる。けれどもそこでおとなしくしている彼女ではない。そう思わざるをえないことが起こったのだ。僕には叔父を殺したという意識はまったくない。殺すなどとは考えてもみなかった。にもかかわらず、二人だけしかいない密室の中で、叔父は死んだ。殺したのは、ヒロヤマトモコなのだ。言い訳めくが、僕はそう思う。

誰かの助けが必要だと思った。そのとき脳裏に浮かんだのは、安代真澄の顔だ。今は彼女を全面的には信用できないと思っている。けれども今抱えている精神的なトラブルを相談できる相手は、ほかに思い付かなかった。正確な事情は打ち明けずとも、なにかのアドバイスは受けられるかもしれない。

向央会町田病院精神神経科に電話をかけた。午前十時、電話が込み合う時間なのか、何度かは通話中だったが、かけ始めてから五分後、ようやく繋《つな》がった。受付の女性を経て、安代真澄に電話が繋がるまで、それからさらに五分かかった。

「有一君？」

安代真澄の興奮したような声に、僕は少しうろたえた。

「は、はい」

「ちょうど良かったわ。どうしたらあなたに連絡できるかしらって考えてたとこなの」

　僕は不吉な予感に、胸を締め付けられた。

「なにかあったんですか」

「篠井加代さんが、病院を脱《ぬ》け出したのよ」

「なんですって」

「昨日の夜、病院から消えたの」

「それで」

「今探してるんだけど……ひょっとして……」

「ひょっとして、なんです」

「あなた今、どこにいるの」

「どこって……それがなにか……」

「近いんだったら、これから来てくれない。いろいろ相談したいし」

「分かりました。すぐ行きます」

　僕はそういって電話を切った後、狼狽《ろうばい》して呟《つぶや》いた。

「どうすればいいんだ……」

　病院で面会した包帯姿の女は、姉ではないと、僕はそう感じている。とはいうものの、どうして姉ではない人物が姉のふりをしているのか、今のところ理解できない。ひょっとして姉ではないと思ったのは、自分の錯覚ではなかったか。本物の姉だったのでは？　そういう気持ちもくすぶり続けている。姉かもしれない、少なくともその可能性はある女が、病院を脱け出したという。自らの気紛《きまぐ》れで逃げ出したのであれば、すぐにも保護されるだろうが、もしかしたら誰かの意志で連れ去られたのかもしれない。そうだとしたら……大変な事だ。

僕は、すぐにも病院に駆け付けたいと思い、本心から「すぐ行きます」といったのだ。しかし、駆け付けるべきは篠井有一で、その篠井有一は、実はどこにもいない。声だけしか存在しないのだ。

僕は病院の受付で、鈴木京子と名乗り、篠井有一の代理で来たと告げた。受付の女性の一人が立ち上がり、僕を安代真澄のいる診察室に案内する。受付の女性は、診察室のドアを開けると中に声をかけ、僕を残して立ち去った。僕は急いで中に入り、奥に視線を向ける。机に向かってなにか書き物をしていた安代真澄は、僕に一瞥《いちべつ》を寄越しただけで、なにも言わず、また机に視線を落とす。

僕は彼女の方に近付いた。彼女はおもむろに椅子《いす》を回転させ、僕の方に向き直っていった。

「また、あなたが、代理でやってきたわけね」

彼女の口調は、少し皮肉っぽかった。その気持ちには納得が行く。篠井有一本人が来ると約束したはずが、実際来ているのは代理人の鈴木京子なのだ。篠井有一の真意を計りかね、失望の感情を抱くのも当然だった。

「すみません。彼は、どうしても自分では行けないと……怖がってるんです。正体の見えない敵に怯《おび》えてるんです」

「さっきの電話、誰がかけてたの」

「え？」

安代真澄は立ち上がり、額の髪を指先で撥《は》ね上げた。眉《まゆ》が少し吊《つ》り上がっている。

「あなた、有一君とどんな関係なのかしら」

「この前、お話ししたはずです。彼もわたしのこと、話したと思いますけど」

「わたしが電話で話したのは誰？」

彼女の言葉の意味することが分からず、僕は戸惑いを顔に出してみせた。

「そういえばあなたの声、どこかしら彼に似てるわね。ひょっとしてあなた自身が声色を使ったのかしら」

「おっしゃっている意味が分かりません」

「とぼけても無駄よ。もうばれてるの。あなたは有一君の彼女なんかじゃない」

「どうしてそんな」

「本人に聞いたのよ」

「本人って」

「本人だよ」

僕は、背中に氷の柱を押しつけられたような衝撃を覚えた。背後から聞こえた声は、なぜか僕の声だった。訳が分からず、振り向いた。目が霞《かす》み、頭がくらくらしてくる。身体のバランスを保つのが難しくなり、よろけて、椅子の背に手をついた。

僕の前に、篠井有一が立っていた。

七三に分けた短めの髪型と、丸っこい銀縁の眼鏡、頬の肉が落ち、えらの出っ張りが少し目立つようになった顎《あご》、そしてうっすらと残る髭《ひげ》の剃《そ》り跡。目新しいのはそれくらいで、後は全部、これこそ、僕が探し求めていた僕自身の顔だった。

茶色のブレザーにジーパンという軽装の彼の体型も、幾分ほっそりしたが、やはりそれも僕自身にとって馴染《なじ》み深い、もちろん胸はぺちゃんこの、僕以外の誰のものでも有り得ない肉体だ。それが今、僕の目の前に存在し、僕の瞳《ひとみ》で僕を眺めている。頭が混乱した。僕は今、幻を見ているのだろうか。

目の前に立っている僕の傍らに、寄り添うみたいにして明日香がいた。

「あなた、わたしを騙《だま》したのね。有一に頼まれただなんて。本当は、有一を邪魔にしている人間の仲間なのよね」

幻でも夢でもない。明日香の姿と言葉が、僕の理性を喚《よ》び覚ました。そうなのだ。彼こそが、篠井有一の偽者《にせもの》なのだ。これでは皆が騙されるのも無理もない。似過ぎている。あまりにも完璧《かんぺき》に化けている。僕ですら、一瞬とはいえ彼が本物の篠井有一だと信じたくらいだ。本人以外の誰だって、これでは騙される。こいつは偽者だと分かるのは僕だけ、本物の僕だけだ。

「こいつは偽者だ。篠井有一なんかじゃない」

僕の言葉に、僕の偽者は、安代真澄の方を見やって、肩を竦《すく》めた。

「証拠がありますか」僕も彼女に向かっていった。彼女は、この場の陪審員だと、僕は勝手に決めていた。その陪審員に向かって続ける。「この男は、篠井有一だったら知っているはずのことを、なんにも知らない」

「記憶喪失なんだもの、当たり前でしょう」

弁護人の明日香が、そういって後ろ手にドアを閉ざした。

「君は……あなたは……確認したでしょう。わたしが本物の篠井さんから頼まれた手紙を読んだでしょう。あなたと彼しか知らないことがそこには書いてあったはずです」

「いいえ」

「中学のときの……」

「男の子が、自分の初体験の話を黙ってられるはずないもの。有一もいいふらしていたのよ」

「いってない……恥ずかしい体験で、誰にも……」

「いったのよ。だからあなたも知っている」

「そうじゃなくて、僕は……わたしは……篠井有一は……」

「わたしも友達に話した。有一と寝たって。よく調べたとは思うけど、あんな手紙に書いてあった程度のことで、騙されないわ」

「無茶な企《たくら》みだと思うね」僕の偽者が口を開き、また僕の声が、僕の声帯も唇も震わせずに、部屋に響く。「記憶を失って家に戻ったとき、僕は怯えていた。本当に僕は篠井有一なんだろうか、って。周囲の人は、皆他人としか思えなかったし、家も町もまるで見覚えがない。なんとか思い出そうとしたけど、駄目だった。諦《あきら》めて、生まれ変わったと思って、新しい人生を生きようと思った。そんな僕に、最近になって、おかしな事をいってくる人間がいた。『君は篠井有一じゃない、別人なんだ』ってね。馬鹿馬鹿《ばかばか》しい言い掛かりだ。だけどそう突っ撥ねられない苦しさが僕にはあった。自分が篠井有一だという確信が、僕にはないんだからね。そいつは、僕には篠井の家を継ぐ権利はない、その証拠を握っているといって、僕から金をゆすろうとした。証拠があるとまでいわれて、僕は頭が変になりそうだったよ。僕が誰なのか、思い出そうと必死になった。彼女との婚約が決まっていたけれど、もし僕が本物の篠井有一でないとなったら、この婚約はどうなるんだろう。そんなことを考えていたら、頭がもやもやして、気が狂ってしまいそうだった。それで逃げ出したんだ。遠いところで一人で考えたかった。まさかその間に、誰かが僕の名前を騙《かた》って偽者の篠井有一を出現させようとするとは思わなかった」

「偽者はそっちだ」

「どういう計画なの。彼の記憶喪失に付け込んで、別の人間に有一だって主張させるの？　そんなことがうまくいくと本気で思っているの」

明日香は嘲笑《ちょうしょう》するようにそういった。

「うまくいったかもしれないよ。僕は自信がなかった。有一だと主張できる根拠は、僕にはなんにもないんだ」

「わたしたちには分かってるわ。あなたは有一。子供の頃からあまり変わってない顔よ」

「これは整形したものだ。火傷《やけど》で、潰《つぶ》れていた。この顔を作ったのは医者だ。医者は篠井有一の顔写真を見ながらこの顔を作った。誰も怪我《けが》する前の僕の顔を知らない。僕自身でさえ知らないんだ」

「元の顔に戻したのよ。それに、血液型のことがあるわ。あなたの血液型は子供の頃に正確に調べられているのよ。それが一致して……」

僕の偽者は、明日香の手を握り締めた。

「分かってる。今はもう、分かってる」

彼も安代真澄をこの場の陪審員だと感じていたのだろう。安代真澄の方を向き直って言葉を続けた。

「ほんの少しずつだけど思い出し始めてるんです。突然、一人の女の姿が脳裏に浮かんだんです。とても懐《なつ》かしい姿だった。その人に会いたい、どうしても会いたいと思った。そして思い出した。それが姉だ、ってこと。もちろん姉がいることは、聞かされてはいました。写真も見てました。でもそのときは、なにも感じなかった。けど今は、違うんです。姉さんに会いたい。姉さんと話したい」

嘘《うそ》だ、何もかも偽りだ、と僕は叫び出したかった。けれども、彼の存在感に、圧倒され、自信がぐらついていた。本当に僕が篠井有一なのか？　彼の言葉はすべて偽りで、僕の記憶が、この意識が真実なのか？　篠井有一の容姿を持った彼が篠井有一の偽者で、ここにいる女が本物の篠井有一だと、誰が信じるというのか。僕自身ですら、疑い始めている。

僕は真実が知りたい。真実を語れるのは、目の前の彼だけだ。

「ゆっくりと話が聞きたいわね」明日香がいった。「わたしたちと一緒に来てくれるでしょう」

「ここでいいのよ。わたしも興味があるわ」安代先生がいった。陪審員は、今ははっきりと偽者の味方なのだ。

「でも、患者さんが」明日香の声は落ち着いている。狼狽は全くない。それがひどく不条理で腹立たしい事に思えた。幼馴染みのアイデンティティを崩壊させるような異常な出来事を前に、どうしてそう平然としていられるのか。自分の婚約者が、他人を騙っているという事実にどうして怯えないのか。明日香は、なにも気が付いていない、完全に騙されていると、分かっていても許せない気分だった。

「いいの。午前中の面談の予定はもうないから」

「じゃあ」といって、明日香は僕の偽者を促して部屋の奥へ進み、僕と向き合うと、空いていた椅子に腰掛けた。

「あなたも座ったら」

明日香は僕に向かってそういうと、傍らの椅子を顎で差し示した。

僕はじっと偽者の顔を見ていた。彼の表情は穏やかだったが、実際はひどく緊張しているのだと、僕は思った。その顔が、馴染み深い僕の顔だからだろうか、表情の裏側が読める気がした。

「あなた方と話をする義務はわたしにはないと思います」僕は穏やかな声でいった。ようやく落ち着きを取り戻し始めている。

「開き直るのね。それならこっちにも考えがあるわよ。あなたはわたしや安代先生を騙した、罪になるはずよ」

「そうでしょうか。たとえわたしが嘘をついたとしても、犯罪になるようなことはしていないでしょう」

「嘘をついたことは認めるのね」

「いいえ。わたしは本物の篠井さんに頼まれて行動しています。そこにいるのは偽者です」

「まだいうの。じゃあその本物を連れてきて」

「無理です」

「なぜ」

「身の危険があるんです」

「誰がなにをするっていうの」

「本物の篠井有一を邪魔に感じている人がいるんです」

「誰？」明日香は唇を捩《ね》じ曲げていった。

僕はいった。「偽者の篠井有一」

明日香だけが笑った。

「同じことを考えているのね。違うのは、こっちが本物で、そっちが偽者ってこと。ねえ、聞いて。わたしたち、あなたが首謀者なんて思ってないし、いいえ、それどころか、あなたは騙されて利用されているだけじゃないかって思ってるくらいなの。あなたは偽者を本物だと信じ込まされてるの。ここにいるのが篠井有一本人。それは誰に聞いたって分かるのよ。昔の友達、この安代先生、海山さん」

海山の死を、彼等はもう知っているのだろうか。明日香の口調からは海山という言葉に特別な響きは感じられなかった。まだ知らないのか、知っているのか、気になる。が、こちらからいいだせることではない。

「見掛けに騙されてるだけでしょう。身内の方も含めて」

「頑固な人ね。あなたが偽者を信じるのはなぜ」

「本物だから」

「ビジネスかしら。それなら話は早いのよ。それ以上の報酬で契約するわ」

「この人の詐欺《さぎ》行為に協力しろと?」

「報酬は倍。そして、詐欺行為に荷担せずにすむ。分かってるでしょう。今のあなたの依頼主は、犯罪を起こそうとしているのよ」

「偽者の篠井さん」

僕は僕の偽者に呼び掛けた。

「二人で話しませんか。ほかの誰も邪魔できないところで。その方がいいと思うんですよ。二人にとって」

「認めたも同然だよね」

階段を降りながら、僕は彼にいった。

「偽者だってことだよ」

彼は鼻で笑った。踊り場に立ち、見下ろしている明日香を振り返り、うなずいて見せている。

「あんたも二人で話したかった。その方が都合がいいから」

そんな僕の言葉に、僕の偽者は少しの狼狽も見せない。

「どっちでもいいんだよ。ほかに人がいても、いなくても。僕は自分が誰か知っている。篠井有一だ。もう、その確信は揺らがない。君がなにを告げてきてもね」

ガラス張りの通路を、僕らは並んで歩いた。中庭が見えている。昨夜の強風のせいか、芝生の上に冬枯れた樹木が二本倒れていた。彼の視線が、その方に投げ掛けられたように見えた。が、実際はおそらくガラスに映った自分の顔を眺めているのだ。そして動揺が顔に表われていないか確かめているのだ。僕には彼の心の動きが手にとるように分かる、と思った。彼の何気ない目の動き、眉間《みけん》の皺《しわ》、顎を撫《な》でる仕種《しぐさ》、それらは全部、本当は僕の物なのだから。

僕は次第に恐怖感に包まれ始めていた。目の前の男が、篠井有一以外の誰かだとは、どうしても思えないのだ。再び思考が混乱し始め、アイデンティティの揺らぎは、激しさを増した。本当に僕が篠井有一なのか？

歩くのが少し遅れた僕を、彼が振り返る。唇を引き締め、目は少し開き気味で僕と向き合う。僕は鏡を見ているような錯覚に襲われている。奇妙な鏡だ。現実の像が捩じれているのに、鏡には真実の僕の像が映っている。

偽者であるはずの篠井有一の後に続いて、僕は建物の玄関を出る。灰色の空から、小さな雨の粒が落ち始めていた。

「あんたは、誰と組んでるんだ？」

僕の問いかけに、僕の偽者は、足を止め、ゆっくりと振り返って、いった。

「質問の意味が分からないな」

「あんた一人でやれることじゃない。いくらあんたが篠井有一そっくりでも、記憶喪失を装っていても、偽者だということは血液鑑定で分かる。誰かがあんたに手を貸さない限りはね」

「どうしても僕を偽者にしたいみたいだな」僕の偽者は、微笑を浮かべた。

「もし、僕が偽者なら、どこかに本物がいるはずだね。その人をここに連れてきたらどうだい」

「本物の篠井有一がどこにいるか、あんたは知ってるだろう」

僕は声を低くした。それは篠井有一の声だ。紛らわしいことに、それは彼の声でもあるが……。

「なるほど。その声色で、安代先生を騙したんだね」

「声色を使っているのは、あんたの方だろう」

「困った人だ。なにが目的なんだ？　金か？　勝ち目のない側についても、一銭にもならないよ」

「もうとぼけるのはやめろ。僕には分かってる。あんたは偽者だ」

「なにを根拠にそういうんだい」

僕は額にかかった髪の毛を掻《か》きあげて、いった。

「本物の篠井有一がここにいるからさ。僕が篠井有一だ」

「なんだい、今度は口寄せでも始めるのかい」篠井有一の偽者は、からかうようにそういった。「勘弁願いたいね。僕はまだ死んでないんだからさ」

僕は彼の双眸《そうぼう》をまっすぐに見据えた。彼はようやく真顔に戻り、微《かす》かに当惑めいたまなざしを僕に向けた。

「僕が、本物の篠井有一なんだ。あんたにはそれが、よく分かってるはずだ」

「おかしなことをいう人だ」

彼は穏やかに笑った。

遠くでゴロゴロという雷の音がしている。

「車に乗ろうよ」僕の偽者がいった。

雨の粒が急に大きくなっている。

「君の望み通りの場所に付き合うよ。君の冗談はおもしろい。他にどんな話を用意してくれてるのかな。もう少しまともな話だといいんだけど」

彼は踵《きびす》を返し、駐車場の方に歩いていった。僕は追い掛けて、彼の背中に向かっていった。

「僕が本物の篠井有一だ」

彼はスポーツタイプの乗用車の前で立ち止まり、ポケットからキーを出して向き直った。

「乗ったら？　話はゆっくり聞くよ」

「認めろよ。自分が偽者だってことを」

僕は苛立《いらだ》っていた。そして同時に、彼が落ち着き払っていることに怯えてもいた。本物を前にした偽者は、取り乱し、縋《すが》って、謝って、泣いて、それくらいしたっていいはずなのに。

落雷があった。閃光《せんこう》が走り、雷鳴が轟《とどろ》く。

雨足が勢いを増した。

「どういうつもりでそんなおかしなことをいうのか知らないけど。僕は自分が篠井有一だってことを今は微塵《みじん》も疑っていない。記憶が戻ってきているんだよ」

「嘘だ」

「本当さ」

「いいや、あんたは篠井有一のことを、なにも知らない。父親の顔すら、あんたは知らないはずだ」

「知ってる」

「写真でね」

「違う。この頭の中にある。父のことも、母のことも、少しずつ記憶が蘇《よみがえ》ってる。この記憶は本物だ。誰も僕に教えてくれなかった真実を、僕は自分の頭の中から見付け出した。僕は、篠井実音《みね》の本当の子供じゃない。僕には、本当の母親がほかにいる。高原千秋という女だ。僕は彼女に会い、その記憶が真実だということを確かめた」

衝撃が、脳天を貫いた。高原千秋、なぜその名前を偽者が知っているのか。彼が本当に、自分の頭の中からその記憶を取り出したのだとしたら、それは彼が篠井有一自身であることを証明しているのではないか。高原千秋の名前や居場所、その他の篠井有一が持っているはずの記憶、僕が僕であることの唯一《ゆいいつ》の拠《よ》り所が、篠井有一として生きたという記憶だ。それを彼も持っているとしたら、僕が僕である根拠をどこに求めればいいのか。彼が僕の腕を摑《つか》んでいった。

「さあ、こうして濡《ぬ》れていてもしょうがない」

と、そのとき、「ちょっと待ちな」そういってひょっこりと、別の車から降りてきた男がいた。

砂川四郎、姉の夫を称するあいつだ。

砂川はくわえていた煙草《たばこ》を投げ捨て、靴で踏み躙《にじ》った。雨に濡れたコンクリートの上に、灰と葉っぱが滲《にじ》むように流れていく。

「あんたを待ってたんだ」砂川は僕の偽者に向かっていった。「加代に会わせてくれ」

「断わる」

「あんた、騙されてるんだ。会社を狙《ねら》っているのは海山の方だ」

「たわごとを聞く気はない」

「分からないのか。あいつは、加代の母親に、加代が正気を取り戻すことは難しいと信じさせて、本来加代が相続するはずの財産まで、あんたに相続させたんだ。なぜならあんたは海山の血縁で、加代はそうじゃないからだ」

「あんたにかまってる暇はない」

「聞けよ。あいつが今もまだ加代を病人にしておきたいのは、俺の所に戻るのを恐れてるからだけじゃないぞ。海山は、あんたの財産を狙ってるんだ。そのために、加代の自由を奪っておきたいんだ」

「黙れ」

「海山は、あんたの味方じゃない。敵なんだ」

偽者の篠井有一は、皮肉っぽく口を歪《ゆが》めた。

「いくらいっても無駄さ。誰がおまえと組むもんか」

「加代に会わせろ」

「だめだ」

「……あんたさっき、変な事をいったな。篠井実音の子供じゃないって。高原……なんとかいうやつが母親だって」

偽者の篠井有一の顔色が蒼白《そうはく》になるのが分かった。

「俺たちはいろいろと話し合う必要がありそうだ。だろう？」

「……分かった」

彼の、苦しそうな、困惑したような顔を眺めながら、僕は今、あんたは誰なんだ、と心の中で、必死で問い掛けている。

今、僕はその答えを知っている。

あんたは誰なんだ？

これが最後の問い掛けになるだろう。

「後で連絡する」

彼は僕を車に押し込もうとする。僕は身体をよじって、彼の手を振りほどく。彼は、びっくりしたみたいに僕を見ていた。

僕は今、身体の芯《しん》に広がりつつある熱に焼かれ、じっとりと汗ばんでいる。……どういう事なんだ。分からない。分からない……。

砂川が、篠井有一の肩を摑んでいった。

「後でって訳にはいかないんだよ。今話す」

僕のアイデンティティは今、決定的に破壊されつつある。僕は視線を下げ、自分の肉体を凝視する。

誰なんだ、おまえは。

そう問い掛けるべき相手は、彼ではなく、自分自身だったのだ。

僕は彼等から離れ、踵を返した。

「待てよ」篠井有一が追い掛けようとする。「逃げるな」

砂川が篠井有一を押しとどめる。

「あんたとの話は後だ、今は……」

そういって僕に向かって、待てと叫ぶ男がいる。彼こそ、本物の篠井有一だったのだ。蘇りつつある彼の記憶の方が、真実だったのだ。

「待てよ」

僕は待たない。走る。走る。門を出て、通りを横切り、小路を駆け抜ける。

頭の中が、真っ白になっていく。僕は激しい恐慌《パニック》を起こしていた。女の姿になった自分を発見したあの日と同じ、いや、それ以上の衝撃におののいていた。

息を切らし、しゃがみ込み、そして……はっきりと確かめた。

それでもまだ、信じられなかった。

僕は、篠井有一ではなかった。篠井有一では、有り得なかった。篠井有一には決して起こり得ないことが、僕の身に起こっていた。

生理が、始まった。

21

ビギンが、僕の耳を齧《かじ》った。肩にビギンがいることを忘れていた僕は、突然の痛みに思わず呻《うめ》いていた。ビギンは僕の両肩をすばしこく行き来して、かまってくれと存在をアピールしている。僕は窓に伝う雨の滴《しずく》をぼんやりと眺めながら、指先にビギンをすくいとり、息を吹き掛けた。ビギンは羽を膨らませ、ぶるっと身体を震わせると、大袈裟《おおげさ》に囀《さえず》ってみせ、指先から飛び立って衣装ケースの上に止まり、そこから僕の様子を窺《うかが》う。首を伸ばし、羽を少し開き気味にして、怒っているのか、迎えにくるのを待っているのか、それとも、僕を心配しているんだろうか。

僕の気分は最悪だった。思考には靄《もや》がかかり、身体は重く、腰と下腹部がしくしく痛んだ。それが生理の症状なのかどうか、女になって日の浅い僕には良く分からない。生理になった、という精神的なショックが作り出した症状かもしれない。

いずれにしろ、僕は今、生理中で、それが憂鬱《ゆううつ》の原因には違いない。生理用品をあてがった下半身から、努めて意識をそらし、なにかほかに注意を向けようと思うが、考えるべきことは、ほかになかった。この肉体が本物の女だという確たる証拠がある限り、なにを考えても無駄なのだ。

もう一度、SF小説の世界の中へと思考を逃げ込ませることはできる。ヒロヤマトモコと篠井有一の心が入れ替わったのだ、と最初の考えに戻ることならできる。けれども、僕はもう、その考えを信じることはできない。ここが現実の世界であることを、僕は今、微塵《みじん》も疑っていない。

肉体が本物の女であるとするならば、自らを篠井有一と称するこの意識は、ヒロヤマトモコという女の妄想の産物にすぎない。僕というこの存在は、彼女の精神世界におりてきた憑依霊《ひょういれい》のようなものなのだ。

「嘘《うそ》だよね。僕は幽霊なんかじゃないよね」

誰かに縋《すが》りたくて、ビギンを見上げていった。

ビギンは「どうかな？」とばかりに、小首を傾《かし》げた。

宗像が帰ってきたことに、僕は気が付かなかった。ぼうっとして天井を眺めながら、半分眠っていたのだろう。不意に、僕は赤ん坊の泣き声を聞いて目を覚ましたのだった。キッチンの所に立っている宗像の腕に、赤ん坊が抱かれていた。僕は、本能の呼び声のようなものを聞いた。身体の不調も忘れ、反射的に立ち上がった。

「なぜだ。なぜそんな、よけいなこと」

僕は、宗像が連れてきたのが、あの子供、エイジだと思った。突然のことで、興奮した気持ちを抑え切れず、僕の声はうわずっている。

「君が、会いたがっているだろうと思って」

「会いたくない。見たくない」

「なぜ」

「駄目なんだ。覚えてないんだ。子供を産んだなんて、そんなはずないんだ」

宗像が、僕の顔を覗《のぞ》き込んでいた。

「やっぱりそうだったのか」

宗像は、ぽつりとそういった。

それからなにか言葉を続けようとする宗像を遮るみたいに、賑《にぎ》やかな声が聞こえてきた。

「おお、暖かい」

革のジャンパーを着た小柄な男がそういいながら、太り気味の女と一緒に部屋に上がり込んできた。

男と僕の目が合った。

男は、「うっ」と言葉を詰まらせ、そして大袈裟に頭をかいて、「こりゃどうも」といった。

「どういうこと？」

僕は訳が分からず宗像にそう訊《き》いた。

「すいません」と、脱ぎ掛けたジャンパーに腕を深く差し込みながら男がいった。「突然上がりこんじゃって。今、そこで偶然会って……」

男はきまり悪そうに、頬を撫《な》でていた。女が、宗像の腕から子供を抱き取っている。その子供はエイジではないと、僕はようやく気がつき、宗像を睨《にら》み付けた。考えてみれば、僕を疑っている大橋恵美が、宗像に子供を預けるはずはなかったのだ。

「高校の時の友達なんだ」宗像はいった。

「ごめんなさいね。お邪魔しちゃって」

「こういうことなら、いえよ。水臭い奴《やつ》だな。ほかに人はいないと思ってたもんだから、強引におしかけちまって……。いやいや、ちゃんと泊まるとこはあるんですよ。ただあんまり偶然だったから、ちょっと住んでるとこくらいは見せろってね」

僕は部屋に戻り、コートを取った。

男が困惑した様子で、僕を見ていた。

「もう、すぐに俺たち帰りますから」

僕は彼等を無視して、玄関に行く。

「ほんとすぐ……そんな……俺たちが」

玄関を出ていく僕を宗像が追い掛けてきた。「待ってくれよ」

「卑怯《ひきょう》なやり方だ」僕はいった。

「突然思い付いたんだ。君が、子供を見て勘違いしたから」

彼の腕を振りほどき、エレベーターの方に歩く。

「彼等はすぐ出ていく。近くに泊まってるホテルがあるんだ」

「あの人達は関係ない」

「君の力になりたいんだ。君は、記憶をなくしてるんだろう。自分の子供も覚えていない」

やってきたエレベーターに乗った僕は、一緒に乗ってきた宗像を思いきり突き飛ばした。不意だった事もあるだろう、宗像はエレベーターから発射された弾丸みたいに飛び出て、床に転がった。彼は慌《あわ》てて起き上がり、閉じかけの扉に挟もうと、腕を突き出したけれど遅かった。エレベーターは僕だけを、下に運んだ。エレベーターを降りた僕は、非常階段を駆け降りてくる足音を遠くに聞きながら、表に走り出た。

外は、すでに宵闇《よいやみ》だった。

その後の行動を、僕はよく覚えていない。ひどい気分を紛らわそうと、ふらりと店に入り、酒を飲み始めた。一軒では済まなかった。二軒、三軒……ふと、この店は前に来たことがあるな、と薄暗い室内を見回した。いつ来たのだろうか。ぼんやりと正常な思考が戻ってくる。

……ここはどこだ……。

マスターの顔を見て思い出した。

……フォルテだ……。

……僕はなぜここにいるんだろう……。

記憶がゆっくりと戻って来る。そうだった。僕は大橋恵美を呼び出すつもりでここに来たのだ。酒に酔うにつれて、そうせねばならないと思いつめたのだった。僕は今、自分が篠井有一ではないと知っている。じゃあ僕は誰なんだ。その問いの答えは、一つしかない。最初から僕はヒロヤマトモコだった。姿形が彼女であることは誰もが認めていることだったのだ。僕はヒロヤマトモコ以外の誰でもない。だとしたら、僕はヒロヤマトモコに戻るしかないのだ。この意識、考えている篠井有一の意識は、なにか病的な妄想なのだ。僕はヒロヤマトモコに戻らなければならない。僕はヒロヤマトモコの記憶を取り戻さねばならない。そんな決意からフォルテに来たのだった。しかし、大橋恵美を呼び出すことは、ついに出来なかった。まだ信じられないのだ。この肉体は女性の生理現象を経験したのだから、男であるはずがない。そうである以上、僕は篠井有一ではなく、この意識はまやかしでしかないと、理屈では分かっている。けれどもどうしても認めることができない。僕は男だ、篠井有一だ。ヒロヤマトモコなんかじゃない。結局僕はそういうこの意識の自己主張に押し切られ、大橋恵美を呼び出すことを諦《あきら》めたのだった。その頃から、酩酊《めいてい》がひどくなり、周囲のことがよく分からなくなり始めた。ふと気が付くとこうやって、僕はウイスキーをストレートで呷《あお》っている。隣には、好色そうな口髭《くちひげ》を生やした中年男がいて、僕を口説《くど》いている。いつのまにそうなったのか、男は僕の腰に手を回して、僕の耳元で囁《ささや》いている。驚いたことに、僕は男の手を払いのけることもなく、話に適当に調子を合わせている。

僕はどうしてしまったんだろう。意識は朦朧《もうろう》としていて、起きているんだか寝ているんだか分からないような気分だ。けれども、一応考える力はある。それなのに、嫌らしい男の手が腰から肩へ、さらに髪に伸びてきても、それを拒もうとすらしていない。調子に乗った男は、露骨に誘いをかけてくる。僕は、自分が完全な女かどうか確かめるいい機会だとでも思ったのだろうか、男に誘われるまま、一緒に立ち上がる。……この女、ホテルにでも連れ込まれるんじゃないだろうか……と、僕の酩酊した意識は、自分の行動を他人事《ひとごと》みたいに眺めている。

僕はいつのまにか、駐車場にいた。男が傘を差し掛けて、僕が車の助手席に乗り込むのをうながしている。

そのとき、頭の芯《しん》に響くような大声がした。

口髭の男が、誰かと口論を始めた。僕はぼんやりと振り向き、そこに凄《すご》い形相をした男の姿を見付けた。その男は、髪を振り乱して走ってきて、僕の腕を掴《つか》んだ。

「どこへ行くつもりなんだ」

髪を振り乱した男の顔を、僕は重たい瞼《まぶた》の隙間《すきま》から覗いた。どこかで見たことがある男だ。誰だったろう。そいつは狂気めいた怒りを双眸《そうぼう》にたたえて、僕を睨んでいる。

口髭の男が、その男の頰を殴った。男は、ぶざまな格好で、砂利の上に顔から崩れ落ちていく。そのときようやく、僕はその男が誰だか思い出した。宗像久だ。起き上がってきた彼は、鼻血で顔を汚していた。けれども怯《ひる》んだ様子はなかった。叫び声を上げ、近くにあった角材を拾い上げていた。これには、口髭の男の方が逆に怯んだ。

「彼女は渡さない」

「なんだよこいつ」口髭の男は、なだめるような仕種《しぐさ》をつくりながら、僕を振り向く。

「あんた知り合いか」

僕は少しためらったが、うなずいた。

「こっちに来るんだ」宗像は僕の手を摑んだ。「うちに帰ろう」

僕は宗像の手を振りほどいてあとずさる。

「彼女嫌がってるじゃないか。諦めて消えろよ」口髭の男がいった。

「うるさい。おまえに関係ない」宗像は、角材を振りかざす。

「おいおい」口髭は、両手を顔の前に広げながら、僕をすがるように見ていった。

「あんたからいってやれよ。消えろってな」

「消えろ」

「な、分かったろう」

「失《う》せろ」僕は口髭の男に、唾《つば》でも吐きかけるようにいった。

口髭の男は絶句した。

「あんたにいってんだよ」

口髭の男は、当惑した顔で僕を見つめている。

「頭悪い野郎だなあ。とっとと消えろっていってんだよ」

「まだ分からないのか」宗像が、勝ち誇ったようにいい、角材をブンと唸《うな》らせた。

「ふざけやがって」

口髭の男は、眉《まゆ》を吊《つ》り上げ、肩を怒らせて車に乗り込むと、汚い捨て台詞《ぜりふ》を残して、車と一緒に消えた。

それを見送った宗像は、角材を地面に落とし、大きく息を喘《あえ》がせながら、鼻血をすすりあげる。

僕はポケットにあったティッシュを宗像に差し出した。宗像は険しくしていた表情を緩め、安堵《あんど》したような吐息をつきながら、ティッシュを受け取って丸めた。宗像の足元には、血溜《ちだ》まりができている。そこに新たな滴が落ち、飛沫《ひまつ》を散らせた。宗像は、また鼻血をすすり上げ、鼻にティッシュを詰め込みながら、ぽつりと呟《つぶや》いた。

「帰ろう」

僕は足元に落ちていた傘を拾い上げ、そんな彼に背を向けた。

「戻ってきてくれ」

「ほっといて欲しいんだ」

「ほっとけないよ。君を助けたい」

僕は彼に顔を向け、いった。

「なにができるっていうんだ」

「なんだってできる」

「できないよ、なにも」

「できる」

そういった後、宗像は僕に駆け寄り、そして抱きすくめてきた。雨の中、ラブストーリーのワンシーンみたいな抱擁だった。しかしこれは、コントだ。僕は男なのだ。篠井有一という、れっきとした男なのだ。生理があっても、僕は自分が篠井有一以外の誰かだとは、どうしても思えない。それなのに……僕は彼にしがみついていた。僕でない誰かがそうさせているのだと、僕はそう信じたかった。

慌てて彼を押し退《の》けて、いった。

「僕は、僕は男なんだ」

涙が零《こぼ》れ、声は震えていた。

「分かるだろう。僕が普通じゃないこと、もう分かってるだろう。僕は男で、それなのに、なぜか身体が女で」

「かまわない。君がどんな身体でも、男だろうがなんだろうが、僕は君を……」

「全然分かってない」

僕は彼の言葉を必死になって遮った。

宗像にすべてを打ち明けたわけではない。僕が信じている本名を名乗ることもしなかった。彼とはこれ以上親密になるべきではない。彼に縋《すが》りたいという気持ちは、一時の気の迷いなのだ、と僕はそう理解していた。

冗談めかし、かついでいるのかもしれないよ、という軽い調子で、ここ数年の記憶がまったくないこと、自分は本来男だったはずであること、それだけを話した。彼は真剣に受け止めたようだった。駐車場に停めた宗像の車の中で、フロントガラスに打ち付ける雨を眺めながら話す僕の横顔を、彼は凝視し続けていた。

「二重人格で、もう一人の僕が性転換の手術を受けてしまったのだと思った。でもそれは、間違いだったんだ。子供がいる」

「それは……」

「養子かもしれないっていうんだろう」

「うん」と宗像はうなずいた。

「生理になってるんだよ、今」

「生理……か」

「この身体は女だった。間違っていたのは僕なんだ。僕は存在しなかった」

僕は自嘲《じちょう》するように笑ってみせ、いう。「信じてないだろう？」

「信じてるよ」

「嘘だ」

「嘘じゃない」

「じゃあ、狂ってると思ってる」

「そんなことない」

「僕は頭のおかしい人間なんだ。自分が男だと思い込んでいる女だ」

「自分が男だとか女だとか、誰もがその本人の自覚と完璧《かんぺき》に一致してる訳じゃない。

例えばゲイの人は……」

「講釈は結構」

「……ごめん」

「僕は男だ。それ以外の自分を知らない。この身体は、僕の物じゃないんだ」

「……信じるよ。君は確かに大変なトラブルに直面している。でも、どうして逃げ回ってなくてはいけないんだ？」

　宗像には僕の困惑や混乱が十分には伝わらなかったのだと思う。無理もない。他人事なら、笑い話にすらなるようなことだ。真面目《まじめ》に聞いてくれたことだけでも感謝すべきなのかもしれない。

「会いにいってみないか」宗像がいった。

「……誰に。まさか、僕の夫とかいう人物に会えっていうんじゃないよね。見ず知らずの男に亭主面《づら》される男の気持ちを考えてくれよ」

「大橋恵美は」

「嫌だ、彼女は……」

　女である僕を愛している女。ややこしい話だ。

「彼女はなに？」

「ともかく嫌だ。会ってどうなるものでもないんだ。僕は彼等の信じているヒロヤマトモコという人物とは別人だ」

「なにか、あるんだね」彼は、眉間《みけん》に皺《しわ》を寄せた。「君は、記憶になくても、本能的に彼等を恐れている」

　そうかもしれないし、そうでないかもしれなかった。自分でも分からない。

22

宗像は、険しい表情で部屋のドアを開いた。明かりがついているのが外からも分かっていた。

リビングのソファに、入り口を向いて座っている宗像真樹の姿が見えた。

「畜生、あの管理人。あれほど勝手に入れるなといっておいたのに」

宗像はそういって毒づいた。

「早く中に入って、座ってちょうだい」

宗像真樹は、僕の顔を睨《にら》み付けてそういった。彼女は姿勢といい紺のパンツスタイルのスーツの着こなしといい、隙《すき》がなく、くつろいだ様子は全く見えなかった。先日のスポーツクラブでの態度が嘘《うそ》のように、また出会いの日と同じ威嚇《いかく》めいた口調で、僕に向かって続ける。

「着替えは後でいいでしょう」

僕も宗像も雨に濡《ぬ》れた痕《あと》が、はっきりと残っているのに、彼女は苛立《いらだ》った様子で、立ち上がって寝室に行こうとした僕を遮った。そして、ほとんど強制的に僕をソファに押し込んだ。

「なんのつもりだ」

宗像は怒気をあらわにして僕らの間に割って入った。

「あなたも座りなさい。大事な話なの」

「もう干渉はやめてくれ。あんたにはなんの関係もないだろう。ほっといてくれ」

「ほってはおけないことが分かったの」

宗像真樹は、僕の正面に腰を下ろした。

「さあ、着替えておいでよ。相手をすることはない」宗像は僕を立ち上がらせようとする。「不愉快になるだけだから」

「わたし本気で、あなたに感謝していたのよ。それが、……失望したわ」

「君は奥の部屋に行って、僕が話すから」

「逃げないで。ヒロヤマトモコさん」

僕は一瞬愕然《がくぜん》となり、宗像を見た。彼以外に彼女にその名前を教える事ができる人間はいないはずだからだ。

「なに勘違いしてるんだよ。この人は……」

宗像はうろたえた口調でいった。

「違うよ。ヒロヤマトモコさんよね」

「そうね。友達というのは僕の友達が付き合っている女で……」

「そうね。友達が彼女とトラブルを起こして困ってる。とりあえずその女がどういう人物か知りたいから調べてくれ、そういって、手掛かりとして彼女の夫の入院している病室をわたしに伝えたのよね」

うなずいた宗像のこめかみを汗が伝っている。

「だけどもういいんだ。そういったろう、このまえ」

「でも、それは友達の話じゃなかった訳よね」

「友達の話だよ」

「じゃあなぜ、ヒロヤマトモコさんがここにいるの」

「この人は違う」

「もう分かってるのよ。調べたの。写真もある。認めるわよね、あなたはヒロヤマトモコさん」

「違う」

僕はいった。それは言い逃れではなく、本心からの言葉だ。僕は篠井有一であってヒロヤマトモコではない。

「とぼけても無駄よ」

「やめてくれよ、姉さん。この人が誰だろうと、ともかく関係ない」

「夫だけじゃない、この人、子供もいるのよ」

「そんなことはどうだっていい」

「どうだっていいわけないでしょう」

「僕たちの問題なんだ。あんたには関係ない」

「騙《だま》されているのよ、あなた」

「なにも騙されてなんかいないよ」

「トモコさん、あなたどういうつもりなの。どういうつもりで久と」

「僕はトモコなんかじゃない」

「まだ言い張るの。証明してもらいましょうか」

宗像真樹は隅の棚にあったコードレスホンの子機を手にした。

「どこにかけるんだ」宗像がいった。

「その人のご主人の所よ。ヒロヤマカズマ、フリーのカメラマンだそうね」

宗像真樹は手帳を取り出し、ページの間に挟んであったメモを広げる。その中に書かれている文字が、僕の視界の片隅に映った。

僕はそのとき初めて、ヒロヤマトモコが漢字では広山智子であることを知った。夫は、広山一真、子供は英治と書く。

「違うのならそれでいいわ。電話で話してみて」

「やめろ、やめるんだ」

宗像が子機を奪おうとするのを、彼の姉は身体《からだ》を捩《よ》じって逃れ、窓の傍らに立つと、ボタンを押し始めた。

「あっ、広山さんのお宅ですね。ちょっと待って下さい、今、奥さんに」

宗像真樹は僕に子機を押しつけた。

「出られるはずよね」

「トモコか、トモコなのか」

病室で会ったあの男だと僕は思った。病室で聞いた声と少し違って聞こえるが、それは電話の声だからだろう。

「おい、返事をしろ。今、どこにいるんだ。もしもし」

僕は無言で、電話を切った。

「あなたは、広山智子よね」

「違う」

「まだとぼけるの。いいわ。ご主人をここに呼びましょう」

「馬鹿《ばか》な事はやめてくれ、そんなことしたら、どんなことになるか」

宗像はかすれた声でいった。

「……そうね。取り返しのつかない事になるわね。……じゃあ、お父さんに来てもらいましょう。それでいい？」

宗像真樹は、僕の手から子機を奪い、再びメモを見ながら番号を押し始めた。

「やめろ」

宗像が姉の手から子機を奪い取ろうとする。焦《あせ》って子機をつかみなおそうとした彼女の掌からメモ用紙が落ちた。僕はそれを拾いあげた。富士見満志という名前とそれに続く電話番号が目に入る。それまで、僕は広山智子の実家というものを全く考慮に入れていなかった。実際に紛れもない女性である広山智子が、篠井有一と別に存在するのであれば、彼女にも両親がいるのは当然のことだ。つまりはこの富士見満志というのが、僕の父親ということなのか？　僕は慌《あわ》ててそれを否定する。僕は篠井有一だ……。

「彼女には彼女の、事情があるんだ」

「それはあるでしょうね。家に帰りたくない事情があるんでしょう。だけどそのために、あなたを誘惑したというのは許せないわ」

宗像真樹は、僕の手からメモを奪い返そうと手を伸ばしてきた。

「彼女は……記憶喪失なんだ」

宗像真樹は、伸ばした手を奇妙な形で宙に蠢《うごめ》かせた。

「え？」

「彼女は、自分が誰か、分からなくなってる」

「冗談でしょう」

「ほんとなんだ」宗像がいった。

宗像真樹は、疑わしげに僕を見た。

「そういって、久を丸め込んだの。なにが目当て、どういう魂胆？」

「嘘じゃない。彼女は自分が広山智子だとは、どうしても思えないというんだ」

「そんなの信じてるの。嘘に決まってるじゃないの」

「嘘じゃないんだ。僕にはよく分かる。彼女は、僕と知り合った最初からなにかトラブルに巻き込まれていた。それがどんなトラブルなのか、彼女は話してくれなかったから、心配で、姉さんに、友達のトラブルだといって、彼女のことを調べてくれと頼んだ」

　宗像は僕の方を向いて続けた。

「よけいなおせっかいだと分かってた。だけど、どうしても心配で」

「もっと詳しく説明して」宗像真樹がいった。

　宗像は首を横に振った。

「やっと今日、彼女は僕に自分の心を打ち明けてくれた。僕を信じてくれたからだ。その信頼を裏切ることはできない」

「どうしてわたしに話すことが信頼を裏切ることになるの」

「姉さんはでしゃばりすぎた。彼女をすっかり怯《おび》えさせた。もう、この件は忘れてくれ。もしこれ以上、姉さんが余計なことをしたら、僕は絶対に許さない。一生許さない」

「納得できないわ。もしほんとうに記憶喪失なんだとしたら、必要なのはあなたじゃなくて、医者でしょう」

「それは彼女が決める。必要なのは僕で、医者でもない、夫でもない、父親でもない」

　宗像は姉の腕を摑《つか》み、有無をいわせず玄関に引きずった。

「もし姉さんが、これ以上首を突っ込んだら、僕はもうあんたと縁を切る」

23

翌早朝、僕と宗像は新幹線に乗った。宮城県にある、富士見満志の家を訪れるためだ。新幹線の中では、僕らはほとんど会話らしい会話をしなかった。僕は週刊誌を読み耽《ふけ》るふりをし、彼は英語と数式しか載ってない本を読んでいた。時折漏らす溜《た》め息からすると、彼にとっても易しい本ではないようだった。

仙台の駅で新幹線を降り、レンタカーを借りた。

智子の実家は、雪深い、寒風の吹き荒《すさ》ぶような山奥にあった。電話番号を頼りに、電話帳から探した実家の住所は、そんな山村の、まばらにしか民家の見えないような場所だった。宗像が郵便局員に書いてもらった克明な地図がなければ行きつけなかっただろう。

智子の父、満志は、かなり偏屈な男で、本来共同生活が基本の小さな村での暮らしだというのに、近所との付き合いもまったくといっていいほどないらしい。満志を訪ねるといった宗像は、郵便局員に、いったいなにしにいくのかと、うろんげに尋ねられたという。

「あの変わりもんのところに人が訪ねてくるなんてな」

その部分だけが、離れていた僕にも聞こえた。あの郵便局員の仕種《しぐさ》からすると、もっとひどいこともいっていたように見えたが、宗像の口からはそこまでは出なかった。

車から降りた僕らは、雪を踏みしめながら、雪の重みで潰《つぶ》れてしまいそうな古びた屋敷へと、一歩一歩進んでいった。

富士見満志が智子の父であることは、おそらく間違いないだろう。どんな手立てで調べたかは分からないが、宗像真樹は弁護士だし信頼していい情報だろう。僕の疑問は一点に絞られる。僕が本当に、その智子なのかということだ。

僕はまだ、自分を篠井有一だと信じている。生理があったにもかかわらず、女であるという事実を認めていない。生理の血がなにかの間違いで流れたのだと、真剣に思い始めている。生理とか月経とかいう現象を、知識としては知っている。しかし、それがどういうものか篠井有一は本当のところは知らないはずではないか。流れた血は、性器の手術の傷跡が開いただけかもしれない。篠井有一には、それと生理の血とを区別する事ができないのだ。

この身体は、性転換した篠井有一、そうであるならば、僕が富士見満志の娘であるはずはない。おそらく、僕のもう一つの人格である女の人格は、本物の女になりたくて、肉体を作り替えるだけではなく、戸籍も女の物を買い取るかどうかしたのだ。富士見満志は僕を見ていうだろう、「あんたは誰だい。智子だって？　どこの智子さんだい」と。

「ノックするよ」

宗像はそういった。厚い手袋をした手で、扉を叩《たた》く。がたがたと音がして、軒先からつららが落ちてきた。宗像は、ぞっとしたみたいに手を広げ、「危うく串刺《くし》しだよ」といっておどけた。

またノックをする。

返事はない。

「留守？」

「そうみたいだ。でも、大丈夫。遠出することなんてないそうだから。近くにいるんだろう。すぐ戻ってくるさ。それより、彼を見たら、すぐに声を掛けたほうがいいよ。熊《くま》に間違われて撃たれそうになったって人がいるらしいから」

「間違って？」

「そう」

「そうかな」

「え」

「相当変わり者の男だろう。間違えたふりをしたのかもしれない」

「思い出したの?」

「聞こえたんだよ、さっき」

「そうか」

僕らは五分くらい待っていたと思う。十分に着込んで来たつもりだったけれども、寒くてじっと立っていられなかった。

「一度、車に戻ろう」

宗像がいった。レンタカーの停めてある場所までは百メートル以上ある。富士見満志は、できるかぎり人を寄せ付けまいとするかのように、車も入ってこられないような所に家を建てているのだ。

「凍えてしまうよ、これじゃあ」

僕はうなずいた。

「その前にちょっと、試しておきたいことがあったんだ」

僕は扉に近付いた。ポケットに鍵《かぎ》がある。古びた棒状の、今ではほとんど見かけない古風な鍵だ。智子のキーホルダーの中で、異彩を放っていたあの鍵、なんの鍵だろうと思っていたが、この家には似つかわしく思える。

この智子は、それが本当は篠井有一であるならば、戸籍の本来の持ち主の智子の実家の鍵を持っているはずはない。そうは思うものの、確かめずにはいられなかった。

僕は鍵を鍵穴に突っ込んだ。

回った。

僕は、胸にぽっかりと穴が開くのを感じた。この身体は、智子という女の物なのか？

扉は、鍵が外れると、勝手にゆっくりと奥に向かって開いた。三和土《たたき》に、靴と草履《ぞうり》が散乱しているのが見えた。その向こうに、すぐ畳の間がある。

突然、異臭が鼻についた。

僕の肩越しに覗《のぞ》き込んでいた宗像が、「なにこの臭《にお》い」と、顔をしかめていった。

僕は扉を大きく開き、中に入っていった。視界の隅にとらえたものを、確認するためだった。

僕は呆然《ぼうぜん》と、畳の上に仰向けに倒れた男を凝視した。その肉体は、既に腐敗し始めていた。彼の胸に、深々と、日本刀が突き刺さっている。

宗像の呻《うめ》き声で、僕は我に返った。

宗像は口を押さえ、表に出て、嘔吐《おうと》した。僕も胸がむかついたが、吐きはしなかった。扉を閉め、鍵を掛け直した。

宗像は、真っ青な顔で、僕を見上げた。


車に戻るまで、僕らは終始無言だった。行きには感じた寒さを、僕は少しも感じなかった。進む速さも、行きの倍は早かった。

「警察、行かないよ」僕はそう告げた。今は嫌だ。「でも、あんたは行った方がいいかもしれない。道を尋ねてるし、死体が発見されたら、厄介なことになる」

「行ったら、君のことを話さざるを得なくなる」

「仕方ないよ。もう僕はあんたの前に姿を現わさない。迷惑はかけないよ」

宗像は車を動かした。

「僕も警察には行かない。顔は覚えられたかもしれないけど、よくある顔だ。指紋も、前科がないから大丈夫」

「僕が殺したのかもしれない」

「え？」

「そうだろう。僕がそれを覚えていないだけで」

「信じてる」

「なにを」

「君はそんなことしない」

「なぜ」

「しないんだ」

僕は、恐ろしい推理を始めていた。老人を殺したのはこの僕、いや、智子なのだ。智子は父親を殺した、そのショックで錯乱し、別の人格、虚構の人格、つまりこの僕という人格の中に逃避したのではないのか。

車のヒーターが十分効いた後も、僕は全身の小刻みな震えを止められなかった。僕を凍えさせているのは、心の中に吹きすさぶ嵐《あらし》だった。

24

僕は新宿駅で、宗像をまいた。

これ以上、彼と一緒にはいられないと思ったのだ。僕は、ようやく自分を理解し始めていた。僕は、女だ。それは間違いないとすれば、篠井有一だとい張るこの意識は、妄想にすぎない。本当の僕は智子という女だ。彼女を僕という人格の中に逃避させた原因は、余程衝撃的なことに違いない。

それは、父親殺し……。

そこまで推理を進める根拠は、ないといえばない。しかし多分正しいのだ。僕の直感は違うと知らせている、そうではないと知らせている。しかし、この直感ほど当てにならないものはない。直感は、まだ、僕は女ではないと、そう叫び続けているのだ。

横断歩道を渡りかけたとき、突然目の前にタクシーが止まった。タクシーから降りてきたのは、異様な風采《ふうさい》の人間だった。

「京子でしょう。ねえ」

誰かと僕を他人《ひと》違いし、それが偶然京子という人間なのだろうか。

「久しぶりだわね。どうしてるの。今はどこのお店」

はしゃぎながら僕の肩を叩《たた》いているのは、見掛けは女で、そして多分本当は男だ。ふつうの神経ではとても表を歩けないような派手な帽子にドレス姿、明らかにかつらと分かる金髪、化粧をした顔は白塗りのお化けで、声は、高いが太い芯《しん》がある。

「また一段と綺麗《きれい》になったんじゃないの」

僕らの周囲に、人が集まり始めている。その人垣の向こうに、宗像の姿が一瞬見えた。彼は、必死の形相で、多分、僕を探していた。

「お茶でもどう？」

そういわれて、僕は宗像から逃れるためもあって、派手なドレスの陰に隠れて喫茶店について行った。

喫茶店に入ると、女装の男は、帽子を手に取り、広く開いている胸の辺りをあおいだ。

「ちょっと暖房ききすぎなんじゃないの。暑いわあ。珈琲《コーヒー》、アイスね。京子は？」

「同じで」

僕は頭がズキズキしていた。こんなに間近に見ても、相手は人間違いだと気がつかない。つまり僕は女装の男の知り合いの京子にそれほどそっくりなのだ。それは凄《すご》い偶然で、しかも、僕は僕の記憶を取り戻して以来、京子と称してきた。これもまた凄い偶然だ。

「まだ、どこか勤めてるんでしょう？」

僕は、どう答えていいか分からず、曖昧《あいまい》に首を振って、目をそらした。

「まさか、あんたほんとに、結婚したの」

女装の男は声を潜めた。

「噂《うわさ》聞いたのよ。あんたが結婚したって。それも正式にね」

僕は、どうにも理解できずうつむく。

「ごめん。こんなこと人に聞かれちゃ、大変よね。でもおめでとう。そうかあ。まあ、あんたなら女で通るものね。手術も、成功だったのね」

「手術……」

「どこでやったの。シンガポール？　いくらかかったの？」

「性転換の手術のこと？」

「もちろんよ」

つまり、女装の男の知り合いの京子は、男なのだ。そして性転換を受けたかもしれない。これもまた、偶然なのだろうか。

「あたしも受けようかなあ、なんて、冗談よ。こんなんじゃあねえ、余計惨《みじ》めになるだけだわ。ほんとあんたが羨《うらや》ましいわ。どっから見たって立派な女だものね」

「……生理、あるかなあ……」

「え？」

「生理があるんだ」

「なにそれ」

「血が出る」

「そこまで進んでるの、今の手術って」

「聞いた事ない？」

「初耳よ。でもなんのために？　まさか子供が産めるわけないし……でもそうね、よりリアルに女の気分を味わうためね。でも、どんな仕掛け？　定期的に出血するようになってるわけ？　ああ……からかってるんでしょう」

「血が出たんだ、なぜだろう」

「……つまり、そんなことは、頼んでないわけね。だけど血が……病院で見てもらった方がいいわよ」女装の男は、深刻な顔で囁《ささや》いた。「手術痕《あと》が爛《ただ》れてるとか、内臓とつながって出血が起こってるとかじゃないの。よく分からないけどさ」

そうだ。そうかもしれないと、僕は思った。本物の生理ではない。疑似生理だ。僕は男だ。やはり篠井有一なのだ。

篠井有一を乗っ取った女の人格は、篠井有一の身体の見掛けを女に作り替えたのだ。

やはりここにあるこの意識、僕の意識は妄想なんかじゃない。信じよう、この僕の意識を信じよう。何度も何度も自分にそう言い聞かせているうちに、京子が誰なのかに思い当たった。

僕は、「京子という名前を単なる思い付きで自称しているつもりだった。しかし、そうではなかったのかもしれない。その名前は、僕の潜在意識の中に既にあったのだ。つまり僕は、智子でもあったように、京子でもあったのではないか。僕のもう一つの人格が自己主張を始めた、その最初の時から、実在する智子という女性であったはずはないのだ。

僕の中の女の人格は、最初はまだ肉体は男だった。おそらくそいつは、ゲイバーのようなところに勤めるほか、生きる方法がなかった。やがて金をため、性転換手術をし、戸籍を買った。その新たな戸籍の名前が智子で、それ以前の名前が京子だったのだ。その結論に辿《たど》り着いたとき、僕は既に女装の男と別れていた。

「あんたはもう別の世界の人になったのよね。悪かったわ、呼び止めて。今度会っても、知らんふりするから。幸せにね」

男はそういうと、急ぎ足で立ち去ったのだ。

僕が、あの男の知り合いの京子本人であることを確かめなくてはならない。偶然なんかではなかったのだ。僕は京子。だとすれば、僕はやはり性転換した男であり、つまりは篠井有一であり、この意識は、記憶は正しいのだ。妄想ではない。幻ではない。僕はここにいる。現実の世界に生きてきた、そして生きている。

僕は男を探そうと、歌舞伎《かぶき》町を彷徨《ほうこう》した。

25

結局、あの女装の男を見つけることはできなかった。けれども僕は失望は感じなかった。むしろほっとしていた。

あの男と話したことで、僕は希望を見つけだしたのだ。その希望が、彼ともう一度会い、もっと親しく話しても砕かれないという保証はない。彼は単に人間違いをしたのかもしれない。京子という名前も、その京子が性転換した男である事実も、単なる偶然の符合に過ぎなかったのかもしれない。もしもそれが事実だとしたら、僕は知りたくない。ようやく見つけだしたこの希望に縋《すが》りついていたい。

僅《わず》かとはいえ、僕は篠井有一であるかもしれないという可能性が残された。

だからこそ、僕は結局、長い彷徨の後、宗像の部屋に戻ってきたのだ。

「帰ってくると、信じていた」宗像はそういって僕を迎え、「ついてきて欲しいところがある」といった。

僕はそれに従った。

「僕を信じて欲しい」

ベンツの運転席の宗像は、真剣な表情でそういった。

「どこに連れていくつもりなんだ？」

「シゲナガ夫妻のところだ」

「シゲナガ……」

フォルテで会った、広山智子と会う予定だったというあのカップルだ。

「君のトラブルに、彼等は関わりがない」

「どうしてそれが分かる？」

宗像は答えなかった。

「調べたのか」

「ああ」

「どうやって……また姉さんか」

「フォルテで聞いた会話から、彼等が君の中学の同級生らしいと見当がついてたからね。君の中学の同級生の名簿を手に入れるように頼んであった。ついさっき、姉が来てね、もちろんすぐ追い返したけど、持ってきた名簿やなんかは、役に立つと思って取り上げた。後は、名簿でフォルテで耳にしたシゲナガという名前を探して、実家に電話して、今の住所は簡単に聞き出せた」

「勝手なことしないでくれ」

「君の力になりたいんだ」

「あいつらだって、味方かどうか分からない」

「味方だよ」

「なぜ分かる」

「電話で話した」

「……なにを」

「彼等は君を本気で心配してる」

「分かるもんか」

「僕の勘を信じてくれ」

「そんなものあてにならない」

「彼等と広山とは全く知り合いじゃない。彼等は、智子の中学の同級生で、それ以来ずっと智子の消息も知らなかった」

「あいつらがそういっただけだろう」

「僕を信じて」

彼等のアパートの部屋には、重永《しげなが》幸三と尚美《ひさみ》という表札が出ていた。

この二人がフォルテで、大橋恵美に、トモと呼ぶ智子とは中学の時に親友だったといっていたことを僕は思い出し、ひどい戸惑いを覚えた。

僕は智子の戸籍を騙《かた》っている偽者《にせもの》のはずなのだ。智子の中学の同級生にとっては、女になった僕は見知らぬ他人であるはずだ。それがなぜ、フォルテで僕に、トモと呼び掛けたのだろうか。暗がりのせいで、思い込みからトモと錯覚しただけなのだろうか。

宗像が部屋のドアをノックした。

「いくらなんでも、こんな時間はないだろう」

ドアを開いた重永幸三がいった。

「そのことは、おわびします」

「明日来なよ、明日」

僕は宗像の肩越しに、重永幸三に顔を見せた。

「トモ……なのか」重永幸三は、目を見開いてそういった。

なぜだ。なぜ僕を見て、トモというのだ。僕はトモの偽者のはずなのに。そんな心の中の悲鳴を僕は必死で押し隠した。

六畳の炬燵《こたつ》が据えてある部屋に通された。重永幸三は早々に炬燵に足を突っ込み、僕らを促した。重永尚美がハンテンを着込みながら、お湯を沸かし始める。

「驚いたよ。いったいどこにいたんだ。みんな心配してたんだぞ」

「約束は、守ってもらえましたよね」宗像がいった。

重永は宗像の方に顔を向けた。

「ああ。広山とかには、なんにもいってない」

「大橋さんにも」

「ああ。それがトモのためなら、俺は約束を守る。別に見ず知らずの男に義理立てする必要もないしな」

僕と宗像は同時に溜《た》め息をついた。

「それにしてもトモ、変わったわねえ。町で会ったら、気が付かないで通り過ぎてるわ」

「そうだろう。俺だって、話しかけられなかったら気が付かなかった。もちろん、振り向きはしたさ、こんだけの美人だからな。思わず誘ってしまうところだ」

重永幸三は笑った。

「悪い。別に、おかしくはないよな、今は」

「ご主人、別れないっていってるの？」

「彼女、離婚を？」宗像が驚いた様子でいった。

「え？　いいえ、なんかそんな、二人を見てて、そういうことかなって……そういう相談とか……」

「あなた方にそういう相談をしたことが前にもありましたか」

宗像の言葉に、夫妻は顔を見合わせていた。

「正直にお話しします。彼女、記憶喪失なんです。あなたたちのことも夫のことも、なに一つ覚えていないんです」

夫妻はそろって目を丸くして、僕を見た。

「そうなんです」と僕はうなずいた。「わたしはあなた方のことを覚えていません。夫って人のことも……自分が誰なのかも本当はわからないんです。ただ、ヒロヤマトモコって名前の入ったカードを身に着けてました。……わたしは、広山智子ですか?」

「そうだろう……なあ」

と重永幸三は妻に同意を求める。

「だと思うけど」

「ずいぶん自信のない言い方ですね」宗像がいった。

「だって、そんなふうにいわれると、なあ」

重永尚美は、夫の言葉に、「うん」とうなずいていった。「もう何年も、会ってないんですよ。中学卒業以来だから、もうかれこれ十年近く……」

「八年じゃないか」

僕は二人の中学の卒業年度を聞いた。それは僕と同じだった。僕と智子が別人であるとすれば、この一致はひっかかるが、そのくらいは単なる偶然とも考えられるし、偽の戸籍を手に入れる際、自分と同い年の人間の戸籍を選んだ、とも考えられる。

「二週間ほど前かな、バーで飲んでたら横の女が声をかけてきて、トモだよ、なんて。もちろん最初は信じなかったよ。美女に変身してるんだから。でも、話してみて、信じざるを得なかった。確かにトモだ。トモは待ち合わせがあるっていって、すぐに店を出ていった。話したのはほんの数分かな。また会いましょう、今度は尚美も一緒にね、って。うちに帰ってこいつに話したら、笑ってね。幻でも見たんじゃないかって。そういわれると相当酔ってたし、自信がなかった。そしたら、ハガキが届いてね。写真入りのやつで、トモが、子供を抱いて微笑《ほほえ》んでる。あのトモが、子供……って。二人で、もうびっくりさ」

「ほんと。それにトモが、信じられないくらい綺麗《きれい》なの。あたし、ちょっとやけちゃって、厚化粧だからよなんて、主人に憎まれ口叩《たた》いたくらいなの。でも、写真以上だわ。どうしたらそんなに綺麗になれるの」

「昔の、昔のわたしって……どんなでした」

ここにいるこの女は、智子のはずがないのだ。彼等は、子供の頃の智子しか知らない、勝手な思い込みをしているのだ。ここにいるのは、智子を騙る女だ。その事に、彼等はどうして気がつかないのだろう。

「どんなって……」

夫妻は、また顔を見合わせる。

「僕は……わたしは、この顔も、自分のものでない気がするんです」

「……トモ……ほんとに、からかってるんじゃないの」と、重永尚美がいった。

僕がうなずくと、彼女は夫に向かって囁《ささや》くようにいった。

「記憶喪失って、自分の顔も忘れてしまうの？」

「俺に訊《き》いたって分かんないよ」

「どうして、記憶喪失になんかなっちゃったの？」

僕が首を横に激しく振ると、重永尚美は今度は宗像に同じ質問をぶつけた。

「僕にも分かりません」

「事故とか……」と、重永幸三がいう。

「それだわ、交通事故よ」重永尚美がいった。

「トモは一緒に乗ってなかった。旦那《だんな》がそういってたんだろう？」

「乗ってたのかも……」

「……旦那も、記憶喪失とか……」

重永尚美は、僕の顔をしげしげと覗《のぞ》きこんでいう。「まさかあなたが記憶をなくしてたなんてね。それで今、どこにいるの」

「僕の家です」

「あなたの……」重永尚美は、うさん臭そうに宗像を見ながら、「それはどうもご迷惑をおかけしました」といった。

「うちに来る気持ちになってよかったよ。もう大丈夫だ。俺たちが力になる」

「今のわたしには、あなたがたは他人でしかありません。自分自身ですら、他人としか思えないんです」

「そんなこというなよ。昔のこととはいえ、友達じゃないか」

「ありがとう。でも、今は、その気持ちだけで。それより、少し、わたしのことを聞かせて欲しいんです。わたしが誰で、どんなふうに育ったのか。昔の、写真なんかありませんか、それを見たら何か思い出すかも知れないから」

「それは……あるけど……」重永尚美は、夫を困惑げに見やり、いった。「いいのかしら」

「……うん、見せてみよう」

「トモ、ほんとに、からかってない？」

「俺、あんまり冗談は好きじゃないからな」

「そうよ。ドッキリカメラなんていわないでよね。すっぴんなんだから、テレビ映るの嫌よ」

「おまえは、こんなときによくそんな冗談いってられるな」

「あたしは冗談も好きなの。でも、今は真剣に相談に乗ってるんだからね。騙《だま》しなんてなしよ、トモ……っていっても、今のあなたには、実感がないって訳ね」

「さっさと持ってこいよ」

彼女は赤と緑の二冊のアルバムを持ってきた。僕は幾分緊張気味に、手渡されたアルバムを受け取って、まず緑色の表紙のついたアルバムのページを開いた。

「それ、中学の修学旅行のときの。楽しかったよね、あの頃」

僕は、三ページめに見付けた写真に、脳天をバットで殴り付けられたような衝撃を覚えた。目が回りそうになり、実際よろけて、畳に手をついた。

「真ん中が、トモ」重永尚美が指差していった。

「これが……」

宗像がそう呟いて、唾《つば》を呑《の》み込むのが分かった。あまりにも異様な写真に驚いたのに違いない。

「そうです、トモです。僕らはよく、つるんで遊び回りましたよ」

頭に深く剃《そ》り込みを入れたリーゼントスタイルで、眉毛《まゆげ》を細く剃った男、トモ、の写真。僕はその男の顔を凝視する。それは紛れもなく、僕の顔だった。僕が僕として認識している男の顔……。

「嘘《うそ》だ。なんでこんな……」

僕は混乱していた。どう考えていいのか分からない。

「……もしかして、女になったことも忘れてるの？」

重永尚美は、溜め息を吐きだしながらそういった。

重永幸三は、唇を引き締め、首を捻《ひね》って僕を覗き込んでいる。

「広山智子が、男……そんなこと……」僕は呻《うめ》くようにいった。

「君の記憶は正しいんだ。君は狂ってない」宗像がいった。

「なぜだ。なぜここに、僕が……」

僕はトモの写真に見入ったまま呻き続ける。どうしても信じられない。僕は男だ。その確信は揺るがない。しかし、それは智子が男であるという意味ではない。僕は篠井有一であり、智子という人間の戸籍を借りていたに過ぎない。智子は僕ではない。僕は彼女の戸籍を騙っているだけだ。本物の智子は、女でなければならない。本物の女のはずだ。それが、智子が実は男であり、それだけでも驚きなのに、智子であるはずの写真の男は、どう見ても僕だった。それが僕以外の誰かの顔だとは信じられない。僕が記憶している僕、つまりは篠井有一の中学時代の顔が、今、目の前にある。どういうことだろう。

「あなたは、性転換したの」重永尚美がいった。

「誤解が生じないように俺から付け加えとくとな」重永幸三がいった。「おまえは元から女だった。おまえが自分でそういったんだぞ、この前会ったとき」

重永幸三はしばらく僕を見つめた。

「……あの日、最初声をかけられたとき、俺は信じなかった。トモのはずがないと思った。だけど、いろいろ話すうちに、信じざるを得なくなった」

重永幸三は咳払いをして、話を続けた。

「それで俺は、ついに性転換したんだなあ、もう全部とっちゃったのか、とまあ、そう聞いた。そのことに対する驚きは意外となかったんだ。なんていうのかなあ。中学生で、異性に対する興味が高まって、女がそばにいるだけでおかしな気分になっちまう。あれって理屈じゃないでしょう？」

重永幸三は、宗像に同意を求めた。

宗像がうなずくと、彼は話を続ける。「なんかこう伝わってくる空気、生暖かい息一つで、頭ん中もやもやしてくる。フェロモンとかを出してんじゃないですか。それがね、こいつにはあったんですよ。見掛けは、ごらんの通りのつっぱりの兄ちゃん。それでも、なんか違うんですよね、それを感じてたのは俺だけじゃないと思うな。こいつがいると、みんな急におとなしくなってしまって、猥談《わいだん》なんかもいえない雰囲気が漂う。で、みんながこいつに気をとられてるんだ。こいつが誰かと喋《しゃべ》ってると、みんなの意識はそこにいってる。あの野郎、一人だけトモと親しげに喋りやがってって、みんなで牽制《けんせい》しあって」

「そうね、今思うと、あたしも、彼には全然異性を感じなくって、二人きりで部屋にいても平気って感じだった。逆にこの人とトモが喋ってると嫉妬《しっと》したくらいだわ。同性の本能ね」

「トモは、女だったんですよ。昔の性別が間違ってたんです。医者に行ったんだそうです。そしたら、染色体っていうんだっけな、あれの検査で間違いなく女だと分かったんだそうですよ。なんだっけなフク、フク……副腎《ふくじん》の機能障害とかなんとかで、なんか、そういうやつの過分泌《かぶんぴつ》症候群とかで玉やら竿《さお》やらが出来てしまうってことがあるらしくって、外性器は立派な男なのに、中身は子宮も卵巣《らんそう》もある、正真正銘の女だったらしいんですよ。その証拠に、トモは性器の手術も日本でやったそうですよ。普通はあれ、シンガポールとかモロッコとかでやるでしょう。でも、トモの場合はね、医学的に正しい治療だから問題ないらしいんですよね」

重永幸三は、そういって、僕を振り返っていう。

「そう教えてくれたのはおまえだぞ、ついこの間」

僕は首を横に振った。

「覚えていない。まったく覚えていない」

僕は重永幸三の話を反芻《はんすう》した。智子はかつて外見は性器も含めて男だったが、今は本物の女になっている。となると当然生理もあるし、子供も産めるだろう。過去の記憶に照らして、男であると主張する心と、紛れもない女である現在の肉体との間に、これでようやく折り合いがついたことになる。しかも今、僕は自分の記憶の中にある自分の顔を写真の中に見つけている。その顔の持ち主は、トモと呼ばれていた。

僕はトモ、広山智子だったのだ。

信じられるか。今度こそ信じられるか？　篠井有一だという記憶が間違っていると、信じられるか？　僕は頭を抱え、呻くように自問した。

「トモ、なにか思い出したの？」重永尚美がいった。

僕はまた激しく首を振った。

逃げ出したかった。これは悪夢だ。

「帰りたい。もう、ここを出よう」

僕は宗像にそういった。

「どこに行くつもりなのよ」

「帰るんだ」

「この人の家に？」

僕には返事をする余裕もない。ともかくここを出たかった。

「だめよ」これ以上迷惑かけちゃ。うちにいなさい。わたしたち親友なのよ」

「そうだよトモ、そうしろよ」

僕は激しくかぶりを振った。

「帰ります」

そういって、宗像が立ち上がった。

「あなた、誰と暮らしてるの？」

重永尚美が、宗像の前に立っていた。

「え」と、宗像が当惑したようにいう。

「彼女は広山智子、夫も子供もいるのよ」

「帰るよ、帰るんだ」

僕は、そういって宗像の手を引いた。

「記憶は、きっと戻るわよ。そのとき、後悔しても遅いのよ」

「後悔なんてしない」

「ご主人のところに帰るのよ」

「いやだ、絶対いやだ」

「じゃあ、ここにいたらいいじゃない。記憶が戻るまで、ここにいなさいよ」

「いやだ……さあ」

僕は宗像をうながした。

「待てよ、トモ」

重永幸三は、僕の肩を摑《つか》んだ。僕はその手を激しく振りほどいた。

「持っていけよ、このアルバム」

重永幸三は、僕に二冊のアルバムを渡した。

「見てるうちに、なにか思い出すかもしれないからな」

「……ありがとう」

僕はうなずくと、玄関に降りた。

「後で返しにきてね。わたしたちにも大切な物だから」

重永尚美も、ようやく引き止めるのをあきらめた様子で、微笑を浮かべてそういった。

「必ず、返しにきます」宗像がいった。「僕が責任を持ちます」

「そうだ。ご主人のところがいやなら、おじいちゃんに連絡とってみたら」

なぜ突然おじいちゃんの話なのか、唐突さに僕は戸惑った。

「連絡先は、そのアルバム、赤い方の卒業アルバム、その後ろに名簿があるでしょう。おじいちゃんはまだそこに住んでるはずよ」

名簿をたどった。富士見智明《ともあき》という名前が見つかった。

「この智明というのが、おじいちゃんの名前ですか」

「それも忘れているのね」重永尚美がいった。「富士見智明っていうのは、あなたの本名よ」

「それは正しくないな」重永幸三がいった。「本名も、今は智子だよ。改名したんだ。そして当然、性別も変えた。性転換した場合と違って、トモの場合は元が間違ってたわけだから、性別が訂正されたというべきかな。それもこの前おまえが話したんだけど、覚えてないんだろうな」

「おじいちゃんの名前は、確か満志じゃなかったかしら」重永尚美がいった。

「それは父親の名前では……」僕は慌《あわ》てて、口を噤《つぐ》んだ。

重永夫妻は、そろって表情を固くした。

「記憶、あるんじゃない」重永尚美がいった。

「手掛かりになるかも。彼女が記憶を取り戻すきっかけになるかもしれない」

場を取り繕うように、宗像がいった。

重永尚美は、「おじいちゃんっていうのは、父親でもあるの」といった。

「どういうことなんですか」僕は彼女の目を見据えた。「話してください。なんでもいいから、知っていることを、そうすれば、思い出せるかも」

「トモのお母さんは、未婚でトモを産んで、田舎だし、世間体とかあるでしょう、それで両親、トモにとっては祖父母、の籍にいれたの。これ、あなたが自分でそういったのよ。俺はおふくろを許さないって、そういって……トモはそれを知ってからは、戸籍上の父親を、あのジジイとか、そんなふうにしか呼ばなくなったわ」

「……今、ふと……」

宗像が、くもっていた車のガラスを拭《ふ》いた。

彼はエンジンをかけ、アクセルを踏み込む。

僕は怖々と、アルバムを開いていた。

「思い出した？」宗像がギアをチェンジしながらいった。

「ここに僕の顔が写ってる」

宗像に答えたわけではない。独り言だ。

「分かるんだね」

「トモは、男だった」

「やっと思い出したんだね。不思議なことでもなんでもなかった。君は男でもあり、正真正銘の女でもあった。きっとなにかの衝撃で記憶が飛んだとき新しい記憶だけがなくなった。それだけのことなんだ。不安がることはないよ。狂ってるわけでもない。君は、君の信じてる通りの人間だ」

「信じられないよ、こんなこと」

「どうして？　君は狂ってなんかいないことが証明されたんじゃないか」

「これが僕のはずがない」

「まるで別人だけど、面影はあるよ」

「まるで別人だって？」

「うん、変われば、変わるものだよね。今の美容整形の技術は凄《すご》いから……僕の気持ちは、変わらないよ。そんなことどうでもいい。君は君だ」

「僕は僕……その僕が誰だか分からないんだ。これは僕じゃない。僕は富士見智明なんて人間じゃない」

「でも……」

「違うんだ、ともかく違う。……違う」

僕は男でもあり、女でもある。そして智子も男でもあり女でもあった。そして僕が信じている男としての僕の顔は、智子の男としての顔でもあった。リーゼントの髪に細い眉という格好で写真に収まっている智子、智明。その顔は、僕の信じている僕自身の顔だった。似ているなどと片付けるわけにはいかない。髪形もつっぱりスタイルも、僕には無縁だったと思っていたけれど、あの顔は僕だ。僕でしか有り得ない。しかし僕は智明ではない。篠井有一のはずだ。どうしてあんな写真が……僕の混乱はいっそう酷《ひど》くなっている。宗像は、僕の過去に確かに男としての時間があったことを見つけて、問題が解決したと思い込んでいる。しかし、そうではない。問題はよりいっそう複雑になったのだ。

いったいどういうことだ。

僕は長い髪を掻《か》き回した。

早く夢から覚めたかった。こんなこと、現実のはずがない。

「先入観を与えたくなかったんだ」

宗像がそういって鞄《かばん》から書類入れを取り出した。

「姉から取り上げたものだ」

書類入れの中には、広山智子に関する様々な調査書類が入っていた。一番上になっていたのは、中学の同窓会名簿だった。その下に重なっている書類を宗像が引っ張り出し、僕の目の前に差し出した。

「重永さんのいったことは、本当だよ。君は智明から智子に戸籍の名前と性別を変更しているんだ」

僕は書類を摑み、膝《ひざ》の上に広げた。

広山智子、旧姓富士見。智子に改名する前は、智明。智明は十七の時に、性別を女に変更し、智子と名前を変えている。それらの事実を確認していた僕の目に、思いもしなかった文字が飛び込んできた。

智子の姉の名前に、僕は衝撃を受けた。

僕は心の動揺を押し殺しながら、智明に関する調査書類を読んだ。

智明は、富士見満志、糸世の長男として生まれたことになっている。が、これは重永尚美の言葉を信じれば、実際には彼等は智明の祖父母であり、智明の実の親は、この姉ということになるはずだ。しかし、その事実には、調査書は触れていない。それはごく少数の者しか知らない秘密であり、おそらくはそこまで踏み込んだ調査をするには、時間が足りなかったのだろう。調査は、そういう意味では、ごく表面的なものだ。しかしそれでも、そこに書かれている事柄は、僕を驚かせるのに十分だった。

智明の戸籍上の両親、満志と糸世は、共に再婚だった。満志には子供がなかったが、糸世には子供がいた。子供は、糸世の別れた夫が引き取っている。それが智明の戸籍上の唯《ただ》一人の姉だ。つまり彼女が智明の母親なのだ。その母親は、結婚をし、今は恩田という姓を名乗っているのだが、旧姓も、当然富士見ではなく、糸世の別れた夫の姓だ。僕はその文字を何度も確認し、改めて姉の名前と組み合わせる。

高原千秋。

それは篠井有一を産んだ母親の姓名として、この僕の記憶の中に、刻まれている姓名だ。迷路の出口はこんな意外なところにあったのだ。

26

翌朝、僕は宗像がコンビニエンストアに出掛けた隙《すき》に、部屋を出た。

行く先は、宗像真樹の調べた広山智子に関する調査書類の中に書かれていた、高原千秋の現住所、武蔵野《むさしの》市の閑静な住宅街だ。そこに到着すると、表札を眺めながら訪ねるべき家を探した。角地にある洒落《しゃれ》た造りの一軒屋の表札に恩田隆の名前がある。彼女は今は恩田姓を名乗っている。けれども僕にとっては、彼女は高原千秋だ。それ以外の呼び名はどうしても当てはまらない。なぜなら、彼女の存在は、僕の記憶の中に高原千秋という文字として刻まれているからだ。

僕は彼女に一度も会ったことがない。それでいて彼女の存在は、僕の意識の中に常に影を落とし続けていた。その影の元を辿《たど》ると、姿を現わすのは、一通の手紙だ。一方的に決別を伝えてきた、投げやりで、ひとかけらの誠意も垣間《かいま》見えない手紙、あれだけが産みの母親の存在を主張するものだった。だから僕の記憶の中には、封書に記されていた高原千秋という文字が、彼女の顔の代わりとして刻まれている。

僕は唇を噛《か》み、眉《まゆ》をきつく吊《つ》り上げて高原千秋の家を眺めた。門扉《もんぴ》は奥に開いていて、小さいが豪奢《ごうしゃ》に見える庭が広がっているのが見える。建物は洋風で窓が多く、優雅な雰囲気を漂わせている。僕はその建物を睨《にら》み付けながら、門に近付いた。

高原千秋は、僕を見て、どんな反応を示すだろうか。僕は一つの推理を組み立てている。高原千秋こそ、僕の存在を乗っ取る計画の首謀者だったという推理だ。それが正しいとすれば、彼女は今の僕の姿を、篠井有一であると認識できるはずだ。

僕は門柱のチャイムを鳴らそうと、また一歩門に近付いた。そこで、植え込みの向こうに女性が一人、よく晴れた空の下で気分も浮き立っているのか楽しげに身体を左右に揺すりながら車を洗っているのが目に入った。彼女はヘアバンドで髪を止め、トレーナーにピンクのズボンというスタイルでホースの水を銀色の車に吹き付けている。鼻歌でも歌っているのか、時折甲高い音が節をつけて流れて来る。僕は固く拳《こぶし》を握って、彼女を凝視していた。彼女は車体に跳ね返って戻ってきた水に、「ひゃ」というようなおどけた声を出すと、陽気に弾むように植え込みの陰に消えていった。それと同時にホースの水が止まり、辺りに静寂が広がった。

僕は植え込みの陰に隠れた女の姿を探して視線を動かした。と、ひょいという感じで、女の顔《の》が植え込みの端から現われた。その顔は、最初にこやかだった。

僕は息を呑んで、彼女の反応を待った。

彼女は表情を一瞬で曇らせ、困惑をあらわにした様子で立ち尽くしている。最初僕は人違いかもしれないと思った。彼女は若すぎる気がした。しかし、やはり本人だったのだ。

「智子」

彼女は、額の汗を指先で拭《ぬぐ》い、表情を和らげながらいった。「どうしたの。そんなところに突っ立ってないで中に入りなさい」

高原千秋は、僕の方に歩み寄って来る。

「みんな心配してたのよ。まったく、どうしてたの。誰にも連絡しないで、どこをほっつき歩いてたのよ」

高原千秋の反応に僕は戸惑いを覚えていた。どうして僕を智子と呼ぶのか、本気でそう思っているのか? そんなはずはない。……様々な考えが脳裏を巡っている。彼女こそ僕の存在を乗っ取る計画の首謀者に違いないと思う。けれども、その計画は、具体的にはどんな形で進められたのか、僕になにが起こったのか、彼女は現状をどう把握しているのか、細かい部分では色々な推理が可能だ。いったいどの推理が正しいのか、僕はそれまで思い巡らせてきたパターンを一つ一つ辿って正しい答えを見つけようと試みたが、すぐに諦《あきら》めた。ともかく高原千秋を問い詰めることで、すべてが明らかになるはずだ。

「中に入りなさいよ。ほんとにもう。一真さんには、もう連絡したの?」

高原千秋の顔が、僕の間近に迫ってくる。若いという印象は変わらないが、目尻《めじり》の小皺《こじわ》など年齢が顔を覗《のぞ》かせている部分もある。

「あんたは僕を産んだ」

「え、なに」

「僕の母親だ」

「あたりまえじゃないの。さあ、上がって。一真さんには、……どうなの、連絡してないの。そうなんでしょう。わたしからしてあげましょうか。その方がいいんでしょう」

高原千秋は、僕を玄関まで引っ張っていった。

玄関には芳香剤の香りが立ち込めている。

「さあ智子。上がって、ほら」

「僕は智子なんかじゃない」

「え？」

「とぼけるなよ。僕は智子なんていう人間じゃない。僕が誰なのか、あんた、分かってるはずだ」

「どういうこと……」

「僕は、誰だ。いってくれ」

「智明……また、そんなふうに呼ぶようにするの？　男に、戻るつもりなの」

「有一だよ。篠井有一、僕は篠井有一だ。知ってるはずだ」

高原千秋は、たじろいだ様子で、そして眩暈《めまい》でもしたみたいによろけた。

「またそんなことを……」

珈琲《コーヒー》をいれている高原千秋を、僕は見ていた。狼狽《ろうばい》も動揺も見えた。けれども僕が期待していた反応とはどこか違っている。

「僕は篠井有一。あんたと篠井孝雄の間に出来た子供だ」

高原千秋は、珈琲をテーブルに置き、僕の目を覗き込んできた。

「もう分かってる。すべて分かってる」

僕は彼女を見据え、詰《なじ》るような口調でいった。「あんたがみごもった子供を、篠井孝雄は自分と本妻の籍に入れたかった。跡継ぎが欲しかったからだ。あんたもそれを承知した。けど、本妻には、秘密だった。赤の他人を養子にする。そう思わせたかった。子供は捨て子に見せ掛けられ、篠井がもらいうけた。すべて計画通り、順調だった。ただ一つだけ、計算違いがあった」

高原千秋の瞼《まぶた》がぴくりと震えたのを僕は見逃さなかった。

僕は確信した。自分の推理の正しさに自信をもった。高原千秋は、有一の他にもう一人の子供、智明を産んだ。有一と智明の容姿は瓜《うり》二つだ。その意味するところは、一つの結論以外に考えられない。

「子供は、双子だった」

その言葉に目を伏せた高原千秋を睨みつけながら、僕は続けた。

「養子をもらおうと妻にもちかけた夫が、わざわざ双子を選び、その子供たちに固執したとしたら、妻は怪しむ。そう思ったあんたたちは一人だけを捨て子にし、篠井の籍にいれる計画を実行した。もう一人は、あんたの母親の籍にいれ、隠した。最初から、財産目当てだった。孝雄の結婚からしてそうだ。彼が、母を愛していたとは思わない。打算だった。それは、あんたも同じだ。彼が出世して、あんたも豊かになる。やがて親父《おやじ》が会社の長になり、あんたと彼の子供が跡を継ぐ。彼が早死にしなかったら、なにもかもあんたたちの思い通りだった。親父が死んで、あんたは失望した。もう、篠井の家からはなにも得られない。そう思っていた。ところが、チャンスが巡ってきた。篠井の妻が健康を害した。篠井の家を継ぐのは、子供、あんたの子供だった。篠井の妻はその子が夫と不倫の相手との子供だと知っていた。けれどもその恨みを子供には向けなかった。愛しはしなかったが、受け入れたんだと思う。あんたは、それにつけこんだ。残念ながら、あんたとその子供との縁は薄い。互いになんの愛情も持ちあっていない。その子供はあんたを許しも認めもしない。そこで、恐ろしい計画をたてた。その子供をもう一人の子供、一卵性双生児の智明と入れ替えることだ」

高原千秋が顔を上げた。

彼女の瞳に涙が浮かんでいた。

「また、また妄想なの。それともまだわたしを、恨みたりないっていうの」

返答はまた、期待とは違う。

「どうしてまた、いまさら、こんな……」

「いいかげんに認めてくれ。とぼけたって無駄だ。もう分かってる。あんたは智明を篠井有一に成り代わらせようとした。記憶喪失を装わせ、微妙な顔の違い、ほくろとか痣《あざ》とか傷跡とかを隠すために、火傷《やけど》をおったと見せかけた。そして多分、それは血液検査で自分は篠井有一だと証明する布石でもあった。どうしても隠せない雰囲気の違いも血液型の一致という有無をいわせぬ証拠を示されれば、誰もとやかくいえなくなる」

「やめて」

「それに……そうだ」僕の思考は、熱狂的に一つの結論へと収斂《しゅうれん》していく。「あんたたちは、僕を連れ去り、監禁したに違いない。そして仕種《しぐさ》や癖、喋《しゃべ》り方……ともかく僕のすべてを盗んだ。そして僕を狂わせようとした。僕は囚《とら》われの身に恐怖し、いつか狂って……そうだ、それだけじゃない。あんたたちは僕を智明、つまり智子として死なせるつもりだった。そのために、僕の肉体に決定的な刻印をしたんだ。あんたたちは僕を無理やり……女に……」

僕は全身の毛が逆立つのを感じた。

目の前にいるこの女はなんて恐ろしい人間なんだ。しかもこいつは僕の母親なのだ。

「僕は無理やり女にさせられて……僕の人格はそのとき死んで……」

「もうやめて、そんな。あなたが、本当に頭が変になってしまうんじゃないかって、わたし、怖いわ」

高原千秋は、涙を落とした。

「またおかしな空想を真剣に語りだしたときは、すぐに病院につれてこいって、医者にいわれたわ。でもね、わたしは分かってるのよ。そんな必要ないって。わざとよね。わたしを苦しめるための演技よね」

「なにをいってるんだ」

「あなたがわたしを恨む気持ちはわかる。産みっぱなしでお母さんに預けて……行きたがっていた高校に、進学させてやることも出来なかったし……そばにいてあげることも出来なかった。訪ねてきたあなたを、やさしく迎えてあげることすら、あの頃は出来なかった。あなたが、自分の兄弟のことを知って、不運を呪《のろ》いたい気持ちになったのは分かるわ。向こうはなにもかも恵まれて……あなたが彼に成り代わりたいと思った気持ちも分かる。自分と彼と、どっちがどっちでも良かった。そうね。確かにそう。でも、運命だったのよ。今更どうなるものでもない。あなたにだってそれは、分かっていたわよね。あなたが、自分は生まれ変わるんだっていいだしたとき、わたし怖かった。あなたがいつも話してた計画というのを、実行するつもりじゃないかって。あなたは、わたしの前に、自分は篠井有一だと名乗って、突然現われた。わたし、迂《う》闊《かつ》にも信じてしまった。あなたが自分から名乗るまで、騙《だま》されてた。それであなた、いったわね。僕は今すぐに、篠井有一になれるよ、でももっともっとあいつのことを知らなくちゃ、って。怖かった、ほんとに怖かった。あなたはまた、やってきた。また篠井有一だと名乗って。今度はわたしが見破ったといっても、いい張った。篠井有一だって。あなたは本気で彼になりきろうとして、とりつかれたみたいに、そんなふうに見えたわ。生まれ変わる、その意味を考えて、わたし、本気で怯《おび》えていたのよ。あなたが篠井有一に成り代わろうとしているんじゃないかと思った」

「そうだ。智明は篠井有一に成り代わった」

「あなたは馬鹿《ばか》な考えを捨てたはずよ。あなたは生まれ変わった。別人になった。だけど篠井有一になったんじゃないわ。あなたは女になった。あなたを自暴自棄にしていたのは、不幸な境遇よりも、本当は自分の肉体に対する恐怖感だったのよね。あなたは混乱していた。無理もないわ。本当は女だったんだもの。あなたはようやく本物の自分に巡り合えた。あなたは十七のとき、完全な女の身体を手に入れて、智明を捨てて、智子に生まれ変わった。わたしは心底ほっとしたのよ。篠井有一に成り代わるなんていう妄想は消えて、素敵な男性にも巡り合い、子供もできて……わたしたちの間もやっと、親子らしい関係に、なれた……そう思っていたのは、わたしの錯覚なの？」

「僕は、篠井有一だ」

「なぜまたそんな、悪い冗談に、わたしを巻き込まなくてはいけないの」

「あんたは知っている。僕が智明じゃないことを知っている。智明は、篠井有一を名乗ってる」

「もういやなの。こんな冗談につきあうのは、苦しいのよ。わたしに償わなくてはならないことがあるのなら、そういって、なんでもするわ」

「本当のことをいってくれ、僕が誰なのか、あんたの口から、はっきりと」

「広山智子、それ以外のだれでもない。目を覚ましてちょうだい」

「違う。僕は篠井有一だ。智明は今、僕に成りすまして篠井有一として生活している」

「お願いよ、智子。目を覚まして。もう駄目なのよ。あなたは十七のときに女になった。完全な女なの。そのあなたがどうして篠井有一に成り代われるの」

脳裏で激しく泡立っていた様々な思考が、大波にさらわれた。

智明は、十七のときに、智子になったのだ。そのことは戸籍が証明している。ところが今、篠井有一は男として生活し、桑田明日香という女性と婚約している。『なぜだ』僕は心の中で叫んだ。たった今、猛烈な勢いで脳裏に積みあがった結論が、今度は怒濤《どとう》の勢いで崩れていく。

僕は高原千秋の顔を見つめた。彼女のいうことが真実なのだろうか。この意識は、智明の作り出している妄想なのだろうか。

背後の襖《ふすま》が開いた。

「おや、お客さんかい」

気弱そうな中年男が入って来る。

彼は僕を、まじまじと見て、いった。

「智明……智子さんか。いやあ、話には聞いていたが、これはびっくりしたなあ。まさかこんな綺麗《きれい》なお嬢さんに変身しているとは想像していなかった」

「僕は、智子なんかじゃない」

そういい残して、僕は家を飛び出した。

僕は智明なのか？

この篠井有一の意識は、智明が、有一に成り代わろうとして、調べ尽くし、覚え込み、作り上げたものなのか？

僕は今、僕が僕と信じている意識に向かって問い掛け続けた。

27

いつの間にか、宗像のマンションの近くを歩いていた。意識がぼんやりしていた。電車に乗ったことも、バスに乗ったことも、はっきりした覚えがない。けれども、武蔵野市から歩いてここまで来たわけではないだろう。これも一種の記憶喪失だろうか。記憶というものの危うさを、改めて思った。

僕には、篠井有一として生きた記憶がある。そう確信を持っていた。けれどもこの記憶が虚構ではないと、どうしたら証明できるのだろうか。

智明は、篠井有一になろうとした。篠井有一について、あらゆる情報を集め、頭に叩《たた》き込んだ。それは偏執的で、いつしか本物の記憶と分かちがたいまでになった。僕は今、そうやって作られた智明の記憶の中を彷徨《ほうこう》しているのだろうか。信じたくはない。しかし、理屈には合っている気がした。僕が偽者《にせもの》と決め付けていた篠井有一が本物で、僕が偽者。もし、それが真実なら、有一の記憶喪失の原因を作ったのが、僕だ。そうならないだろうか。僕は、彼を殺そうとしたのではないか。もしそうなら、智明の祖父、満志を殺したのも、やっぱりこの僕ということになり、さらには僕は、篠井有一の叔父までも殺している。

ひどい寒気がした。

マンションに戻って、部屋のドアを開けたとき、何か罵《のの》りあうような声が聞こえた。ドアが閉まる音とともに、その怒声が収まる。

宗像が顔を出していった。「やあ、お帰り」

彼はそういうと顔を引っ込める。

「あんたは俺と組むべきだ。絶対悪いようにはしない。こんな物ばらまかれたら困るだろう」

男の声に聞き覚えがあった。

「これ以上、あなたとお話しすることはありませんから、お引き取りください」

「やれやれ、物分かりの悪い人だな」

リビングから出てきた男は、髪を後ろで束ねている。僕は彼を見て、凍り付いた。男は、砂川だった。一瞬目が合った。先に目をそらしたのは、砂川だ。

「いやどうも、お邪魔しました」

砂川はなにもいわずに、僕の脇《わき》を通り過ぎた。

けれども気がつかなかったはずはない。

玄関を出ていく砂川を見送る僕の胸は激しく音を立てている。動揺を隠しながら、宗像を振り向くと、彼の険しい表情があった。

「誰、今の」

僕は怖々訊《き》いた。

「なんでもない。ちょっとしたトラブルがあっただけだ」

宗像と砂川、いったいどうなっているのか。僕の混乱はますますひどくなる。僕は誰かという難題に加えて、たった一人の味方だと信じている宗像に対する疑惑まで持ち上がったわけだ。自分を信じたい。彼を信じたい。僕は強くそう思い、疑念を打ち消したが、考えないわけにはいかない。

風呂《ふろ》に入り、熱いお湯を頭から浴びながら、答えを見付けようと思いを巡らせる。

砂川と宗像が、なぜ……。

なんの結論も推測も浮かばないまま風呂から上がり、入れ替わりに入った宗像がシャワーを使う音を聞きながら、僕はしばらくすべての思考を断ち切り、ぼんやりと鳥《とり》籠《かご》を眺めた。ビギンがうるさく囀《さえず》りながら僕を見ている。僕は、ビギンの温《ぬく》もりに救いを求めて、鳥籠の網の隙間《すきま》に指を差し入れた。その指先にビギンが近寄って来る。そしてじゃれついてくるはずが、ビギンは、よほど機嫌が悪かったとみえて、僕の人差し指の先を嫌というほど齧《かじ》った。僕は慌《あわ》てて指を隙間から引き抜いた。その勢いで、鳥籠がひどく傾いて、餌《えさ》と水が噴き上がってこぼれた。ビギンは怒った様子で、ギイギイと騒ぎ出す。鳥籠の底の新聞紙がびしょ濡《ぬ》れになり、その上には糞《ふん》と粟《あわ》が混じり合っている。丁度、すぐそばに昨日の新聞があった。僕は籠の上部を外して脇に置き、濡れて汚れた新聞紙をはぎ取ると、新しい新聞紙に敷き替えた。そして汚れた新聞紙の方は、丸めてゴミ箱に入れようとした。だが、既にゴミがたまっていて、押し込んだ新聞紙が押し出されて来る。そこで一度、その新聞紙の塊を引き出し、他のゴミを押し込もうとして、ゴミ箱を覗《のぞ》いた。一番上にあったゴミは週刊誌で、それも二冊重ねて突っ込んである。そのせいで、他のゴミが入らなくなっているのだ。僕は週刊誌を外に出した。下にあったビニールの袋が見える。それに、僕の目は引きつけられた。袋の中に、宗像の顔写真が見えたからだ。気になって袋を引き出した。週刊誌かなにかをコピーしたものが大量に入っている袋だった。記事の内容を確かめるために袋から出してみる。

「連続強姦《ごうかん》殺人鬼」の見出しの下に、宗像そっくりの男の顔写真がある。別のコピーを見ると、「五件の殺人を自供」と書かれた下に、同じ男が手錠をかけられた姿で写っていた。

僕はざわめきを覚えながら、他のコピーにも目を通す。

「被害者には小学生も」この犯人は、五件の連続強姦殺人事件を起こしている。強姦だけなら二十人、さらに被害届を出していない被害者が、推定百人という。その忌《い》まわしい殺人鬼の顔が、宗像にそっくりなのだった。もちろん、この犯人が宗像であるわけはないのだが、あまりにも似ている。そんなはずはないと思いながらも、記事を見直した。犯人の名前は、宗像久ではない。しかし、宗像久のことを実はなにも知らない僕にとって、そもそもその名前からして確かだといいきることはできないのだ。

僕が宗像久と思っている人間が実はこの殺人犯の……馬鹿馬鹿《ばかばか》しい考えだった。

犯人は、昭和四十一年の夏を皮切りに、逮捕される四十六年の七月までに五件の殺人を犯したと自供しているという。大昔の事件だったのだ。僕はほっと溜《た》め息をつきながらも、このコピーの意味を考えた。この袋は、たった今捨てられたように思える。しかも僕の目から隠すために上に週刊誌を載せたのだろう。このコピーの記事と宗像は、なにか関係があるのに違いない。砂川だ、と僕は思い当たった。彼は確か、「こんな物ばらまかれたら困るだろう」と口にした。この記事は、たった今砂川によって持ち込まれたものに違いない。しかしなぜ、宗像はこの記事をばらまかれたら困るのか。この殺人犯が自分に似ているからだろうか。自分が殺人犯と思われるからか？そんな馬鹿なことはないだろう。しかし、それならなぜ……と考えて、僕はひょっとしたらこれは、宗像の父親ではないのかと考えた。宗像の姉が、宗像は養子だといっていた。そしてそれを知って以来、急に家族から遠ざかり、笑わなくなったといっていた。もしこの殺人犯が彼の父親だとしたら、その事実を知った宗像はどれほどショックを受けたろうか。彼が素直に笑えなくなり、家族と距離を置き始めたその気持ちが分かる気がする。

宗像は二十五歳といっていた。自分の年齢を基準に指折り数えて見ると、どうやら宗像は昭和四十四年生まれということになる。となるとこの殺人犯が連続レイプを続けていた頃に生まれた子供に違いない。もしかすると、母親は、その事件の被害者だったのではないだろうか。だからこそ彼は、養子に出されたのだ。そうに違いないと、僕は思った。僕はこの部屋に安全にとどまるために、宗像に変なことをしたら、強姦犯として訴えると脅した。あの脅しは僕にとって、苦し紛れの思い付きだったけれど、宗像にとっては、これほど恐ろしい脅しはなかったのかもしれない。彼は連続強姦殺人犯だった父親の影を自分の中に指摘されたと思い、怯《おび》えきったに違いない。彼は、僕を愛しているようなそぶりを見せ続けている。だけどそれは本当だろうか。僕は彼にとって、頭のおかしい、女とも男ともつかない恐喝者なのだ。彼は僕を恐れている。だから、抱く事ができないのだ。

宗像の本心が、僕には分からなくなった。

その彼に、砂川は「俺と組め」といっていた。それはどういう意味だろうか。砂川の目的はなんなのか。宗像はどんな思惑《おもわく》を持っているのか。それになにより、砂川はなぜ宗像を知ったのか？　分からない……錯乱に近い混乱を覚えながら立ち尽くしていた僕の耳に、不意に扉の開く音が聞こえた。僕は慌ててビニール袋と週刊誌をゴミ箱に押し込んだ。

「なにしてるの」

宗像の声に、僕は危うくゴミ箱を倒しそうになる。

「うん……ビギンの籠を汚してしまって、新聞紙を敷き替えたんだ」

僕は汚れた新聞紙の塊を週刊誌の上に載せ、押さえた。しかしすぐに、押し返されて出て来る。

宗像が慌てた様子で近付いてきて、新聞紙の塊を拾いあげる。

「こっちのゴミ入れに捨てるよ」

宗像はキッチンの方に歩いて行き、流しの下のポリバケツの中に、新聞紙を放り込んだ。

僕は振り返った宗像の顔を凝視する。やはりあの強姦殺人犯とそっくりの顔だ。宗像はその男の子供なのだ。そしてたぶん、その父親の影が彼の全身にまとわりついている。だから彼は、恐れている。僕という頭のおかしな恐喝者の行動が、結果として彼の出生の秘密を公《おおやけ》にするのではないかと恐れている。そして実際、砂川の登場によって、その危惧《きぐ》が現実になりつつある。

「なんかついてる？　僕の顔に」

「いや……」

宗像からそらした僕の視線は、ゴミ箱の方に吸い寄せられた。重ねた週刊誌が、下のゴミの隙間に落ち込んで傾き、ビニールの袋の一部が露出し、宗像そっくりの殺人犯の顔写真が半分見えている。僕は不自然に目をそらすわけにもいかず、どうしていいか分からずに身を固くしていた。と、宗像は突然僕の傍らに来て、ゴミ箱を拾いあげると、再びキッチンに戻り、ポリバケツの上でゴミ箱をひっくり返して移し替えた。そしてポリバケツの蓋《ふた》を閉じると、振り返って僕の方を見る。彼は微笑を浮かべていたが、口元が少し引きつっていた。

28

人気のない公園の前の小路に、安代真澄の運転する銀色のソアラが滑り込んできた。彼女は、白のブレザーにパンツスタイルだった。車から降り、公園の入り口に佇《たたず》む。僕は茂みの陰から、ゆっくりと彼女に近付いた。

「あなた、また、あなた一人だなんていうんじゃないでしょうね」

安代真澄はそういって僕を睨《にら》んだ。街灯の光が、彼女の髪を艶《つや》やかに光らせている。

「話にならないわ。本当に、あなたのいう本物の篠井有一というのがいるのなら、ここに連れてきて」

「来てます、彼はここに」

「え？」

僕は、怪訝《けげん》そうに辺りを見回す彼女の傍らに立って、いう。

「ここにいます」

僕は声を低め、篠井有一の声を出した。

「僕が、篠井有一なんです」

安代真澄は、表情を険しくした。

「そう、やっぱりそうだったのね。ずっと、あなたが声色を使っていたのね」

「そうじゃないんです」

「なにが目的？　わたしになにをさせようっていうの」

「僕が篠井有一。声だけじゃなく、この身体《からだ》も心も全部が篠井有一なんです」

「どういう意味かしら」

「性転換した人間をごらんになったことは、あるでしょう」

「え？」

嘲《あざけ》るような顔で僕を見ていた安代真澄が、いくらか真剣なまなざしを向けてきた。

「あなたは、性転換した篠井有一だというの？」

「そうです」

「そういえば……面影がないとはいわないけど、でも……」

安代真澄は笑った。

「じゃあ、あの男は誰だっていうの。篠井有一と名乗っている男。少なくとも彼の方が、本物の篠井有一らしく見えるけど」

「無理もありません。彼は篠井有一と顔も体型も血液型もまったく同じなんですから、誰だって騙《だま》される」

「そんな人間はいないわ。血液型も一緒なんて」

「います」

「通常考えられないほどの低い確率でならね」

「一卵性双生児なら、血液型は全く同じです」

安代真澄は、また笑った。

「なるほど。いろいろと考えてあるのね。理解しがたいわ。どうしようとしているの。あなたが本物の篠井有一だと名乗り、本物を追い出して、会社を乗っ取る、そんなことできると本気で思ってるの」

「本気だといったら」

「わたしのところで治療を受けることをお勧めするわ」

「お願いするかも知れません」

「待ってるわ。ところで、そのたいそうな計画で、わたしに何を期待しているのかしらね」

「この前は、意外な成り行きになってしまって、それで聞き逃したことがあったんです」

「なにかしら」

「姉です、姉が病院からいなくなったというのは、あれは本当なんですか」

「ああ、あれは、あなたをおびきだすための嘘《うそ》よ。その前に本物の有一君が訪ねてきた。わたしに電話したことなんてないって、彼がそういったのよ。鈴木京子なんていう人間は会ったこともないってね」

「そうですか。じゃあ、姉はまだ病院に」

「ええ」

「もう一度、会わせて貰《もら》えませんか」

「無理ね。本物の有一君の許可を貰わない限りは」

「僕が本物です」

「信じなければいけない理由があるかしら」

「本物の姉は、どこにいるんですか」

「え？」

「本物の姉は、どこに」

「いったい、なにがいいたいの」

「この前病院で会った包帯姿の女、あれは姉じゃない。篠井加代じゃない」

安代真澄は、不意に踵《きびす》を返し、歩み去るみたいに僕に背を向け、車のドアを開けた。

「一緒に来る気がある？」

彼女は唐突にそういった。

僕はうなずいた。

僕が車の助手席に座ると、安代真澄はアクセルをふかした。

「信用してくれたんですか、僕が有一だってこと」

安代真澄は、ハンドルを切り、車をUターンさせた。

「加代さんには、なにか身体の特徴があったの？」

「いいえ」

「じゃあ、なぜ」

「僕にも分からない。でも、感じたんです。この人は、姉じゃないって」

「そう」

大きな通りに出た。

「どこに行くつもりなんですか」

僕は訊《き》いた。

彼女は二、三分黙っていて、おもむろに、ぽつりと、「お姉さんのところに、行きたいんじゃないの？」といった。

僕は「もちろん」とうなずいた。

「なぜ、姉に身代わりを？」

「ボヤがあったこと、火傷《やけど》して、いつも包帯を巻くようになったこと、口をきかなくなったこと。それは作り話じゃないの。加代さんは今、そういう状態よ」

「身代わりをたてる理由にはならないと思いますけど」

「砂川のことは話したわよね。わたしは、有一君と話したつもりだったけど、あれも電話の相手はあなただったんでしょう」

「僕が有一です」

「砂川が彼女を連れ出そうと計画しているという話があった。看護士の一人に手引きするよう持ち掛けた、彼は断わったんだけれど、他の誰かに話をつけたかもしれない。それで彼女を他所《よそ》へ移すことを考えた」

「砂川の知らない病院へ？」

「そうね」

「でも、身代わりをたてる理由にはならない」

「砂川の目をくらますためよ」

「それにしても積極的な理由とは思えない」

「そうかしら」

「あの包帯の女は誰なんですか」

「アルバイトの学生。精神病患者についてのレポートを書くという社会学専攻の女の子。患者を間近に観察できるって喜んでたわ」

「危険じゃないんですか」

「精神病患者が凶暴だと思うのは偏見よ」

「そういう意味じゃありません。彼女を篠井加代だと信じている人間が、危険な目に遭わせるかもしれない」

「砂川のことね」

「それだけじゃない」

「どういうこと」

「篠井有一も、姉を厄介者だと感じている」

安代真澄は、僕の方をちらりと見た。

「その有一というのは」

「偽者《にせもの》の有一ですよ」

「彼は……この間病院で姉に面会して、感激していたわ。今は、彼女が誰か分かるってね」

「化けの皮が剝《は》がれたんだ」

「記憶なんて曖昧《あいまい》なものよ。特に彼は記憶喪失になっている。姉だ、という思い込みが彼の記憶を混乱させているのかも知れないわ」

「かばうんですか」

「かばうわけじゃない。彼が偽者だと、それだけで決め付けられないといってるの」

「でも、本物がここにいます」

「あなたが本物だというのなら、なぜ堂々と名乗りでないの。性転換していても、あなたが本物の篠井有一なら、それを証明することは簡単なはずよ」

「僕は今、困った立場にあるんです」

「困った立場?」

「記憶喪失なんです」

「え?」

「この五年間、どこでなにをしていたのか、まったく記憶がない」

信号待ちの間、安代真澄は僕を無言で見ていた。

信号が青に変わる。

「僕は、自分がまったく知らないうちに、女になってしまった」

「無茶な話だわ」

「ええ」

「信じられない」

「先生のまわりになら、ごろごろしてる話じゃないかと思ってたけど」

「そんなわけないでしょう」

「おまけに僕は、二重人格らしいんです。女の人格が棲《す》んでる。そいつは、人を殺したかもしれない」

「簡単にいうわね、そんな大変なこと」

「いうのは簡単です。大変なのは実際に僕に起きてることです」

「本当のことなら、そうね」

「信じて貰えませんか」

「妄想の類《たぐ》いなら毎日聞かされてるから。いちいち信用していては、こっちがもたないわ」

「専門家なら見分けがつくでしょう」

「かいかぶりよ。現実か、妄想か、判断の基準は、常識とか理性とか普通の人の感覚に過ぎないわ。専門的に、現実と妄想を判別することなんてできない」

「判断の材料は話の内容だけじゃないでしょう。専門家なら勘が働くはずです」

「自分より、わたしの勘を信じるの？」

「僕は、頭が変なのかもしれない。篠井有一、僕は自分がそうだと信じてる。でも、自信がないんです。僕は別の人間かもしれない。この身体を望んだ女が本当の僕かもしれないし、あるいは、ひょっとして僕は、篠井有一になりたかった男、なのかもしれない。分からないんです、混乱して、もうなにがなんだか、こんな状態で、篠井有一だって名乗り出て……そしたら精神病院に連れていかれるでしょう。そこで僕は、僕じゃないって、そんなふうにいわれたら、僕はどうやって、自分が自分だっていったらいいのか」

僕の全身に震えがきていた。

「落ち着いて、そんなに興奮しては駄目よ。心をゆっくり持つの。呼吸を確かめながら、大きく息を吸って、ゆっくり吐き出す。やって」

僕は荒い息を吐いていた。

「僕は篠井有一だ。そうでしょう、先生。僕を覚えているでしょう」

「さあ、もう一度ゆっくり、息を吸って」

「教えてください。僕は篠井有一じゃないんですか」

「それを確かめるために、加代さんに会いたいのね」

僕はうなずいた。

「彼女の判断を信頼するの？」

「姉なら、姉ならきっと分かる。僕が僕だと教えてくれるのは、姉しかいない。そう思うんです」

僕の決意の言葉を最後に、沈黙が続いた。

「ここが、わたしの自宅よ」

そういって彼女は、ブレーキを踏んだ。

「じゃあ姉さんは、先生の家に？」

「いいえ。少し時間のかかる場所にいるの。でも、明日ここに連れてくるから、訪ねてきて」

僕は返事をためらった。

「わたしを信用できないのなら、しかたないわね。この話は終わり」

「来ます、必ず」

29

砂川に声をかけられたのは、宗像のマンションのすぐ下の通りまで歩いてきたときだった。彼は思わせぶりな笑みを浮かべていた。

「ちょっと、どこかで話さないか」

拒否するわけにもいかず、僕は砂川に従う。近所の小学校の物陰に連れ込まれた。

「あんまり目立つのはうまくないだろう」

「何の用です」

「そりゃないだろう。あんたが困ると思って、宗像の部屋では声をかけなかったんだぜ」

「それで貸しを作ったとでも思ってるんですか」

「実際そうだろう。それとも、これから宗像の所にいって話すか」

「好きにすれば」

砂川は、疑わしげに僕を見ていう。「まあ、今日はここでいい。時間は取らせないよ」

砂川は、壁に背中を凭《もた》せかけた。

「あんたとは、三度会ってる。一度目は、篠井有一の代理人を名乗ってた。二度目は、その篠井を偽者《にせもの》呼ばわりしてた。三度目は、宗像の部屋にいた。あんた、いったい、何者だよ」

「あんたこそ、なんだ」

「俺は、篠井加代の亭主だ」

「嘘《うそ》だ」

「嘘じゃない。役所で調べてもらえば分かる」

「あんたは、婚姻届の彼女の署名を偽造したんだ」

「誰に吹き込まれたんだ」

僕が答えないでいると砂川は、「安代あたりか」といった。

「あんたは、いずれ逮捕される」

「冗談いうなよ。女房を助けだそうとしてるんだぜ」砂川はおどけるように肩をすぼめた。

「金目当てで、勝手に入籍した」

「愛した女がたまたま金持ちだっただけだ」

「よくそこまで開き直れるな。あんたは、篠井加代を愛してなんかいない」

砂川は風に乱れた髪を撫《な》でつけながら、僕の目を覗《のぞ》きこんだ。

「俺は加代を愛してる」

「それならどうして、離婚を承知したんだ」

「嵌《は》められたんだよ」砂川はわざとらしく息を吐き出した。生臭い息が僕の顔にかかる。

「誰に」

「決まってるじゃないか、海山にだ」

「どんなふうに」

「女だ」

「女？」

「誘惑されて、寝た。女は、レイプで訴えるといった」

「結局あんたは結婚相手に愛情がなかったってことじゃないか」

「魔が差したんだよ。男なら、誰にもあることさ」

「そんなの言い訳だ」

「加代は許してくれたはずだ。俺の本当の気持ちを分かってくれたはずだ。彼女が正気ならな」

僕は口元に笑みを浮かべて見せた。

「正気なら、あんたと結婚しない」

「結婚したときは、正気だった」

「嘘だ。あんたは篠井加代の財産を狙《ねら》って、無理やり婚姻届にサインさせたんだ」

「財産を狙ったのは、海山だ。あいつは加代を精神病院に入れて、加代が継ぐべき財産を奪った。その証拠に、加代が母親から相続した財産はほんの微々たるものだ。あいつには病院を出て帰る家もないんだぞ」

「あんたの家があるはずじゃないのか」

「あ？」

「あんたは彼女の亭主だと自分でそういったろう」

砂川は、軽く舌打ちして、「そうだな」といった。「もちろん俺の家はある。だけど、本来あいつが住むべき家は、もっと立派な……」

「その立派な家を、あんたは建ててやらないのか。離婚のときに大金をふんだくったんだろうが、それはどうしたんだ」

砂川は、鼻白んだ様子で、口の端を歪《ゆが》めた。

「いろいろと詳しいようだな」砂川は、口を歪めたままいった。「あんたのボスは誰なんだ。なにを企《たくら》んでる」

「あんたこそ、なにを企んでる」

「俺はなにも企んじゃいないさ」

「それなら、僕にも用はないはずだろう。もういいだろう、帰るよ」

「待てよ」

砂川は、僕の肩を摑《つか》み、互いの顔が向き合う形で押さえ付けた。砂川は口元に笑みを浮かべているが、目は笑っていない。

「俺は、あんたのいった言葉を覚えてるぜ。僕が有一だ。そういったな。あれはどういう意味だったんだ」

僕はぎくりとして、目を伏せた。

砂川は、僕の顎《あご》に手をかけ、引っ張り上げ、強引に視線を合わせてくる。

「どういう意味かって訊《き》いてるんだ」

「言葉の通り、僕が篠井有一だ」

砂川の口元の笑みが消えた。

「本当なんだな。本当におまえが、篠井有一なんだな」

砂川は、真剣な口調でそういった。

くだらない冗談をいうなと、笑い飛ばされると思っていた僕は、面食らった。

「じゃあ、あいつは、あんたを名乗ってるあいつは何者なんだ？」

砂川は、本気でその質問をしているように思えた。

「なんで、信じるんだ」

「ん？」

僕の顎から砂川の手が離れた。けれども僕は、前よりもっとまっすぐに砂川の目を覗いている。

「加代はなによりあんたのことを心配してた」砂川は、表情を和らげ、猫撫で声でいった。「俺は加代に頼まれてあんたを探したよ。そして、あんたが歌舞伎《かぶき》町のある店にいるという情報を摑んだ。その店は、女になりたい男達の集まる場所だった。あんたが、何ていう名前で店に出てたかも、俺は知ってる」

「なんのことだ」

「しかし間に合わなかった。俺が駆け付けたとき、あんたはもう店をやめた後だった」

「なにをいってるんだ」

「京子。それが、あんたの店での名前だった」

僕は、激しい衝撃を受けた。

僕は女の人格に支配された。その女は京子として働き、金をため、やがて智子になる……僕の推理は正しかったのだ。いやしかし、今の僕の本当の問題は、僕が篠井有一なのか、富士見智明なのかということだ。

京子として働き智子になったこの僕は、智明なのかもしれない。智明と有一の産みの母が僕は智明だと証言したのだ。篠井有一に成り代わろうと、篠井有一の記憶を盗み、そしてその盗んだ記憶を自分の記憶と錯覚している智明、それが僕、そうなのか？

「あんたがそんな世界に足を踏みいれたと母親が知れば、なんとしても連れ戻そうとするだろう。そして多分、病院にでも放り込まれる。あんたはそれを恐れて、失踪《しっそう》した。そうだろう？」

僕は、息を詰めて砂川の顔を凝視し続ける。

「俺にはそれが分かってたから、記憶喪失になって戻ってきた篠井有一を、偽者だと思った。ところが血液型から、本物だと証明された。俺も信じざるを得なかった」

砂川は、僕から少し離れ、ポケットから煙草《たばこ》を取り出してくわえた。

「だけどどうやらそうじゃなかったんだな。やっぱりあいつは偽者なんだ」

「でたらめだ」

「ん？」

砂川は、眉根《まゆね》を寄せ、唇を突き出す。彼の口の端に垂れていた煙草が、ピンと立ち上がった。

「僕を利用しようとして、そんな話をでっちあげてるんだ」

「どんな話だ?」

「あれは偽者じゃない。本物だ」

「は?」

「偽者は僕だ」

「なにいってるんだ。おまえが自分で……」

「あんたのいうことなど信じない。僕は篠井有一じゃない」

僕は頭に血が充満するのを感じた。頭蓋《ずがい》の中身が膨れ上がり、圧迫が起き、脈打ち、熱く火照《ほて》ってくる。

篠井有一と富士見智明を入れ替える計画が存在したことを、僕は今、確信を持って言い切れる。しかし、その計画の成否が分からない。高原千秋を信じれば、計画は未遂に終わったのであり、ここにいる僕は富士見智明ということになる。砂川四郎を信じれば、計画は成功し、ここにいるのは篠井有一ということになる。そのいずれかが事実であるはずなのに、僕は高原千秋と砂川四郎の両方が事実を歪曲《わいきょく》していると思っている。どちらも真実であるはずがないと思っている。それでは事実がどこにもなくなってしまう。

「あんたは篠井有一だ。今の今まで、本当のところでは疑ってたが、ようやく確信が持てたよ。あんたのその態度が証明してる」

「そうか、分かったぞ」僕の脳裏に、不意にもう一つ別の解釈が浮かんだ。入れ替え計画は、たった今遂行中なのかもしれないではないか。砂川は、富士見智明を、これから篠井有一と入れ替えようとしているのかもしれない。篠井有一は、記憶喪失だ。そこに篠井有一の記憶を持った、篠井有一の一卵性双生児の兄弟が現われて、自分が本物だと主張する。どちらが本物か、その判断は、困難を極めるはずだ。

「あんたはそうやって僕をいくるめて、僕を篠井有一として送り込むつもりなんだな」

「なにいってるんだ」

砂川は、ぽかんとした顔で僕を見ている。口の端の煙草は、ぐったりと萎《しお》れて見える。

「おまえなんかに利用されないぞ」

僕は、極度に興奮し、そんな捨て台詞《ぜりふ》を吐いて、走りだした。もう何も考えられない状態だった。ともかく逃げ出したかった。すべてから逃げ出したかった。

マンションに辿《たど》り着くと、階段を駆け上がり、必死で、宗像の部屋のドアを叩《たた》いた。息を切らし、喘《あえ》ぎながら、ドアを開いた宗像の胸にすがりつく。せめて彼のことだけは、信じたい。心底そう思った。

「なにがあったんだ」

宗像が訊いた。僕はただ、じっと、抱きしめていてほしかった。彼は心配そうな様子で僕を部屋に上げた。

「どこへ行ってたんだ、なにしてたんだ」

彼はいつになくしつこく尋ねてくる。雨の日に事情の一部を打ち明けて以来、彼は本気で僕の問題を自分の問題として考え始めているみたいだった。十分に深入りしているし、富士見満志の死体まで見てしまった。すべてを知りたいと思う気持ちは分かる。けれども僕は、改めて彼を遠ざけようと思った。彼とはなんの関係もない。巻き込むべきではないのだ。本当は一刻も早く、ここを出ていくべきだ。ゴミ箱にあったあの記事も、砂川と宗像の関係も、きっと僕が考えるような悪いことではないのだ。

思考は次第に混乱が酷《ひど》くなった。

ベッドに入ると、疲れ果てていたせいか、強烈な睡魔が瞬時に襲った。鍵を閉め忘れているのに気がついたが、立ち上がって閉めに行く気持ちにはなれなかった。億劫《おっくう》だったし、不安も覚えなかったし、それに、僕は多分、誰かが寄り添ってくれるのを待っていた。

30

姉は、安代真澄に手を引かれて現われた。精神病院で会った女と同じように、包帯を顔に巻いている。しかし、今度は本物の姉だと、僕は直感していた。目が合うと、彼女は一瞬たじろいだようにも見えたが、実際にはなんの反応もしなかったのだと思う。僕は彼女のそばにより、そっとその手に触れた。彼女から漂うきつい香水の匂《にお》いに、僕は少し咳《せ》き込んだ。咳がおさまってから彼女の両手を包むように握り直した。彼女はおとなしく、されるがままになっていた。彼女が、僕のことをどう思っているのか、と考えた。見知らぬ男、ではなく見知らぬ女、看護婦かなにかだと思っているだろうか。彼女はじっと、僕らの握り合った両手を見下ろしているようだった。その表情は、包帯で見えない。けれども、僕は感じていた。僕の掌《てのひら》の中にある、ちっぽけなやせっぽちの手が、紛れもなく姉の物であることを。

「姉さん、分かるかい、有一だよ」

姉は、その言葉に何の反応も返さなかった。

僕の手を握り返すこともなく、僕の顔を覗《のぞ》き込むこともなかった。それでも、僕は確かに姉の息遣いを聞き、姉の体温を感じ、僕が僕自身であるという確信を取り戻していた。

三分程、僕は姉との心の通い合いを試みたが、姉は終始無反応だった。

「だめみたいね」

安代真澄は僕らを見て、いった。

僕は首を振った。

「いいえ。答えが出ました。僕は、やっぱり篠井有一。姉が教えてくれました」

「彼女は、なにもいわなかった。なにも答えなかった」

「なにもいわれなくても、分かります」

安代真澄は、唇の端を微《かす》かに歪《ゆが》め、いった。「あなたを、試したの」

「え？」

「そこにいるのは、偽者《にせもの》よ、本物の篠井加代さんなんかじゃないわ」

僕は、愕然《がくぜん》となった。が、すぐに、試されたのだと分かった。

「ここにいるのは姉です。違うというのなら、それは、あなたの方が間違っている」

安代真澄は微笑を消した。代わりに、微かな当惑の色を口元に覗かせた。

「あなたが有一君なんて、わたしには信じられないわ」

「事実なんです」

「それなら、対決してみたらどうなの、わたしが間に入ってあげる。有一君を呼んで、ここで二人で」

「いずれそうせざるをえないと思います。僕は姉を引き取るつもりですから。先生には僕が本物の有一だってことを納得してもらう必要がありますからね」

「あなた……本当に自分が篠井有一だと信じているのね」

僕は力強くうなずいた。

「記憶がないっていったわね、五年間」

「ええ」

「その間になにか起こったというわけね」

「いろんなことが」

「思い出せれば、すべてが解決する？」

「多分」

「催眠術にかかってみる気持ちはある？」

「催眠？」

ここはどこだろう。僕は薄明かりの中に立っていた。風が吹いている。髪が踊り、口や目に絡《から》んだ。耳の奥が、がさがさいった。目を凝らし、辺りを眺めた。白い壁に、真っ赤な薔薇《ばら》の絵が掛かっていた。そのそばに、こちらを凝視する目がある。誰なんだろう、ぼんやりとそう思った。急に胸が苦しくなった。意識が濁っている。感情に起伏がない。風がやんだ。音が途絶える。薄明かりが、強烈な閃光《せんこう》の繰り返しに変わった。漠然と、ここが部屋の中だということに気が付いた。クッションのよくきいたソファの上に横たわっている。さっきまで聞こえていた風の音や、肌触り、あれはなんだったんだろうか。少しだけ心が乱れた。手と足の先が妙に生暖かい。呼吸の音と鼓動が、意識を占領する。暖かい感触が全身に広がり始める。声が聞こえた。よく澄んだ、心に染《し》み込むような安代真澄の声だ。なにをいっているのだろうと、僕は注意を集中する。

視界の中に草原が広がった。どこまでも続く緑、その切れ目と繋《つな》がる青い空。なんだろう、この光景は。なにが起きているのだろうか。一筋の光が頭上から注がれた。後頭部が、重く痺《しび》れた感じだった。僕は「ああっ」と呻《うめ》いた。催眠術、今、僕は催眠術にかかっているのだった。思い出した。僕は安代真澄を訪れ、催眠術をかけられた。

自己の内面の深い部分へ、僕は旅を始めた。そこからの時間の経過が、よく分からない。

僕は催眠術をとかれ、いつのまにか安代真澄と向き合って、話をしていた。彼女がにっこりと微笑《ほほえ》んでいる。なぜ笑っているんだろう。分からないまま、僕も笑った。そして顔を上げる。

安代真澄が後ろを向いた。その背中に、ずぶりと刃物が突き刺さった。彼女が驚いて振り向く。その顔は、恐怖に歪んでいた。蒼白《そうはく》になり、目が吊《つ》り上がり、頬が痙攣《けいれん》している。再び刃物が彼女を襲った。刃物を持っているのは、僕だ。僕の姿が、僕に見える。刃物は喉笛《のどぶえ》に突き刺さる。彼女の顔が、醜く歪む。

唐突に場面が切り替わる。目の前にいるのは、姉だ。包帯をとっている。昔のまま。ちっとも変わっていない。「姉さん」僕はそう声をかけた。姉の顔が、なぜか恐怖に歪んで見えた。姉が、悲鳴をあげた……。

僕は戸惑い、ようやく、これが夢なのだと気が付いた。

夢の中の戦慄《せんりつ》する場面の数々は、ほんの一瞬で意識のブラックホールへと吸い込まれて消える。現実の、穏やかな目覚めを意識し、僕は目を開いた。

そして新たな、今度は現実の戦慄を味わった。見知らぬ女の顔が、目の前にあったからだ。中年の、小太りの女だった。眼鏡の奥のはれぼったい瞼《まぶた》の下の細い双眸《そうぼう》が、心配げにこちらを見やっていた。僕は、ひょっとしてまだ夢の中にいるのではないかと思った。

なぜこんなところにいるんだろうか。街灯の光が、僕の顔に煌々《こうこう》と照りつけていた。風が頬を撫《な》でている。僕は、見知らぬ街角の一角で、壁に凭《もた》れ、眠り込んでいたらしい。中年の女は、僕が起き上がるのを見届けると、何度か振り返りつつ、去っていった。辺りの景色が、白く濁ったように見えるのは、まだ寝ぼけているせいだろうか。

ここはどこだろう、とまた考え、記憶を辿《たど》ろうと意識を凝らすとひどい頭痛を覚えた。冷たい針の先が脳髄を抉《えぐ》ったような痛みだ。その痛みをこらえながら、記憶をさかのぼる。なぜかたった今見ていた夢の光景が蘇《よみがえ》った。もしかすると今も、夢の続きの中にいるのだろうか。あるいは、夢の方が今の現実と繫がっているのか。長い長い夢の中に僕は今も閉じ込められている気がする。だとすると、今、僕の胸の中を一杯にしているこの苦悩そのものが、夢ではないのか。そう思って、自分の姿を眺めてみる。女の身体、広山智子の身体、この一九九五年という時代、すべてが夢ではないのか。現実の僕は一九八九年の世界で、篠井有一としてベッドの中にいる。そうかもしれないと、本気で考えようとしたが、それならそれで、この悪夢から抜け出す手立てが必要だ。あまりにも長い夢、長い眠り、篠井有一は現実の世界に帰れないのかもしれない。

こめかみを両手で挟んで、電柱に凭れながら立ち上がった。傍らに嘔吐《おうと》した跡があり、酸《す》っぱい臭《にお》いが漂っている。僕の横を通り過ぎた若い女が、嫌悪《けんお》するように顔をしかめていった。改めて周囲を見回す。見覚えのあるようなものはなにもない、見知らぬ路地だ。

僕は、どうしてしまったんだろうかと、額を電柱にくっつけて、意識を集中した。ようやく、手掛かりらしきものが見えてくる。

僕は自身のアイデンティティを取り戻すために、姉に会いにいったのだった。そこで僕は、安代真澄に、催眠術を受けてみないかと勧められたのだ。

「催眠術というのは、あやしげな神秘主義めいた理論ではなくて、科学的に立証されていることなの」安代真澄はそういって学術書を何冊か見せてくれた。「催眠状態というのは、眠っている状態でも、人に操られている状態でもないのよ。意識は明瞭《めいりょう》で自分の意志というものを行使できるの。催眠の基本は自己暗示で、医師は単なる介助者に過ぎないの。心の奥に入って行くのは、自分自身よ」

僕の心は揺れた。

僕はふつうの人間とは違う。別の人格が僕の中に存在している。その人格が僕の心を奪おうと息を潜めている。いつ飛び出してきても不思議がない気がしている。催眠術がその引き金になったらどうするのだ。

すぐには決心がつかなかった。それで少し時間がほしいといった。安代真澄は、残念がっている様子だった。僕は、姉をくれぐれもよろしくと頼み、絶対に偽者の有一に渡さないでくれと、念を押した。安代真澄は、それを約束した。偽者がどっちかという疑問に対する答えは、当面保留、と付け加えた上で。

それから、僕は安代真澄の家を立ち去り、タクシーを拾った。そのタクシーが、宗像のマンションに到着したのを覚えている。そして確か……そこで、急に決意したのだった。車中で様々に思いを巡らせた結果、催眠を受けようと決心したのだ。気持ちが固まると、一刻も早く、決意が鈍らないうちに催眠を受けたいと、そう考えた。そして、そこからがわからない……また安代真澄の家に戻ったはずではなかったか。安代真澄に会い、催眠術を受けたいと告げ、彼女が承知したのではなかったか……それがなぜこんな見知らぬ街角で目覚めることになったのか。

埋められない記憶の空白がまた新たに生じたことに、ひどく戸惑いながら、僕は路地を抜けた。

安代真澄の自宅の石段を駆け上がった。新たな記憶の空白を一刻も早く埋めたかったし、彼女の催眠術で本当の自分と出会いたかった。僕になにが起きたのか、僕は誰なのか、知りたかった。

ドアの前に立ち、暫《しばら》く呼吸を整えてから、チャイムを押した。返事は返ってこない。しかし、部屋の明かりが点《つ》いているのは、石段の下から見上げたときに確認している。もう一度チャイムを押してみた。が、やはり返事はない。

不意に突風が吹いた。その風の音が、なにか不吉な予感を胸に渦巻かせた。

ドアノブに手をかけてみる。不吉な予感を裏付けるように、錠が開いていた。僕の胸は、砂袋を詰め込まれたみたいに窮屈で重くなった。

声をかけてみる。

「安代先生」

答えはない。息苦しさを覚えながら、僕は家の中に足を踏み入れた。フローリングの床に響く自分自身の足音に寒気を覚える。応接室に、明かりがともっている。半開きのドアの向こう側に回ると、部屋の中が見渡せた。壁の照明が淡い光を放っている。知覚する僕自身の問題もあったのかもしれないが、視界はぼやけ、カーテンの樹木の模様やテーブルの輪郭が滲《にじ》んだように見えた。僕は、なにかに引き寄せられるように、部屋の中に足を踏み入れた。右側の壁に抽象画がかかっている。その絵の中心部から斜めに走っている赤の一筆は、繊細な直線のみで構成された美観を、大いに汚《けが》している。その筆跡は、額縁をはみ出し、壁を這《は》い、ソファの背凭れの向こうにある白い塊の上の赤黒い染《し》みに続いていた。

僕はゆっくりとソファを回りこんだ。

白い塊は、安代真澄の背中だった。

彼女のうなじに、傷跡が口を開いていた。僅《わず》かに傾《かし》いで上向きになった左頬から首筋にかけても深く切り裂かれた痕跡《こんせき》があり、そこから流れた血は床に血溜《ちだ》まりを作っていた。剝《む》き出しになった肉の色と血の色から、僕は慌《あわ》てて目をそらした。ソファの肘掛《ひじか》けを伝いながら死体から離れ、膝《ひざ》をついて、込み上げてくる吐き気と闘った。酸っぱいものを何度も呑《の》み込み、ようやく嘔吐をこらえきった。胸につかえていた空気の塊を吐きだし、深く息を吸った。鼻腔《びこう》を刺したのは、異様な刺激臭だった。単なる血の臭いとは違う。きつい香水の匂いだった。それも、僕がつい最近嗅《か》いだ覚えがある匂いだ。安代真澄の香水の匂いかと思ったが、どうもそうではない。匂いは死体から漂っているのではなく、部屋全体に残り香のように広がっているように思える。

姉だ、姉の香水だと、ようやく思い当たる。そして新たな衝撃に襲われた。……姉なのか。姉が安代先生を殺したのか……。

僕は姉を探そうと、立ち上がった。

物音を聞いたのは、そのときだ。玄関の方に人の気配を感じた。僕は一瞬、身体が凍り付くような恐怖を覚えたが、すぐに、身を隠せる場所を探した。

カーテンの向こうは、中庭に面したバルコニーになっていた。窓を開き、カーテンの隙間《すきま》を潜《くぐ》った。外に出て、窓をそっと閉め直し、コンクリートの床に身を伏せて、中の様子を窺《うかが》った。

部屋の中に入ってきた人影が、微かにカーテン越しに窺えた。僕はさらに身体を低くして、カーテンと床の隙間を覗いた。男の足元が見える。ブラウンのローファーに、見覚えがあった。僕は胸を突き刺されたような衝撃を覚えた。しかし、と僕は自分にいい聞かせる。あまりにもありふれた靴だ。それだけで、彼だと決め付けられるはずがない。彼と安代真澄に接点などあるはずがない。そう思い込もうとする。カーテンの向こうの男が、身を屈《かが》めるのが分かった。僕は窓に隙間を作り、カーテンを掻《か》き分けた。思わず息を呑んだ。死体になった安代真澄を眺めている男の横顔が見えたのだ。

男は、宗像久だった。彼の表情は、落ち着いているように見えた。

僕は思わず大声をあげそうになったのをこらえ、息を殺し、再び姿勢を低くした。

宗像は、死体の傍らを離れると、部屋の端から端へと二、三度ゆっくりと往復した。なにか捜し物でもしているのかと思うが、今の僕に見えているのは足元だけで、表情などは分からない。宗像はなぜ、安代真澄の部屋を訪れたのか。彼と安代真澄はどんな関係なのか。宗像は、砂川とも面識があったのだ。僕と宗像の出会い、それは本当に単なる偶然だったのだろうか。宗像が僕に示してくれた好意は、本当に純粋なものだったのだろうか。信じたいと思った。彼を味方だと思いたかった。しかしそれは、空《むな》しい希望にすぎないと、今は思う。

宗像が椅子《いす》に腰掛けるのが分かった。僕は身体を起こし、窓の隙間から手を伸ばし、カーテンを薄く開き、目を近付けた。

宗像は、アルコーブ風に奥まった壁をじっと見やっていたが、不意に立ち上がり、壁にかかった大きな鏡を覗いた。それから身を屈め、壁際《かべぎわ》のキャビネットを開く。なにがあるのだろうか。

僕はカーテンの隙間を広くした。見付かるかもしれないと思いつつも、窓に張り付くようにして宗像の行動を見守った。彼はキャビネットから身体を離すと、振り返った。僕は慌てて、身を伏せる。暫くは息を殺してじっとしていた。気付かれた様子はないと判断し、再び身体を起こす。

宗像は、僕のすぐ真上にいた。ぎょっとなって身体を固くするが、彼の視線はこちらには向いていない。彼は、僕のそばを通り過ぎ、窓から見て右奥にある壁に歩み寄り、そこにかかっていたパネルをはずした。パネルの下からテレビ受像機が姿を現わした。スイッチの入る音が響き、不意に人の声が聞こえ始めた。今は死体となって転がっている安代真澄の声だった。それに続いたのは、僕の声だ。画面になにが映っているのか、見ないではいられなかった。

窓を少しずつ開き、カーテンをそっと開くと、身体を中に滑り込ませた。

安代真澄の死体を見ないようにしながら、その傍らに行き、ソファの後ろに隠れた。声が明瞭になる。身体の位置を変え、画面を覗き込む姿勢になる。宗像の後頭部の先に、僕の顔が映った画面が見えた。その瞬間、フラッシュのような光が、脳裏に弾《はじ》けた。記憶が、突然蘇ってきた。

僕は、安代真澄の催眠術を受けるために、実際に引き返してきたのだった。

夢ではなかったのだ。

僕を迎えた安代真澄は、歓迎し、早速催眠術をかけ始めた。この部屋のこの、ソファの上に、僕は腰掛けていた。部屋を暗くして、蠟燭《ろうそく》の炎のゆらめきに意識を集中した僕をリラックスさせるように、安代真澄は優しく語りかけてきた。それはBGMのように、心の中にじわりと染み、僕は心地《ここち》好《よ》い気分に包まれた。その頃から後の記憶は、まだ蘇ってこない。画面に映しだされた僕は、次第に深い催眠に誘われている様子だ。

安代真澄の問い掛けが続いている。暑くないか、喉が渇かないか、呼吸は苦しくないか。僕は、にっこりと微笑んで、一つ一つの質問に素直に答える。この辺りのことは、思い出すことが出来ない。

「あなたの名前は」

画面の中の僕の顔に、苦痛が浮かぶ。

「智子」画面の中の僕は、頭を抱え込んでそういった。

「え？」

「頭が痛い」

「落ち着いて、心配することないのよ」

安代真澄の背中が画面に大映しになる。

画面の中の僕の顔はその陰に隠れているが、痙攣《けいれん》したように震えている足が映っている。

安代真澄が位置を変え、僕の横顔が画面に入る。

その顔は、僕であって、僕でなかった。顔付きや、仕種《しぐさ》が、一変していたのだ。足の組み替え方、スカートの裾《すそ》を直す手つき、喋《しゃべ》るときの唇の開き加減、髪をなでる仕種、それらはどれも僕のやり方ではなかった。

「あなたの名前はなに？」安代真澄が訊《き》いた。

「広山智子」

そう名乗った女は、眠そうな顔で天井を見上げた。それから、はっとしたように目を見開き、頰を両手で包み、「ここは、どこ？」といった。

安代真澄が、その女の横に立っていう。「気持ちを楽にして」

「わたしは、どうして、ここは、ここは、どこなの」

「落ち着いて」

安代真澄が、彼女の肩を押さえる。

「立たないで、暫くじっとしてるの。だんだん気分が良くなってくるわ」

「ここはどこなの」

「病院よ」

「わたし、怪我《けが》をしたの？」

「そうね」

「生きてるの」

「生きてるわよ」

広山智子の表情が、次第に緩んでくる。

「さあ、あなたに、なにが起こったのか、話してちょうだい」

広山智子の表情が、曇った。額に手をやり、考え込む。安代真澄の顔がアップになる。カメラを確認しているみたいに見える。彼女は、一つ大きく呼吸をし、しゃがみ込んだ。広山智子が、立ち上がって、頭を動かす。彼女は、カメラ目線になると、突然形相を一変させた。狂気めいた怒りが顔に張り付いている。安代真澄の肩が映る。

その肩が、斜めに傾《かし》いだ。

「どうしたの」安代真澄の声が、少しうわずっている。

「殺してやるわ」

広山智子は、片手にボールペンのようなものを握り締めていた。

「やめて」

安代真澄が悲鳴を上げた。

それと同時に、僕は、叫んでいた。

「嘘《うそ》だ」

宗像が凄い勢いで振り返った。

「僕は、誰も殺してない」

「いったい、どういうことなんだ」

「違う。僕じゃない」

「君は、君はなぜ、安代先生を」

「僕は殺してない」

「君は、いったい何者なんだ」

「あんたこそなぜだ。なぜここにいるんだ」

僕の頭の中は、恐怖と当惑と不安が、渦を成し、激しく泡立っていた。視界が白く濁り、宗像の顔も満足に見えなくなっている。思考は渦にのみこまれ、砕けた。

「安代真澄だけじゃない、砂川四郎とも知り合いだった。あんたと僕の出会いは偶然じゃない。なにが目当てなんだ」僕は叫んでいた。

「君は……砂川も……どういうことだ」

「僕を、罠《わな》にかけたんだな」

「なんの話だ」

「あんたは、いったい、何者なんだ」

「それは、僕の台詞《せりふ》だろう。なぜ君は安代先生や砂川を知ってるんだ……それに、君はなぜ安代先生をこんな目に遭わせたんだ」

宗像が、僕の方に歩み寄ってきた。そのときに、部屋の外から、コップが割れたような音が響いてきた。それに驚いたのか、宗像が、ひるんで後退した。その隙をついて、僕は応接室を飛び出した。

二階に上がる階段の下に、女がうずくまるように倒れていた。その傍らに白い花びらと花瓶《かびん》の破片とが散らばっている。

顔に包帯を巻いている女、姉だ。僕は姉に手を貸して立ち上がらせようとした。宗像が、部屋から出て来る。

「その人をどうするつもりなんだ」

宗像が険しい顔でいった。

「連れて行くんだ」

「そうか。やっと分かった。それが狙《ねら》いだったんだな。篠井加代の居場所を探っていたんだな」

宗像は苦しげにそういった。

「篠井加代も、あんたは知っている。つまりそういうことだったんだな。あんたは砂川の仲間だった」

僕は感情が昂《たかぶ》り、泣きそうになってそういった。

「その人から、手を離せ」

宗像の言葉に、僕は床に落ちていた破片の一つを摑《つか》んで答える。「来るな」

こちらに近寄ろうとしていた宗像は、立ち止まり、拳《こぶし》を握り締めていった。

「その人に手を出すのはやめてくれ」

「なにを勘違いしてるんだ」僕はいった。

破片の切っ先を向けた相手は、もちろん姉ではなく、宗像だ。なのに宗像は、なにを勘違いしたのか、見当外れの訴えを叫び続ける。

「追わない、追わないから、その人は置いていってくれ」

「誰が置いていくもんか。さあ、立つんだ、姉さん」

「姉さん？」

僕は姉の手を引っ張った。姉はゆっくりと立ち上がる。顔の包帯が取れかかっている。姉は、必死でそれを巻き直そうとし始める。

「後だよ、そんなの後回しだ」

緩みのでた包帯は、焦《あせ》ってこね回すほどに、ほどけていった。姉は、喘《あえ》ぐような声をあげ、必死に包帯を顔に押しつける。

「姉さん、早く」

「待てよ。君はいったい……」

僕は姉を力ずくで連れ出そうとした。

姉は身を捩《よ》じり、僕の腕の中から逃げ出した。その拍子に、包帯は丸まった状態ですっぽりと抜け落ちた。一瞬、彼女の素顔が僕の目にさらされた。小さくてほとんど目立たないが、赤く、ひきつれたみたいな傷が右頬にあり、髪の毛が短く刈りこまれている。しかしそれ以外は、僕の記憶の中にしっかりと刻まれている姉の顔そのままだった。その姉が、顔を両手で覆《おお》って、泣き出した。

「姉さん、大丈夫だよ。心配いらないから」

「君は、君はまさか……」

宗像が、僕の方に近付いて来る。

「本気だぞ。僕はあんたを刺す」

破片の尖《とが》った部分を宗像に突き付けた。

「僕らはお互いに間違ってるのかもしれない」

「来るな」

僕の声に呼応するように、突然、姉が悲鳴を上げた。

「いや、殺さないで、お願い、わたしを殺さないで」

「姉さんを殺すわけないだろう」

僕は、破片を姉の目から隠す。

「誰にもいわない、あなたがしたこと、誰にもいわない、あなたが殺したって絶対いわないから、だからわたしを殺さないで」

僕は、慄然《りつぜん》として立ち尽くした。

姉が、どういうつもりでそういったのか、分からなかった。

宗像は、強張《こわば》った表情で僕を見ていた。何かいいたげに、口を開きかける。姉が床に倒れこんだのは、その時だった。

「姉さん」

あっ、と思った次の瞬間には、姉は花瓶の破片の一つを胸の前に構え、僕の方に走ってきていた。僕は慌てて身体をかわした。僕の身体を掠《かす》めた破片の先端は、宗像の脇腹《わきばら》を刺していた。鮮血が、みるみるうちに彼のシャツを染めた。彼は、呻《うめ》き声を上げ、尻《しり》から床に落ちた。姉は破片から手を離し、悲鳴を上げながら、ドアに向かって走り出した。僕は、苦しげに腹を押さえ、掠れた声で呻いている宗像の方に気を取られていた。「彼女を連れ戻せ」宗像がそういったように思えた。

僕は姉を追って、玄関を飛び出した。

姉は、石段を裸足《はだし》で駆け降りている。僕はその後を追った。通りに出たとき、若い男の二人連れが、道を塞《ふさ》いだ。その二人の間を掻き分けて、姉を追った。

曲がり角の向こうに姉の姿が隠れる。必死で追いかける僕のすぐ脇を一台の車が通り過ぎて、道を塞ぐように止まった。車から、一人の男が降りてきた。スーツ姿で、松葉杖《づえ》をついている。

「探したよ」彼はいった。

どこかで見た顔だとは思っていた。しかし、すぐには思い出せなかった。思い出したのは、鋭い刺激を首筋に感じた時だった。目の前に火花が散った。そう思った直後、今度は目の前が真っ暗になった。闇《やみ》が、意識を包んだ。

31

明滅する光の海の中にいた。

……どこにいるんだろう。なにをしてるんだろう……最初に考えたのは、そのことだった。車の中、それも運転席にいることを、僕はぼんやりと意識した。

僕は右手でハンドルを握り、左手をギアにかけている。僕はクラッチを踏み、アクセルをふかし始める。不思議なことに、その動作のすべてが僕の意志とは無関係としか思えない。僕はなにも命じていないのに、腕が勝手に動き、ギアを入れ替えている。

……まるで誰かに操られてるみたいじゃないか……次第に鮮明になってきた意識がそんな呟《つぶや》きを発したとき、僕は突然理解した。

智子だ。

今、僕の身体《からだ》を支配しているのは、智子なのだ。僕の中にいた、もう一つの人格が、初めて僕の前に姿を現わしたのだ。智子は、手元に向けていた視線を上げた。フロントガラスの向こうの仄《ほの》かな光の中に、男の姿がある。彼は、ガラスを割ろうとでもするみたいに、両手でガラスを叩《たた》いていた。その男はなにか喚《わめ》くように口を開け、フロントガラスに顔を押しつける。男は、僕だった。……どういうことだ？……僕の思考は、束《つか》の間《ま》の混乱をへて、その答えに辿《たど》り着いた。肉体を智子に奪われた僕は、幻として智子の眼前に現われたのだ。それが分かったのは、サイドのウインドウに顔を押し付けたもう一つの顔を見たからだ。うつろなまなざしで中を覗《のぞ》き込んでいるその顔は、死んだ叔父、海山親衛の顔だった。

僕の幻と、叔父の幽霊は、車が動き出してもしばらくは、ウインドウに張り付いて見えた。その幻影は、智子にも見えていたのだろうか。車は、幻影を吹き払うように加速し、やがて僕の姿も叔父の姿も視界から消えた。

車は、激しく縦揺れしながら突き進む。どこに向かっているのか、僕には分からない。車を走らせているのは、智子なのだ。智子の視線は、舗装のされていない路面を照らすヘッドライトの明かりを追いかける。その視線の先で、道が消えていた。急カーブだ。僕はハンドルを切ろうとした。けれども、僕の意志は肉体に伝わることはなかった。智子はハンドルを固定したまま、急カーブに向かう。草と雑木に覆《おお》われた急斜面が眼下に広がっている。車は一瞬宙に浮いた。そのとき突然、僕の脳裏に閃光《せんこう》が弾《はじ》け、深い闇に包まれていた記憶が蘇《よみがえ》った。

僕は知った。僕が誰だったのか、ようやく思い出した。

過去の人生の断片が、光の帯になって流れ始めている。それは、富士見智明の記憶、富士見智明として生きた日々の記憶だった。

……貧しかった、苦しかった、ひもじかった、惨《みじ》めだった。年老いた男と女がいる。女は男を嫌っていた。男の暴力を恐れていた。だから、見てみぬふりをした。男が、戸籍の上では息子であるはずの少年を、毎夜のごとく凌辱《りょうじょく》するのを、背中を向けて、黙々と編み物をしながら。僕は思い出す。腐った卵の臭《にお》いのする息。身体中を這《は》い回ったこわい髭《ひげ》。こじあけ、鞭《むち》打った、黒ずんだ指。男を押し退《の》け、逃げ出す、そんな力は、僕にはなかった。これ以上痛いのは嫌だ。そういって、優しくしてくれと泣いて縋《すが》るほかに、僕に出来たことは、たった一つ、男に犯されている間、空想の世界に逃げ込むことだった。そこでの僕は、丘の上の暖かな陽射しに包まれた家の中で、優しい両親の、一杯の愛情を受けて育っていた。母の手のぬくもり、空想の中にしかない、そのぬくもりが、僕の生きる支えだった……。

僕は、富士見智明だったのだ。僕はその真相に思い当たり、おののき、心の奥で雄《お》叫《たけ》びのような悲鳴を上げた。と、不意に光の帯が途絶え、脳裏の光景は闇に包まれた。その闇に亀裂《きれつ》が走り、再び見えた光は、薄闇を貫くヘッドライトの光芒《こうぼう》だった。車は、樹木をなぎ倒し、枝葉を引きちぎりながら斜面を勢いよく滑り落ちている。その勢いを止めたのは、斜面にできていた瘤《こぶ》だった。右の車輪がそこに乗り上げ、車体が大きく傾いた。一度宙に浮いた車輪は、樹木の幹をとらえた。その反動で、斜面方向に直進していた車が向きを変え、同時に僕の身体が運転席で捩《ね》じれ、足がアクセルから外れた。車が減速し始める。このまま斜面に這う樹木に抱きとめられ、まもなく止まるだろうと、僕は安堵《あんど》しかけた。ところがそのとき、僕は樹木の連なりの向こうに広がる光景を目にして、再び驚愕《きょうがく》した。車の行く手を阻《はば》むはずの樹木の連なりは、あとほんの数層でとぎれている。その先に、空洞が口を開いて待ち受けていた。斜面は、おそらくはそこで垂直に切り立つ崖《がけ》になり、深い谷を作っているのだ。僕は叫んだ。その叫びが声として自分の耳に届いたとき、僕は尾骨から背骨に伝わる激しい衝撃を感じた。そして唐突に、ハンドルを握り締めた指先の感触を意識した。同時に、全身に痺《しび》れたような痛みがあることにも気がついた。樹木の連なりがとぎれたとき、僕はハンドルを左に操作し、ブレーキを強く踏み込んでいた。それは間違いなく僕の意志が肉体に伝わった結果だった。僕は智子から、肉体を取り戻したのだ。

車は崖っぷちで止まった。僕はサイドブレーキをいっぱいに引き絞る。そして車の外に出ようとした。そのとき初めて、僕は後ろの席に人が乗っていたことに気がついた。男が、前部シートの背凭《せもた》れと後部シートの隙間《すきま》に、不自然な格好でのめり込むような姿勢で倒れている。僕はシートの背凭れとドアの隙間から後ろに手を伸ばし、男の顔に触れ、力をこめて押し上げた。うなだれていた首が反り返り、顔が見えた。それは、広山一真だった。その顔を見て不意に蘇った記憶は、安代真澄の家から姉……篠井有一の姉、篠井加代を追いかけたときの光景だった。あのとき、僕の前に立ち塞《ふさ》がったのが、松葉杖《づえ》をついたこの男だった。それが、広山一真だと思い当たった途端に、僕は目の前に火花が散ったような感覚を覚えたのだった。そこから先、車の中で覚醒《かくせい》するまでの間のことを僕は思い出そうとした。……目の前に火花が散り、それからどうなったのだったか……なに一つ思い出せない。いや、そうではない。そもそも知らないのだ、と僕は理解した。おそらく僕の意識はその間、智子に完全に抑圧され、眠らされていたのに違いない。僕の中には智子という別の人格がある。そのことはもう、紛れもない事実だ。僕は二重人格、いや多重人格者なのだ。僕は今、自分が富士見智明であることを知っている。記憶は完全に蘇った訳ではないし、今もまだ、自分が智明だという実感はない。けれども、僕は智明だ。それは事実だ。僕の脳裏を束の間駆け巡った想念が、決定的な証拠だった。

富士見智明として生きた日々の記憶を、断片とはいえ僕は持っていた。

そんなことは、もし僕が篠井有一であるとすれば、有り得ないことなのだ。智明は、篠井有一に成り代わろうとした。だから、篠井有一の過去をまるで自分自身の記憶のように知り尽くしている。けれども篠井有一は、富士見智明の過去に、なんの興味もない、いやそれ以前に、富士見智明の存在すら、知らないだろう。

富士見智明の記憶を持っている僕は、富士見智明であるはずなのだ。今のこの、篠井有一だと主張する意識は、篠井有一になりたいと、富士見智明が掻《か》き集めた篠井有一に関する知識が、やがて本物の記憶と分かちがたいまでに変容し、妄想の中に巣くい、一つの人格として機能し始めたものなのだ。

富士見智明は虐《しいた》げられた幼少期を過ごすうちに、別の人格を育て、そこに逃げ込むことを覚えていた。最初は空想の延長にすぎないような、白昼夢程度の人格の交替だった。様々な人格の去来は、様々な空想の去来にすぎなかった。そんな中で、富士見智明は、篠井有一の存在を知った。それは彼の心を強烈にとらえた。自分と一卵性双生児の関係にある人間が存在し、まさしく自分の夢想した世界に住んでいるのだ。富士見智明の中に、最初はいつもと同じ、ほんの小さな、妄想と区別のつかない影のような形で現われた新たな人格は、何度も交替して現われるうちに、いつか膨脹し、巨大化し、智明の人格を完全に押しつぶすだけの力を持ったのだ。そして、それと同時進行する形で、彼はもう一つの人格を育てていた。それが、女性としての人格だった。彼は自分が女だということを幼い頃から、どこかで自覚していた。もし、彼の心が正常に機能していたら、彼はどんな形にしろ、ともかくもその事実と向き合い、対決したはずだ。けれども彼の心は、別の人格の中に逃げ込むことで苦悩をやり過ごす方法を会得《えとく》していた。

その人格は、思春期になり、智明が自らの肉体への違和感を強めるとともに巨大化し、やがて智明が、実は女であったという事実を突き付けられておののいたときには、一際《ひときわ》強大になった。

智明の中の三つの人格の絶えざるせめぎあいの果てに、最初の勝利者となったのが女の人格、智子だった。智子は、この富士見智明の肉体を完全に支配することに成功した。けれども、なにかのきっかけで智子の人格は、急に力を失い、新たな勝利者を生んだ。それがこの僕、富士見智明の中にある篠井有一の人格なのだ。

しかしまだ、その勝利は完全なものではなかった。僕は今日、再び智子の人格に打ち負かされた。広山を見た途端に、智子の人格が僕の人格を押しつぶしたのだ。……それはなぜだろうか、と僕は疑問に思った。夫との対面だから、きっかけとして相応《ふさわ》しい気もするが、前にも広山とは会っている。なのにそのときは、何も起こらなかった。僕は僕のまま、広山と向き合った。それが二度目では、瞬間的に人格の入れ替わりが起きた。……なぜだろう。状況の違いだろうか……それは考えられないことではない。今回は、僕は、自分の中にある智子の人格の存在を確信し、明確に意識し、逆に自分自身のアイデンティティに対する確信を失いつつあったのだ。いつ人格が入れ替わってもおかしくない状況にあったのかもしれない。しかし、それだけが理由ではないと、僕は感じた。もっと積極的な理由、智子の人格が再び姿を現わす必然性があったように思えてならない。智子は、明確な目的をもって、再び僕の人格と入れ替わったのに違いない。

その目的を知る手掛かりを、僕は、一通の封書から得た。それは運転席のシートとドアの隙間に挟まっていた。意図的に挟んであった様子ではないから、おそらくは車が激しく揺れ、傾《かし》いだときにそこに落ち込んだものだろう。僕は全くの偶然から、その封書の存在に気が付いた。広山の顔から離した手を引き戻すときに、指先に触れたのだ。

封書の中身を引き出し、室内灯を点《つ》けた。

『……殺すつもりはなかったのです。けれども父が、日本刀を持ち出し……』

『……こんな気持ちのまま生きていく勇気はありません……』

斜めに視線を走らせた僕の目に飛び込んできたのは、そんな言葉だった。それだけで、僕は理解した。これは、智子の書いた遺書だ。字体は、僕が僕の字体として記憶しているものとそっくりだった。文字の書き方に関しては、篠井有一の人格と広山智子の人格の間に差がないのか、あるいは、字体に対する印象そのものがいいかげんな記憶の捏造《ねつぞう》なのかもしれない。しかしいずれにしろ、内容からいっても智子の書いた遺書であることには間違いないと、全体を走り読みしながら思った。そしてここに遺書があるという事実は、智子の人格が出現した目的を物語っていると、僕は思った。遺書には、広山に対する別れの言葉が記され、子供を頼むと書いてある。遺書を書いた時点では、智子は、広山を道連れにするつもりはなかったことが分かる。けれども智子は、迷っていたはずだ。広山を道連れにと、一度は考え、実行したのだと僕は思う。篠井有一の人格が出現する、そもそものきっかけとなった交通事故がある。あれはおそらく、智子が仕掛けた無理心中だったのに違いない。智子は夫と一緒に死のうとして、夫の運転を誤らせ、衝突事故を起こさせたのだ。しかし今回は、最初は自分だけ死ぬつもりだった。それが、結局は無理心中を図った。広山にもなにかの責任を取らせようとしたのか、それとも愛した男をほかの女に渡したくないという智子のエゴか、無理心中にいたる心情は正確には分からないが、智子は広山を道連れにするべきか、迷っていた。病院での対面では、その決断を下せる状況ではなかった。それが今日は、夫と相対し、目の前には車もあった。前と同じ状況が整った。それで自分のやるべきことを思い出した智子の人格は、僕のこの人格を圧倒したのだ。そして広山と、話し合い、迷った末に、智子は広山を道連れにする決断をした。けれども死に向かう直前、この肉体に備わった生存本能が、僕のこの人格を呼んだ。その結果、無理心中は失敗した。前回もそうだったのだろう。

僕はその生存本能に応《こた》えるべく、車から降りようとした。そのとき、車がミシリと音をたて、右に傾き、ゆっくりと動き始めた。僕は慌《あわ》ててブレーキを踏み直したが、その動きは止まらない。僕は後ろを向き、広山一真に「おい、おい」と呼び掛ける。広山一真は大きく肩を揺すった。が、それは返答ではなかった。前輪が、崖の淵《ふち》を踏み越え、車が傾いたのだ。車体の底が軋《きし》るような微《かす》かな振動があり、ザラザラという音が聞こえている。僕は運転席のドアを開け、外に出ようと身体を動かした。車の傾きがひどくなるのが分かる。ドアの外に視線を走らせた。右の後方に木の枝が伸びている。今なら、車から飛び下りて、それにしがみつくことは容易にできると思える。しかし、自分が降りた後、車は崖下に転落するだろう。僕は振り返り、広山にまた声をかける。だがやはり反応はない。ひょっとして、既に死んでいるのではないか、そう思い、僕は身体をひねって手を伸ばし、広山の鼻先に自分の指を近付けた。微かな吐息を感じたように思う。しかし、確かではない。脈を取ろうとした。その瞬間、ザーという砂の流れるような音がして、車体がずり落ち始めた。僕が慌てて正面に向き直ったとき、車の鼻先が右に捻《ひね》られるような格好で大きく沈んだ。車体は右の車輪を軸に回転し、横転した。そのときに僕は、頭部と顎《あご》に強い衝撃を受けた。それと同時に、テレビのスイッチを切ったときのように、画像と音が瞬時に途絶えた。

しかしまもなく画像も音も戻ってきた。僕の目の前に、けたたましい地響きをたてながら崖を転げ落ちていく車が見えた。車は、それから間もなく谷底に達し、タイヤを上にした格好で止まった。僕はその車を眺めながら、なぜ中にいる自分が外から眺めているのかと、また僕の意識が現実を歪《ゆが》めて見せているのかと、訝《いぶか》しんだ。けれども、そうではなさそうだった。僕は途中で、開いていたドアから外に投げ出されたのだ。僕は今自分がいる場所を見回した。崖の途中の岩にひっかかって止まっている。崖は、想像したほど深くはなく、急でもない。けれども、車に乗ったまま最後まで落ちていったとしたら、やはり生きてはいられなかったのではないか。僕は頭や腰、膝《ひざ》など様々な箇所に激しい痛みを感じていた。けれども、それは生きている証《あかし》なのだと考えれば、我慢できない痛みではない。僕は身体を起こした。そして少しずつ、崖を伝い下りた。

谷底は浅瀬になっていた。僕は、車が、その流れの中にあることに気が付き、伝い下りる動きを早める努力をした。広山が水の中に顔を突っ込んでしまっている可能性を考えたのだ。ようやく下に着くと、車の様子がはっきりした。上から見て思った以上に、車はひどく傷つき、ひしゃげていた。僕は膝と腰の痛みに耐えながら、足を早めた。広山が、車体に挟まって出られなくなっている可能性を考えた。僕は車の傍らに寄り、身体を屈《かが》めた。転倒の衝撃のせいだろう、既に車のヘッドライトも室内灯も光を失っている。月明かりだけを頼りに、僕は車の内部を覗き込んだ。そこは陰になり、深い闇を作っている。僕は手探りで広山を探した。彼は、水の溜《た》まった天井の部分に顔を伏せて倒れていた。僕はそれに気がつくと、慌てて彼の頭を摑《つか》み、ひっぱりあげたが、頭部を摑んだ僕の手に伝わったのは、ぐちゃりとした感触と生暖かくどろりとした液体だった。彼の頭蓋骨《ずがいこつ》は、粉々に砕けているようだった。僕は彼の頭から手を離した。もし光があったとしたら、僕の目の前にはとても正視に耐えない惨状が見えていただろう。広山が、死んでいることは明らかだった。

僕はひどい虚無感に襲われた。それがどこからきた感覚なのか、僕にはよく分からない。結局は智子のせいで、つまりは僕のせいで、また人を死なせたという事実を前にした絶望感かもしれないし、智子の人格が感じているなにか特別な感情がもたらしたさざなみが、僕のこの人格の中に広げた感覚かもしれない。僕はしばらく、放心状態で車に凭れかかり、顔を両腕に埋めていた。

枝葉のざわめきと風の音、それにせせらぎの音が、重なり合って、唐突に僕の意識の中に飛び込んできた。僕ははっと顔を上げた。一度ゆっくりと周囲を見回し、そして車を離れて、川沿いに歩き出した。身体の痛みは、既にあまり感じなくなっていた。しかしそれは、痛みがやわらいだのではなく、痛みを感じる感覚が、鈍くなり始めているのだ。その証拠に、足取りはひどく重く、ちっとも前に進んでいない。瞼《まぶた》も重くなり始めている。僕は目を見開く努力をし、大股《おおまた》に歩を進める努力をした。しかしまもなく、力が尽きた。僕は足を縺《もつ》れさせ、前のめりに倒れ込んだ。身体の半分が水に漬かった。水の冷たさは、皮膚を刺すような痛みとして感じられた。しかしそれも、次第に感じなくなってきた。意識が急速に遠のいていくのを感じる。瞼が重くなり、塞がった。

そのとき、誰かが、僕を抱き上げたのが分かった。けれども、僕はその抱き上げた相手の顔を見ることはできなかった。どうしても目が開かない。ただ、僕を抱き上げて歩き出した何者かの、荒い呼吸だけは感じていた。

どのくらい歩いたのだろうか。風の流れが急に変わったように思えた。突然、ゴーッという地響きの音がしたかと思うと、車の急ブレーキの音がした。

「おい、どうしたんだ」

男の野太い声が轟《とどろ》いた。そのとき、僕は一瞬だけ目を開くことができた。そして僕は自分を抱えている者の顔を見た。それは、篠井有一の叔父、海山親衛だった。そういうことだったのか、と僕は心の中でうなずいた。僕は今、死に神の使いに抱き上げられていたのだ。考えてみると、こんな夜更《よふ》けに、谷底の浅瀬を通りかかる人間がいるはずがなかったのだ。僕の肉体は、おそらく今も、あの浅瀬にある。僕はそこで息絶え、死に神の使いとして差し向けられた海山親衛の手で魂だけ死後の世界へと案内されているところなのだ。この魂は誰のものだろう。僕には篠井有一の魂のように思える。すると富士見智明の作り出した虚構の人格も、魂を持っていたことになる。つまり人格の分裂は、魂の分裂でもあったのだ。一つの肉体を共有していた、ほかの魂はどうなったろうか。行く先は同じだろうか。それとも、肉体という檻《おり》から離れた魂は、もはや絡《から》み合い、押し退けあう必要はなく、全く別々の場所に案内されるのだろうか。

「早く乗れ」

「いや、いいんだ」海山の声だ。

「馬鹿《ばか》野郎、血だらけじゃねえか」

「連れがいる。車がすぐに来る」

「そんなの待ってるうちに死んじまうぞ」

僕の腰に、誰かの腕が巻き付いた。それはおそろしく太く頑丈な腕だと、僕はそう感じた。

「ま、まってくれ」

海山の手の感触が、僕の首と足からはがれていく。

「つべこべいってんじゃねえ」

僕は、身体が宙に浮きあがるような感覚を覚え、その次の瞬間には、ベッドに横たわったような感覚を覚えた。死に神の使いと争って僕を奪った男は、いったい何者なんだろう。天使の使いだろうか。

「早く乗れ」

「連れを待たなきゃいけないんだ」

海山の声がかぼそくなっている。

「そいつはどうにかなるだろうが。こっちは早くしないと手遅れになるぞ」

「彼女を下ろしてくれ」

「馬鹿野郎。おまえ……この女のなんだ」

「……そ、それは……」

「おまえ、まさか……この女を襲ったんじゃねえだろうな」

「違う、違う」

ドアが閉まるときの、ピシャリという音が聞こえた。同時に激しい振動が背中に伝わった。その振動のせいだろうか、僕の瞼に微かな隙間が開いた。僕は、トラックの座席に凭れて横たわっていた。運転席の男は、筋骨隆々の髭《ひげ》もじゃの男だ。これが天国行きの乗り物で、彼が天使の使いだとは、どうにもイメージに合わないな、と思いつつも、そういうものかもしれない、と僕の魂は呟《つぶや》いた。それを待っていたように闇と静寂が訪れ、僕の魂をすっぽりと覆《おお》い尽くした。

32

カーテンの開く音がした。目の前が、明るくなったのが分かる。瞼《まぶた》は重くて、まだ開くことができないけれど、明るさの変化は敏感に感じ取れた。

僕は先刻から、ゆっくりと思考を巡らせ始めている。僕の耳に微かに届いた会話の断片と物音から、僕はここが天国なんかではなく、病院のベッドの上であることを知った。昨夜、浅瀬に倒れた後の記憶を、僕はゆっくりと辿《たど》ってみた。

僕は生きて病院に運ばれている。とすると、水に漬かった身体を抱えあげられたのも、道路に運ばれ、そこからトラックに乗ったのも、あれは黄泉《よみ》の国の出来事ではなく、現実の出来事だったのだ。僕を抱いて運んだ男も、トラックの運転手も、どちらもこの世の人間だった。そう考えていいのだろう。……しかし、僕を抱き起こしたあの男は、いったい何者だったんだろうか……僕には海山親衛に見えたあの男……声も、彼の声だった。しかしこうやって、僕は病院のベッドに、生きて横たわっている。あの男が、海山だったはずはない。僕は生者で、彼は死者だ。それなのに、錯覚だったとは思えないほど、生々しい記憶として、海山の腕の中にいた自分を思い返すことができる。どうしてだろう……。やはり海山だった……その考えにしがみつこうとしてみて、すぐに、やはり錯覚のはずだと思い直した。あのときの僕は、おそらくは頭部の打撲のもたらした意識障害のせいで、覚醒《かくせい》と昏睡《こんすい》のはざまを漂っていたのだ。男には、少しは海山に似たところがあったのだろう、僕はその僅《わず》かな相似から海山の顔を連想したのに違いない。それが『海山の顔を見た』という認識にすりかわり、そのため声までも、海山の声と思い込むことになったのだ。あの男は、通りすがりの何者かにすぎない。男は海山ではない。僕は生きていて、彼は死んだ。……彼を殺したのは……と、つと連想が起きかかるのを逃れるために、僕は物音に聞き耳をたて、そちらに意識を集中させた。扉の開閉する音、スリッパが床をこする音、棚の上になにかが置かれる音、鳥の声、再び扉の開閉する音、そして、老人らしい男の声が聞こえてくる。

「もちろんまだ検査をしてみなくては分かりませんがね。おそらく大事には至らないでしょう」

老人は、医者のようだ。

「なにがあったんでしょうか」

女の声。それも聞き覚えがある女の声だ。

「その辺は、警察と話した方がいいでしょう」

「警察のかたは、どちらに？」

「少し前までここにいたんですがね。……呼びましょうか」

「後で結構です」

思い出した。高原千秋の声だ。しかしなぜ、彼女がここに……これもまた声を錯覚しているのだろうか。

「どうして、警察に知らせたんですか」

やはり高原千秋の声だ。

「どうしてって……家族の人に連絡を取ってもらわなくてはいけませんし」

「妹の身元は、すぐに分かったんでしょう」

「ええ。まあ、運転免許証を身に着けてましたからね」

運転免許証？　僕はそんなものを携帯していただろうか？

「だったら、先生が直接ご連絡下されば……」

「なにか、不都合なことがあったんでしょうか」

「どうして警察に……」

恨み言をいうような口調だ。

「ひどい怪我《けが》をしてましたし、なにかの事件に巻き込まれた可能性が強いと思ったんです」

「単なる事故かもしれませんでしょう」

「夜中に、山奥の路上で発見されたんですよ。それも……不審な男と一緒だったそうです。電話でお聞きになりませんでしたか」

「だからなおのことです。どんな噂《うわさ》をたてられるか……」

「ああ」と、老医師が息を吐き出す。「それをご心配でしたか。おそらく、それは大丈夫ですよ。下着類に乱れたところはありませんでした」

「だからって」

高原千秋が声を荒らげる。

「もちろん、ご希望でしたら、精密に検査しますよ」

「実際に何かあったかどうかは問題ではないでしょう。警察が入れば、記録が残って……いずれはあらぬ噂がたって」

高原千秋の声は、尻《しり》すぼみになった。

「実際に何かあったかどうかは問題ではないとは……ううん……それは……随分と世間体を気になさるご家庭なんですな」

「言葉の綾《あや》です」高原千秋は、ぼそぼそと口ごもるようにそういった後、いくらか声を大きくして続けた。「ともかく、いきなり警察を呼ぶなんて、非常識だといいたいんです」

「そうでしょうか。……まあ、だったら、申し訳なかったですな」老医師の声には怒気が感じられた。「わたしの常識とあなたの常識は違うようだ」

老医師が、ベッドから遠ざかるのが分かった。彼は、乱暴にドアを開けて外へ出て行った。それから、しばらく間があいて、ドアの閉まる音がした。

僕は、じっと耳を澄ました。高原千秋は、まだ室内にいるはずだと思う。しかし、その気配がない。いないんだろうか。一緒に出ていったんだろうか。束の間《つかま》そう思った。が、彼女はいた。それもすぐそばだ。顔の前を漂う生暖かい空気のそよぎが、ひどく重たく感じられ、僕は息苦しさを覚えた。まるで首を締められているように苦しい。僕はうっと呻《うめ》き声を上げた。それと同時に、ようやく瞼が開いた。視界に入ったのは、僕と鼻先を突き合わせていた高原千秋の顔だ。彼女は、驚いた様子で首を引くと、そこで硬直して僕を見下ろしている。僕は喘《あえ》ぐような呼吸をしながら、高原千秋の顔を凝視する。高原千秋の顔に、当惑したような色が広がり始める。

僕らはしばらく、お互いの顔を凝視し合っていた。高原千秋は固まったように、まばたき一つしない。二人の間に長い沈黙が横たわった。僕は唇をぱくぱくと動かした。喋《しゃべ》ることができるのかどうか、不安に思っていた。声を出したい。けれども、なにをいえばいいのだろう。

高原千秋が表情を強張《こわば》らせたまま、耳を近付けてきた。

僕は喉《のど》を震わせた。口をついて出た言葉は、僕には意外な問いかけだった。

「僕は……誰なんだ？」

なんでそんな質問をするんだろう。もう分かっているはずじゃないか。僕は智明だ。けれどもこの僕の人格は、そのことを決して心からは受け入れられない。高原千秋がなんと答えても、結局は同じなのだ。僕は智明だと、分かっている。分かっているけれども、受け入れることはできない。無駄な質問だ。なぜそんな質問をするんだろうか、僕には理解できない。ひょっとして今喋ったのは、僕ではない誰か、また別の人格なのかもしれない。

高原千秋は、頬を緩め、安堵《あんど》したように息を吐き出していった。

「見えてる？　わたしの顔」

「答えてくれ。僕は、誰なのか」

僕は何度もその同じ問いを繰り返した。それは相変わらず僕の今の人格の意志とは無関係に発せられているように思える。しかしそれは紛れもなく、僕のこの人格の発している問いかけなのだと、繰り返すうちに分かってきた。僕のこの意識はそんな質問を命じていない。にもかかわらず、その質問は口をついて出ていく、それは意識の支配する言語ではなく、より深いところから吐き出された悲鳴なのだ。

「答えてくれ。僕は誰なんだ?」

ようやく高原千秋が答えていった。「智子よ」

僕は首を横に振って、激痛に顔をしかめた。

「動いてはだめよ。じっとして」

「僕は……」

「智明よ」

「智明……本当に?」

高原千秋は、深くうなずいた。

僕は、唇を噛《か》み締めた。受け入れなくてはならないのだ。それが真実なのだから。

僕はまだ、自分は篠井有一だと思っている。それも間違いではない。この人格は、紛れもなく篠井有一だ。しかしそれは、富士見智明の肉体の中に宿った富士見智明の妄想が生んだ篠井有一の人格にすぎない。そのことを僕は認めざるを得ない。

「どうしてここにいるか、分かる? ここがどこか、分かる?」

僕は微かに首を横に振った。質問に答えたのではない。妄想の中をさまよい続ける自分に愛想が尽きたのだ。僕という、今ここにあるこの意識は、いわば亡霊なのだ。ここに生きている肉体は、本当の僕ではない。本当の僕の肉体は、この世のどこにも存在しない。僕は、魂だけの存在だった。身体の中を、木枯らしのような冷たい風が貫き、様々に渦巻き滞っていた感情を、すべて吹き流した。僕はもう、なにも感じることができない。失望も、恐怖も、悲しみもなにもない。ただ事実だけがある。僕というこの意識は、富士見智明の精神の歪《ゆが》みに寄生した、妄想の産物にすぎない。

僕は再び目を閉じた。妄想は、いつか消えるだろう。早くそうなった方がいい。

僕は、薄闇《うすやみ》の中にぼんやりと広がった灰色の雲を見つめた。その雲はやがて長方形の輪郭をあらわにし、白色に光った。僕は目をしばたたいた。ようやく意識が明瞭《めいりょう》になってくる。僕が見つめていたのは、雲ではなく、カーテン越しに窓から差し込む淡い光だった。僕は顔を天井に向けた。どのくらい眠っていたのだろうか。随分と長い時間眠っていたような気がするが、頭の芯《しん》に痺《しび》れたような疲労感がある。それはひょっとすると、昨夜頭に受けた打撲の影響がまだ残っているせいかもしれないが、覚醒する直前に見ていた悪夢も原因の一つには数えられるだろう。

僕は夢の中で、牢獄《ろうごく》に囚《とら》われ、激しく鞭《むち》打たれ、火に炙《あぶ》られ、水に溺《おぼ》れさせられ、首を締められた。その痛みと、息苦しさ、恐怖感、焦燥感が、今もまだ全身にまとわりついている。

僕は毛布をはねのけ、荒く呼吸した。首と額に粘っこい汗がぷつぷつと噴き出ている。手では拭《ぬぐ》いきれない量の汗だ。僕は枕《まくら》にかけてあったタオルを左手で横に引き出し、額の汗を拭《ふ》く。汗は、後から後から湧《わ》き出してくる。僕は何度も何度も汗を拭い続けながら、医師と警官の訪問のことを思い返した。

医師が診察に来たのは、太陽が窓にまっすぐに差し込んでいた頃だった。医師は、白髪の、日本猿そっくりの顔をした老人だった。僕は、彼の質問をことごとく無視した。彼は、僕の怪我の具合については、いろいろと注意を払っている様子だったが、僕の意識状態については、極めて楽観的にみているようだった。僕が緘黙《かんもく》に徹していることも、「なにか喋りたくない理由があるんだろう。まあ、落ち着いてからでいいさ」と、極めて簡単に片付け、「もう暫《しばら》く安静にしてろ」とだけいって病室を去った。その、ある意味では冷淡な態度は、僕にはありがたかった。

警察官が事情を訊《き》きたいとやってきたのは、その後だ。太陽は、少し傾いていた。中年で少し太り気味の猪《いのしし》みたいな顔をした警官は、昨夜何があったのか、と事務的な口調で何度か尋ね、僕が口を開かないと分かると、「まだ無理ですね」と看護婦に確認するようにいって、「また来るから」というと去っていった。意外なほど簡単な、挨拶《あいさつ》程度の訪問だったことに、僕はほっとした。まさかそんなにあっさりと帰っていくとは思わなかった。どんな過酷な取り調べが待っているのかと、僕は恐れていたのだ。しかし、警官が立ち去った後冷静に考えてみると、その簡単すぎる対応は、むしろ当然の態度であることに思い当たった。

僕を病院に運んで来たのは、トラックの運転手だ。彼は、谷底に転落していた車のことなど、なにも知らない。むろん、その車の中で、人が死んでいることも知るはずがない。僕を浅瀬から抱き上げた男は、トラックの運転手に僕を奪われた後、どこかに逃げ出した。どういう事情かは知らないが、ともかく彼には、なにか疚《やま》しいことがあったのに違いない。おそらく彼は、目撃したことを警察に届けていないだろう。すると警官にとって僕は、単に山道で怪我をしていた人間にすぎない。僕自身が、なにかの被害を訴えない限り、特別な関心を払うべき対象ではないのだ。彼にとってはまだ事件はなにもなく、僕はまだ被害者ではなく、ましてや加害者でもない。……しかしやがて、広山一真の死体が発見され、事件か事故かの捜査が始まり、まもなく富士見満志の死体も見つかり、広山智子は殺人事件の容疑者になり、広山智子の精神の病が暴《あば》かれ、海山親衛と安代真澄を殺害した犯人であることも明らかになり、そして異常な殺人鬼として絞首刑《こうしゅけい》にされるのか、あるいは精神病院に一生とらわれるのか……

その不安が、僕に強烈な悪夢を見せたのだろう。

僕はおそるおそる頭を持ち上げ、首を巡らせた。激しい痛みはない。重たいような感じがあるだけだ。僕は身体を起こした。何時だろうか。病院は既に消灯の時間なのか、建物全体がひっそりとしているように感じられる。身体を動かし、時計を探した。ベッドの枕元にある棚に、はめ込みの時計があった。棚の角度が悪く文字盤がよく見えない。手を伸ばし、棚の角を引き寄せ回転させた。時刻は、十時五分前だった。僕はベッドから下りようとして手をついた。そのとき右腕に激痛が走った。右腕に包帯を巻かれているのをすっかり忘れていた。手首と肘《ひじ》をつなぐ骨に亀裂《きれつ》があるとかいう話だ。ほかに、右膝《ひざ》の皿のひびと、右足首の捻挫《ねんざ》が重傷らしい。僕の衣服を血で汚した傷は、額と頭頂部、右腿《もも》外側の切り傷、それに鼻血が原因だった。何針か縫うことにはなったが、それはいずれも軽傷だと、返事を返さない僕に医師が一方的に喋ったのを思い出す。

僕は左足から床に下りた。この足には、まったく痛みはない。片足で立ち上がり、ベッドから棚、そして壁へと手を移動させながら、滑るように片足で移動し、窓辺に行った。カーテンを開けると、室外灯の仄《ほの》かな明かりに照らされた庭が見えた。ちらほらと雪が舞い散っている。

病院の建物は、僕が想像していたよりは、ずっと大きい。コンクリートの三階建てで、平面図はおそらくL字形だ。僕の病室はその丁度折れ目の付近の三階だった。庭には、松と楓《かえで》かなにかの樹木が並び、その間にはハート型の池がある。その水面に、仄かな乳白色にきらめく波紋が広がっているのが見えている。僕は、窓を開けた。凍えそうなほど冷たい雪まじりの風が、僕の頬を撫《な》でながら吹きこんできて、病室のドアをノックするように揺すった。そのノックに応《こた》えるかのように、誰かがドアを開いた。顔を覗《のぞ》かせたのは、高原千秋だった。

「起きてたの」

高原千秋は、室内に入ると、肩をすぼめた。

「寒くないの」

高原千秋は、肩にかけていたショールを胸元に引き寄せながら、僕に近付いてくる。

「気分はどう？」

僕は身体を彼女に向けた格好になり、左足で勢いをつけて窓の桟に腰掛けた。窓の隙間《すきま》を、背中でふさぐ格好だ。風が遮られ、室内が静かになった。

「少し暑くしすぎたかしら」

高原千秋は、部屋の隅のエアコンの機械を覗き込みながらそういった。

「僕は、人を殺した」

「え？」

高原千秋は、束の間僕の顔を凝視したが、すぐに視線を泳がせ、伏せた。

「あんた……知ってたのか」

「なにか大変なことが起きたんだとは思ってた。母親だもの。分かるわ」

「富士見満志を殺した」

「そう。あの男は、殺されても当然よね。あなたや、お母さんをあんなに苦しめたんだもの」

「だけどそれでも、人殺しは許されない。僕は、罪を償わなくちゃいけない」

「きっと、処罰は軽くすむわ。事情は分かってもらえるはずよ」

「僕は自分で自分を裁いた。宣告は死刑だった。だから僕は、昨日、死のうとしたんだ」

「でも助かったわ。きっと、それが神の意志、本当の判決なのよ」

「僕は、広山を道連れにした。僕は生き残って、広山は死んだ。広山も、僕が殺したみたいなものだ」

高原千秋は、唇を引き締め、僕を凝視している。彼女の瞳《ひとみ》が、少し潤《うる》んでいるように見えた。彼女は、なにもかも悟っていたのかもしれないと、僕は思った。

「その二人だけじゃない。海山親衛、安代真澄……僕は四人も殺した」

胸の奥に渦巻く激情に、全身が揺れた。僕は一瞬バランスを失い、のけ反って、窓の外に落ちそうになる。左手で、窓枠をつかんで危ういところで体勢を立て直す。

「危ないわ。下りて、こっちにいらっしゃい。もう少し休んだ方がいいのよ。話はまた後にしましょう」

「僕は人を殺した。それは事実なんだ。ずっと……僕は自分は本当は何者なのかと考えてきた。だけど、今はもう、どうでもいいんだ。僕が誰であれ、四人を殺したのは、この僕だということには間違いがない。人格がいくつに分かれていても、僕というこの存在は、結局は一つだと思う。どの人格の罪であれ、それは僕というここにいる人間の罪だ」

僕は独り言のようにそれだけつぶやくと、高原千秋の顔を覗いた。彼女は、怯《おび》えたような瞳をしていた。

「これが最後の質問だ。もう二度と訊かない。答えを信じるよ。本当の僕は、富士見智明なのか？」

高原千秋は、ゆっくりと、しかしはっきりうなずいた。

「そうか。分かったよ」

死への衝動が突然胸に込み上げた。僕は、その衝動に身をまかせようと思った。

「……さよなら」

高原千秋にいったのではない。現実というこの世界に別れを告げたのだ。亡霊は、自分の住むべき世界へ帰っていくべきだ。

僕は腰を浮かした。次の瞬間には、窓から身を躍らせるつもりでいた。そのきっかけを邪魔する声が響いてくる。

「違う。君は篠井有一だ」

僕は、窓枠にしがみつくような格好でバランスを保ちながら、その唐突な声の主の方を見やった。病室のドアが、半分開いていて、そこに、廊下の明かりに照らされた何者かの影がのびている。その影の正体が室内に滑り込んできた。それは、宗像久だった。宗像は脇腹《わきばら》に手を添えて、少し足を引きずりながら、奥に進んでくる。僕は、当惑して彼を眺めた。

「君は篠井有一だ」

「あなたは誰」

高原千秋がいった。

「あなたは、智明の戸籍上の姉、産んだ母親ですね」

高原千秋は、ぎょっとした様子で宗像を見ている。

「そしてこれは、僕の推理ですけど、あなたは篠井有一の母親でもある。篠井有一と智明は、一卵性の双生児でしょう」

高原千秋は、凍り付いたように立ち尽くしている。宗像久は、彼女から僕へと視線を移した。

「君は篠井有一だよ。いったじゃないか。篠井加代に姉さんと呼び掛けた」

「僕は……篠井有一だと、ずっとそう信じていた。だけどそれは、間違ってた。僕は智明、富士見智明だ。僕はかつて、篠井有一になろうとした。自分が有一だと、本気で思い込もうとした。虚構の自分を作り上げたんだ。智子の記憶を失ったとき、僕は本物の自分に戻らずに、虚構の自分になってしまったんだ」

「君は、篠井加代が自分の姉だといったじゃないか。顔を見なくてもそれが分かった。君は間違いなく篠井有一だよ」

「僕は有一に成り代わろうとした男だ。彼と同じ位、彼のことを知ってるんだ」

「君は、僕の部屋にやってきた。そこが自分の部屋だと思ったからだろう。そこはかつて、篠井有一が住んでいた部屋だった」

「智明は有一のすべてを知っていた。智明と有一はあんたのいう通り、一卵性の双生児だ。生まれたと同時に、二人の運命は二つに分かれたんだ。智明は、篠井有一の恵まれた境遇を知ったとき、二人の運命を交換したいと思った。その妄想は、智明の中に、新たな人格を作ったんだ。それが今の僕だ」

「君は実際に、智明に運命を交換されてしまったんだよ」

高原千秋が、宗像久の胸を押した。「出て行ってちょうだい。この子を混乱させるようなことをいわないで。さあ、出て行って」

「まだ話があります」

「面会なら許可をもらってきて」

「許可ならもらってありますよ」女の声だ。その声の主の、新たな影が、ドアのところにのびていた。彼女も室内に入ってきた。それは、大橋恵美だった。

僕は、嘆息していった。「いったい、どうなってるんだ。なにがなんだか分からない。あんたたちは、どんな繋《つな》がりなんだ。僕は、どんな陰謀に巻き込まれてるんだ」

砂川四郎、安代真澄、篠井加代、そして今度は大橋恵美、宗像が、彼らとどこでどう繋がるのか。彼らは何者で、正体は、目的はなんなのか。僕は、もうそれらの疑問を考える気力をなくしている。僕は富士見智明で、四人も殺した殺人者、もはやそれは疑いない事実だ。そのほかのことは、大した問題ではない。けれども、考えなくても得られる答えならば、聞いておいても損はないだろう。だから訊いてみた。

「なんであんたたちが、そろってここにいるんだ。あんたたちは、何者なんだ」

「説明するよ」

宗像は、床を滑るように足を動かして、ベッドの傍らの椅子《いす》に腰を下ろした。彼は、脇腹にずっと手を当てたままだ。それは篠井加代が刺した傷のせいなのだと、僕はようやく思い当たった。

「君は、篠井加代を姉さんと呼んだ。そのときに僕は、君が誰なのか分かった。篠井有一だと分かった。しかし、篠井有一は別に存在している。どういうことなのか。僕は君と出会って以来の出来事を思い返し、君は智明という人間と運命を入れ替えられたのに違いないと結論を出した。その結論を受け入れると、いろんな事情が呑《の》み込めてきた。そして理解した。君は、広山と智明に殺されかかってる」

「いいかげんなことはいわないでちょうだい。この子になにを吹き込むつもりなの」

高原千秋の声は、ひどく震えていた。

「僕は一刻も早く彼らの動きを封じる必要があると思った。それで、ここにいる大橋さんを訪ねて、君になにが起こり、なにが起ころうとしているのか、僕の推理を話し、協力を頼んだんだ。僕らは広山を探し、智明、つまり今、篠井有一を自称している人間、それに、これは僕の推理から出たことだけど、海山も探した。だけど、その誰とも連絡もつかないし、居場所もつかめなかった。僕らは焦《あせ》った。なにかが起きようとしているに違いないんだ。だけど、警察を動かせるような証拠はなにもない。一刻の猶予《ゆうよ》もないと思ったんだ」

宗像が間を置いた。そこで、大橋恵美が話を引き継いだ。

「あなたの家、つまり広山の家ね。わたしはそこを訪れた。もしかしたら、その中で、なにかが、起こっているのかもしれない。そんな嫌な予感があったの。わたしは窓をこじあけて、中に入ったわ……そして……ラッキーだったわ、留守電に警察からのメッセージが入っていたの。広山智子が怪我《けが》をして病院に運び込まれたことを家族に伝えるために、警察が電話していたのよ」

「僕らがそろってここにいる事情が、これで分かってもらえるね」

僕は僅《わず》かにうなずいてみせた。一応納得のいく話だ。しかし、本当に重要なことは、彼らの正体と目的だ。

「僕がなぜ、安代真澄を訪ねたのか、篠井加代とはどんな関係なのか、君は疑問に思ってるんじゃないかな」

「当たり前だろう。あんたはずっと僕のことをなにも知らないようなふりをしていた」

「僕は、君が篠井有一だということを知らなかったんだよ。それを打ち明けてくれてたら、もっと早く、君の問題を解決することができた」

「あんたは、何者なんだ」

「篠井加代の産んだ子供だよ」

「何馬鹿なことを……」

「うん。篠井有一ならそう思うだろう。それでいいんだ」

「何を言ってるんだ。何か試したのか？」

宗像は首を横に振った。

「何年前だろう、四年か、五年前のある日、海山親衛という男が僕を訪ねてきた。僕を産んだのは、篠井加代という女だというんだ。彼女は、医者に頼んで、産んだ子供を実子として引き取ってくれる夫婦に渡した。その夫婦が宗像、つまり僕の戸籍上の両親だ。その証拠を自分は持っていると、海山はそういった。驚いたけど、僕は冷静だった。自分を産んだ母親よりも、彼の目的の方に興味がある、そういって尋ねたくらいだ」

彼はあっさりと事情を明かした、と宗像は続けた。

彼は、篠井家の資産、篠井加代の母親の病状、相続人が篠井加代と弟の有一であること、篠井加代が精神病院で加療中で、そこで砂川という財産目当ての男に、無理やり婚姻の籍を入れられてしまったこと、などを捲《まく》したてたという。

「海山は、力を貸してくれといった。海山は篠井加代の母親の病が精神までも冒し始めていること、弟の有一が行方知れずであること、自分が篠井加代やその母親とは血縁でなく、法律上は赤の他人でしかなく、篠井有一が行方不明になっている状況では、篠井家の資産は、砂川という男の自由になりかねない事態になっていることなどを話した。彼は僕に、篠井加代の息子である事を主張させ、その権利を行使させようとしていたんだ。きな臭いものを感じた。僕はそんな厄介ごとに巻き込まれたくなかった。産みの母親とはいっても、要するにそれだけのことだ。海山が力説する莫大《ばくだい》な資産も、僕にはどうでもいいことだった。だから、はっきり断わった。海山は、あの手この手で、僕を説得しようと、何度も訪れてきた。僕はその度に、強く拒んだ。最初は低姿勢だった海山は次第に高圧的になってきて、そしてついには僕を罵倒《ばとう》し、責任がある、といい出した。僕には母親の窮地を救う責任がある。こうなったのもすべて、僕のせいだっていうんだ」

宗像の眉間《みけん》に、深い皺《しわ》が刻まれた。

「僕の身体には残忍な変質者の血が流れていることを、僕は、聞かされた」

宗像は唇をぎゅっと嚙《か》んだ。

「僕の父親は、何人もの女を部屋に連れ込み、レイプした。篠井加代は、その犠牲者の一人だった。彼は、自分に逆らって死んだ女の話をして、その写真まで見せた。篠井加代は、死の恐怖に怯えた。十三歳の、人一倍奥手の女の子だった。妊娠が分かったとき、おろすには遅すぎた。彼女は僕を産み、それをきっかけに、彼女の精神は少しずつ歪《ゆが》み始め、やがて荒廃した。かわいそうな人だと思った」

宗像は物思いに耽《ふけ》る様子で、天井を見上げた。窓枠から下りた僕の肩越しに舞い込んだ雪片が宙に踊った。

「だけど、だからといって僕は、海山に力を貸すいわれはないと思って、要求をはねつけた。海山は、今度は僕の血の繫がった父親の正体を、僕の育ての親に告げて、僕が家に居づらくなるような状況に追い込みさえした。それでも僕が屈しないと、今度は精神病院に僕を連れていって、母親という彼女に会わせた。僕は、彼女を見て、愛《いと》しく思った。守ってやりたいと思った。同情や責任感なんかじゃない。もっと切実な思いだった。それで少し、心が動いた。僕は、砂川のことを調べた。最悪の評判の男だった。僕は、彼と闘う決心をした」

風が強くなり、声が届きづらくなった。僕は窓を閉ざし、その窓に凭《もた》れる格好で宗像を見た。宗像は、僕の目を真直《まっす》ぐに覗き込んで続けた。

「君達が住んでいたあの部屋に、新しく住んでいた住民を、半ば追い出す形で僕が借りたのは、その頃だ。あの人は、一度病院を脱け出したことがあって、そのときいったのが、やっぱりあの部屋だった。彼女にとっては、あそこがまだ自分の部屋だった。僕はいつか、あの人を迎えてあげるつもりだったんだ。なんでもいい、力になりたかった」

宗像の声が少し沈んだ。

「だけど、それから間もなく、僕の協力は必要なくなったと、海山がいってきた。弟の有一の行方が分かり、既に家に戻っているという話だった。砂川と篠井加代の離婚も金で片が付いたという話だった。海山は、以後、僕が篠井加代に会うことを禁じるといった。彼女は、僕の顔を殺人鬼と重ね合わせて怯える。それは治療の妨げになる、というのが表向きの理由だった。もちろん実際は、海山は、僕を厄介に思い始めていたんだ。権利を主張しだすんじゃないかと心配になっていた。僕にそんな気持ちはなかったよ、もちろん。安代先生の計らいで、時折内緒で、遠くから彼女を眺めるだけで十分だった」

宗像の吐息が、白く濁って漂った。

「最後に安代先生と話したとき、篠井有一の記憶喪失のことを聞いた。先生も、つい最近知ったといっていた。それを聞いていなかったら、さすがに、君が本物の篠井有一で、篠井有一を称しているのは偽者《にせもの》だなんて、そんな結論を信じる気にはなれなかったと思う。彼の記憶喪失がなければ、あまりにも馬鹿げた推理に思えるからね」

「彼の記憶喪失は本当だ。だけど、あんたの推理は間違ってる」

「どうして」

「あんなに完璧《かんぺき》な偽者はいない。周囲の誰も疑っていない」

「だから、一卵性双生児だと推理した」

「……僕も、一度は、あんたと同じ推理をした。実際に、それは起ころうとしたことなのかもしれない。だけど……違っていたんだよ」

「なにが違うんだ」

「僕は智明だった。智明だから、憎んでいた富士見満志を殺した」

「君は殺してないよ」

「なぜ分かる」

「君は智明じゃない」

「答えになってないよ」

「じゃあなぜ、君は自分が殺したと思うんだ」

「智明だから……」僕は首を左右に振った。「たとえ、智明ではないとしても、殺したのが僕だという事実だけは、曲げられない」

「どうして。君は殺したという確かな記憶を持っているのか？」

「記憶はなくても、僕が少なくとも人殺しであることは事実だ。それはあんたもよく知ってるじゃないか」

「君は、このテープのことを思い違いしている」

宗像は、椅子から立ち上がった。ズボンのポケットを探り、八ミリのテープを取り出した。安代先生の部屋にあった、僕が先生を殺す現場の映ったあのテープに違いない。

「君は安代先生を殺してないよ」

「広山智子も僕だ。僕の一部だ」

「そうだよね。それはこのテープが語ってる。君の中に、広山智子の人格が棲《す》んでいる。広山智子は、安代先生に襲いかかったように見える。安代先生は突き飛ばされる形で、椅子の角で頭を打って倒れる。でも殺してはいない。安代先生は死んでないんだ」

「死んでないって？　間違いなく死んでた」

「ああ、いや、そうだ。安代先生は死んでたよ」

「何が言いたいんだ」

「ビデオの話さ。倒れた安代先生は起き上がった。君が部屋から走って出て行った後でね。だから殺したのは君じゃない」

「じゃあ誰？　誰が殺したんだ？」

「それは分からない。映ってなかった。安代先生が録画を止めたんだよ。その後の出来事だ」

「じゃあやっぱり僕だ。引き返してきたんだ」

「なぜそう思う？　記憶があるわけじゃないんだろう？」

「姉さん……篠井加代が、僕に何を言って何をしたか、あんた知ってるじゃないか」

「それも君の勘違いだ。今話しただろう。君の姉さんは、僕の顔を見て、昔のことを思いだしたんだよ。君を狙ったのが外れて僕を刺してしまったわけじゃないんだ」

「……でも……それは、僕が安代先生を殺してないっていう根拠にはならない」

「殺す理由がないだろう。君には安代先生を殺す理由がない」

「僕は僕であって僕じゃない。安代先生を殺したのは、智子の人格だ」

「智子が安代先生を殺す理由は何？」

「それは僕にはわからない。だけど、殺意があったことは間違いない。それはビデオに映ってたじゃないか」

「いや、それも君の勘違いなんだ。智子は確かに殺意をあらわにした。だけど殺そうとした相手は安代先生じゃないよ」

「何言ってるんだ。他に誰がいた？」

「鏡だよ」

「え？」

「カメラはマジックミラーの向こうに据えてあったんだ。智子は、鏡に映った自分に襲い掛かったんだよ」

「それが何を意味しているかは、説明が必要ね」大橋恵美が口を挟んだ。「わたしとあなたがフォルテで飲んでいたあの日、広山は、あなたを殺すつもりで呼び出したの」

「うん」と宗像が言った。

僕は宗像の方に視線を向けた。

「推理だよ。僕たちの推理。君に何があったかっていう」宗像はいった。

「もういいかげんにしてください。病人なんですよ。訳の分からない話はやめて、出て行ってください」

高原千秋がいった。

「訳が分からないことはないよ」僕はいった。「聞きたい。続けて。その推理とかいうやつを」

「もっと前の話からしよう。君に、篠井有一に、何が起こったのか」

宗像はそういうと、椅子に座った。

「君の中には女性の人格が棲んでいる。これはもう間違いのない事実だろう。その人格は、数年前に篠井有一の人格を圧倒し、新たな生活を始めた。押し潰された篠井有一の人格は消えたも同然となり、篠井有一は失踪状態になった。それでは困ると思ったのが、海山だ。もちろん、彼は君に何が起きたのか分かっていたわけではないだろう。ただともかく、彼には篠井有一という存在が必要だったんだ。必死で君の行方を探した。だが見つからず、智明を君の身代わりにした」

宗像は高原千秋の方を見た。「あなたもこの件に関わってますね？」

高原千秋は青褪《あおざ》めた顔で首を横に振ってから、慌てたように、「関わるとか関わらないとか、そういうことじゃなくて、話が分からないわ」

「じゃあ分かるまで聞いててください」

宗像は、僕の方に視線を戻した。

「身代わりを頼まれた智明は、君の失踪のことを知って、君がどこにいるか、どこを探せば見つかるか、すぐに分かったんだ。女性になりたい願望を持つ男達が集まる場所だろうと。彼は、海山が君を見つけることを望まなかった。ずっと身代わりでいたいからだ。そこで先に君を見つけて、君を隠すことにした。広山を使ってね。広山は君に近付いて、親しくなった。君を引き寄せる餌《えさ》があったんだ。本物の女性になるための、手術と戸籍。君は、自分の兄弟と知らずに富士見智子の戸籍を使い、広山と結婚した」

「子供、英治を産んだのは、わたしなのよ」大橋恵美がいった。「わたしは、おろすつもりでいたの。その子の父親は、行きずりで、顔も覚えてない男だったわ。あなたとわたしは偶然……運命だったと思うんだけど……わたしが置き忘れた財布をあなたが拾って届けてくれた縁で、お互いの家を行き来するようになってた。あなたはわたしの妊娠を知って、しきりに羨《うらや》ましがった。ずっと欲しいと思っているのに、ちっとも妊娠しないのよ、って。わたし最初冗談で、じゃああげるわ、って。そしたらあなた、真に受けて、広山までが真剣にそれに乗ってきたの。わたしは、あなたと、もっと親しくなりたかったの。だから、産んだわ。あなたのために。わたしは、あなたを愛してたから」

大橋恵美は、熱い視線を僕に寄越した。

「あなたも愛してくれた。だからあなたは、本当に幸せそうな顔で、わたしたちの子供を抱いた。覚えてないの？」

僕は戸惑うほかなく、視線を外した。大橋恵美は、がっかりしたように溜《た》め息をついた。

「君が智子でいる間は、智明の邪魔にならない」宗像がいった。「しかしいつ、有一の人格に戻るかわからないから、君の殺害は、前から計画があったはずだ。その実行が今になったのは……何か理由があるかもしれないし、偶々《たまたま》かもしれない」

宗像は、椅子から立ち上がり、大橋恵美を代わりに座らせた。大橋恵美は、うなだれた様子で床に視線を落とす。宗像は、ベッドのパイプに手をついて凭れて、僕を見つめた。

「君に、箱根で、智子としての生活を築かせたのは、智明たちの計画に必要なことだった。君が広山智子という女性であることを、皆が証言してくれる状況を整えたんだ。そうしておいて、君を殺す計画を実行に移した。まず、智明は君に変装して、智子として昔の友人、つまり重永さんの前に姿を現わした。後々のために、薄暗い中で、偶然を装い、女に変装した自分を見せ、再会を約束した。それから智明は、富士見満志を殺した。なぜ彼を殺したのか？　富士見満志の存在は、智明が篠井有一に成りすます計画にとって邪魔になる、そう判断して、口を塞《ふさ》ごうとしたのだとも考えられるけど、殺害のタイミングからして、おそらくもっと特別な理由があった」

宗像は、眉間に皺を寄せて、手を脇腹《わきばら》に当ててた。傷口が痛むのだろう。立っているのが辛《つら》そうに見えた。大橋恵美が席を譲ろうとしたが、宗像は首を横に振った。

「……富士見満志を殺すことは、君を殺す計画の一部だったんだ。智明は、君を広山智子として、自殺に見せかけて殺すつもりだった。『富士見満志は広山智子が殺した』そういう状況は、広山智子が自殺する動機として必要だったんだ。君が篠井有一として覚醒《かくせい》することになったあの日の出来事は、たぶん、こんなふうになる……」

宗像は、腹を押さえ、しばらく言葉をつまらせた後、喉《のど》を鳴らして息を吐いて、いった。

「座ってもいいかな」

宗像は、僕の了承をとって、ベッドに腰掛けた。

「あの日、広山は、フォルテで大橋さんと飲んでいた君を呼び出した。紹介したい人がいるからといってね。君は、なんの疑いもなく、出かけていった。広山は、君を車に乗せると、睡眠薬で眠らせた。重永夫妻の家には、広山と智明で行く計画だったはずだ。もちろん智明は女装でね。そこで智明は、酒に酔い、感情を抑えきれなくなったように見せ掛け、父を殺したと告白する。そして錯乱して、家を飛び出し、君を乗せた車で走り去る。後は遺書と共に君の死体が発見されて、すべてが終わる。死体を広山智子と確認する証人として利用される予定だったのが、大橋さんと、重永夫妻。大橋さんにとっては、その死体は、彼女が良く知っている広山智子。重永夫妻にとっては、彼らが知っている智明とも、女になった智子とも別人だけど、智子とは、その日が初対面のようなものだろう。死体の顔が自分達の知っている智子と少し違っていても気がつかないはずだ。君の顔には美容整形の手が加わってるかもしれないけど、君と智明は双子だから、もともとの顔は同じなんだ。化粧を似せれば、智明は十分君になりきれた。血液型まで含めて、死んだのが広山智子、富士見智明であることに疑いを挟む余地はまったくない。そして広山智子が富士見満志を殺したという状況も容易に立証されるだろう。智明は女の格好を人前に堂々と晒《さら》して父親の家を訪れただろうからね」

宗像は腰に当てていた手を下ろし、肩を大きく上下させた。「彼らの計画が失敗したのは、智子の人格が消えて、有一の人格が目覚めたからだ。そのきっかけになったのは、一つは、広山に一服盛られた睡眠薬の作用だ。智子の人格は、いつもと違う意識状態になった。そんな中、目の前に、もう一人の自分が姿を現わした。智子そっくりに変装した智明だ。智子の人格は、智明のことなんて知らないから訳が分からない。アイデンティティの危機だ。しかもそのもう一人の自分は、夫と額を寄せ合い、自分を殺す相談をしている。智子の人格は、パニックに陥って、自分を見失い、今まで眠っていた別の人格、篠井有一の人格との交代を許したんだ。君は突然目覚めて、びっくりしただろうね。交代前よりよっぽどパニックだったんじゃないかと思うんだけど、君はともかく逃げのびた。だけどそのときの記憶は、今の君にもないんだね」

僕はうなずいた。

「飲まされた睡眠薬のせいだろう」宗像はいった。「君は広山たちから逃げたときの記憶がない。そして間違いなく、智子の人格も、逃げた記憶を持ってない。だから智子は、安代先生の部屋で催眠状態で目覚めたとき、鏡に映った自分を、もう一人の自分だと錯覚して、パニックの真っ只中に戻ってしまったんだ。もう一人の自分を殺さなければ自分が殺される、そんな衝動から、智子の人格は鏡に向かっていった」

宗像はうなずいてからいった。

「だから心配しなくていい。安代先生を殺したのは、君の中にいる智子じゃないんだ。もちろん篠井有一が殺したはずもない。それはわかるだろう?」

宗像の話はもっともらしく聞こえた。信じたかった。けれども僕は、智明なのだ。

「僕は智明だ」と、呻くようにいった。

「なぜそう思うんだ。ひょっとして、君は富士見満志の家の鍵を持っていたことにこだわってるのか。だとしたらナンセンスだよ。智明が君を眠らせた後、入れたに決まってるじゃないか」

「そうじゃないんだ。もっと重大な証拠だ。……僕は、智明の記憶を持っている」

宗像は暫《しばら》く考え、それは説明がつくよ、とあっさりといった。

そのとき、高原千秋が廊下を走り去る足音が高く響き渡った。

33

智明のボブヘアのかつらが、海から吹く風に靡《なび》いていた。

「宗像の姉貴が、君が宗像の所にいるってことを広山に知らせたんだよ」

智明の口調は、篠井有一を演じていたときとは違っていた。篠井有一より早口だ。

「広山は宗像を尾行していたんだ。そこに君が、安代の家から飛び出して来た」

智明はそういうと、僕の方を振り向いた。

僕がここに来てから、今までずっと、智明は背中を向けたまま喋《しゃべ》っていた。

「君を気絶させたのは、スタンガンだ」

智明は僕の姿を眺めながら、赤い縁の眼鏡を押し上げた。

僕は右手を三角巾で吊し、右足にはギプスを付けている。

「よく一人で来れたな」

智明が周囲を見渡した。

「タクシーぐらい一人で乗れる」

「どっか座れば」と、智明が岩場に目をやる。

「言われなくても、座りたくなったら座るよ」

怪我《けが》の具合は、見かけ程悪いわけではなかった。痛みはほとんど消えている。崖《がけ》から転落した日から、既に一月が過ぎている。

「なんて言って出てきたんだ」

「誰に」

僕は今、昔住んでいた篠井家の屋敷に戻っている。

どうやって知ったのかはわからないが、智明もそれを知っている。だから家に電話をかけてきた。

「誰にって、いろいろいるだろう」

僕が今一緒に住んでいるのは、姉と家政婦さん。

姉は彷徨《ほうこう》していたところを保護され、その後しばらく狛江《こまえ》市の病院に入院していたのだが、先週引き取った。家政婦さんは、姉が戻った日から住み込んでもらっている。

だが智明が言っている、いろいろとは、この二人ではないだろう。

「事件が明らかになってから、大勢の記者やカメラマン等が、ずっと僕に貼り付いていて大騒ぎだった。警察の人間も、連日誰かしら僕の所に来ていた。

だが、それも一週間程前までのことだった。

「誰にも何も言ってない。僕がどこに出かけようが、もう誰も気にしちゃいないよ。毎日いろんな事件が起きるからね」

智明は納得したのか、また背を向けた。

「安代先生を殺したのは？　あれは君か？　それとも広山か？」

「俺だよ」

「何のためだ」

智明は、眼鏡を外し、崖の向こうに投げた。

眼鏡が水面にぶつかる音は、波の音に重なって、消えた。

「俺は安代真澄に呼び出されて家にいった。あいつは知ってしまっていた」

「僕が本物の篠井有一で、君が偽者《にせもの》だということをだな」

「それだけなら、殺さなかった。それを証明はできないんだからな。安代は、俺が訪れる直前に、君を催眠にかけ、君が広山智子だということを知ってしまってたんだ。広山智子という名前を知られてはおしまいなんだ。篠井有一と広山智子、この二つの名前が結びつけられたら、計画は失敗なんだ。二人は、赤の他人でなければならなかった。広山智子が死んで、その名前は、新聞に出るかもしれない。その名前に、篠井有一に繋《つな》がる誰かが興味を示したら、それですべてがおしまいだった。そんなことは、本来は絶対に有り得なかった。うまくいくはずだったんだ……最初の計画通りなら……。だから仕方なく、安代真澄を殺した」

「なにが、仕方ないんだ」

「君のせいだ。君が最初におとなしく死んでいれば、それで終わった」

智明は、岩場に腰を下ろした。遠くに見える灯台の方を眺めている。

「君が広山の車から逃げ出したときは、驚いたよ。君がすべてを知ってしまったような、そんな恐怖があった。君が篠井有一として、名乗りをあげたら破滅だ。だから身を隠した。最後の頼みは、君が智子のままでいてくれることだ。それを願った。もしそうなら、大橋恵美を頼るはず、そう思って彼女を尾行して、君を見付けた。あれが、最後のチャンスだったのかもしれない。俺は必死で追い掛けた」

僕は、電車の窓から見た篠井有一の幻のことを思った。あれは幻ではなく、智明だったのだ。

「絶望して、見送った。俺はもう有一には戻れない。そう覚悟した。怯《おび》えながら、明日香や海山に連絡を取ってみた。君は彼等の前に、姿を現わしていなかった。代わりに鈴木京子という女が、篠井有一について調べている。君の混乱ぶりが分かった。そのときに、俺は最後まで篠井有一でありつづけようと誓った。代わりに君は、最後まで広山智子でなければならない」

「死ぬまで？」

「そうだ」

智明は、岸壁に打ち寄せ砕ける、波頭の方を眺めていた。日が傾き、宵闇《よいやみ》が、あたりを包み始めている。

「叔父や明日香は、君を本物の篠井有一だと信じていたと、言い張っている」

「明日香は嘘《うそ》をついていない。彼女は本当に信じていた。俺の肉体の欠陥を、彼女は知った。それは昔彼女が知っていた有一と同じ欠陥だった。彼女は、それを承知で俺を愛してくれた。そんなことは、大した問題じゃないと。セックスなんて、どうでもいいのだと。彼女だけは傷付けたくなかった。彼女はなにも、知らなかった。共犯なんてとんでもない。被害者の一人だ」

智明の声が、微《かす》かに震えていた。

「叔父は？」

「俺に、行方不明の君の身代わりになれと持ち掛けてきたのは、あいつだ。あいつは、高原千秋という女が君を産んだことは、知っていた。だけどもう一人の君がいたことは、知らなかった。失踪《しっそう》した君を探して、ひょっとしたら彼女が君の行方を知ってるかもしれない、そう思って、彼女を訪れ、俺の存在を知ったんだ。あいつは、君が見付かるまで、君の身代わりになれといった。たっぷりと謝礼を約束してね。海山は、俺を完全にコントロールできると思っていたんだろう」

智明は皮肉っぽく唇の端を歪《ゆが》めた。

「君は記憶喪失を装い、火傷《やけど》の痕《あと》を作って、僕に成りすましたんだな」

「海山の指示だった。俺は文句一つ言わずに従った。篠井有一の身代わりじゃなくて、君そのものになりたかったからね。俺は記憶喪失になった篠井有一。それでなんの問題もないだろう。君のことなんて、もう忘れてしまっていいって、海山に思わせたかった。だが海山は、俺を、君が戻るまでの身代わりとしか考えてなかった。だから火傷なんだ」

「どういう意味だ？　だから火傷、って？」

「君に成りすますのに、火傷なんていらないだろう。俺と君の顔は同じだ。そりゃあ育ちが違う分、少しは違うが、篠井有一は久しぶりに家に戻るんだ。多少の違いは問題ない」

僕はうなずいた。

「火傷は、後になって、俺の顔を作り物だったことにするために必要だったんだ」

僕は意味が分からず、首を傾げた。

「海山は、君さえ戻ってくれば、篠井有一の偽者工作を自分がやったと認めるつもりでいたんだ。君の資産を守るためだったという立派な言い訳があるからな。しかし、認められないことがある。君の出生の秘密だ。それが表立つのは好ましくない」

「秘密って……」

「俺たちの父親がしたことだよ。君の母親を騙して、自分と愛人の間にできた子供を養子にした。海山は、そのことを秘密にしたかったのさ。君の立場を守るためにね」

「あの人……篠井実音は、その秘密のことは知っていたよ」

「知っていたってことを証明できないだろう」

「え?」

「つまりこうさ。君の母親は、俺たちの父親がしたことを知った上で君に財産を残し、会社の後継者に指名した。亡くなった夫のことを許し、君を息子として認めてた、ってことだろう。だがそれは彼女の心の中で決着した問題だから、そのことをどこかに書き残したり、言い残したりはしていないんだよ」

「だとしても、だからって誰も僕の立場をどうこうできないと思うけど。戸籍も遺言状も、正式なものだろう」

「書類上はな。だが彼女が俺たちの父親に騙されてたんじゃないか、って話になれば、君の会社での立場は同じじゃなくなるさ。今まで味方だった人たちも敵になる。海山は、そんな事態が起きないように、俺を、『ただの偽者』にしておく必要があった」

「ただの偽者？」

「そうさ。ただの偽者なら、君が戻ったら、元の誰かに戻って消えるだけだ。あいつはどこの誰だったのかと聞かれても、海山は、街で有一に似た人間を見かけて金で口説いたと、とぼけていればいい。だが、君と瓜二つだったとなると、話は別だ。そこまでそっくりなのは何かあると、誰かが調べたら、やがて君の実母が誰か、実父が誰か明らかになる。そうなったら、篠井実音は死ぬまで騙されていたと考える人間も出てくる。もちろん、篠井加代の話とも結びつく。彼女の精神病は財産を巡っての陰謀だと騒いでいる砂川の存在があるんだ。篠井実音の親戚が彼と組んだら、君の会社での立場どころか、相続した財産だって、どうなるか分からない」

「それで君は顔に……」

「ああ。俺はただの偽者で、この顔は美容整形による作り物。後になって皆にそう思わせるために、必要だった」

「火傷……」僕はなぜか、頰に痛みを伴う火照《ほて》りを感じた。「怖くなかったのか」

「ん」智明は、一瞬眉間《みけん》に皺《しわ》を寄せた後、吹き出した。「メイクだよ。本当に焼いたりはしないさ。手術を受けたといってメイクを外しただけだ」

僕はほっとした気持ちになり、顔の火照りも消えた。

「俺は所詮《しょせん》、君の身代わり。海山は君を探した。だから俺も、君を探した。君の身代わりではなく、君になるために。競争だった。最初に君を見つけたのは、広山だ」

僕は当時、京子と名乗り、ゲイバーに勤めていた。事件が報道された後、昔の同僚という人々のインタビュー記事を見て、それを知った。その記憶は、僕にはまったくない。名前だけが、潜在意識に残っていたのだ。

「広山という男は、そもそも何者なんだ」

「広山はあの女の愛人だった」

「あの女？」

「俺達を産んだ母親だよ」

「高原千秋の……愛人」

僕は暗澹《あんたん》とした思いに駆られた。

産みの母の愛人と、僕は夫婦として暮らしていたのか……。

「あの女は欲に目が眩《くら》んで、愛人の広山に君を探させた。探し出した広山は、君を自分の妻にしてしまうことに成功した。それが誰の、どういう意志だったのかは、よく分からない。君はあの女がおなかを痛めた子供には違いない。君の命を俺から守ろうとして、広山にそうさせたのかもしれないし、広山が本気で、君にほれたのかもしれないし、広山の欲だったのかもしれない。広山は、君に俺の戸籍を与えた。俺は十七の時に医者にいって、自分の性別が本当は女だっていうことを知った。医者の証明を貰《もら》って、裁判で戸籍を訂正している。君にも分かるだろう。性別が間違っていることを、子供の頃から、心のどこかで感じてた。女になる、それは必然だったんだ」

「君は今、女なのか……」

「違う。俺の肉体は男のままだ。医者には、性器の形成手術を受けるようにと勧められたけどね。俺は拒否した。俺は女だった。女として生きたかった。だから戸籍は訂正した。だけど、男を受け入れる肉体を望んではいなかったんだ。矛盾しているように、人は思うだろうけど、それが俺にとっての真実だった」

「父親……祖父のことがあるからか」

「……そうかもしれない」

「君は彼に、犯された。僕はそれを知っている。なぜ知っているのか、それが知りたい」

智明は笑った。

「分からないのか」

「ああ」

病室で、宗像はどうして僕に智明の記憶があるのか簡単に説明がつくといって、実に単純な推理を述べた。それが多分、真相なのだと思う。けれども、智明の口から真実を聞き出したかった。「なぜなんだ。なぜ僕に君の記憶があるんだ」

「スタンガンで気を失った君は、車の中に運び込まれて、ドライブに連れ出された。死ぬためのドライブにね。そのドライブのときに、俺が喚《わめ》き散らしたんだよ。あの女医を殺した直後ってこともあって、俺は興奮状態だったんだ。だから別に君に聞かせるつもりだったわけじゃあないが、ついにこのときが来た、君と人生を交換し、生まれ変わるときが来たんだ、って感じで、自分の身に起きたあれやこれやを口にしたのさ。君は、意識がないように見えてたけど、聞こえていたんだろう。で、それを自分の記憶だと思い込んでる」

宗像の推理は当たっていたから、やっぱり、と心の中で呟いてから、「そういうことだったのか」といった。

「本気で悩んでたのか？」

「ああ」

「そうか」智明はひどくおかしそうに笑った。「本気でねえ。本気で自分を智明だと思ったわけか」

僕は智明の笑いが収まるのを待って、質問を続けた。

「広山は、殺してから車に乗せたのか？」

「生きてた。少なくとも、君が車を動かした時点ではね」

「じゃあ、車が転落しなければ、あいつは……死ななかったのか」

「責任を感じることはないさ」

智明は、僕の気持ちを見透かしたようにそういい、笑った。

「広山は君を殺す計画に嚙《か》んでたんだ。それに……居眠りしてたわけじゃない。俺が眠らせておいたんだよ。最初から死ぬ予定だった」

「どういうことだ」

「君らを車に乗せて、ガムテープで目張りをして、後はガスを引き込んで、心中したように見せかけるつもりだったのさ」

「なぜ広山まで殺すんだ」

「心中に見せかけた方がもっともらしいだろう」

「それだけで……」

「……知りすぎてたからさ。それに……あいつは要求をエスカレートさせた。従うことのできない要求だった。自業自得《じごうじとく》だ」智明は、たぎるような憎悪《ぞうお》を目の中に浮かべた。「……あいつにはたっぷりと睡眠薬を呑《の》ませた。多分今でも天国でのんきにいびきをかいてるさ」

「心中の偽装が、うまくいくと思っていたのか」

「もちろんさ。十分考えぬいた計画だった。君達は大量の睡眠薬を呑んで、車にガスを引き込み心中した。それを疑う理由なんてないだろう。広山智子は、父親殺しで逮捕されるのを恐れ、覚悟して自殺する。広山は、その巻き添えで結果的に無理心中になった。どこに疑う余地がある。俺が書いた遺書がある。俺の筆跡は完璧《かんぺき》に君と同じだ。練習を積んだからな。そいつが確実に回収されるように、俺は車を谷底に突き落とすかわりに、ガスを選んだんだ。もちろんガスを使うことは、君を連れ出すために使った睡眠薬の蓄積を説明するという意味でも得策だった。崖下に車ごと転落して死んだ人間の身体から睡眠薬が検出されたら、他殺の疑いもでるだろうが、ガス自殺なら、睡眠薬を大量に呑んでいても不思議はない。父親殺しは、遺書だけでなく、姉の高原千秋によっても裏付けられることになる。彼女は、妹がそういう告白をしたと証言する。もちろん高原千秋には富士見満志の死亡時にも広山夫婦の死亡時にも完璧なアリバイがあるから、彼女自身が疑われる心配はない。そして俺は、君の死と同時に、完全に篠井有一になる。広山夫妻と篠井有一は全然接点がない。俺は安全だったんだ。君さえ目を覚まさなければ、なにもかもうまくいっていた」

「僕が目覚めたんじゃない。僕の中のもう一つの人格が目覚めたんだ」

「この前とは逆というわけか」

「一つ気になってることがある」

「なんだ」

「僕は広山智子の運転免許証を持ってた。なぜだ」

「あんたが運転してきたと思わせる必要がある。持ってなきゃおかしいだろう」

「君がポケットに入れたのか」

「そうだ」

「なぜ君が持ってたんだ」

「そういう疑問か。前のときの手順を説明する必要があるな」智明は、ふんと鼻を鳴らした。「俺は、広山智子として重永夫妻に会い、そこでジジイを殺したと告白し、錯乱を装って君を積んだ車で海辺にでも行って自殺を偽装するつもりだった。そこまで、俺は君として車を運転する必要がある。だから万一の検問に備えて、君の免許証を身に着けておいた。もちろん殺す前には返すつもりでね」

「その計画の途中で、僕は逃げ出したんだな」

「そうだ」

「その計画でも、広山も一緒に殺すつもりだったのか？」

「広山か……そのときは、殺すつもりじゃなかった」

「それがどうして今度は殺す計画にしたんだ」

「成り行きだよ」

「どんな」

「いったろう。あいつは、要求をエスカレートさせた」

「それで殺すことにしたのか」

「そうだ。ずいぶんこだわるんだな」

「僕は君が書いた遺書を見た。そこには、広山を道連れにするとは書いてなかった」

「書かなくても、成り行きで無理心中したのだと、現場から判断されることになる」

「僕と君はどこか深いところで繋がっている。だから僕には君の気持ちが分かるはずなんだ。君が富士見満志を殺した理由、安代真澄を殺した理由、僕を殺そうとした理由、どれも一応の納得がいった。だけど広山を殺す必然性は、僕には分からない」

「あいつを殺すつもりはなかった。だけどあいつは突然、とんでもない要求をしてきたのさ」

「いくら要求されたんだ」

「金じゃない」

「え」

「あいつは僕に、君の代わりになれといった」

「……それは……つまり……」

「あいつなりに、君を愛してたんだろう。だから君を殺す代わりに、俺に君の代わりをつとめろと要求した。肉体的な代償を求めたのさ」

「そんな馬鹿《ばか》な……君は肉体的にはまだ男じゃないか」

「広山が君を見つけたとき、君はまだ身体は男だった。広山は、そんな君でも構わなかった。人の趣味はいろいろさ。君だって、それをとやかくはいえないだろう。夫を裏切って女の愛人を作ってた」

「……僕と君にも違いがあったんだな。君は男を受け入れられなかった」

智明は渋面を浮かべていった。「そんな問題じゃないさ。篠井有一と広山とは赤の他人で、なんの接点もない。それがこの計画にとって一番大事なところだってことが、あいつには理解できなかったんだ。殺さざるをえないじゃないか……これで納得がいったか」

「ああ」

僕には分かる。智明はなにより、自分の身体を求める男を許せなかったのだ。

「計画は細部まで練ってあったし、うまくいくはずだったんだがな。君が目を覚ますというハプニングさえ起きなければ、今ごろは……」

「縛っておくとか、いくらでも方法があったんじゃないか」

「そんな痕跡《こんせき》は残したくなかった」

「その用心深さが裏目に出たんだな」

「君はまったく、唐突に目を覚ましたんだ。鼾《いびき》をかいていたのが、あっというまに、車から飛び出し、走り出した。今度もそうだった。君は完全に意識を失っていた。だから安心して、車の窓をガムテープで塞《ふさ》ぎ、ガスを引き込む準備を始めた。それが突然、むっくりとゾンビみたいに起き上がって、車を発進させた」

一度目は、篠井有一の人格が覚醒《かくせい》し、二度目は広山智子の人格が覚醒したのだと思う。一方の人格が昏睡《こんすい》したとき、もう一方の人格がむくむくと起き上がった。

「慌《あわ》てたよ、必死で、車を止めようとした」

フロントガラスに映っていた僕の顔、あれは幻ではなかった。智明の顔だ。サイドのウインドウに映っていた叔父の顔、あれも幽霊ではない。今はその事を知っている。

叔父は死んでいなかったのだ。もちろん、浅瀬に倒れている僕を抱き上げたのも、叔父、海山親衛だった。

「崖下《がけした》に転げ落ちていったときには驚いた」智明は渋いような顔を作った。「せっかくの計画が水の泡だ。だけどまあ、それでも死んでくれれば、状況からみて無理心中と判断される可能性はある。だから、確かめにいくことにした。もし死んでなければ、とどめを刺す必要がある。君はついてたよ。二人そろって崖を下りていくわけにはいかない。一度下りたら、這《は》い上がってこられるような崖じゃないからな。二人のうちどっちかは、車を運転して山を下る必要がある。当然俺たちは心中偽装用の車と別に、逃走用の車を運んで来ていた。本来なら、俺が崖を下っていた。だけどあいつが自分が降りると言い出した。山岳部だったから馴《な》れているとかいってね。俺はそれをあいつが覚悟を決めた証拠だと思っていた。あいつは最後まで計画に積極的じゃなかった。しかし、既に後戻りできないことは確実だった。覚悟を決めるしかないはずだったんだ。それなのにあいつは、最後の一線を踏み越えられなかった」

富士見満志殺害、安代真澄殺害、広山一真の死、それらは既に一連の事件として捜査が行われ、僕の多重人格とともにマスコミの派手な報道合戦も起きている。事件が報道され、騒動が始まったと同時に、海山親衛はロスに旅立った。彼は今、ロスの病院で循環器系の病気を理由に入院している。

「ホテルで、僕は叔父を殺したと思った。あのとき、君もいたのか」

「海山は、狼狽《ろうばい》して俺に電話してきた。有一が現われた、そういってね。部屋に倒れている君を見せ、この女が有一だといった。おまえは信じるか、そう訊いた。海山は、君の失踪が性の問題と関わっていることを最初は知らなかった。だけど、君の行方を調べていくうちに、君がゲイバーで働いていたことまではつかんでいたんだろう。女が君だということを、半ば信じ、半ば疑った。俺は、君と彼の間に、あの日なにがあったのか、薄々知ってる」

「叔父は、僕をただの商売女だと思って襲った」

「彼の困惑や状況から見て、そうじゃないかと思った。俺は、この女は始末すべきだと持ち掛けた。海山は驚いたようだった。無理もない。海山と俺は共犯だ。けれど犯している罪は、まったく違う。海山は篠井の家を守っただけだという言い分がある。

君を襲ったことも、単に男の習性だと開き直ればいい。彼が君より、俺を選ぶ理由は、なにもなかった。まして人殺しをする、そのリスクを背負う覚悟はないはず。彼は迷っている様子だったけど、イエスとはいわないと、そのときは思った。俺は君が彼と言葉を交わすことなく出ていくことを望んだ。海山に睡眠薬を呑ませて眠らせ、自分の指を切って作った血を彼の顔になすりつけた。そして待った。バスルームに隠れて、君の行動を見守った。あれは賭《かけ》だった。ホテルという場所で、気を失っている君を、人に怪しまれずに外に連れ出す方法は思い付かなかった。その場で殺せたら、どんなに楽だったかしれないけど、それは絶対に出来なかった。君の肉体は形成手術や美容整形を受けてるからね。君が広山智子であることは、隠せない。広山智子が、篠井有一に、少しでも関わりのある場所で死ぬことは、絶対にあってはならないことだった。それでは、すべてが台無しになる。子供の頃の写真を突き合わせれば、篠井有一と広山智子が、双子であることは、一目瞭然《いちもくりょうぜん》だからな。いずれ警察の捜査は俺の正体に対する疑惑に行きつくだろう。そんな事態だけは、避けたかった。君は、俺が期待した行動をとってくれた。目を覚ました海山は、俺を責めたが、君が姿を消したのでは、話にならない。彼には俺か君のどちらかが必要だったんだ」

「叔父は結局、僕より君を選んだ。最後は僕を助けたにしても、一度は僕を殺す計画に加わった。その理由が、僕には分からない」

「欲と、君の潔癖さを恐れたせいさ。君の姉さんは、極端な男性恐怖症だろう」

「それには理由がある」

「そりゃあるだろうさ。ともかく君は、その姉の影響を強く受けてる。君はまだ男だったときでさえ、あいつとはうまくいってなかったんじゃないのか」

僕は、微《かす》かにうなずいてみせた。

「俺も嫌いだ。吐き気がする。性欲と物欲の塊だ。あいつは、本来得られる以上のものを手にしてた。俺はそれを奪えない。君は、彼からそれを奪うことができる」

「叔父にはなにも、与えるつもりはない」

「いいことだ」

智明は、腰を下ろしていた岩場から、僕の方に歩いてきた。スカートのほこりを払い落としながら、僕の顔を正面から見据える。

「不思議だな。俺たちは、全然似ていない」智明がいった。

「いや、似てるよ。君は今の自分の顔をまだよく知らないんじゃないか」

彼は、前に見たときとはまったく別人に見えた。今の智明の顔は、今の僕の顔とよく似ている。むろん髭《ひげ》は剃《そ》っているし、濃い化粧をしている。それに……「男性ホルモンをやめたんだな」僕はいった。

「ああ。今は少しでも、女に近付こうとしている。俺の元の顔は、指名手配されてるからな」智明は僕の顔を見つめていう。「篠井有一になったとき、男でありつづけようと決めた。俺は、運命と闘ってたんだ。女であるという事実を生涯拒否してやろうと思った」

そういって、ちょっと笑ってみせた後、彼はいった。

「なぜ、のこのこ一人でやってきた。俺は君を殺そうとした。今も、殺そうとしてるのかもしれない」

「君の話を聞きたかった。君の口から真実を聞きたかった。僕らには、まったく同じ血が流れてる。僕が有一で、君が智明、そうなったのは些細《ささい》な偶然だ。サイコロの目が一つずれてたら、人を殺したのは、僕だったかもしれない」

智明は、口元に乾いた笑みを浮かべた。

「そうだな。俺たちは、どっちがどっちでもよかった。だから俺は、君になろうとした。君が記憶を取り戻した後も、俺は君であり続けようとした」

「高原千秋にも君が指示したんだな。僕が尋ねてきたらあくまでおまえは智明だと言い張れと」

「そうだ」

「君は本気で僕に、自分が智明だと、そう思い込ませる事ができると思ってたのか」

「ああ」

「馬鹿げてる」

「そうかな。うまくいきかけたじゃないか。君は不安を抱いてた。自分が誰だか、自信をなくしてた。君は混乱していた。自分が誰か、確信は持っていなかった。俺には、それが分かった。だからあの女、高原千秋に最後まであんたをいくるめさせようとした。海山は、計画を途中で投げ出して、放心した様子で山道をふらふらと歩いていた。あいつは俺に出会うと、自分はどうかしていたといって、殺人などとても手を貸せない、自分にはそんなつもりは全然なかった、もうすべてがおしまいだ、どうしてくれる、と自分の責任なのも忘れて、俺を詰《なじ》って泣き喚いた。俺はそんなあいつを宥《なだ》めて、君がどこかの病院に運ばれたらしいことを知った。当然自宅に病院から連絡が入るだろう。俺は広山の家の留守番電話の録音をリモコン操作で聞いた。最悪の事態が起きていたよ。君の怪我《けが》は命にかかわるようなものではない上に、既に警察が介入している。困ったよ、これでは病院に忍び込んで絞め殺すっていう訳にもいかない。最後の賭のつもりで、あの女に乗り込ませた。そしてなんとか、君が余計なことを喋《しゃべ》らないうちに、連れ出させるつもりだった」

「無茶な計画だな」

そういったが、もしあのとき、宗像たちが現われなかったら、僕は窓から身を躍らせて、広山智子、富士見智明として死んでいただろう。智明の計画は、決して無茶ではなかった。成功の可能性もあったのだ。

「もう後戻りはできなかった。俺は篠井有一だった。篠井有一は、二人はいらない。君は、広山智子でなくてはならなかったんだ」

「僕は、広山智子でいつづけたかもしれない。君が僕を殺そうとさえしなければ、僕らは運命を入れ替えて、生きていけたかもしれない。それなのになぜ君は、僕の存在を許そうとしなかったんだ？　怖かったのか？　いつか僕が自分が篠井有一だといい出すのが怖かったのか？」

「違う。俺は君を殺したくはなかった。いや、誰も殺したくはなかった。子供の頃から、俺を凌辱《りょうじょく》し続けたあのジジイさえ、殺すつもりなんかなかったんだ。遠い昔の悪夢だと、忘れようとしていた。あの日まで、あいつは金で口止めに応じていた。あいつが君を俺だと信じて訪ねていっては困るからね。事情を明かさざるを得なかった。あいつ時折こっちから訪ね、金を渡していた。だけど身体にはもう二度と触れさせる気はなかった。それがあの日は、あいつは少し変だった。日本刀まで持ち出して、俺を犯そうとしたんだ。悪夢の再現に、俺は狂った。気がついたときには、殺してしまってた」

智明は、険しいまなざしで虚空《こくう》を見据え、口元を両手で覆《おお》った。

「そうだったのか……」

ようやく僕は、彼の行動のすべてが理解できたと思った。

「変人で近所付き合いはないといっても、やがて死体は発見されるだろう。警察の取り調べは、当然広山智子に及ぶ。そしたらどうなる。君は、本物の広山智子じゃないと、すぐに分かってしまうだろう。君には死んでもらうしかないと思ったのは、そのときが初めてだ。あの女と広山に、あいつを殺したことを打ち明けて、君を殺すほかないことを話した。二人とも同意した。広山は君を愛してた。だけどそれ以上に、俺から回る金を、必要としていた。俺たちの母親もな。……彼女の消息をなにか聞いてるか」

「君から回る金だけじゃあ足りなかったらしい。借金取りから逃げるために姿を消した」

高原千秋は、株と不動産取り引きに手を出し、多額の借金を抱えていた。

「そうか……まあ、しかたないな」

「君は、彼女をどう思ってたんだ」

「憎んでたさ……だけど……どこかでやっぱり母親だと……」智明は寂しそうに空を見上げた後、苦笑していった。「嘘《うそ》だよ。俺はあんな女を母親と認めてない。あの女だって、俺を子供だと思ったことなどないんだ。あいつにとって、俺は金蔓《かねづる》でしかなかった。あいつは俺があのジジイに犯されているのを知って、俺を連れ出すどころかジジイから金をふんだくって、後は知らんふりだぜ。俺はあの女に売り飛ばされたようなもんだ。まあしかし、それは君も同じだな。君の方が買い手がちょっとばかり裕福だっただけだ」

智明はそういうと、僕にくるりと背を向けて走り出し、崖っぷちで止まった。

「俺が智明で、君が有一になった、その理由を知ってるか」

僕は首を振った。

「本当は、俺が有一になるはずだった。俺の方が、君より乳をよく飲んだ。ところがある日、君が俺の上に落ちてきた。ほんの数十センチの所からだったらしいけどね。その時に目に膝《ひざ》が当たって、俺は、目を腫《は》らしてしまった。母親は、傷のない子供を捨て子にした。傷のない元気な子の方が、父親は養子にしたいと言い出しやすいからね。そのとき、君は俺を殺したんだよ。俺の幸福を奪ったんだ。横取りしたのは君で、殺したのも君だ。勝ったのは君で、俺はあの時に負けたんだ。俺たちは、一人しかいらない」

智明が、不意に身を躍らせた。

僕は、彼の落ちていった先を覗《のぞ》いた。

深い霧が、宵闇《よいやみ》に溶けだし、黒々と渦巻いて見えた。彼の姿は、どこにも見えなかった。涙で目が霞《かす》んでいたせいかもしれない。

束《つか》の間《ま》、闇が裂けた。泡立つ水際《みずぎわ》に、黒髪が艶々《つやつや》と輝いて見えた。それは返す波に誘われて、岸壁を離れていった。

34

キャンバスの絵には、冬景色が描かれている。大橋恵美が、先細りの筆で、グレーに塗られていた部分に、赤色を置いた。一つの点が、微《かす》かに滲《にじ》んで、染《し》みた。彼女は、ようやく手を休め、窓を開いた。風が運び込む匂《にお》いは、すっかり春の香りだった。振り向いた大橋恵美の、赤のワンピースの袖《そで》と胸元を、黄色い絵の具が汚している。彼女は、背伸びをし、あくびをした。大きく開いた窓に寄りかかり、煙草《たばこ》をくわえた。

アトリエの窓から見える高原は、うららかな陽射《ひざ》しに包まれていた。黄色い花びらが、ゆるやかな斜面に並んで、揺れている。

「産まれるまでは、愛情なんて全然なかった。出てくるときにも、散々てこずらされ、痛い目にあわされ。でも、この手で抱いて……」

大橋恵美は、青空に向かって、煙を吐いた。裸足《はだし》で庭に降り、芝生を踏みしめる。僕も、彼女に続いた。草の葉の感触が、足の裏をくすぐった。

大橋恵美は、僕の目を見た。

「不思議よね。ここにこうやって向き合っているのに、智子にはもう会えないなんて」

大橋恵美は、寂しさを表情に出した。僕は辛《つら》くなって、目を伏せた。

「英治は、わたしが育てるわ。わたしと、智子の子供よ。あなたの子供じゃない」

「何か、僕に出来ることがあったら、いつでもいってください」

「たった一つ、出来ることがあるわ」

「なんですか」

「ここには、もう、来ないと約束すること」

「え」

「残酷よ。智子はもういないのに、あなたを見ると、錯覚してしまう」

大橋恵美は、悲しそうな目をしていった。「ほんとはわたし、今日を楽しみにしてた。あなたに会えるって、浮き浮きしてた。でも、間違ってた。やっぱりあなたと智子は、別人なのね。わたしにも、あの子にも、あなたの手助けは必要ではないわ。気にしないで、それが当然なのよ。あなたとわたしたちは、赤の他人。智子の代わりを務めようなんて、そんな気遣いは、かえって迷惑よ」

大橋恵美は、思い切るように踵《きびす》を返し、一度アトリエに戻った。再び庭に降りて来た彼女は、緊張した面持ちで、一歩一歩踏みしめるみたいな足取りで、僕に近付いてくる。僕の目の前で立ち止まり、いった。

「一つだけお願いがあるの」

「なんですか」

「智子に、お別れのキスをさせて」

僕がうなずくと、「目を閉じて」と大橋恵美がいった。

僕はいわれた通りにした。ほんの束の間、唇が触れ合うだけのキスだった。

「目を開けないで」

大橋恵美が部屋の中に駆け戻るのが分かった。目を開いた時、彼女は消えていた。帰るときに、アトリエに向かって声をかけたが、返事はなかった。すすり泣くような声が、遠くから聞こえた。

高原の草を踏みしだき、道路に降りた。宗像は、車に寄りかかって、本を読んでいた。僕を見付けると、本を閉じた。

「ずいぶん早かったね」

僕は、宗像と並んで車体に凭《もた》れ、空を見上げた。雲が一つ、ぽっかりと浮かんだと思ったら、まもなく、雪のように青空に溶けた。

「どうなったの」

「あの人が、自分で育てるって」

「そう。それが一番いいよ。産んだのは、彼女なんだし」

僕には、どうしようもないことだという気がした。あの子供に対する愛情が、心の奥にある事を感じる。それは、智子の人格が、僕の中に忘れていった感情なのだろう。それだけを頼りに、子供を引き取り、育てる、その自信は、ない。

僕は今、補助的に、女性ホルモンの投与を受けている。染色体レベルで、女性と判別されたからだ。もちろん、肉体はとっくに女性化している。最近では、物の見方や、感じ方までもが少し変わってきた気がする。けれども、母性というような感情は、まだまったく芽生えていない。それ以前に、女性という自覚すら、まだほとんどない。僕はまだ、自分を男だと思っている。女だと決め付けられて、戸惑いの方が大きい。多分一生、母親にはなれないと思う。

「会ってもらえないんじゃないかと、思ってた」

宗像が、少しうつむきかげんでいった。

「え？　どうして」

「僕の父親は、君のお姉さんを犯した、凶悪なレイプ犯だ。そいつが彼女を狂わせたようなものだ」

「あんたを恨んじゃいないよ。あんたのせいじゃない。むしろあんただって、被害者じゃないか」

「……被害者か」

「そうだよ」

「僕は、被害者だなんて思ったことはない。そんなふうに思われるくらいなら、あの男の息子だってことで憎まれた方がましだ」

「……どうして」

「僕があの男の子供だってことは事実だ。だからそのことで、あの男にひどい目に遭わされた人達が、僕のことを憎む気持ちは分かる。当然の感情だと思う。だけどだからといって、どうして僕が、あの男の犯罪に責任を感じなくちゃいけないんだ。僕を被害者だっていう気持ちの中には、僕があの男の影を十字架みたいに背負って生きている、そう生きていかなくちゃいけない、そういう押し付けがましさがある」

「僕はそんなつもりじゃあ……」

「海山も、それに砂川も、僕が出生の秘密が暴露されることに怯《おび》えて、いいなりになるものと決め込んでいた。だけど僕はなんの困惑も覚えなかったよ。事実を事実として受け止めることは簡単だったんだ。僕の気持ちの中に、犠牲者に対する同情とか、憐憫《れんびん》とか、罪の意識とか、父親に対する侮蔑《ぶべつ》とか、嫌悪《けんお》とか、自分の血に対する憎悪《ぞうお》とか、そういう類《たぐ》いのものは一切芽生えなかった。僕が父親のことで卑屈になり、彼の罪に責任を感じ、その罪を償いたいと考えるだろうと、そう考えるのは、あまりに単純で図式的だよ。それなのに……僕を育ててくれた家族までが、僕をあわれむようになった。僕が、自分の出生の秘密を恥じるのが当然だとばかりにね。なにかある度に、僕に父親の罪を思い出させようとするんだ」

宗像は、僕の傍らで、車に凭れ、空に向かって喋《しゃべ》った。

「僕が母親という人に会いにいったのは、自信があったからだ。なにを見ても、冷静でいられると思ってた。僕はただ、僕を産んだ母親という人への興味から会いにいった。彼女は、僕を初めて見たとき、大声で泣き叫んだ。恐怖に震えながらね。父親にそっくりの僕の顔を見て、当時の記憶が蘇《よみがえ》ったんだろう。震えてる彼女を見て、僕は、この人を守ってやりたいと思った。痩《や》せっぽちで、臆病《おくびょう》そうな、まだ少女みたいな人だった。守りたいと思うのは、素直な感情だった。僕はその感情を否定しない。そういう感情が湧《わ》くってことには、戸惑いはなかった。僕は彼女のためにできることなら、なんだってしてやりたいと思った。だけどそれは、父親の罪の償いをするためじゃない。……僕は父親の罪を償うために生まれてきたんじゃない。僕は僕だ。あの男とは違う。僕は女性を襲ったりしないし、人を殺したりしない。ほんとだよ。信じて欲しい」

宗像の声は、震えていた。

「分かってるよ。当たり前じゃないか。あんたに人は殺せないし、それに女を襲ったりするはずがないよ。あんたは僕を連れ込んだんじゃない。僕が勝手に上がり込んだんだ。あんたはなにもしてない。それは最初から分かってた。あんたを利用するために、脅かしただけなんだ。悪かったと思ってる」

「僕は、君を愛してる」

「なんだよ、突然」

「愛してるんだ」

「よしてくれよ」

「愛してる。……だけど僕は……多分一生、女の人を本当の意味で愛することができない。僕は、自分に流れている血を汚《けが》れているなんて思っていない。いつか父親と同じ罪を犯すだろうと考えてる訳でもない。だけど、なぜだか僕は怖くてたまらないんだ。女の身体《からだ》に触れるのが怖い。自分の性欲が疎《うと》ましくてならない。女の裸を見ると、恐怖感が襲ってきて、身体が震えてくる。……僕には、女の人を愛する資格がない」

宗像は、思いつめたみたいな顔で、僕の方を向いた。車から離れた僕は、草むらにしゃがんで、手に取った草の花びらを、一枚、また一枚とちぎっていた。

「……女だって思わなければいい。性欲の対象としてじゃなく、一人の人間として愛することができれば、それでいいんじゃないかな」

宗像が、たじろいだ様子で、表情を固くして僕を見ていた。僕は、慌《あわ》てて目をそらして、いった。

「一般論だよ、あくまでも」

僕は、自分が男か女かもよく分からず、将来、男を愛するのか、女を愛するのか、それもまた、分からない。ただ今この一瞬、僕は女で、一人の男を愛し始めていると思った。

僕は草の上に寝そべって、その男の顔を見上げながら、突然また、僕は誰なんだろうかと自分に問い掛け始めている。

「僕はいったい誰なんだろう」

「どうしてそんなこと……君は、まさか……また記憶が……」

「そうじゃないよ。分かってる。僕は篠井有一だ。ただ、……ちょっとだけ不安に思うことがあったんだ」

「なに？」

「うん……」彼と寄り添っていたいと思う自分が、篠井有一という、僕が僕だと信じている自分と同じ人間だとは、とても信じられない気がしていたのだ。

解説

香山二三郎

ある朝、青年が目覚めたら、ベッドの中で一匹の毒虫になっていた……というのは、フランツ・カフカ『変身』（新潮文庫他）のあまりに有名な出だしである。世の中、毒虫になりたいという人はさすがにそうはいないだろうが、アイドルスターや大富豪になってみたいと虫のいいことを考えている人は多いはず。しかし、むろん現実にはなかなか自分の好きなようにはなれないもので、ミステリー小説にも変身をテーマにした作品は少なくないが、その多くはやはり予期せざる変身なのであった。

映画やテレビでもお馴染《なじ》みの記憶喪失もの、あるいは『気がついたら他人になっていた』テーマ」（Ⓒ都筑道夫）はその典型といえよう。

当然ながら、記憶を失えばそれを取り戻そうとするのが人間の性《さが》。しかしそれがどれほどスリリングなことか、たとえば酒を摂取しすぎて記憶を失った経験をお持ちの人ならよくおわかりだろう。その間、犯罪事件にでも関わったりしていたら一大事、喪失期間が長きに及べば及ぶほど危険度も高くなるというわけで、記憶喪失ミステリーが古今東西、様々な作家たちに愛好されてきたのも当然であるが、すでにいろいろなパターンが使われているため、今日び安易に使うと読者に舐《な》められてしまう危険性もないではない。

そうしたチャレンジングな冒険に挑んだのが、すなわち本書『僕を殺した女』である。挑むというからにはあっと驚く趣向も用意されているわけで、それは冒頭から明かされることになる。青年が目覚めたら見知らぬ部屋にいて記憶も失っていたという出だしこそありきたりだが、著者はそこに突拍子もない要素を加えてみせる。彼は記憶を失っていただけでなく、

①女に変わっていた。

②しかも五年余り、タイムスリップしていた。

むろん、本書は昨今流行《はや》りのSF系ミステリーでは決してない。著者は超科学的、超自然的な趣向をいっさい用いず、ロジカルに変身の謎《なぞ》を解明してみせるのである。

本書はもともと現在の新潮ミステリー倶楽部賞の前身である日本推理サスペンス大賞の第六回（一九九三年度）応募作であった。当時、選考の末端に加わっていた筆者も大胆な作風にドギモを抜かれたひとりで、残念ながら受賞には至らなかったものの、そんな逸品を新潮社編集部が見逃すはずはない。かくして九五年六月、本作は加筆訂正のうえ新潮ミステリー倶楽部シリーズから刊行されることと相なった（ちなみに第六回は大賞は出ず、優秀作に天童荒太『孤独の歌声』が選出された）。北川歩実の記念すべきデビュー長篇である。

物語は主人公の篠井《しのい》有一が自分の身に起きた数々の異常事態に気づき愕然《がくぜん》とするが、宗像《むなかた》久という部屋の主も何故有一を連れ込んだのか覚えていなかった。所持品にヒロヤマトモコ名義の銀行カードとバーの名前の入ったマッチがあったことから、有一はその店にいってみることにする。しかし店の前でトモコを知っているらしい女に見つかり追いかけ回される羽目に。宗像の部屋に逃げ帰ってきた有一は、次に母が社長を務める甲府の会社に電話してみた。出てきたのは叔父の海山親衛《しんえい》で、彼はさらに思いもよらないことを話し出す……。

さすが「驚天動地のストーリー」、ほんのとばくちから目まぐるしい展開だが、有一をめぐるトンデモナい謎はまだまだ止まらない。甲府の実家には、何と――

③もうひとりの自分──篠井有一がいた！

そう、有一をめぐる謎は冒頭に呈示されたものだけではない。実はこの後も物語に沿って、第四の謎、第五の謎が浮かび上がってくるのである。その都度、有一たちはあれこれ推理をめぐらせては行動に出るのだが、しまいには連続殺人事件にまで巻き込まれていくのである。

とはいってもまあ、本書のだいいちの読みどころといわれたら、やはり冒頭の謎──女性化とタイムスリップの解明ということに尽きようか。大林宣彦監督の映画「転校生」やダニエル・キイスの『24人のビリー・ミリガン』（早川書房）などを引き合いに、多重人格から脳移植まで、合理的に謎を説明し得る様々な仮説が飛びかう。そうした言及や最後に明かされる変身の真相からも、著者が現代科学の教養知識を豊富に具《そな》えていることは容易に窺《うかが》えるが、考えてみれば、いかにもSF的な謎を合理的に解明してみせるという姿勢自体、極めて科学者的というべきではないか。「犀川助教授と萌絵《もえ》」シリーズ（講談社ノベルス）の森博嗣《ひろし》を始め、昨今理科系ミステリー作家の台頭が著しいが、してみると北川歩実もまた〝科学派推理〟作家を代表するひとりに違いない。

いっぽうミステリー的な作りからすると、前述したように、本作はただ単に記憶喪失――変身の謎を解くお話ではない。有一にはその出自や家族関係からして謎が多いし、宗像を始め、事件の関係者たちも何らかの秘密を抱えていたりする。それらが明かされるたびに事件の成り行きも反転していくことになる。いわば、どんでん返しに次ぐどんでん返しという綱渡り的な構成がなされているのだ。しかも有一を軸とした人間関係劇とその内的葛藤《かっとう》とがハイテンションでシンクロしていく後半は、あたかもアクセル全開で迷走する車に乗せられているがごとし。終盤、現実とも夢ともつかない場面まで挿入されるとなればなおさらで、筆者のやわい頭脳では推理しようにもしようがなかったりして（笑）。

とまれここでは、本書が従来の記憶喪失ミステリーの様々なパターンを逸脱していること、有一たちがいく先々で死体と遭遇するなどサスペンシヴな謎仕掛けがアクロバティックな論理の積み重ねで一気に収束していくこと等を銘記していただければいいだろう。ちなみに筆者が本書から想起した記憶喪失ものは、「私はその事件で探偵です。また証人です。また被害者です。そのうえ犯人なのです。私は四人全部なのです。いったい私は何者でしょう？」という名コピーでお馴染み、セバスチアン・ジャプリゾ『シンデレラの罠《わな》』（創元推理文庫）であり、迷宮のようなサイコ世界を独自のメタミステリースタイルで描いた夢野久作『ドグラ・マグラ』（角川文庫他）であった。この手の作品が好きな人なら、それだけでも本書は必読といっていい。

科学にしろ、謎解きにしろ、著者の凝らした趣向は半端じゃないが、それではその趣向だけが読みどころなのかというと、決してそうではないのである。善玉悪玉にかかわらず、本書には様々な心の傷を抱えた人々が登場する。記憶喪失どころか、女性化まで余儀なくさせられた篠井有一がその最たる存在であることはいうまでもないが、彼／彼女がたどりつくのは、結局、性別や血統、あるいは身分といった既存の枠組みに縛られず、今あるがままの自分と相手を受け入れるということだった。

人間という、精神と肉体が複雑に一体化した存在に著者がいたく興味を抱いていることは想像に難くない。その視線は人間の機能を冷静に観察、記録しようとする冷酷な科学者のそれを髣髴《ほうふつ》させようが、本書のモチーフは人間の様々な性質や能力を科学的に明かしていく人間科学的な探究だけにとどまってはいない。有一たちの異形者ぶりを探っていくことで逆に形にとらわれない人間のありかたを問う倫理的なモチーフにも貫かれているのだ。その意味では、本書は近い将来、今以上に大きな社会問題としてクローズアップされるであろう科学と倫理という対立命題を先取りした新たな社会派推理ともいえるだろう。

著者は本書の後、すでに三作の長篇を刊行しているが、科学派趣向とアクロバティックなミステリー趣向、そして新たな社会派趣向といった特徴は、それらにも着実に受け継がれている。過激なダイエットをめぐる男女の愛憎をとらえた第二作『硝子のドレス』や、本書と同様、正体不明の記憶喪失者の謎をめぐる第三作『模造人格』では、まだ多少の迷いも見えないでもない。前者は変身もの、後者は記憶喪失もののスピンオフを企図したとも思われるし、あるいは著者は、本書で呈示した作風をどう展開させていくべきか、あれこれ模索していたのかもしれない。だが、第四作の『猿の証言』と近作『金のゆりかご』(一九九八年七月刊)では北川ミステリーの本来の趣向が前面に打ち出されている。チンパンジーの言語能力研究の行方とそれに携わる科学者たちの人間関係を描いた前者と、早期幼児教育の開発者とその研究所の内実を描いた後者と、いずれも先端的な科学研究をテーマにした〝科学派推理〟であると同時に、アクロバティックなサスペンスミステリーであり、なおかつ科学者の倫理を問うた社会派推理でもあるといったあんばいだ。

科学的世界を背景にした人間関係ドラマを堪能《たんのう》するもよし、けれんに満ちたミステリー趣向を味わわれるもよし。今や独自の作風を確立しつつある北川ミステリーは今後の日本ミステリーの動向を占ううえでも読み逃せないが、まずはその輝かしい第一歩を印した本書で氏の「超新星」ぶりを目《ま》の当たりにしていただきたい。

最後に——肝心なことを書き忘れていた。著者のプロフィールについてである。本書の主人公のキャラクター設定からいっても、ぜひその素顔を拝見したいと思っている読者は少なくないと思うが、残念ながら北川歩実の正体は公表されていないのだった。本書には有一が女としての自分をしげしげと観察する場面が随所に出てくるし、生理的な細部まで男女両面の感性から描かれている。男なのか女なのか、美形なのかそうじゃないのか、若いのか年寄りなのか、考えれば考えるほど混沌《こんとん》としてくるが、それもそのはず、そうした性別不明の曖昧《あいまい》な筆致もまた、本書の特徴になっているのである。

二十世紀最後の覆面作家という看板を著者がいつ下ろすのかはまだわからない。そのヴェールが外されたとき、もしかしたら読者は篠井有一が変身した自分を見たとき以上のショックを受けることになるのかもしれない。

（一九九八年五月、コラムニスト）

北川作品は古びない

瀧井朝世

本書は一九九五年六月に単行本として新潮社から刊行されたのち、九八年七月に文庫化された。当時はコアなミステリ通の間で異色作として注目されたが、ここ数年は品切れ・入手困難で、いわば「幻の名作」状態だった。この記念すべき著者のデビュー作が本年になってこうして復刊を遂げたのは、最近のミステリブームを背景に、二〇〇九年に著者の『金のゆりかご』が書店の仕掛け販売によってベストセラーの仲間入りをし、多くの読者からほかの著作を求める声が高まったことによる。

子供の脳の発達を促進する装置をめぐり「天才とは何か」「凡人に価値はないのか」という問題を突きつけてくる『金のゆりかご』にしても、実は単行本は一九九八年七月に刊行、〇一年に文庫化されたが、その後書店員の目に留まるまでは一度も増刷されていなかった。しかし店頭で大々的に宣伝を始めたとたん、毎月のように増刷されるようになったという。昨今過去の名作が掘り起こされる動きが多々見られるが、

『金のゆりかご』はその成功例だと言っていいだろう。編集者や書評家、書店員たちの選本眼と宣伝努力の賜物でもあるが、なにより北川作品の古びないテーマ、巧みなプロットの魅力こそ、再注目されるに至った大きな要因だ。

むしろ、本書を読めば、これがなぜ読みつがれてこなかったのか不思議に思われるだろう。あまりの〝異色作〟のために通好みとされ、手が伸びなかった読者が多かったこともあるかもしれない。九八年の香山二三郎さんの解説にもあるが、著者は覆面作家。本人にスポットを当てて語られる機会がなかったことにも一因があるのではないだろうか。そして二〇一〇年の現在もまだ、「二十世紀最後の覆面作家という看板」は下ろされていない。

正体を明かさないという一貫した姿勢と同様、北川ミステリにはデビュー作からずっと変わらない姿勢がある。むしろ「処女作にはその作家のすべてがつまっている」といった言い方がよくされるように、本作を読めば、この作家がこの後扱い続けてきたテーマ、得意とするストーリー展開がより色濃く出ていることがよく分かる。

作品の大きな特色は三つ。それは多分に盛り込まれる〈サイエンス情報〉、マジックに頼らない〈正攻法の決着〉、そして〈アイデンティティーというテーマ〉。

まず〈サイエンス情報〉に関しては香山さんも述べている通り。本作でも人体改造や脳移植などについて真剣に議論が交わされていくが、先述の『金のゆりかご』のほか、『猿の証言』などで触れられる動物の能力、『真実の絆《きずな》』で登場する生化学など、どうも著者は科学分野に明るいようだ。が、執筆当時の最先端の科学を盛り込むだけでは、どうしても時を経て技術が進化すると内容は古くなってしまう。著者が巧みなのは、そこから一歩進んだ、可能性はあるけれどもまだ実現していない研究にまで言及していくところである。荒唐無稽《こうとうむけい》にならない程度のリアリティを持たせた科学的検証の見せ方が抜群にうまいのだ。

そこで次に挙げたい〈正攻法の決着〉とは何かというと、謎《なぞ》の解明に関して、著者はそうしたマジカルなサイエンス技術に頼ったりしないということ。どこまでも現実的な要素だけを集めてきっちりと落とし前をつけていく。つまり、読者に対して非常にフェアなのだ。例えば本書で、見知らぬ人間になってしまったとうろたえる主人公の煩悶《はんもん》をここまで描いておきながら、最後に「実は最先端の技術により、他人同士の心と体が入れ替わる装置があった」などと提示されたら、読者は興ざめだ。こうした奇妙な設定をどこまでも理詰めで説明していく。それが北川作品の読みどころのひとつ。

そして最後に、おそらくこれがいちばん重要と思われるが、多くの作品に盛り込まれる〈アイデンティティーというテーマ〉。「自分とは誰なのか」を問いかけるものや、自分自身とどう向き合うかを扱ったものは数多い。例えば自分の正体が分からない少女が登場する『模造人格』やクローンをモチーフにした『影の肖像』などもあるが、やはり最も奇妙でありえない設定なのは、著者の原点といえる本書であろう。目が覚めたら記憶がない上に、性別も変わり、さらには月日も過ぎ去っていたとは、もうどれほどの悪夢的世界なのだろうか。タイムスリップした上にパラレルワールドに紛れ込んだような設定でありながら、しかし主人公の〈僕〉は論理的に思考をめぐらせていき、唯一《ゆいいつ》信頼をおく存在となった青年、宗像《むなかた》久とともに科学的な可能性について議論を重ねていく。それぞれの推理がそれなりの説得力を持ち、その可能性もあるな、と思ったとたんにそれを覆《くつがえ》す事実をつきつけられて、読者は翻弄《ほんろう》させられる。もろく崩れ去っていく〈僕〉の自我に寄り添っていくうちに、ふと「自分の記憶とは確かなものなのか」という不安にかられてしまうのだ。そして、合理的な説明がなされていくほどに、自分が自分たる根拠というものがどれほど危ういものなのか、記憶というものはいかに捏造《ねつぞう》されてしまうものなのかを実感し、己という存在の不安定さにそら恐ろしくなってしまうのである。ただ、この小説はそうした恐怖に読者をさらすだけでなく、そこからどう自分を受け入れていくかも追いかけている。先に述べたようにマジカルな手法に頼らずにきっちり真相を突き止める姿勢には、登場人物たちに、今現在の自分を直視し対峙《たいじ》する勇気を持たせようとする作者の意図を感じてしまうのは、考えすぎだろうか。

こうした要素を詰め込んだ結果、ストーリーは二転三転し、最終的には思いもよらない場所へと着地する。近年多くのミステリ読者に好まれる作品には、必ず「強烈な驚き」という刺激が用意されているように感じているのだが、このアクロバティックな展開によって何度も襲い掛かってくる大きな衝撃の波も、昨今の北川人気の要因になっているのだろう。もちろん、驚きや衝撃だけを狙っているのではない。あっと驚く犯罪のからくりを見せようというよりも、人間の心こそが最大の謎ということを、ここまで悪夢的に、しかしリアルに訴えてくる作家がいるだろうか。事件が解決した後でも、テクノロジーへの疑問や、人は自分をどう受け入れて生きるのかという問いかけを残し、実に深い余韻を味わえるところも醍醐味《だいごみ》だ。

本作に関しては、解き明かすべきところは明かしながらも、非常に不可思議で人間臭い感情も入れこんである。私は、本書の最後で主人公が抱く感覚が、くすぐったくて好きだ。人の心をミステリの道具として使いながらも、ちゃんと血の通った人間たちを描く。それは決して容易なことではないと思う。その力量を、このデビュー作を執筆した当時から持ち合わせていたとは驚きだ。著作に関してはここ数年過去に書いた短編を集めたものの刊行が続いており、それもまたバラエティー豊かで楽しいのだが、またぜひ骨太の長編を読ませてくれることを、強く望む。閉塞感《へいそくかん》の強まったと言われるこの時代に、著者がアイデンティティーの問題をどう描きだしてくれるのか。期待せずにはいられないのだ。

（平成二十二年七月、フリーランスライター）

この作品は平成七年六月新潮社より刊行された。

伊坂幸太郎著

オーデュボンの祈り

卓越したイメージ喚起力、洒脱な会話、気の利いた警句、抑えようのない才気がほとばしる！ 伝説のデビュー作、待望の文庫化！

伊坂幸太郎著

ラッシュライフ

未来を決めるのは、神の恩寵か、偶然の連鎖か。リンクして並走する4つの人生にバラバラ死体が乱入。巧緻な騙し絵のごとき物語。

伊坂幸太郎著

重力ピエロ

ルールは越えられるか、世界は変えられるか。未知の感動をたたえて、発表時より読書界を圧倒した記念碑的名作、待望の文庫化！

伊坂幸太郎著

フィッシュストーリー

売れないロックバンドの叫びが、時空を超えて奇蹟を呼ぶ。緻密な仕掛け、爽快なエンディング。伊坂マジック冴え渡る中篇4連打。

伊坂幸太郎著

砂漠

未熟さに悩み、過剰さを持て余し、それでも何かを求め、手探りで進もうとする青春時代。二度とない季節の光と闇を描く長編小説。

東野圭吾著

鳥人計画

ジャンプ界のホープが殺された。ほどなく犯人は逮捕、一件落着かに思えたが、その事件の背後には驚くべき計画が隠されていた……。

宮部みゆき著

魔術はささやく

日本推理サスペンス大賞受賞

それぞれ無関係に見えた三つの死。さらに魔の手は四人めに伸びていた。しかし知らず知らず事件の真相に迫っていく少年がいた。

宮部みゆき著

レベル7《セブン》

レベル7まで行ったら戻れない。謎の言葉を残して失踪した少女を探すカウンセラーと記憶を失った男女の追跡行は……緊迫の四日間。

宮部みゆき著

返事はいらない

失恋から犯罪の片棒を担ぐにいたる微妙な女性心理を描く表題作など6編。日々の生活と幻想が交錯する東京の街と人を描く短編集。

宮部みゆき著

龍は眠る

日本推理作家協会賞受賞

雑誌記者の高坂は嵐の晩に、超常能力者と名乗る少年、慎司と出会った。それが全ての始まりだったのだ。やがて高坂の周囲に……。

宮部みゆき著

かまいたち

夜な夜な出没して江戸を恐怖に陥れる辻斬り〝かまいたち〟の正体に迫る町娘。サスペンス満点の表題作はじめ四編収録の時代短編集。

宮部みゆき著

淋しい狩人

東京下町にある古書店、田辺書店を舞台に繰り広げられる様々な事件。店主のイワさんと孫の稔が謎を解いていく。連作短編集。

僕《ぼく》を殺《ころ》した女《おんな》

新潮文庫　き-16-1

平成十年七月一日発行
平成二十二年九月一日三刷改版

著者　北《きた》川《がわ》歩《あゆ》実《み》
発行者　佐藤隆信
発行所　株式会社新潮社

郵便番号　一六二―八七一一
東京都新宿区矢来町七一
電話　編集部(〇三)三二六六―五四四〇
　　　読者係(〇三)三二六六―五一一一
http://www.shinchosha.co.jp

価格はカバーに表示してあります。

印刷・株式会社精興社　製本・憲専堂製本株式会社

ISBN978-4-10-114521-1 C0193